Brigitte Melzer, 1971 geboren, kam über Fantasy-Rollenspiele zum Schreiben. Ihr Debütroman »Whisper – Königin der Diebe« gehörte zu den drei besten Manuskripten, die für den »Wolfgang-Hohlbein-Preis 2003« eingereicht wurden. Die Autorin lebt und arbeitet in München.

Unter www.brigitte-melzer.de ist die Autorin auch im Internet zu finden.

Brigitte Melzer

Im Schatten des Dämons

UEBERREUTER

In Liebe
für meine Eltern und Oliver
und für Tanja – die sich nicht
nur mit Pferden auskennt ...

ISBN 3-8000-5160-5

Umschlaggestaltung von Nele Schütz Design, München, unter Verwendung
einer Illustration von Greg und Tim Hildebrandt, USA

Druck: Ueberreuter Print
1 3 5 7 6 4 2

Ueberreuter im Internet: www.ueberreuter.at

Prolog

Aus zusammengekniffenen Augen blickte der Krieger auf das nächtliche Tal hinab. Wie ein schwarzes Band wand sich ein Fluss durch die hügelige Landschaft. In Ufernähe ragten dunkle Schilfhalme aus dem Wasser, schwarz und stumm wie die Schlachtreihen einer entfernten Armee. Sein Blick blieb an einem Lagerfeuer hängen. Funken stoben auf und trieben durch die Dunkelheit. Winzige glühende Punkte, die gleich darauf zu Hunderten erloschen. Vor dem Feuer kauerte eine zierliche Gestalt, einen Umhang schützend um die Schultern geworfen. Er hatte sie gefunden. Endlich. Er kannte ihren Namen nicht. Nur ihr Verbrechen. Sie hatte seinen Vater ermordet. Dafür würde sie bezahlen.

Das Heulen eines Wolfes erweckte die Nacht zum Leben. Sein Pferd zerrte unruhig am Zügel. Er packte das Zaumzeug fester. Augenblicklich beruhigte sich das Tier. Er zog die Kapuze tief ins Gesicht, schwang sich in den Sattel und ritt den Hügel hinab. Die junge Frau hob den Kopf. Als sie ihn erblickte, schnellte sie hoch und begann um ihr Leben zu laufen. Bereits nach wenigen Metern erkannte sie, dass es kein Entkommen gab. Sie schlug einen Haken und flüchtete ins Wasser. Ohne Hast glitt er aus dem Sattel. Ein geflüsterter Befehl, dann trabte sein Pferd zu den nahen Bäumen davon.

Er wollte nach seinem Schwert greifen, überlegte es sich jedoch anders. Sein Vater war durch die Klinge eines Dolches gestorben. Ein Dolch sollte jetzt auch ihrem Leben ein Ende setzen. Entschlossen zückte er die Waffe und folgte ihr ins Wasser. Er holte sie ein, packte sie am Arm und riss sie herum. Sie schrie um Hilfe und versuchte an Land zu gelangen, doch er versperrte ihr den Weg und trieb sie zurück ins Wasser. Er hätte ihr die Klinge in die Brust treiben können, doch das wollte er nicht. Sie sollte langsam sterben. Qualvoll wie sein Vater. Er holte aus und drosch ihr die Faust gegen die Schläfe. Ungläubigkeit zeigte sich in ihrer Miene. Ihr Blick trübte sich. Sein nächster Schlag raubte ihr das Bewusstsein. Ehe sie im Wasser versank, griff er nach ihr und verhinderte, dass die Strömung sie davontragen konnte.

Noch vor einem Augenblick war die Nacht voller Leben gewesen, erfüllt von den Schreien des Mädchens. Jetzt war es still. Nur das leise Plätschern des Wassers und seine eigenen Atemzüge waren noch zu vernehmen. Die Stille des herannahenden Todes hatte sich über das Land gesenkt. *Er* war der Tod.

Vom Ufer wurden plötzlich Stimmen laut. Wie riesige Glühwürmchen tanzte der Lichtschein von Laternen und Fackeln durch die Nacht. Menschen kamen näher, lachend und schwatzend. Fahrendes Volk. Ihm blieb keine Zeit, wenn er nicht gesehen werden wollte. Er zog sie heran und setzte die Klinge an ihren Hals. Als er die Schneide über ihre Kehle ziehen wollte, erfasste die Strömung ihren Körper und entriss sie seinem Griff. Er unternahm keinen Versuch, sie zu fassen zu bekommen. Sie würde ertrunken sein, lange bevor die Gaukler sie aus dem Wasser fischen konnten. Sofern sie sie überhaupt fanden.

Lautlos tauchte er in die Fluten und ließ sich mit der Strömung davontreiben. Obwohl seine Rache vollendet war, fühlte er sich noch immer tot und leer.

1

Ein Blitz fuhr vom Himmel und tauchte die Kammer in kaltes Licht. Lange genug um die Konturen der schlanken Gestalt vor dem Kamin für einen Augenblick der Dunkelheit zu entreißen. Mit aufeinander gepressten Lippen starrte er auf die flammenlosen Kerzen, die auf dem Kaminsims aufgereiht standen. Einundzwanzig Kerzen, die ihn endlich ans Ziel bringen sollten. Ein Ziel, das er längst erreicht zu haben geglaubt hatte. Bei dem Gedanken, dass er die letzten Monate in dem Irrglauben verbracht hatte, das Mädchen sei tot, verzog er das Gesicht. *Dieses Mal werde ich sichergehen.* Er reckte die Arme in die Luft und stimmte einen leisen Gesang an. Der Wind strich heulend ums Gemäuer, drang durch Fenster- und Türritzen und zerrte an seiner Robe. Er beendete seinen Gesang und nahm eine Holzschale zur Hand. Beschwörende Worte intonierend verteilte er das darin befindliche Pulver über den Kerzen.

Hört meine Stimme, die euch den Weg leitet;
eure Seele nicht auf die Andere Seite entgleitet;
Mir zu gefallen und zu dienen seid ihr bereit;
Erst wenn die Flamme erlischt, seid ihr befreit.

Draußen erreichte das Gewitter seinen Höhepunkt. In immer kürzeren Abständen erhellten grelle Blitze den Raum, gefolgt von Donnergrollen. »Erscheinet!«

Kleine Flammen züngelten aus den Dochten empor, als sich einer nach dem anderen entzündete. Ein Lufthauch fegte durch die Fensterritzen über die Flammen hinweg ohne ihnen etwas anhaben zu können. Keine Kraft dieser Welt vermochte es, diese Flammen zu berühren. Sie waren zu einem Symbol des Seins geworden. Einundzwanzig Kerzen. Einundzwanzig Wesen. Er spürte ihre Anwesenheit. Na'Darrach – Wesen der Finsternis, die in der Dunkelheit hinter ihm lauerten. Einzig ihre Vernichtung konnte die Kerzen jetzt noch löschen.

Langsam wandte er sich um. Seine Augen wirkten farblos im flackernden Kerzenschein. Das schwache Licht drängte die Dunkelheit in die Ecken zurück, wo sich schwarze Schatten auftürmten, wabernd und ineinander verschwimmend. Und in den Schatten verbarg sich, was er gerufen hatte. Er verspürte die Bösartigkeit dieser Wesen bis in die letzte Faser seines Körpers. Ein Lächeln huschte über seine Züge. Endlich war der Augenblick gekommen. »So blickt in meinen Geist und seht, welche Pflicht ich euch auferlege!«

2

Seit Einbruch der Dämmerung saß Daith Landévennec im *Lachenden Kobold* und beobachtete das Mädchen. Er trank und hoffte, der starke Wein würde ihm helfen eine Entscheidung zu treffen.

Er interessierte sich nicht für die lachenden und schwatzenden Männer und Frauen. Nicht, nachdem *sie* hier war. Sie war jung, vielleicht siebzehn Sommer. Üppige Locken fielen ungebändigt über ihre Schultern, rotgolden wie Herbstlaub. Das Kaminfeuer spiegelte sich in ihren Augen wider, sodass er ihre Farbe – wie schon in jener Nacht am Fluss – nicht erkennen konnte. *Vermutlich sind sie so schwarz wie ihre Seele.*

Sie saß vor dem Feuer, umringt von Menschen, die nicht müde wurden sie zu bitten, immer neue Melodien auf ihrer Flöte zu spielen und neue Geschichten zum Besten zu geben. *Diese Narren.* Daith hatte noch nie etwas für Geschichten übrig gehabt. Geschichten waren für Schwächlinge, die mit ihrem eigenen Leben nicht zurechtkamen. Daith hatte gelernt mit dem Schmerz zu leben, den die Erinnerung an die Vergangenheit und die Erwartung der Zukunft mit sich brachten. Er füllte seinen Becher, leerte ihn in einem Zug und füllte ihn erneut. Aus zusammengekniffenen Augen starrte er sie an, als hoffte er in ihrem Gesicht Antworten zu finden. Wollte er seinem Herzen folgen, musste er sie töten und endlich sühnen, was sie ihm angetan hatte. Seine Pflicht war eine andere.

Während er noch immer auf das Mädchen starrte, verschwamm die Wirklichkeit vor seinen Augen. Seine Gedanken kehrten zu dem Tag zurück, dessen Ereignisse ihn in den *Lachenden Kobold* geführt hatten. Wie jeden Tag hatte er im Salon seines Ziehvaters gesessen, nicht weit von der Stelle entfernt, an der dieser Monate zuvor gestorben war. Schwere Vorhänge sperrten die Nachmittagssonne aus und überließen ihn der Illusion einer dunklen Nacht. Seine Gedanken kreisten um Myles Landévennec, den Mann, der ihn wie seinen eigenen Sohn aufgezogen hatte. An seinen leiblichen Vater hatte Daith keine Erinnerung. Er war wenige Monate nach seiner Geburt gestorben. Auch Daith' Mutter war längst tot. Der Einzige, der ihm geblieben war, war Myles. Seine Ermordung hatte eine schmerzhafte Lücke hinterlassen, die er immer öfter mit Wein zu füllen suchte. Die Todessehnsucht, die ihn während der letzten Jahre von Gefecht zu Gefecht getrieben hatte, war noch immer vorhanden. Einzig zum Kämpfen fehlte ihm die Kraft. So trank er und wartete auf den Morgen, an dem er nicht mehr erwachen würde. Er war allein in dem riesigen Haus. Die letzten Dienstboten hatte er vor Monaten entlassen. Die Möbel waren abgedeckt, der Salon in der ersten Etage und eine Schlafkammer die einzigen Räume, die er noch benutzte.

Er saß da, einen Weinkelch in der Hand, und starrte ins Nichts, als ein lautes Pochen an der Eingangstür die Stille durchbrach. Er rührte sich nicht. Erst als die Tür zum Salon geöffnet wurde, sah er auf. Zu seiner Überraschung stand Aladar auf der Schwelle. Insgeheim hatte Daith damit gerechnet, dass eines Tages jemand kommen würde, um ihn an seine Pflichten zu erinnern. Ein Bote oder ein Adept. Mit dem Obersten Herrn der Seáthrun hatte er nicht gerechnet.

Der Gelehrte rümpfte die Nase und ging kopfschüttelnd zum Fenster. Die dunkelrote Robe umflatterte seine hagere Gestalt wie ein Stück Stoff, das man zum Trocknen in den Wind gehängt hatte. Mit einem energischen Ruck riss er die Vorhänge zur Seite und stieß das Fenster auf. Ein Schwall frischer Luft fuhr in den Raum und wirbelte kalte Asche im Kamin auf. Blinzelnd begegnete Daith der plötzlichen Helligkeit. Er kniff die Augen zusammen und ließ seinen Blick zwischen Aladar und der Tür hin- und herschweifen. »Wo sind Eure Männer?«

»Niemand weiß, wo ich bin.« Erst da bemerkte Daith, dass der alte Mann abgekämpft wirkte. Schweiß hatte sich in den tiefen Furchen auf seiner Stirn gesammelt. »Ich habe einen Auftrag für dich, Daith.«

»Ich habe den Dienst quittiert.«

Aladar musterte ihn mit kritischer Miene. »Du siehst verlottert aus.« Er sog prüfend die Luft ein. »Und du stinkst! Myles ist seit drei Monaten tot und noch immer verkriechst du dich und gibst dich mehr und mehr dem Suff hin.«

»Ich glaube nicht, dass Euch das etwas angeht.«

Aladar seufzte. »Ich mag dich, das weißt du. Es fällt mir schwer, zuzusehen, wie du dein Leben ruinierst. Doch das ist nicht der einzige Grund für mein Hiersein. Ich brauche deine Hilfe, Daith. Du bist der Einzige, dem ich vertrauen kann.«

Was konnte derart heikel sein, dass Aladar glaubte seinen eigenen Kriegern nicht vertrauen zu können? Männern, deren einzige Aufgabe es war, den Gelehrten der Seáthrun zu dienen. *Männer, die jahrelang Seite an Seite mit mir gekämpft haben.*

»Erinnerst du dich an das rothaarige Mädchen?«, fuhr Aladar ohne Unterbrechung fort.

Als ob ich sie je vergessen könnte. Ihretwegen ist von mir nicht mehr als eine leere Hülle geblieben.

Aladars Augen hefteten sich auf ihn. »Du musst sie zu mir bringen.«

»Sie ist tot.«

»Woher willst du das wissen?«

»Meine Hand führte die Klinge, die ihr das Leben nahm«, offenbarte er das Geheimnis, das er viele Monate bewahrt hatte.

Aladar starrte ihn an, sichtlich bestürzt. Seine Hände wanderten hin und her, strichen über den Stoff seiner Robe, zogen ihn glatt, als gäbe es im Augenblick nichts Wichtigeres. »Den Göttern sei Dank, sie ist am Leben.« Kein Wort darüber, was Daith getan hatte.

Daith sprang auf. »Wie kann sie am Leben sein! Ich selbst habe ...« *Ich habe mich nie vergewissert, dass sie tot ist.*

»Du musst sie finden und beschützen.«

»Beschützen?«, brauste er auf. Der Gedanke, dass sie am Leben war, weckte in ihm tatsächlich den Wunsch, sie zu suchen. *Allerdings nicht um sie zu beschützen.* »Sie ist eine Mörderin!«

Aladar blieb ruhig. »Du hast gesehen, wie sie Myles' Haus verließ. Du hast niemals gesehen, dass sie eine Waffe gegen ihn erhoben hat!« In diesem Moment wirkte er zum ersten Mal alt. »Manchmal sind die Dinge nicht, wie sie scheinen. Ich kann dir nicht mehr sagen – nicht im Augenblick. Dieses Mädchen – Cait – kennt Antworten, die ich dringend benötige. Antworten, von denen der Feind will, dass sie auf immer verborgen bleiben. Sie ist in großer Gefahr. Ohne unsere Hilfe ist sie verloren.«

»Ich werde nicht –«

Die donnernde Stimme des Obersten Seáthrun ließ ihn schlagartig verstummen. »Du bist mir zu Gehorsam verpflichtet, vergiss das nicht!«

»Das bin ich schon lange nicht mehr!« Nur mit Mühe gelang es ihm, seinen Zorn zu zügeln.

»Du warst es immer und du wirst es immer sein.«

»Für mich gibt es keine Verpflichtungen mehr.«

»Ein Mensch mag einen Ort verlassen, doch sein Herz verlässt den Platz, an den es gehört, niemals, Daith. Du magst versuchen es zu vergessen, doch du kannst nicht verleugnen, wohin du gehörst.« Aladar legte ihm eine Hand auf den Arm und fuhr mit ruhiger Stimme fort: »Du hast mir immer vertraut. Du musst es auch jetzt. Du würdest dich wundern, wenn du wüsstest, wie viel Mut und Opferbereitschaft in ihr stecken. Sie hat große Dinge getan.«

Er schnaubte. »Welche großen Dinge sollen das gewesen sein? Der Mord an Myles?«

»Ich war immer aufrichtig zu dir. Wenn Cait in Sicherheit ist, werde ich dir alles erklären. Für den Augenblick muss es genügen, wenn du weißt, es hängt viel davon ab, dass sie am Leben bleibt. *Sehr* viel.«

Schließlich hatte Daith sich seinem Wunsch gebeugt. Der Gelehrte hatte ihn stets gerecht behandelt. Manchmal war ihm, als hätte Aladar sich mehr für ihn eingesetzt, als er verdient hatte. Daith hatte stets alles getan, um sich des Vertrauens würdig zu erweisen, das der Oberste Seáthrun in ihn setzte. Er hatte härter gearbeitet als jeder andere. Tag für Tag hatte er sich im Schwertkampf geübt. Selbst wenn seine Kameraden längst geschlafen hatten, war er nicht müde geworden, wieder und wieder die gleichen Attacken und Paraden auszuführen. Das hatte er getan, um auf diesen einen Tag vorbereitet zu sein. Den Tag, an dem er Aladar seine Freundlichkeit und Güte vergelten konnte. Das Mädchen zu ihm zu bringen war die größte Herausforderung, der er sich stellen konnte. Und zugleich das Mindeste, was er tun konnte. Tatsächlich keimte in ihm der Wunsch, sein Leben erneut in Aladars Dienst zu stellen und seinem Dasein auf diese Weise wenigstens einen Sinn, wenn schon keine Erfüllung oder Freude, zu geben.

Er war nach wie vor überzeugt, dass sie Myles' Mörderin war. Während der Reise nach Kilshannon, hatte er nicht daran gezweifelt, dass Aladar dennoch gute Gründe für sein Handeln besaß. Der Oberste Seáthrun hatte sein Vertrauen noch nie enttäuscht. Dieser Gedanke hatte ihn letztendlich zu der Überzeugung gebracht, dass er in der Lage war, den Auftrag auszuführen. Jetzt jedoch, da er sie vor sich sah, war er nicht mehr sicher, ob er wirklich tun konnte, was Aladar verlangte. Ihr Anblick erweckte das Gespenst der Erinnerung zum Leben.

Lauter Beifall riss ihn aus seinen Gedanken. Sie hatte ihre Geschichte beendet. Einmal mehr leerte Daith seinen Becher und noch immer hoffte er, der Alkohol würde ihn seine Befehle vergessen lassen. Wie konnte er jemanden schützen, dessen Tod er sich wünschte? Mit wachsender Abscheu beobachtete er, wie sie sich vor ihrem Publikum verneigte, nach ihrem Umhang griff und die Schenke verließ. Er ließ einige Augenblicke verstreichen, dann folgte er ihr.

Kalter Frühlingsregen schlug ihm entgegen. Mit einer unwilligen Geste zog er die Kapuze ins Gesicht. Sein Blick wanderte die Straße entlang. Das Kopfsteinpflaster glänzte feucht im Regen und spiegelte das fahle Licht des Halbmondes wider. Sie war nirgendwo zu sehen. *Verfluchtes Gör, du bist schnell wie eine Katze und scheinst ebenso viele Leben zu haben!* Er hatte gehofft, sie in einer der Gassen zu fassen zu bekommen. *Und dann? Dann hätte ich ihr von meinem Auftrag erzählt und sie zu Aladar gebracht.* Er war nicht sicher, ob er das wirklich vorhatte. *Warum in einer dunklen Gasse? Wenn ich meinen Auftrag ausführen will, hätte ich sie ebensogut in der Schenke ansprechen können. In der Dunkelheit jedoch ...* Es war zu spät, sich über verpasste Gelegenheiten den Kopf zu zerbrechen. Er musste sie erst einmal finden. Wenn die Informationen zutrafen, die er heute Nachmittag von einem der Marktweiber bekommen hatte, wohnte sie in einer kleinen Herberge, ein Stück hinter dem Marktplatz. Dort würde er sie aufsuchen. Er rückte seinen Waffengürtel zurecht und setzte sich in Bewegung. Mit grimmiger Miene folgte er der Hauptstraße. Hin und wieder begegneten ihm vereinzelte Passanten. Manche angetrunken und singend, andere mit eingezogenem Kopf um dem Regen zu entgehen.

Er passierte eine schmale Seitengasse, als ihn ein Geräusch innehalten ließ. Vorsichtig trat er näher, eine Hand am Schwert. In der Gasse war es finster. Einzig in der Mitte drang ein schmaler Streifen Mondlicht bis auf den Boden. Wieder ein Geräusch. Dieses Mal war er sicher, dass es ein Schrei war. Er zückte sein Schwert und trat in die Gasse, darauf gefasst, mitten in einen Überfall zu geraten. Rotgoldenes Haar schimmerte im Mondlicht. Das Mädchen lag auf dem Boden. Wild um sich schlagend und tretend versuchte sie, die schattenhafte Gestalt abzuschütteln, die sich über sie beugte und sie zu erdrücken schien.

Daith machte einen Schritt nach vorne. *Warte! Du willst sie doch gar nicht retten.* Er zögerte. Das war seine

Gelegenheit. Er müsste sich nicht einmal die Hände schmutzig machen. Aladar würde es nie erfahren. *Ein Überfall. Ich kam zu spät.* Ihre Gegenwehr erlahmte. Ihre Arme glitten zu Boden. Daith erwachte aus seiner Teilnahmslosigkeit. *Nein! Wenn sie stirbt, dann durch meine Hand!*

Er sprang vor und stieß zu. Seine silberne Klinge durchbohrte den Angreifer. Der erwartete Todesschrei blieb aus, stattdessen erfüllte ein ohrenbetäubendes Kreischen die Luft. Die Gestalt fuhr herum. Kein Räuber – nicht einmal ein Mensch. Fassungslos starrte Daith auf die Kreatur. Die Essenz einer toten Seele, gehüllt in einen Kapuzenumhang, durch Zauberwerk in menschliche Gestalt gezwängt. Er hatte nie zuvor einem Na'Darrach gegenübergestanden, dennoch wusste er sofort, womit er es zu tun hatte. *Finstere Magie.* Aladar hatte ihn gut ausgebildet. Obwohl Daith kein Gelehrter war, wusste er einiges über die dunklen Künste und ihre Auswüchse. *Sichtlich hat Aladar vergessen einige Details dieses Auftrags zu erwähnen.* Der Na'Darrach war noch nicht zu voller Macht und Größe gelangt, sodass es Daith nicht schwer fiel, sich zu behaupten. Noch ehe die Kreatur angreifen konnte, schlug er ein weiteres Mal zu. Die Klinge traf ihr Ziel und vernichtete es. Mit einem wütenden Kreischen verblasste der Na'Darrach zu einer Erinnerung.

Mit dem Schwert in der Hand wandte sich Daith dem Mädchen zu. Die Bewusstlosigkeit hatte die Anspannung aus ihren Zügen schwinden lassen. Das Haar und die Gewänder waren nass vom Regen. Winzige Tropfen sammelten sich auf ihren Wangen und rannen wie Tränen über ihr Gesicht. Ihr Brustkorb hob und senkte sich unter regelmäßigen Atemzügen. Während er sie betrachtete, drängte sich die Erinnerung an Myles' letzte Augenblicke in seinen Geist. Einmal mehr sah er ihn vor sich, wie er um jeden weiteren Atemzug gerungen hatte, während das Leben seinem Körper entströmte. An seinem eigenen Blut erstickend hatte er die wenigen Worte hervorgepresst, die Daith veranlasst hatten das Mädchen zu jagen. Blinzelnd verdrängte er die Bilder. Der Schleier der Vergangenheit lichtete sich und eröffnete ihm erneut den Blick auf das bewusstlose Mädchen.

Schwer wog das Schwert in seiner Hand. *Ein rascher Hieb ...* Er setzte ihr die Klinge an die Kehle. *Nur ein einziger kraftvoller Stoß.* Das Mädchen regte sich. Er zog die Klinge ein Stück zurück. *Tu es, verdammter Narr! Jetzt!* Doch er zögerte. Sie schlug die Augen auf und starrte auf die Schwertspitze, die über ihr hing. Eine Mischung aus Furcht und Verwirrung zeichnete ihre Züge. Da wurde ihm bewusst, dass sie ihn für den Angreifer halten musste. »Er ist weg.« Es gelang ihm nicht, die Abscheu aus seiner Stimme zu bannen.

Ihr Blick wanderte die Klinge entlang zu seinem Gesicht. Mit der freien Hand zog er die Kapuze zurück. Sie sollte sehen, mit wem sie es zu tun hatte. In ihren Augen zeigte sich nicht das geringste Anzeichen von Erkennen. Erneut heftete sich ihr Blick auf die Spitze seines Schwertes. »Hast du vor mich abzustechen oder nimmst du das Ding da weg?« Sie gab sich alle Mühe, furchtlos und trotzig zu klingen. Er zog die Waffe zurück. Ohne ihn aus den Augen zu lassen erhob sie sich. Ihre Miene mochte unbewegt und ruhig wirken, doch das Zittern ihrer Hände verriet ihren wahren Gemütszustand. Als sie seinen Blick bemerkte, verschränkte sie hastig die Arme vor der Brust. »Was ist geschehen?«

Der Augenblick des Hasses war endgültig verflogen. Die Zeit seiner Rache würde kommen. Jetzt hatte er einen Auftrag zu erfüllen. »Du wurdest angegriffen.«

»Ist er geflohen?«

»Tot.«

Misstrauen flackerte in ihren Augen. »Ich sehe keine Leiche.«

»Es gibt keine«, entgegnete er knapp. »Komm, ich bringe dich in Sicherheit.«

Sie wich einen Schritt zurück.

Er ist tot und es gibt keine Leiche! Er unterdrückte einen Fluch. *Mit einer derartigen Glanzleistung werde ich sie sicher dazu bewegen, mir zu folgen.*

»Womöglich hast du mich überfallen und suchst jetzt nach einem Vorwand ...«

»Ich brauche keinen Vorwand. Ich habe ein Schwert. Jetzt komm endlich. Es werden bald weitere kommen.« Ehe er die Worte ausgesprochen hatte, war es ihm nicht bewusst gewesen. Jetzt wusste er mit Sicherheit, dass dieser Angriff nicht der einzige bleiben würde. Jemand hatte es auf das Leben des Mädchens abgesehen. Jemand, der nicht davor zurückschreckte, sich finsterer Magie zu bedienen. *Warum sollte er sich mit einem einzigen Na'Darrach zufrieden geben?*

Ihr Blick glitt über seine Schulter, ihre Augen weiteten sich. »Da ist er wieder!«

Daith fuhr herum und spähte in die Dunkelheit. Von ein paar Schatten abgesehen gab es dort nichts. Angestrengt starrte er in die Gasse. Nachdem er endgültig überzeugt war, dass sie sich geirrt haben musste, wandte er sich ihr wieder zu. »Da ist nie-« Das Mädchen war verschwunden. »Verdammte Kröte!«

Sobald sie um die Ecke war, begann Cait zu rennen. Nachdem sie den Marktplatz weit hinter sich gelassen hatte, verbarg sie sich in einer dunklen Nische. Zitternd vor Angst und Kälte presste sie sich an die Wand und wartete.

Sie war nicht gänzlich überzeugt, dass der Kerl mit dem Schwert sie überfallen hatte. Sie hatte das Gesicht des Räubers nicht gesehen. Sie erinnerte sich, dass sie mit jemandem zusammengeprallt war. Im nächsten Augenblick hatte sie sich auf dem Boden wiedergefunden und mit einem Angreifer gerungen. Es war kalt geworden und dann war da dieses seltsame Gefühl gewesen. *Als hätte der Angriff mir alle Kraft geraubt.*

Womöglich hatte dieser Kerl sie nicht überfallen. Das war noch lange kein Grund, ihm zu vertrauen. »Ich bringe dich in Sicherheit«, hatte er gesagt. *In Sicherheit wovor?* Je länger sie darüber nachdachte, desto mehr gelangte sie zu der Überzeugung, dass sie ihn schon einmal gesehen hatte – im *Lachenden Kobold.* Er hatte sie beobachtet und getrunken. Selbst im Regen hatte sie den Geruch von Alkohol deutlich wahrgenommen.

Sie beugte sich vor und riskierte einen Blick in die Gasse. Niemand war zu sehen. Allmählich fiel die Anspannung von ihr ab. Es war spät geworden. Sie war müde und erschöpft. Der Gedanke an ihre trockene Kammer und ein warmes Nachtlager trieb sie schließlich aus ihrem Versteck. Als sie wenig später die Gasse erreichte, in der sich ihre Herberge befand, hielt sie an einer Hausecke inne und sah sich um. Alles war, wie es sein sollte: ruhig und verlassen. Erleichtert schlüpfte sie durch die Tür in die Dunkelheit der leeren Gaststube. Mit sicheren Schritten durchquerte sie den Raum und stieg die knarrenden Stufen nach oben. Dort war es kalt. Durch ein kleines Fenster fiel ein schmaler Streifen Mondlicht auf den Gang. Dunkle Schatten duckten sich in den Ecken. Für einen Moment schien es, als würden sie sich bewegen. Sie schalt sich selbst eine Närrin. Nachdem ihr dieser Trunkenbold einen derartigen Schrecken eingejagt hatte, war es nicht verwunderlich, dass sie nervös war. Dennoch konnte sie sich des Eindrucks nicht erwehren, dass dort in der Dunkelheit etwas lauerte. Die Schatten schienen zu wachsen und näher zu kommen. Zoll um Zoll fraßen sie das Licht und krochen unter der Decke und an den Wänden entlang. Blinzelnd starrte sie in die Ecken. Nein, die Schatten bewegten sich nicht. Sie war müde. Ihre Augen hatten ihr einen Streich gespielt.

Es werden bald weitere kommen. Womöglich war es ein Fehler gewesen, davonzulaufen ohne zu wissen, wovon er sprach. *Unsinn!* Entschlossen straffte sie die Schultern und ging weiter, doch die Unruhe blieb und sie beschleunigte ihre Schritte. Endlich an ihrer Kammer angekommen öffnete sie die Tür. Ein kühler Luftzug schlug ihr entgegen. Der Anblick des offenen Fensters ließ sie auf der Schwelle erstarren. Sie hatte es geschlossen, ehe sie gegangen war. *Habe ich das wirklich?* Sie wusste, dass sie es getan hatte. Es hatte geregnet. Das Gefühl, nicht allein zu sein, kehrte mit aller Macht zurück. Womöglich hatte sie sich eingebildet, dass etwas in den Schatten lauern mochte. Ganz sicher war jemand in ihrer Kammer.

Ich muss von hier fort. Der Gedanke an die Schatten auf dem Gang ließ sie zögern. Eine Hand schoss aus der Dunkelheit ihrer Kammer hervor, legte sich fest über ihren Mund und erstickte den entsetzten Schrei, der über ihre Lippen kroch. Ein zweiter Arm schlang sich um ihre Taille und zerrte sie in den Raum. Die Tür wurde zugestoßen. Strampelnd versuchte sie sich zu befreien, doch der Griff schnürte ihr die Luft ab und verdammte sie zur Reglosigkeit. Der Geruch von Alkohol stieg ihr in die Nase. »Sei still!«, zischte er und presste sie an sich, bis sie sich kaum mehr bewegen konnte. »Sie sind hier!«

Sie wusste nicht, was sie glauben sollte. War er nun der Räuber aus der Gasse, der versuchte sie mit einem Trick zum Schweigen zu bringen, oder lauerte dort draußen wirklich etwas in den Schatten?

»Spürst du nicht, dass wir nicht allein sind?« Sein Mund war dicht neben ihrem Ohr, dennoch sprach er so leise, dass sie Mühe hatte, ihn zu verstehen. »Ich werde dich jetzt loslassen. Mach keine Dummheiten, sonst sind wir tot. Dieser hier ist größer als der Letzte.«

Die Schatten. Als er sie freigab, schrie sie weder um Hilfe noch versuchte sie zu fliehen.

Er verriegelte die Tür und deutete auf das Fenster. »Verschwinden wir.«

Ein lautes Krachen riss sie aus ihrer Erstarrung. Etwas schlug gegen die Tür – wieder und wieder. Das Holz erzitterte unter dem mächtigen Ansturm. Cait lief zum Fenster, schwang die Beine hinaus und reichte ihm die Hände. Er beugte sich weit nach vorne und ließ sie Stück für Stück hinunter. Ohne Vorwarnung ließ er los. Sie landete unsanft in der Gasse, tat einen taumelnden Schritt zur Seite und prallte mit der Schulter gegen eine Mauer. Gerade als sie sich fragte, ob sie davonlaufen sollte, landete er neben ihr auf dem Pflaster. Mühelos federte er ab und stand sofort sicher auf den Beinen. Er schob sie um die Ecke, zu einem Pferd. Wortlos saß er auf, packte sie beim Arm und zog sie vor sich in den Sattel. Oben, in ihrer Kammer, zerbarst krachend die Tür.

Er trat das Tier in die Flanken. Der schwarze Hengst preschte los. Hufgeklapper, dröhnend von den Wänden zurückgeworfen, begleitete sie auf ihrer Flucht durch die nächtlichen Gassen. Sie verließen die Stadt durch ein Tor in der Nähe des Hafens. Er jagte das Pferd über den Strand, bis sie einen Abhang erreichten, der sie auf die Straße führte. Felder, Wiesen und Wälder flogen an ihnen vorüber. Der Wind trieb ihr den Regen ins Gesicht, winzigen spitzen Nadeln gleich. Bald kehrte die Müdigkeit zurück. Ihre Finger krallten sich in die Mähne, während sie sich bemühte die Augen offen zu halten.

Schließlich zügelte er den Hengst und sprang ab. »Wir übernachten hier.« Erst da sah sie den Unterstand am Wegesrand. Ein windschiefes Dach auf Stützpfeilern, darunter ein Haufen Stroh. Erleichtert, dem Regen wenigstens für eine Weile zu entkommen, trat sie unter das Dach. Er führte seinen Hengst ins Trockene, öffnete eine Satteltasche und zog eine Decke hervor. Der Anblick weckte in ihr die Sehnsucht nach Wärme. Sie konnte es kaum erwarten, sich in den groben Stoff zu hüllen, um die Kälte aus ihren Gliedern zu vertreiben. Statt ihr jedoch die Decke zu geben warf er seinen nassen Umhang zur Seite und wickelte sich selbst darin ein. Nass und frierend kroch sie ins Heu, so erschöpft, dass sie trotz der Kälte sofort einschlief.

3

Der Morgen graute bereits, als er sie mit der Stiefelspitze in die Seite stieß. »Steh auf! Wir müssen weiter!«

Kaum war sie wach, ging er zu seinem Pferd. Bei Licht betrachtet wirkte er nicht mehr wie ein Trunkenbold. Wenngleich er sich die lange Narbe, die sich über seine linke Wange zog, durchaus im Suff zugezogen haben konnte. Entgegen ihren Erwartungen war seine Kleidung sauber und ordentlich. Er trug schwarze Lederhosen und hohe Reitstiefel; ein weißes Hemd unter einer schwarzen Weste, darüber einen Waffengürtel mit Schwert und Dolch. Beides in einer mit silbernen Ornamenten verzierten Lederscheide. Er war nicht schön, nicht einmal gut aussehend. Womöglich wäre er ihr anders erschienen, hätte er sie in diesem Moment nicht angesehen. Die herablassende Arroganz in seinem Blick verlieh ihm etwas Lebloses und Grausames. *Diese kalten grauen Augen.* Die Vorstellung, länger als nötig in der Nähe dieses Mannes zu bleiben, behagte ihr nicht.

Der Regen hatte nicht nachgelassen. Er rann über die Dachkante und sammelte sich in großen Pfützen auf dem Boden. Ihre Gewänder waren klamm und kalt. Frierend erhob sie sich. »Es ist besser, wenn wir uns trennen«, sagte sie mit aller Entschlossenheit, die sie aufbringen konnte. »Danke für deine Hilfe.« Sie machte kehrt.

»Willst du noch weiteren von denen begegnen?«

Sie wandte sich noch einmal um. »Nein, das will ich nicht. Allerdings ist mir auch nicht nach der Gesellschaft eines Fremden.«

»Ich bin Daith Landévennec.«

»Cait.« Erst da bemerkte sie seinen Blick. *Als erwartete er eine bestimmte Reaktion von mir.* Sie runzelte die Stirn. »Warum siehst du mich so an?«

»Was meinst du?«

»Ich weiß nicht«, sie zuckte die Schultern. »Als würdest du erwarten, dass ich dich kennen müsste.«

»Und? Kennst du mich?«

Der Unterton ließ sie aufhorchen. Sie hatte ihn nie zuvor gesehen, dennoch erklang jetzt eine warnende Stimme in ihrem Inneren. Es gab ein Leben, das weiter zurücklag als die vergangenen Monate. Was, wenn sie ihn aus jener Zeit kennen müsste? Einer Zeit, an die sie nicht die geringste Erinnerung hatte. Ihr Leben hatte vor vier Monaten am Ufer eines Flusses begonnen, als sie von ein paar Gauklern bewusstlos aus dem Wasser gezogen wurde. Ohne die Hilfe dieser Menschen hätte sie ihr Leben verloren. In gewisser Weise hatte sie das auch, denn sie konnte sich an nichts erinnern, was vor dem Augenblick, in dem sie erwachte, geschehen war. Sie wusste weder, wer sie war, noch, woher sie kam. Sie wusste nicht einmal, ob Cait ihr richtiger Name war. Als man sie fand, hatte sie einen Ring am Finger getragen. Ein kostbares silbernes Stück, auf dessen Innenseite sich eine Inschrift befand: *Cait.* Da sie den Gauklern keinen Namen nennen konnte, hatten sie sie nach der Inschrift benannt. Sie bezweifelte, dass der Ring tatsächlich ihr gehörte. Ihre zerschlissenen Gewänder mochten so gar nicht dazu passen. Dennoch trug sie ihn immer bei sich. Er war ihre einzige Verbindung zu ihrer Vergangenheit. *Abgesehen von den Narben.* Große hässliche Narben, die ihren Rücken entstellten und von denen sie nicht wusste, woher sie stammten.

Sie hatte versucht etwas über sich selbst zu erfahren, hatte jeden in der Nähe des Flusses befragt, war jeder Spur gefolgt, so klein und unbedeutend sie auch erscheinen mochte. Ihre Vergangenheit blieb hinter einem weißen Nebel verborgen. Es war, als hätte sie vor jener Nacht niemand gesehen. *Als hätte mich der Fluss erst in die Welt gespuckt.*

»Nein«, sagte sie nach einer langen Pause. »Ich kenne dich nicht. Sagst du mir jetzt, was dieser merkwürdige Blick zu bedeuten hat?«

»Deine Augen. Sie sind blau«, sagte er. »Gestern Nacht dachte ich, sie wären schwarz.«

»Nachdem das geklärt ist – leb wohl.«

Er hielt sie unsanft am Arm zurück. Sie entzog sich ihm mit einem Ruck. »Wir müssen nach Cor Amánthor.«

Wo zum Henker ist Cor Amánthor? Sie verzog keine Miene. »Was soll ich dort?«

»Es gibt jemanden, der mit dir sprechen will.«

Ihr Herz raste vor Aufregung, als ihr die Bedeutung seiner Worte bewusst wurde. Wo immer dieses Cor Amánthor sein mochte, dort gab es jemanden, der ihr sagen konnte, wer sie war. Jemanden, der die Antworten auf all ihre Fragen kannte. »Sag mir seinen Namen«, verlangte sie in gezwungener Ruhe.

Er schüttelte den Kopf. »Es ist mein Auftrag, dich zu ihm zu bringen.«

Auftrag? »Du bist Söldner.«

Daith zog eine Augenbraue in die Höhe. Eine gefährlich ruhige Geste, die ihn nur bedrohlicher erscheinen ließ. »Und?«

Einem Söldner vertraut man noch weniger als einem Trinker. Um ein Haar hätte sie es ausgesprochen. »Ich kann dich nicht bezahlen.«

»Ich werde bezahlt«, entgegnete er. »Viel größer sollte die Sorge um deine Sicherheit sein.«

Das ist sie. Glaub mir, das ist sie. Sie sah die Entschlossenheit in seinen Zügen und wusste, dass es nichts mehr zu sagen gab. Er würde sie nicht ziehen lassen. Und wohin hätte sie gehen sollen? Solange er ihr nicht den Namen seines Auftraggebers verriet, war sie an ihn gebunden – auch wenn es ihr nicht behagte. Daith Landévennec hatte etwas an sich, das ihr nicht gefiel. Allein seine Blicke weckten ihren Zorn. Von seinem Ton und der Tatsache, dass er sie wie ein Tier mit einem Tritt geweckt hatte, ganz zu schweigen.

Endlich stellte sie die Frage, deren Antwort sie fürchtete. »Wer hat mich angegriffen?«

»Götter, wie naiv bist du eigentlich! Erkennst du nicht, dass es kein *Wer*, sondern ein *Etwas* war?« Er blickte aus zusammengekniffenen Augen auf sie herab. »Du elende Kröte hast keine Ahnung!« Er klang beinahe erstaunt.

Elende Kröte? »Wenn ich es wüsste, würde ich kaum fragen! So sehr bist du mir nun auch nicht ans Herz gewachsen, dass ich nicht bestens ohne dein unfreundliches Gebell auskommen könnte!«

»Hüte deine Zunge!«

Sie begegnete seinem finsteren Blick ungerührt. Sein Auftreten ließ keinen Zweifel daran, dass er es nicht gewohnt war, dass ihm jemand die Stirn bot.

»Es mag mein Auftrag sein, dich nach Cor Amánthor zu bringen. Niemand hat behauptet, dass ich das gerne tue. Falls du also eine halbwegs angenehme Reise haben möchtest, hältst du dich besser zurück!« Seine Hand schnellte vor. Seine Finger gruben sich in ihren Arm. »Wenn du mir Ärger machst, wirst du dir bald wünschen tot zu sein!«

Sie sah ihn noch immer mit unbewegter Miene an. »Verrätst du mir jetzt, *was* mich verfolgt?«

Es kostete ihn einen Augenblick, seine Wut zu überwinden. »Man nennt sie Na'Darrach – Nachtschatten, denn genau das sind sie: nicht mehr als ein Schatten ihres einstigen Seins und doch gefährlicher, als du dir vorzustellen vermagst«, erklärte er nach einer Weile und zog seine Hand zurück. »Ihre Berührung ist kühl und raubt dir das Bewusstsein, ehe sie das Leben aus dir saugen. Sie laben sich an deiner Lebenskraft und ziehen ihre Macht daraus.« Ein eisiger Schauder kroch ihr Rückgrat hinab. War es nicht genau das, was sie verspürt hatte, ehe sie das Bewusstsein verlor – eine kühle Berührung?

Daith fuhr fort: »Sie sind die Seelen Toter, denen der Weg auf die Andere Seite durch finsteres Zauberwerk verwehrt bleibt – gebunden an jenen, der sie rief, bis ihr Auftrag erfüllt oder ihre Existenz vernichtet ist.«

Ihr Interesse, Daith zu provozieren, war schlagartig verflogen. »Du meinst, es gibt jemanden, der mächtig genug ist die Pforten zur Anderen Seite verschlossen zu halten? Wer sollte so etwas tun?« Unzählige Fragen stürzten auf sie herein. Alles, was sie hervorbrachte, war: »Warum ich? Warum verfolgen sie mich?«

»Wenn du das nicht weißt, wer sollte es dann wissen?«

Sie fühlte sich, als hätte ihr jemand den Boden unter den Füßen weggezogen. »Ich ... gibt es noch mehr über diese Kreaturen zu wissen?«

»Sie können unterschiedlich stark sein. Der Na'Darrach, der dich in der Gasse überfallen hat, war nicht groß. Es war nicht schwer, mit ihm fertig zu werden. Die Großen sind in der Lage, Waffen zu führen.«

»Ich dachte, sie wollen meine Lebenskraft. Was sollen sie da mit einer Waffe?«

»Wenn ein Na'Darrach angreift, verlierst du schnell das Bewusstsein. Lebenskraft auszusaugen dauert länger«, erklärte er ungeduldig. »Wenn es ihr Auftrag ist, dich zu töten, werden sie einen schnelleren Weg suchen.«

Sein Gerede über die Nachtschatten erschrak sie so sehr, dass sie sich nicht länger widersetzte, als er schließlich zum Aufbruch mahnte. Bleigraue Wolken verdunkelten den Himmel und spuckten dicke Regentropfen. Ein kalter Wind fegte zwischen den Bäumen hindurch. Der Regen hatte die Straße so sehr aufgeweicht, dass sie gezwungen waren das Pferd zu führen. Schlamm saugte sich schmatzend unter ihren Sohlen fest und spritzte bei jedem Schritt auf. Schon bald waren ihre Stiefel und der Saum ihres Kleides mit einer dicken Kruste überzogen.

»Hat dein Pferd einen Namen?«

»Was geht dich das an!«

Sie verdrehte die Augen. »Sag nicht, dass dich noch nie einer nach dem Namen deines Pferdes gefragt hat.«

Daith' Aufmerksamkeit galt der Straße. Im trüben Tageslicht wirkte seine Miene steinern. »Ich begegne nicht vielen Menschen.«

Das glaub ich dir sofort. »Erzähl mir nicht, dass du keine Freunde in Cor Amánthor hast.« Sie konnte sich kaum vorstellen, dass er *irgendwo* Freunde haben könnte. Sie wollte das Gespräch lediglich auf Cor Amánthor lenken.

Er sah sie kurz an, ehe er den Blick sofort wieder auf den Weg richtete. »Kümmere dich um deine eigenen Angelegenheiten, verdammte Kröte!«

Glaube mir, das ist meine Angelegenheit. Sie änderte ihre Vorgehensweise. »Wie lange werden wir unterwegs sein?«

»Vier Wochen, wenn wir schnell sind.«

Um ein Haar hätte sie einen Schrei ausgestoßen. Der Gedanke, mehrere Wochen in Daith Landévennecs Gesellschaft zu reisen, ließ ihren Mut schlagartig sinken. »Eine lange Zeit,« bemerkte sie vorsichtig, nachdem sie ihren Schrecken ein wenig überwunden hatte. »Ich wüsste gerne, wer Interesse daran haben sollte, mit mir zu sprechen.« Als sie seinen bohrenden Blick bemerkte, beschloss sie, dass es besser war, den Verlust ihrer Erinnerung vorerst für sich zu behalten. Hastig fügte sie hinzu: »Ich meine, es gibt da ein paar Leute, die in Frage kämen ...«

Sie fragte sich, wie viel Daith über seinen Auftraggeber wusste. *Vielleicht kaum mehr als seinen Namen.* Er wirkte nicht, als kenne er die Hintergründe seines Auftrages.

Eine Weile gingen sie schweigend nebeneinander her. »Parlan«, sagte er und riss sie aus ihren Gedanken. Sie blickte ihn verwirrt an. »Das Pferd.«

Es erstaunte sie, dass er sich zu einer Antwort hatte

hinreißen lassen. Das war ein Anfang. Womöglich war es an der Zeit, ihm die Hand zu reichen. »Warum schließen wir nicht Frieden? Ich höre auf, dich zu provozieren, und du benimmst dich ein wenig freundlicher. Es wäre ein Anfang, wenn du aufhörst mich anzublaffen oder wachzutreten. Und nenn mich nicht Kröte! Mein Name ist Cait.« Sie sah ihn an. »Was hältst du davon?«

»Nichts.«

»Warum benimmst du dich, als würdest du mich für etwas bestrafen wollen? Du kennst mich nicht einmal!« Seine Miene verfinsterte sich, doch sie war nicht bereit aufzugeben. »Findest du nicht, dass du mir eine Antwort schuldig bist?«

»Ich bin dir überhaupt nichts schuldig!«

Sein Blick hielt sie davon ab, weitere Fragen zu stellen. Sie verstand sein Verhalten nicht. Sie verstand *ihn* nicht. Zweifelsohne hatten sie einander nicht ins Herz geschlossen. Was sie jedoch in der kalten Glut seiner Augen sah, ging über bloße Ablehnung hinaus. Es war blanker Hass.

Als sie am Abend eine Schenke erreichten, war sie müde und durchgefroren. Im Gastraum war es heiß und stickig. Der Geruch von Eintopf hing in der Luft und mischte sich mit den Ausdünstungen von Ale und Schweiß. Daith bahnte sich einen Weg zu einem freien Tisch und ließ sich nieder. Cait setzte sich ihm gegenüber. Sie saßen kaum, da erschien der Wirt. Die Lippen zu einem Lächeln verzogen wandte er sich an Daith. »Was kann ich Euch und Eurer Dame bringen?«

»Ale und Eintopf.«

Der Wirt nickte. »Ich habe Euch hier noch nie gesehen.«

»Nur Ale und Eintopf«, sagte Daith. »Wenn ich eine Unterhaltung will, werde ich eine bestellen.«

Mit einem Kopfschütteln schlurfte der Wirt davon, nur um kurz darauf mit zwei Humpen Ale zurückzukehren. Sein Blick blieb an Daith' Waffengürtel hängen. »Ein schönes Schwert tragt Ihr da. Sicher sehr kostbar. Es –« Daith' Blick ließ ihn verstummen. Hastig machte er kehrt, holte den Eintopf und verschwand sogleich wieder. Daith griff nach dem Löffel und begann zu essen.

Cait warf einen Blick auf ihr Ale. Sie war nicht durstig genug, als dass sie es über sich gebracht hätte, aus dem schmutzigen Humpen zu trinken. »Ich weiß, dass du mich nicht ausstehen kannst«, meinte sie nach einer Weile. »Ich frage mich allerdings, warum du andere Menschen ebenso unfreundlich behandelst wie mich.«

Er ließ den Löffel sinken und sah sie an. »Ich werde mit dir nicht über mein Benehmen diskutieren. Ich werde überhaupt nichts mit dir diskutieren, Kröte. Ich treffe die Entscheidungen. Du wirst tun, was ich sage, sonst –«

»Sonst was? Lässt du mich allein weiterreisen? Nur zu! Ich kann mich nicht erinnern um deine Begleitung gebeten zu haben!« Daith richtete seine Aufmerksamkeit wieder auf seinen Eintopf und aß ohne ein Wort weiter. »Du bist mit Sicherheit der sturste Kerl, dem ich je begegnet bin«, knurrte sie über den Tisch hinweg.

Als der Wirt später kam um abzuräumen, erkundigte sich Daith nach einem Zimmer für die Nacht. Der Wirt führte sie zum Fuß der Treppe und deutete nach oben. »Folgt dem Gang. Dort oben befindet sich die Dachkammer, mein Spezialgemach für Pärchen wie euch«, meinte er zwinkernd.

Seine Bemerkung ignorierend setzte Daith einen Fuß auf die erste Stufe. Der Wirt vertrat ihm den Weg. »Bezahlung im Voraus.«

Cait erwartete, dass Daith sich weigern würde. Doch statt den Mund zu öffnen, öffnete er seine Börse und drückte dem Wirt ein paar Münzen in die Hand. Ohne ein weiteres Wort ging er nach oben. Cait wollte ihm folgen. Dabei streifte sie den Wirt am Arm. Die Bilder schlugen wie eine Flutwelle über ihr zusammen und rissen die Wirklichkeit fort. Mit einem Mal waren der Schankraum und die Treppe verschwunden, als wären sie ausgelöscht. Sie sah eine kleine Kammer, gerade hell genug um einige Umrisse zu erkennen. Daith lag auf einem Strohlager und schlief. Als die Tür geöffnet wurde, fiel der unstete Schein eines Nachtlichts in den Raum. Vier Gestalten huschten herein. Schatten wuchsen zur Decke, als einer ausholte und mit seinem Knüppel auf Daith eindrosch. Daith' Kopf fiel zur Seite. Er regte sich nicht mehr. Einer griff nach Daith' Waffen und seiner Börse. Ein anderer durchwühlte seinen Rucksack. Da sah sie sich selbst. Aufgeschreckt vom Knarren der Dielen setzte sie sich auf. Einer fuhr herum. Eine Dolchklinge blitzte auf, kurz bevor er ihr die Waffe in die Brust stieß. Mit einem Aufschrei fuhr sie zurück.

»Ist mit Euch alles in Ordnung?« Blinzelnd sah sie sich um. Langsam lichtete sich der Schleier vor ihren Augen. Vor ihr stand der Wirt, eine Hand auf ihrem Arm. »Geht es Euch gut?« Er beäugte sie argwöhnisch.

Wenn wir hier bleiben, werden wir sterben. »Müde,« stammelte sie. »Ich bin nur müde.« Sie streifte seine Hand ab und floh nach oben. Sie musste die Kammer nicht betreten um zu wissen, wie sie aussah. Das Nachtlicht auf dem Gang, die kleine Dachluke, die beiden Strohlager auf dem Boden. Innerhalb dieser Wände wartete der Tod. Sie blieb auf der Schwelle stehen. »Hier können wir nicht bleiben!« Die Angst schnürte ihr die Kehle zu. »Wir werden sterben, wenn wir hier bleiben.«

Daith schob sie in den Raum und schloss die Tür. »Erinnere mich daran, dass ich dich kein Ale mehr trinken lasse.«

»Ich habe nichts getrunken.« Sie trat einen Schritt auf ihn zu. »Ich weiß, wie sich das anhören muss, doch es ist wahr. Ich habe es gesehen. Wir werden sterben.«

»Werde ich dir den Hals umdrehen und mich dann aus Scham in mein Schwert stürzen?«

»Sie werden dich im Schlaf erschlagen. Ich erwache. Einer der Männer wird mich erdolchen.«

»Eine nette Schauergeschichte, Erzählerin. Nur verfehlt sie ihre Wirkung auf mich.«

Ihr Blick glitt zur Tür.

»Denk nicht einmal daran!« Sie fuhr zusammen, als Daith sie am Handgelenk packte. »Oder willst du die Nacht gefesselt verbringen?«

Sie schüttelte hastig den Kopf. »Bitte, Daith, du musst auf mich hören! Wir sind in großer Gefahr!«

Er stieß sie zu einem der Strohlager. Jenem Lager, das sie nicht mehr lebend verlassen würde. »Ich will nichts mehr davon hören! Leg dich hin und schlaf oder halte zumindest den Mund!«

»Daith, bitte! Die Vision ...«

»Bist du taub?«, bellte er.

Fest entschlossen nicht einzuschlafen sank sie auf die Matratze. *Ich habe dich gewarnt, Landévennec.*

Spät in der Nacht lag Daith noch wach und starrte an die dunkle Zimmerdecke. Warum war sie nicht im Stande, ihr vorlautes Mundwerk in Zaum zu halten? Ständig versuchte sie ihn in eine Unterhaltung zu drängen. Jetzt behauptete sie auch noch, Visionen der Zukunft zu haben. *Lächerlich!* So konnte sich nur eine Geschichtenerzählerin benehmen. Die Theatralik, die sie an den Tag legte, war nur noch durch einen Barden zu überbieten. *Dennoch ... Sie scheint zu glauben, was sie sagt.* Er hatte ihren Blick gesehen. Sie hatte Angst.

Er hörte, wie sie sich unruhig hin und her wälzte. *Wenn das alles nur ein übler Streich ist, mit dem du mich um meine Nachtruhe bringen willst, wirst du dafür bezahlen.* Er verzog das Gesicht. *Ist das nicht, was ich will? Sie bezahlen zu lassen?* Er hatte von Anfang an gewusst, dass es nicht leicht werden würde, ihre Nähe zu ertragen. Sie nur anzusehen riss kaum geheilte Wunden erneut auf. Einzig Aladars Worte hielten ihn davon ab, sie zu töten. *Du hast niemals gesehen, ob sie eine Waffe gegen ihn erhoben hat! Du würdest dich wundern, wenn du wüsstest, wie viel Mut und Opferbereitschaft in ihr stecken.* Einem stillen Gebet gleich rief er sich diese Worte immer wieder ins Gedächtnis. Warum war sie für Aladar so wichtig? *Was schert es mich, welche Bedeutung sie für ihn hat! Wenn er mit ihr fertig ist, gehört sie mir. Dann wird mich nichts mehr daran hindern, meine Rache zu Ende zu bringen.*

Sie hatte ihn nicht erkannt, was nicht weiter verwunderlich war, denn in jener Nacht am Fluss hatte er eine Kapuze getragen, und davor – an Myles' Todestag – hatte sie ihn nur für wenige Augenblicke in einem schattigen Gang zu Gesicht bekommen. Dennoch war etwas an ihrem Auftreten seltsam. Wie misstrauisch sie ihn beäugte – auch wenn sie sich bemühte es zu verbergen. *Als würde sie sich ständig fragen, ob sie mich kennen müsste.* Sie schien nicht zu wissen, wo Cor Amánthor lag oder wer mit ihr sprechen wollte. Immer wieder versuchte sie ihn auszufragen. Sie lauerte darauf, dass er Aladars Namen preisgab. *Und sobald ich das tue, wird sie sich aus dem Staub machen.*

Draußen knarzte eine Diele. Sofort schlossen sich seine Finger um den Griff seines Schwertes. Lautlos kam er auf die Beine. Neben ihm setzte sich Cait auf. Im Mondlicht sah er die Erleichterung in ihren Zügen, als sie bemerkte, dass er wach war. Er wies mit der freien Hand auf das Fenster und bedeutete ihr, auf das Dach hinauszuklettern. Sie reagierte sofort. Einen Augenblick später vernahm er einen gedämpften Fluch. »Zugenagelt!«

Das also meinte der Wirt, als er von seinem Spezialgemach sprach. Daith packte sie am Arm und zog sie mit sich hinter die Tür. Leise schwang die Tür auf. Er wartete, bis der Letzte der vier Männer in den Raum trat. Dann löste er sich aus den Schatten. Er versetzte dem, der ihm am nächsten war, einen kräftigen Stoß mit dem Schwertgriff. Taumelnd prallte er gegen seine Kameraden und brachte sie zu Fall. *Dilettanten!* Daith' Angriff hatte die Männer überrumpelt. Hilflos stolperten sie übereinander. Knüppel und Dolche fielen zu Boden. *Legt euch besser nicht mit jemandem an, der den Tod nicht fürchtet.*

»Hol das Pferd!«, befahl er dem Mädchen.

Sie schoss an ihm vorbei, den Gang entlang. Daith trat aus der Kammer, warf die Tür zu und schob eine

Kommode davor. Das würde sie für eine Weile aufhalten. *Wenn sie mir einen Vorsprung lassen, retten sie ihr Leben.* Er machte kehrt und stürmte die Treppen hinunter. Die letzten Stufen überwand er mit einem Satz, durchquerte den Schankraum und stürmte auf den Hof. Im Mondlicht erkannte er zwei Männer, die versuchten Cait in die Enge zu treiben. Mit Knüppeln bewaffnet drängten sie sie immer weiter zurück.

Daith stieß einen schrillen Pfiff aus. Kurz darauf galoppierte Parlan heran – abgesattelt. Daith steckte sein Schwert weg, griff in die Mähne und schwang sich auf den Pferderücken. Ein sanfter Druck, schon schoss der Hengst über den Hof auf die Scheune zu. Daith sprengte zwischen den Männern hindurch. Einer brachte sich mit einem Sprung in Sicherheit. Den anderen trat er im Vorüberreiten nieder, riss das Pferd herum und trieb es zurück. Er beugte sich zur Seite und reckte ihr die Hand entgegen. Ihre Finger schlossen sich um sein Handgelenk. Er nahm die andere Hand zu Hilfe, bekam sie zu fassen und setzte sie vor sich aufs Pferd. »Festhalten!« Er trat Parlan in die Flanken und jagte ihn über den Hof. Die Männer fluchten und riefen durcheinander, doch keiner folgte ihnen.

Als die Schenke weit genug hinter ihnen lag, zügelte er Parlan und führte ihn von der Straße. Es war zu gefährlich, im Dunkeln weiterzureiten. »Wir lagern hier.« Er sprang ab, ging zu einem Baum und ließ sich nieder. Cait setzte sich neben ihn.

»Diese Kerle gehörten nicht zu dem, der die Na'Darrach gesandt hat. Dazu waren sie zu schwach. Ich frage mich, was sie wollten«, sagte er mehr zu sich selbst.

Sie sah auf. Belustigung blitzte in ihren hellen Augen.

»Was sie wollten? Ist das so schwer zu erraten? Du hast doch gehört, wie der Wirt dein Schwert bewunderte. Glaubst du etwa, es war Zufall, dass das Fenster vernagelt war?« Sie schüttelte den Kopf. »Das waren gewöhnliche Räuber, sonst nichts.«

»Sonst nichts?« Er runzelte die Stirn. »Solltest du dich nicht fürchten?«

»In deiner Begleitung?« Im ersten Augenblick glaubte er, sie würde ihn verhöhnen, doch ihre Stimme war frei von Spott. Eine Weile saßen sie schweigend da. Sein Blick ruhte auf ihr. Im fahlen Mondlicht sah er, wie ihre Mundwinkel zuckten. Ihre Schultern bebten. Sie bemühte sich krampfhaft ein Lachen zu unterdrücken.

Er starrte sie an. »Du findest das komisch?«

»Du hättest dein Gesicht sehen sollen!«, platzte es aus ihr heraus. »Was hat dich mehr entsetzt? Die Tatsache, dass wir überfallen wurden oder dass ich es vorhergesehen habe?«

Für eine Weile hatte er ihre Warnung vergessen. Jetzt erinnerte er sich wieder. *Ich habe es gesehen. Wir werden sterben.* Er konnte nicht verhindern, dass ihm ein Schauer über den Rücken kroch. »Schlaf jetzt«, sagte er barsch und wandte sich ab. »Wir reiten im Morgengrauen weiter.« Er lehnte sich an den Baumstamm und schloss die Augen.

»Warum kannst du mich nicht leiden, Daith?« Ihre geflüsterten Worte trieben durch die Dunkelheit an sein Ohr.

Überrascht öffnete er die Augen. Lange Zeit konnte er nicht antworten. »Ich werde dafür bezahlt, dich nach Cor Amánthor zu bringen. Dich zu mögen ist nicht Teil meines Auftrags.«

»Ich frage lieber nicht, wie hoch der Aufpreis für Freundschaft ist.« Ein wenig leiser fügte sie hinzu: »Hoffentlich kostet es zumindest deine Freunde nichts.«

Sie bezahlen den höchsten Preis. Dafür hatte sein leiblicher Vater gesorgt. Das Vermächtnis dieses unbekannten Mannes lag wie ein dunkler Schatten über seinem Leben. Die Menschen, die um seine Abstammung wussten, hassten ihn. Sie behaupteten, auf ihm lastete ein Fluch, den sein Vater vor seinem Tode über sich und die Seinen gebracht hatte. Die Taten dieses Mannes beherrschten von jeher sein Leben. *Beinahe, als hätte ich selbst es getan.* Daith ballte die Hände zu Fäusten. Ein Mann, an dessen Gesicht er sich nicht einmal erinnern konnte, hatte ihn zu dem gemacht, der er heute war. Und es gab nichts, das dies ändern konnte. Er hatte es versucht. Er hätte den Tod willkommen geheißen. Suchte ihn sogar. Doch der Tod verschmähte ihn.

4

Cait erwachte mit den ersten Sonnenstrahlen. Überrascht stellte sie fest, dass sie nicht fror. Sie lag dicht an Daith gedrängt. Sein Arm ruhte über ihren Schultern. Selbst im Schlaf wirkten seine Züge verkniffen. Er war nicht der erste Söldner, dem sie begegnet war, ganz sicher aber der ungewöhnlichste. Sie hatte noch nie einen gedungenen Krieger gesehen, der über derart kostbare Waffen verfügte. Abgesehen davon entsprach seine Art zu sprechen nicht dem üblichen rauen Ton, wenngleich er sich Mühe gab, das zu verbergen. Obwohl er sie unfreundlich behandelte, drückte er sich überraschend gewählt aus. *Beinahe wie ein Adliger.* Welcher Abstammung Daith Landévennec auch sein mochte, ganz sicher war er der geborene Krieger. Sein Auftreten strotzte vor Selbstsicherheit und Gewandtheit. Seine Haltung kündete von Stärke, sowohl geistig als auch körperlich. Jede seiner Gesten und Bewegungen schien zu sagen: Die Welt hat sich meinem Willen zu beugen.

Die Welt mochte das tun, Cait hatte damit ihre Schwierigkeiten. Sie war nicht bereit seine abfälligen Bemerkungen hinzunehmen. Seine finsteren Blicke, wenn sie sich nur in Kleinigkeiten gegen ihn auflehnte, entschädigten sie dafür, seine Gesellschaft ertragen zu müssen. Vorsichtig schob sie seinen Arm zur Seite und erhob sich. Augenblicklich öffnete er die Augen. »Guten Morgen«, sagte sie, als er sich aufsetzte.

Er nickte knapp und sagte: »Wir brauchen neue Ausrüstung.«

»Dann zähl mal deine Barschaft. Ich musste nämlich bereits Kilshannon verlassen, ohne dass mir die Gelegenheit blieb *irgendetwas* mitzunehmen.«

»Wir werden zurechtkommen.« Für einen Augenblick betrachtete er sie beinahe nachdenklich. »Woher wusstest du ...?«

Sie hatte noch nie zuvor über die Visionen gesprochen. Es fiel ihr schwer genug, sie zu akzeptieren.

Das erste Mal war es geschehen, kurz nachdem sie von ihren Verletzungen genesen war. Sie hatte von einem Händler ein paar Einkäufe entgegengenommen und dabei zufällig seine Hand gestreift, als sich der Anblick einer übel zugerichteten Frauenleiche vehement in ihren Geist drängte. Sie wusste nicht, was die Bilder zu bedeuten hatten. Die Vision erschreckte sie so sehr, dass sie die Flucht ergriff, ohne noch einen Gedanken an ihre Einkäufe zu verschwenden. Ein paar Tage später verbreitete sich die Kunde, der Händler sei eingekerkert worden. Man munkelte, er habe seine Frau ermordet und sei dabei gewesen, ihren Leichnam zu verscharren, als ein Nachbar ihn entdeckt habe.

Nach diesem schrecklichen Erlebnis war es hin und wieder geschehen, dass sie bei einer flüchtigen Berührung vereinzelte Bilder oder Szenen gesehen hatte. Es war, als würden die Emotionen mancher Menschen auf sie überspringen. *So wie die Gier des Wirtes oder die Schuldgefühle des Händlers.* »Ich weiß nicht, wie ich das erklären soll.« Sie geriet ins Stocken und räusperte sich. »Manchmal sehe ich Bilder. Erinnerungen an vergangene Dinge oder – wie letzte Nacht – einen kurzen Blick in die Zukunft.« *Und manchmal springen auch meine Emotionen auf jemanden über.* »Ich kann es nicht steuern und ich weiß auch nicht, was es ist. Es passiert einfach.«

Die Erklärung schien ihm zu genügen. Er wandte sich ab und ging zu Parlan. Wenig später setzten sie ihren Ritt in Richtung Westen fort. Hatte er gestern zumindest ein paar Worte mit ihr gewechselt, so schien er jetzt jedes Interesse an einer Unterhaltung verloren zu haben. Was sie auch sagte, er hatte nicht mehr als ein übellauniges Brummen für sie übrig. Kopfschüttelnd betrachtete sie ihn. Als er ihren Blick bemerkte, runzelte er die Stirn. »Warum starrst du mich so an?«

»Ich habe mich nur gefragt, warum du bist, wie du bist.«

»Kümmere dich ...«

»... um deine eigenen Angelegenheiten, Kröte«, beendete sie seinen Satz und seufzte. »Ich finde den Gedanken nicht sonderlich erhebend, wochenlang diese Art von Gespräch zu führen.«

»Wie wäre es dann mit *keinem* Gespräch?« Er richtete seinen Blick auf die Straße und schwieg.

Sie verzog das Gesicht und wechselte das Thema. »Glaubst du, wir werden noch einmal etwas wie letzte Nacht erleben?«

Er zuckte die Schultern.

»Nein, Cait«, antwortete sie an seiner Stelle mit tiefer Stimme. »Du musst dir keine Sorgen machen.«

»Danke, Daith. Das beruhigt mich.«

»Gern geschehen, Cait. Ich –«

»Hör auf mit dem Unsinn!«, fuhr er sie an.

»Unsinn?« Sie schüttelte den Kopf. »Ich führe nur eine nette Unterhaltung.«

»Du führst ein verdammtes Selbstgespräch!«

»*Ich* antworte wenigstens auf meine Fragen«, entgegnete sie spitz.

Mit einem Ruck brachte er Parlan zum Halten. Seine Augen bohrten sich in ihre wie tausend spitze Nadeln. »Wir werden das jetzt ein für alle Mal klären!«, herrschte er sie an. »Du hast von mir weder Freundlichkeit noch Verständnis oder gar Mitgefühl und Zuneigung zu erwarten. Ich bin nicht an deinen Unterhaltungen interessiert. Ich will keine Geschichten und keine Lieder. Und ich will nicht dein Freund sein. Verdammt, ich kann dich nicht einmal leiden!« Er blickte sie an, finster und drohend. »Habe ich mich deutlich genug ausgedrückt?«

»Herzlichen Dank, ja.« Ihre Stimme klang dünn in ihren eigenen Ohren. Heiße Tränen brannten in ihren Augen. Tränen der Wut. Die Art, wie er sie behandelte, weckte ihren Zorn. Sie fürchtete die Beherrschung zu verlieren, wenn sie sich jetzt auf einen Streit einließ. *Wenn ich nur den Namen seines Auftraggebers wüsste.* Trotzig reckte sie das Kinn vor, schluckte die Tränen hinunter und richtete den Blick starr auf die Straße.

Gegen Mittag erreichten sie ein Dorf. Sie blieben lange genug, um die Vorräte aufzustocken und sich mit neuer Ausrüstung einzudecken. Am Abend schlugen sie ihr Lager in einem lichten Wäldchen auf. Zu ihrem Erstaunen hatte er nicht nur einen Umhang, sondern auch eine Decke für sie erstanden. Dinge, die sie gut gebrauchen konnte, da er sich entschieden hatte kein Feuer zu entfachen.

Mit den letzten Sonnenstrahlen verschwand die Wärme. Fröstelnd wickelte sie sich in Umhang und Decke. Gerne hätte sie ihre Flöte genommen und ein wenig gespielt, doch ihre Finger waren kalt und steif. Abgesehen davon bezweifelte sie, dass Daith Gefallen daran finden würde. Als es kälter wurde, griff sie nach dem Weinschlauch, den er gekauft hatte, und nahm einen kräftigen Zug. Der Alkohol rann ihre Kehle hinab, in ihren Magen. Wärme breitete sich aus. Doch sie hielt nicht lange an. Sie nahm noch einen Schluck. Und dann noch einen. Daith packte den Proviant aus und hielt ihr Brot und Käse entgegen. Sie lehnte ab. Alles, was sie wollte, war die Wärme des Weins. Sie trank weiter. Das Gebräu stieg ihr zu Kopf und vernebelte ihre Sinne. Kein unangenehmes Gefühl, wie sie fand.

»Trink nicht so viel.«

»Sag du mir nicht, was ich zu tun habe!« Überrascht stellte sie fest, wie schwer sich ihre Zunge anfühlte. Ihre eigenen Worte erschienen ihr undeutlich. Deshalb betonte sie die nächsten umso mehr. »Immerhin spreche ich nicht mit dir. Das ist es doch, was du willst, oder?« Sie nahm einen weiteren Schluck. Seine Hand schoss vor. Sie dachte, er würde sie schlagen, und duckte sich. Stattdessen riss er ihr den Schlauch aus der Hand und warf ihn zu Boden. Der kostbare Wein lief aus und versickerte in einem dunklen Strom im Erdreich. Sie wollte danach greifen und retten, was noch zu retten war.

Da packte er sie am Handgelenk. »Ich sagte, es reicht, Kröte!«

Sie sah ihn an, unfähig ihre Gefühle länger zu unterdrücken. Die Wirkung des Weins ließ sie endgültig die Beherrschung verlieren. »Ich bin kein Stück Vieh, das du auf den Markt treiben kannst!« Es überraschte sie, dass es ihr gelang, einen vernünftigen Satz herauszubringen. »Ich bin ein Mensch und ich habe Gefühle. Ich erwarte Respekt und Achtung! Wenn das nicht in deinen Schädel reingeht – verschwinde! Ich brauche dich nicht!«

»Du bist betrunken und redest Unsinn, Weib!«

»Da haben wir es!« Sie fuhr hoch. »Du nennst mich nicht etwa bei meinem Namen. Das hast du noch nicht ein einziges Mal getan! Für dich bin ich nur eine Kröte oder ein Weib. Nicht besser als ein Stück Vieh! Ich bin es leid, wie du mich behandelst! Aber ich weiß, dass du mich nicht gehen lassen wirst. Also muss ich dich unschädlich machen!«

In diesem Augenblick war es nicht von Bedeutung, ob

sie den Namen seines Auftraggebers kannte. Sie war überzeugt, dass sie den Mann finden würde, wenn sie erst in Cor Amánthor war. Der Wein tat ein Übriges, ihren Verstand auszuschalten. Sie warf die Decke ab und stürzte sich auf Daith. Von ihrem Angriff überrascht kippte er nach hinten. Sie kniete über ihm und schlug unter wütendem Gebrüll auf ihn ein. Er schien ihre Schläge nicht einmal zu spüren. Er griff nach ihren Handgelenken. Sie riss sich los und holte erneut aus. Dann bekam er sie zu fassen. Sie wehrte sich, schlug und trat um sich. Er packte sie bei den Armen, warf sie herum und rollte sich über sie. Sie sah, wie er den Mund bewegte, und wusste, dass er sie anbrüllte. Sie vernahm nicht mehr als ein dumpfes Dröhnen. Die Sterne drehten sich wild am Himmel. Der Boden schwankte. Mit einem Mal fühlte sie sich müde und leer. Sie verfluchte den Wein, und noch während sie das tat, schlief sie ein.

Sie erwachte mit hämmernden Kopfschmerzen und dem Gefühl, dass etwas nicht stimmte. Blinzelnd öffnete sie die Augen. Nach und nach wich das Schwarz der Nacht verschiedenen Grautönen. Überrascht stellte sie fest, dass sie im Schatten eines Baumes unter ihrer Decke lag. Vorsichtig wandte sie den Kopf zur Seite – und erstarrte. Mondschein tauchte die Nacht in ein Gewirr aus schwarzen Schatten und hellgrauen Linien. Undurchdringliche Schwärze kroch ihr entgegen. Ihr Blick haftete auf dem schattenhaften Wesen, einer dunklen Silhouette in einem Kapuzenumhang. Sie gewahrte ein Schwert in seinen Händen. Kein Lichtstrahl – nicht der geringste Schimmer – brach sich in der schwarzen Klinge.

Schlagartig nüchtern sprang sie auf und schrie nach Daith. Das Klirren aufeinander prallender Schwerter ließ sie herumfahren. Ein Stück entfernt entdeckte sie ihn, im Kampf mit einem Na'Darrach – größer als jener, der auf sie zukam. *Der mich gleich erreicht!*

Der Na'Darrach holte aus. Sie warf sich zur Seite. Die Klinge schlug neben ihr in den Boden. Erde spritzte auf und traf sie im Gesicht. Hastig wischte sie sich den Staub aus den Augen, rollte herum und sprang auf. Sie griff nach einem Stein und schleuderte ihn der Kreatur entgegen. Sie machte keine Anstalten auszuweichen. Der Stein traf sein Ziel – und ging *hindurch*. Ein Anblick, der sie derart entsetzte, dass sie den nächsten Schlag erst kommen sah, als es fast zu spät war. Stolpernd duckte sie sich unter der Klinge hinweg, fuhr herum und flüchtete sich hinter einen Baum. Statt den Baum zu umrunden ging der Nachtschatten durch ihn hindurch, als wäre er nicht vorhanden. Sie brachte einen weiteren Baum zwischen sich und ihren Verfolger. Und wieder glitt er hindurch, als existierte das Hindernis nicht. Mit aufgerissenen Augen starrte sie den Na'Darrach an. Ein Schemen aus geronnener Dunkelheit. Da waren kein Mund und keine Nase, keine Augen, die im Mondschein funkelten, keine blitzenden Zähne. Dieses Wesen mochte einmal ein Mensch gewesen sein. Von den Umrissen abgesehen war davon nichts mehr geblieben.

Plötzlich kehrte Stille ein. Der Kampflärm war verstummt. Nur ihre eigenen stoßweisen Atemzüge waren zu hören. Wo war Daith? *Ihr Götter, lasst ihn am Leben sein, sonst bin ich verloren!*

Für einen Moment war sie abgelenkt. Das Schwert des

Na'Darrach raste ihr entgegen. Sie ließ sich fallen. Die Klinge pfiff durch die Luft. Er holte erneut aus. Ihr blieb keine Zeit, auf die Beine zu kommen. Auf allen vieren kroch sie rückwärts. Ihre Hand ertastete einen am Boden liegenden Ast. Sie packte ihn und riss ihn in die Höhe, als der Na'Darrach zuschlug. Die Waffe traf auf das Holz und spaltete es. Die Wucht des Aufpralls fuhr bis in ihr Schultergelenk. Mit einem Schmerzensschrei ließ sie den nutzlosen Rest des Astes fallen. Der Na'Darrach schwang sein Schwert. Noch immer auf dem Boden wich sie weiter zurück. Als sie die schwarze Klinge auf sich zurasen sah, wusste sie, dass es kein Entrinnen mehr gab. Sie schloss die Augen.

Stahl prallte auf Stahl. Sie riss die Augen wieder auf. Das Erste, was sie sah, war Daith' silbern schimmernde Klinge, die das Schwert des Na'Darrach über ihr abgefangen hatte. Die Klingen schrammten Funken sprühend aneinander entlang, als sich die Kontrahenten voneinander lösten. Daith zückte seinen Dolch und rammte ihn der Kreatur in die Seite. Das Wesen fuhr kreischend zurück. Daith setzte nach. Hieb um Hieb prasselte auf die Kreatur nieder. Mit jedem Treffer schien das Wesen weiter zu schwinden. Ein letzter Stoß. Kreischend verging der Nachtschatten in der Dunkelheit, aus der er gekommen war.

Daith packte sie am Arm und zog sie auf die Beine. Ihre Knie fühlten sich schwammig an, der Boden schwankte. »Bei allen Göttern, der Stein ist einfach hindurchgegangen ... als ... als wäre er ... gar nicht hier.« *Um ein Haar hätte er mich umgebracht.* »Wie konntest ... wie hast du ...?«

Er hob sein Schwert in die Höhe. »Silber.« Er warf ihr den Silberdolch zu. »Den wirst du beim nächsten Mal brauchen.« Er betrachtete sie aus zusammengekniffenen Augen. »Du bist vermutlich erst zufrieden, wenn ich durch deine Eskapaden und lächerlichen Wutausbrüche abgelenkt genug bin, dass uns die Na'Darrach überraschen können!« Er kam näher. »Ich sollte dich für deine Dummheit verdreschen!«

Sie wusste, dass sein Ärger nicht unbegründet war. Dennoch, oder gerade deswegen, reagierte sie trotzig. »Wenn du noch einen Schritt näher kommst, werde ich dir deinen verdammten Dickschädel spalten!« Sie griff nach den Überresten des Astes und hielt ihn drohend in die Höhe.

Mit einer blitzschnellen Bewegung schlug er ihn ihr aus der Hand und drängte sie zurück, bis sie mit dem Rücken gegen einen Baum stieß. »Ich werde dir Respekt beibringen!« Er hob die Hand zum Schlag.

Sie zuckte nicht einmal. »Indem du mich schlägst? Tu es. Ich bezweifle allerdings, dass dir das meinen Respekt einbringen wird.«

Er starrte sie an. Langsam ließ er die Hand sinken. Es überraschte sie, dass er sie nicht schlug. Seinem Blick nach zu schließen, überraschte es ihn selbst. Er stemmte die Hände über ihren Schultern gegen den Stamm und beugte sich herab, bis sein Gesicht dem ihren sehr nahe war. »Wage es nie wieder, mich zu bedrohen!« Seine tödlich ruhige Stimme jagte ihr mehr Angst ein, als all sein Gebrüll es vermocht hätte.

Sie stieß ihn von sich und wollte sich abwenden. Das Knacken eines Zweiges ließ sie innehalten. Erschrocken fuhr sie herum. Daith' Hand legte sich auf ihren Arm. Er bedeutete ihr, still zu sein. Sein Blick schweifte über die Baumreihen. Er zeigte auf sie, dann auf zwei Bäume hinter ihr. Sie verstand. Geduckt zog sie sich in die Schatten zurück. Ein weiteres Knacken durchbrach die Stille. Ganz in Daith' Nähe. Schritte näherten sich und verstummten. Blinzelnd starrte sie auf die Bäume, zwischen denen sich das erste zaghafte Licht des neuen Tages ausbreitete. Unwillkürlich legte sie eine Hand an den Dolch. Das Silber fühlte sich kühl und beruhigend an. Dieses Mal würde sie den Na'Darrach nicht wehrlos gegenübertreten. *Aber die Na'Darrach haben nicht das geringste Geräusch verursacht.* Was auch immer sich zwischen den Bäumen näherte – ein Nachtschatten war es nicht.

»Daith?«, erklang eine Stimme aus dem Unterholz.

»Sag, dass das nicht wahr ist!« Daith ließ sein Schwert sinken.

Ein kurzes Rascheln, dann trat ein Mann zwischen den Bäumen hervor, präsentierte sich mit ausgebreiteten Armen und rief grinsend: »Überraschung!«

Daith stieß sein Schwert in die Scheide, machte ruckartig kehrt und stapfte zum Lagerplatz zurück. Der andere folgte ihm. Nachdem Daith nicht den Eindruck erweckte, als wäre der Neuankömmling eine Gefahr, wagte Cait sich aus ihrem Versteck.

Als er sie sah, stieß der Mann einen leisen Pfiff aus. »Welche Schönheit erhellt das triste Licht des Tages!« Ohne die Augen von ihr zu wenden fragte er Daith: »Ist sie etwa unser Auftrag?«

Unser Auftrag? Sie unterdrückte ein Stöhnen. *Nicht noch einer von der Sorte!*

»Für dich gibt es hier keinen Auftrag! Am besten verschwindest du dorthin, wo du hergekommen bist!«

»Deine Manieren lassen zu wünschen übrig. Anstatt mich zu beschimpfen, solltest du mich erst einmal deiner Begleitung vorstellen.« Er ließ Daith stehen und trat zu Cait. »Man nennt mich Connor, holde Dame. Conn, für meine Freunde«, begrüßte er sie mit einer galanten Verbeugung. Sein Gehabe war derart übertrieben, dass sie Mühe hatte, ernst zu bleiben, doch seine Gewänder waren nicht die eines Gecken. Braune Lederhosen steckten in abgewetzten hohen Stiefeln. Darüber trug er ein beigefarbenes Hemd und eine braune Weste. Der Waffengürtel an seiner Seite wies ihn als Krieger aus. Er war groß und muskulös. Die Hände schwielig vom Kampf mit dem Schwert, das bärtige Gesicht gegerbt von Wind und Wetter. Sein Haar schimmerte golden und sein Lächeln war so freundlich und warm wie der Blick aus seinen grünen Augen.

»Ich bin Cait.«

»Cait«, wiederholte er lächelnd. »Ein Name, den ich mir merken werde. Ich werde ...«

»Du wirst den Namen gleich wieder vergessen! Und uns auch!«, fiel Daith ihm ins Wort. »Sieh zu, dass du fortkommst.«

Connor ließ sich nicht aus der Ruhe bringen. »Aladar schickt mich. Er meinte, du würdest Hilfe brauchen.«

»Aladar?«, hakte sie nach.

»Unser geschätzter Auftraggeber. Und er benahm sich sehr geheimnisvoll.« Er wandte sich wieder an Daith, dessen Miene sich schlagartig verfinstert hatte. Cait grinste triumphierend. Connor hatte es fertig gebracht, binnen weniger Augenblicke den Namen des Mannes auszuplaudern, den Daith seit Tagen geheim hielt. »Und wie üblich ist der einzige Lohn, den wir zu erwarten haben, die Gewissheit, das Richtige getan zu haben.«

Was soll das für ein Lohn sein? Für einen Söldner?

»Verschwinde, Connor.«

Zum ersten Mal war jeder Anflug von Humor aus den Zügen Connors gewichen. »Aladar klang sehr ernst. Und wenn er der Ansicht ist, dass *du* Hilfe nötig hast, habe ich allen Grund, mir Sorgen zu machen.« Das Lächeln kehrte in sein Gesicht zurück. »Abgesehen davon bezweifle ich, dass du die Gesellschaft einer jungen Dame zu schätzen weißt.« Sie erwartete, Daith würde die Geduld verlieren. Stattdessen machte er sich wortlos daran, seine Ausrüstung zusammenzupacken. »Na bitte«, meinte Connor. »Das war einfacher, als ich dachte.«

Einfach? »Er kann dich nicht leiden, was?«

»Er ist mein bester Freund. Er würde sich allerdings eher die Zunge abbeißen als das zuzugeben.« Connor holte sein Pferd, schwang sich in den Sattel und reckte ihr die Hand entgegen. »Wie wäre es für eine Weile mit angenehmerer Gesellschaft?« Als er ihr Stirnrunzeln sah, grinste er. »Du musst dir keine Sorgen um deine Unschuld machen, Mädchen. Ich bin ein verheirateter Mann, kein Wüstling.«

»Das habe ich auch nicht angenommen«, sagte sie hastig und ergriff seine Hand. Einen Augenblick später trieb er sein Pferd auf die Straße, wo Daith wartete. Ihre Gedanken schweiften ab. *Aladar.* Im Geiste wiederholte sie den Namen unzählige Male. Sie wartete, dass etwas geschehen würde. Ein vertrautes Gefühl, ein Gesicht, das zu diesem Namen gehörte. Nichts. Immerhin kannte sie jetzt seinen Namen. Endlich konnte sie ihren Weg auf eigene Faust fortsetzen. *Noch ein paar Stunden, dann bin ich Landévennec für immer los.* Sie schloss die Augen und versuchte sich vorzustellen, wie es sein würde, Aladar zu treffen. Er würde ihr sagen, wer sie war und woher sie kam. Er würde sie zu ihrer Familie bringen. Sie beschwor das Bild liebender Eltern herauf. Eine Familie, die sie in die Arme schloss und nach Hause brachte. Ein Steinhaus, das Dach mit Stroh gedeckt. Der Rauch eines Feuers stieg aus dem Kamin empor. Das Bild veränderte sich. Es wurde Nacht. Es gab keine Kerzen, kein Licht, das ihr den Weg leitete. Eltern und Haus waren verschwunden. Sie fand sich im Wald wieder. Ihr gegenüber ein Na'Darrach, die Waffe zum Angriff erhoben. Ehe er sie töten konnte, ging Daith dazwischen und fing die schwarze Klinge mit seinem Schwert ab. Sie riss die Augen auf.

Da war Daith, ein Stück vor ihnen, den Blick auf die Straße gerichtet. Sie war auf dem Pferd zusammengesunken, Connors Arm lag um ihre Taille. Hastig richtete sie sich auf und befreite sich aus seinem Griff.

»Das solltest du lieber nicht tun.«

Sie wandte den Kopf. »Was soll ich nicht tun?«

»Meinen Arm wegstoßen.«

Das würde dir so passen. »Ich dachte, du bist verheiratet.«

»Das wird dich nicht daran hindern, vom Pferd zu fallen, wenn du das nächste Mal einschläfst.«

Sie hatte nichts weiter getan, als ihren Gedanken freien Lauf zu lassen. Dass sie eingenickt war, hatte sie nicht einmal bemerkt.

»Daith' zuvorkommende Art hat dich wohl um den Schlaf gebracht?«

»Wir wurden letzte Nacht angegriffen.«

»Räuber?«

Sie schüttelte den Kopf. »Daith nennt sie Na'Darrach.«

»Na'Darrach.« Er ließ das Wort langsam auf der Zunge zergehen. »Ein Meuchelmörder oder ein paar gedungene Schwerter können die Pest sein, aber Nachtschatten sind ziemlich das Übelste, was ich mir vorstellen kann. Bei allen Dämonen, Mädchen, welchen Finstermagier hast du verärgert?«

Seine Worte über Finstermagier erschreckten sie. »Wenn ich es wüsste, wäre ich nicht hier!«, entgegnete sie heftiger als beabsichtigt.

»Du musst mich nicht anschreien. Ich bin nicht Daith.«

»Tut mir Leid. Es ist nur ...«

»Du brauchst dich auch nicht zu entschuldigen. Er treibt die meisten in den Wahnsinn.«

Sie zog eine Augenbraue in die Höhe. »Und was ist mit dir?«

»Ich habe ein dickes Fell. Das lässt mich allerdings nicht vergessen, wie er auf andere wirkt.«

»Es ist vermutlich nicht sonderlich angenehm, ihn zum Freund zu haben.«

»Er ist der verlässlichste Freund, den ich mir vorstellen kann. Er würde niemals etwas verlangen, wozu er nicht selbst bereit wäre. Zumindest darin hat er sich nicht geändert.«

»Mir scheint er nur kalt und verbittert.« *Und manchmal macht er mir Angst.*

»Er ist wie eine Frucht, unter deren harter Schale ein weicher Kern steckt.«

»Ein weicher Kern? Daith? Mir scheint er eher ein Stück verfaultes Obst zu sein, um bei deinem Vergleich zu bleiben.«

Connor wirkte traurig. »Ich weiß, welchen Eindruck er auf dich machen muss. Glaube mir, ich habe selbst oft Schwierigkeiten, mich daran zu erinnern, wie er wirklich ist. Er hat sich weit von dem Jungen entfernt, der er einst war.« Sein Blick richtete sich nach vorne, wo Daith in einiger Entfernung vorausritt. »Dennoch bin ich überzeugt, dass der Daith, der einst mein bester Freund war, noch immer da ist. Irgendwo.«

Es fiel ihr schwer, das zu glauben. Connor war vollkommen anders als Daith. Doch obwohl er freundlich war, konnte sie seine Nähe kaum ertragen. Sie hatte in den letzten Monaten zu viel ertragen müssen, um sich in der Gegenwart eines Fremden wohl zu fühlen. Als sie noch bei den Gauklern gewesen war, hatten ein paar Mädchen sie verspottet und behauptet, dass sie nie einen Mann finden würde. *Männer mögen keine Monster*, hatten sie gerufen, die Blicke angewidert auf ihren Rücken gerichtet. Nachdem die Mädchen die Narben entdeckt hatten, wusste bald jeder davon. Einmal hatten zwei Männer gefordert, sie solle ihnen die Narben zeigen. *Komm schon*, hatte einer der beiden gesagt, als sie sich weigerte. *Wir haben gewettet, wer dich länger ansehen kann, ohne dass ihm übel wird.* Ein andermal hatte ihr jemand das Kleid von den Schultern gerissen um zu sehen, ob es stimmte, was man über sie erzählte. Auch er hatte sie beschimpft und ausgelacht. Abend für Abend hatte sie sich in den Schlaf geweint, zutiefst verletzt und voller Scham. Sie hatte die Gauklertruppe verlassen, dennoch gelang es ihr nicht, die Erniedrigung zu vergessen. Zu tief hatte sich die Erinnerung an die Blicke der Menschen – voller Ekel und Faszination – in ihr Gedächtnis gebrannt.

5

Es hatte keine weiteren Angriffe gegeben. Die Na'Darrach schienen ihre Spur verloren zu haben. *Sofern es überhaupt weitere gibt.* Dass Connor und Daith dennoch nachts abwechselnd Wache hielten, vereitelte ihre Fluchtpläne.

Am Nachmittag des elften Tages verließen sie die Hauptstraße und folgten einer Abzweigung, die sie durch hügeliges Waldgebiet führte. Auf der Kuppe eines Hügels zügelte Daith sein Pferd und deutete auf die Senke unter ihnen. »Dort übernachten wir.«

Ein Weg wand sich zwischen Bäumen und Sträuchern hindurch und führte eine geländerlose Holzbrücke über einen Bach entlang bis zu einem Gehöft. Das Haupthaus, ein mit Stroh gedeckter Steinbau, war von einigen Nebengebäuden flankiert.

Connor wirkte skeptisch. »Willst du bei einem Fremden an die Tür klopfen und um ein Lager für die Nacht bitten?«

»Der Besitzer ist mir noch einen Gefallen schuldig.«

Die Dämmerung kroch bereits heran, als sie auf den Hof ritten. Lange Schatten breiteten sich zwischen den Gebäuden aus. Sie zügelten ihre Pferde und saßen ab, als ein gedrungener Mann in grober Arbeitskleidung durch die Tür trat. Er war im Begriff, seinen Schlapphut aufzusetzen, als er Daith erblickte. Mitten in der Bewegung hielt er inne. »Landévennec.« Seine Miene zeigte keine Freude.

»Hugh.« Daith nickte knapp. »Wir brauchen eine Unterkunft für die Nacht.«

»Dies ist keine Schenke.«

Daith kniff die Augen zusammen. »Genügt es, wenn ich dich an eine alte Schuld erinnere, oder muss ich mein Schwert ziehen?«

Hugh verzog die Lippen zu einem gezwungenen Lächeln. »Ein einfaches Wort genügt.« Er stieß die Tür auf und deutete hinein. »Ich bin im Stall.« Er zog den Hut ins Gesicht und stapfte davon.

Cait folgte Daith in den Wohnraum. »Gefällt es dir, dass dein Auftreten die Menschen in Angst und Schrecken versetzt?«, fauchte sie.

»Die Menschen sehen in mir einen Mann, mit dem man sich besser nicht anlegt. Das solltest du auch in Erwägung ziehen.«

»Zückst du sonst dein Schwert?«

Er trat einen Schritt auf sie zu. »Ich sollte dich übers Knie legen, vorlaute Kröte!«

»Wenn du auch nur die Hand hebst, werde ich –«

Connor drängte sich dazwischen. »Hört sofort auf! Benehmt euch wie gesittete Menschen!«

»Halt dich da raus!«, fuhr Daith ihn an. »Niemand hat dich gebeten mich zu begleiten, also misch dich nicht ein!«

Connor warf ihr einen beschwörenden Blick zu. Während der letzten Tage war es ihm oft gelungen, ihr Temperament zu zügeln und einen Streit zu verhindern. Heute wollte sie sich nicht bremsen lassen. »Du kannst mich anschreien, so viel du willst, Landévennec. Das ändert nichts daran, dass deine Art, mit Menschen umzugehen, erbärmlich ist!«

Statt sie anzubrüllen machte er kehrt und verließ das Haus. Connor heftete sich an seine Fersen. »Du benimmst dich wie ein Verrückter!«, vernahm sie seine Stimme vom Hof her. Neugierig geworden trat sie an das Fenster heran. »Bist du schon einmal auf den Gedanken gekommen, dass du ihr das Leben zur Hölle machst?«

»Tue ich das?« Daith griff nach dem Zügel und schwang sich in den Sattel. »Ich sehe mich in der Gegend um.« Er trat Parlan in die Flanken. Nach wenigen Metern war er in der Dunkelheit verschwunden. Connor führte sein Pferd in den Stall. Der schwankende Schein einer Laterne fiel durch das offene Tor auf den Hof.

Das ist meine Gelegenheit! Cait wandte sich vom Fenster ab, machte kehrt und trat vor das Haus. Um ein Haar wäre sie mit Hugh zusammengestoßen, der gerade die Hand nach der Tür ausstreckte. »Ich sehe, ob ich Conn helfen kann«, rief sie, kaum dass sie ihren Schrecken überwunden hatte. Langsam ging sie auf den Stall zu. Sobald sie hörte, wie Hugh die Tür hinter sich schloss, änderte sie die Richtung. Mit einem letzten Blick zum Stall verließ sie den Hof und trat zwischen die Bäume. Hier würde sie Daith nicht in die Arme laufen, falls er zurückkehrte. Schon nach wenigen Schritten war das Gehöft ihrem Blick entschwunden. Fahlgraue Silhouetten von Bäumen und Sträuchern umgaben sie. Äste reckten sich ihr entgegen wie Arme, die nach ihr griffen. In einiger Entfernung plätscherte der Bach vor sich hin. Ein dumpfes Krachen erklang. *Das Stalltor.* Connor musste seine Arbeit beendet und das Tor geschlossen haben. *Er wird bald nach mir suchen.*

Der Schrei eines Käuzchens durchdrang die Stille. Fröstelnd zog sie ihren Umhang enger um die Schultern. Plötzlich war da das Gefühl, nicht mehr allein zu sein. *Daith!* Sie schlüpfte in den Schatten eines Baumes und lauschte. Nichts. Nur das Raunen des Windes, der durch die Blätter fuhr. *Vielleicht ist er stehen geblieben.* Sie wartete. Und mit einem Mal wusste sie, woher sie dieses Gefühl kannte. In Kilshannon, als der Na'Darrach in ihrer Herberge gelauert hatte, hatte sie dasselbe empfunden. Sie erinnerte sich, wie lautlos er sich bewegt hatte. *Er könnte in diesem Augenblick hinter mir stehen – ich würde es nicht bemerken.* Ihre Hand wanderte an ihren Gürtel und schloss sich um das Heft des Silberdolchs. Sie zog ihn nicht, da sie fürchtete, eine Spiegelung in der Klinge könne ihr Versteck verraten. Die Hand am Dolch spähte sie in die Dunkelheit, suchte nach einer Stelle undurchdringlicher Schwärze. Nichts. *Nur meine Einbildung, die mir einen Streich gespielt hat.* Erleichtert tat sie einen Schritt zurück. Eine Berührung an der Schulter! Mit einem unterdrückten Aufschrei riss sie den Dolch aus der Scheide und fuhr herum. Dort war niemand. Nur ein tief hängender Ast, der sie an der Schulter gestreift hatte. Sie ließ die Waffe sinken. Das Herz schlug ihr bis zum Hals. Langsam zählte sie bis zehn, dann steckte sie den Dolch weg.

Da! Eine Bewegung. Rechts von ihr. Zunächst dachte sie, sie hätte sich geirrt. Dann sah sie es erneut, ein schwarzer Umriss, der sich hart von den Grautönen der

Umgebung abhob. Sie hielt den Atem an. Der Na'Darrach entfernte sich von ihr. Er bewegte sich von einer Seite zur anderen, wogte suchend zwischen den Bäumen hindurch. Geduckt schlich sie in die entgegengesetzte Richtung davon. Immer wieder sah sie sich um. Der Nachtschatten blieb verschwunden.

Sie folgte dem Plätschern des Baches, bis sie das Ende des Wäldchens nahe der Brücke erreichte. Im Schatten der Bäume hielt sie inne. Der Weg führte über offenes Gelände. Kein Baum, kein Strauch, nicht die geringste Deckung. Sie wandte den Kopf nach links. Nichts. Rechts. Alles ruhig. Sie wagte einen ersten Schritt zwischen den Bäumen hervor, geduckt und wachsam. Sie machte einen zweiten Schritt, dann einen dritten und vierten. Vor der Brücke sah sie sich noch einmal um. War da nicht eine Bewegung? Ein Stück hinter ihr im Wald? Mit einem Mal schien die Nacht voller Leben. Das Rauschen des Baches, das Flüstern des Windes in den Baumkronen. Schatten mischten sich mit den Umrissen von Büschen und Bäumen. Und hinter jedem Baum konnte sich ein Na'Darrach verbergen.

Wieder glaubte sie eine Bewegung auszumachen. Mit zwei Schritten ließ sie die Straße hinter sich und glitt – mehr rutschend als laufend – die Uferböschung hinab. Als sie erneut einen Schatten zwischen den Bäumen gewahrte, warf sie sich flach auf den Boden und drückte das Gesicht nach unten. Der Geruch feuchter Erde stieg ihr in die Nase, modrig und abgestanden. Aus Furcht, die geringste Bewegung könne sie verraten, wagte sie nicht, den Kopf zu heben. In ihrer Vorstellung rückte der Na'Darrach näher. Was, wenn er den Wald verlassen hatte und nun auf der Brücke stand? Womöglich blickte er in diesem Augenblick auf sie herab. Sie unterdrückte das Verlangen, aufzuspringen und davonzurennen. Bedächtig wandte sie den Kopf, bis sie die Brücke sehen konnte. Dort war niemand. Ihr Blick wanderte weiter. Es dauerte eine Weile, bis sie ihn entdeckte. Am Waldrand, keine zehn Meter entfernt. Mit jedem Atemzug rückte er näher. Acht Meter. Sechs. Jeden Augenblick würde er aus dem Wald treten. Sie tastete nach dem Dolch. *Ich werde dir mein Leben teuer verkaufen*. Vier Meter.

Er hatte das Ende der Baumreihen beinahe erreicht. Als sie glaubte es nicht mehr auszuhalten, hielt der Na'-Darrach inne und fuhr herum. Er wandte ihr den Rücken zu. Cait sprang auf. Geduckt rutschte sie die Böschung hinunter und glitt ins Wasser. Sie biss die Zähne zusammen, als das eisige Wasser durch ihre Gewänder drang. Der Bach war gerade tief genug, dass sie unter der Oberfläche tauchen und sich mit den Händen am Grund entlangtasten konnte. Als das Mondlicht schwand und die Schatten sie verschlangen, wusste sie, dass sie unter der Brücke angelangt war. Vorsichtig hob sie den Kopf aus dem Wasser. Vor ihr ragte ein Stützpfeiler empor. Sie umrundete ihn und tauchte tiefer in die Schatten ein. Stück für Stück näherte sie sich dem Ufer. Dort, wo die Brücke mit der Straße verbunden war, gab es einen schmalen Streifen Land. Sie kroch aus dem Wasser und drängte sich in die niedrige, dunkle Ecke. Keine Handbreit über ihrem Kopf ruhten die dunklen Holzbalken der Brücke, überwuchert von feuchtem Moos. Dünne Streifen Mondlicht zwängten sich durch die Ritzen und warfen ihren trüben Schein auf die Wasseroberfläche. Nass und frierend schlang sie die Arme um den Körper.

Was mache ich nur? Sie konnte sich nicht ewig verstecken. Sie musste versuchen ihren Weg jenseits der Brücke fortzusetzen. Der Gedanke an Flucht war plötzlich wenig verlockend. *Wie lange wird es dauern, bis sie meine Spur erneut gefunden haben? Eine Nacht? Zwei?* Und das setzte voraus, dass sie *jetzt* entkam. *Ich muss zum Haus zurück.*

Daith war ein eindrucksvoller Kämpfer. Das hatte er bereits bewiesen. Doch Daith war nicht hier. Sie konnte nur hoffen, dass Connors Kampfkraft der seinen gleichkam. Sie schloss die Augen und zwang sich durchzuatmen. Als sie ihren Blick erneut auf die Wasseroberfläche richtete, erstarrte sie. Die feinen Linien, die das Mondlicht auf das Wasser gezeichnet hatte, waren verschwunden. Es war finster. Ihre Kehle schnürte sich zusammen, als sie die schemenhafte Umrisse des Na'Darrach ausmachte, der – nur durch ein paar halb verrottete Planken von ihr getrennt – über ihr auf der Brücke stand. Spähend und Ausschau haltend wogte er von einer Seite zur anderen. Jeden Augenblick würde er durch das Holz hindurch zu ihr hinabsteigen, eine tödliche Klinge in Händen, schwarz wie die Nacht. Zitternd klammerte sie die Finger ineinander. Die Zeit wurde zu einem zähen Strom. Sekunden dehnten sich in die Unendlichkeit. Jeder Herzschlag hallte in ihrem Kopf wider, dröhnend und lang anhaltend, während sie darauf wartete, dass der Nachtschatten ihrem Leben ein Ende setzte.

Das Mondlicht kehrte zurück. Lautlos wehte der Na'-Darrach über ihr hinweg, weiter auf die Brücke hinaus. Sie ließ den Atem entweichen. Ihre Hände waren eiskalt, ebenso wie der Rest ihres Körpers. Gleichzeitig hatte sie das Gefühl, in Flammen zu stehen. Zoll um Zoll entfernte sich die Kreatur. Starr vor Angst und zugleich erfüllt von dem Drang, aufzuspringen und zu rennen, so weit sie ihre Füße trugen, atmete sie ein weiteres Mal zitternd aus.

Schließlich kroch sie zum Rand der Brücke und spähte aus den Schatten hervor, die Böschung hinauf. Alles ruhig. *Was, wenn er im Verborgenen auf der Lauer liegt?* Dieses Risiko musste sie in Kauf nehmen. Sie sprang auf die Beine und spurtete los. Ihre Gewänder waren schwer vor Nässe, die Stiefel durchweicht. Einmal rutschte sie aus. Sie schlug der Länge nach hin, rappelte sich sofort wieder auf und rannte weiter. Sie erklomm die Böschung und flüchtete in den Wald. Die Schatten hatten sie kaum verschlungen, da blieb sie stehen. Hektisch und schwer atmend sandte sie ihre Blicke nach allen Seiten aus. Nichts.

Ich hätte mir all die Aufregung sparen können, wenn ich nicht so stur gewesen wäre. Daith konnte so ekelhaft sein, wie er wollte, sie würde nicht noch einmal freiwillig auf seinen Schutz verzichten. *Für den Fall, dass ich lebend zurückkomme.*

Nachdem sie auch nach einer Weile keinen Na'Darrach ausmachen konnte, trat sie den Rückweg an. Sie huschte von Schatten zu Schatten, hielt immer wieder inne und heftete die Augen suchend auf den Wald. Da! Ein Rascheln hinter ihr. Kaum zu hören über dem Plätschern des Baches. Sie wollte sich umwenden, als sich eine Hand über ihren Mund legte. Eine weitere Hand schloss sich um ihr Handgelenk und hielt sie davon ab, den

Dolch zu ziehen. Im ersten Anflug von Panik wollte sie sich losreißen. Nur langsam wurde ihr bewusst, wie warm sich die Berührung auf ihrer eisigen Haut anfühlte. Die Finger lösten sich von ihrem Handgelenk, klammerten sich um ihren Arm und zerrten sie tiefer in die Schatten.

»Bist du übergeschnappt, dich mitten in der Nacht hier herumzutreiben?« Obwohl Daith' Stimme kaum mehr als ein Wispern war, war sein Zorn deutlich zu hören. *Wer hätte gedacht, dass ich mich einmal freuen würde dieses Gezeter zu hören.* Er nahm die Hand von ihrem Mund und drehte sie zu sich herum. »Wie kannst du so dumm sein!«, zischte er. Seine Finger gruben sich in ihren Arm. »Du bist ...« Er hielt inne. »Du wolltest abhauen!« Es fiel ihm schwer, die Stimme gesenkt zu halten. »Darüber sprechen wir noch!« Er sah sich um. »Wir müssen Conn suchen. Wenn es zum Kampf kommt, steh nicht im Weg.«

Er gab ihren Arm frei und setzte sich in Bewegung. Zu sehen, dass sein Schwert noch in der Scheide steckte, verursachte ihr Unbehagen. Gleichzeitig wusste sie, es war besser, die schimmernde Klinge verborgen zu halten. Immer wieder hielt er inne und sah sich um. Auch ihre Blicke streiften nervös über die Umgebung. Dennoch fühlte sie sich sicherer als zuvor. Sie vertraute darauf, dass er sie beschützen würde.

Endlich erreichten sie das Ende der Baumreihen. Sie spähte an ihm vorbei auf den Hof. Das Stalltor stand offen, wie sie es beim Verlassen des Hauses gesehen hatte. *Ich habe doch gehört, wie Conn es geschlossen hat.* Ihr Blick wanderte zum Haus. In dem Augenblick, als sie die Haustür sah, wusste sie, was sie gehört hatte. Die Tür war aus den Angeln gerissen. Das Holz gesplittert, als wäre es mit einem Rammbock aufgesprengt worden. Überall lagen Holzteile. Und darunter erblickte sie die Umrisse eines reglosen Körpers. *Hugh*. Sie rang um Atem, als sie seinen verstümmelten Leichnam erblickte. Er musste hinter der Tür gestanden haben, als diese unter dem Ansturm zerborsten war. Unzählige Holzsplitter spickten seinen Leib. Sein Mund war zu einem stummen Schrei geöffnet, der auf immer ungehört bleiben würde. *Wenn ich nicht davongelaufen wäre ...* Ihre Knie drohten nachzugeben.

Auch Daith' Blick hing an der zerstörten Tür. »Conn.« Das gedämpfte Wort drang nur undeutlich an ihr Ohr. Ihre Welt schrumpfte, bestand bald nur noch aus dem anklagenden Blick eines Toten. Sein Anblick brannte sich tief in ihr Gedächtnis. *Ich habe euch Unterschlupf gewährt*, schienen seine Augen zu sagen. *Und das ist der Dank*. Ihr Geist zog sich mehr und mehr zurück. Sie begrüßte es beinahe, sich in eine Welt jenseits aller Schrecken und Ängste verkriechen zu können. Gleichzeitig fürchtete sie, sich selbst zu verlieren.

»Komm zu dir, Mädchen!« Daith' Stimme holte sie in die Wirklichkeit zurück. Sie riss ihren Blick von der Leiche und sah ihn an. »So ist es gut«, sagte er ruhig. »Willst du hier sterben?« Als sie den Kopf schüttelte, sagte er: »Dann komm.« Er packte sie am Arm und zog sie im Schutz der Bäume um den Hof herum. Sie folgte ihm wie in Trance.

Als sie den Nachtschatten sah, war es beinahe zu spät. Daith riss sie zurück, ehe die schwarze Klinge sie treffen konnte. Sie stolperte auf den Hof und stürzte. Einen Augenblick später brachen Daith und der Na'Darrach zwischen den Bäumen hindurch auf den Hof hinaus. Daith rang mit der Kreatur. Ein ungleicher Kampf, den er verlieren würde, wenn es ihm nicht gelang, sein Schwert zu ziehen. Der Na'Darrach packte zu. Daith versuchte sich aus dem Griff zu lösen, der ihn Stück für Stück seiner Lebenskraft beraubte. Der Na'Darrach drückte ihn nieder. Daith keuchte. *Er wird es nicht schaffen.* Es gab niemanden, der ihm helfen konnte. *Ich kann es tun.* Das war absurd! Was sollte sie schon tun? *Alles, was ich tun muss, ist, ihm Zeit zu verschaffen, damit er sein Schwert ziehen kann.*

Sie zückte ihren Dolch, sprang auf und warf sich dem Nachtschatten entgegen. Sie machte sich darauf gefasst, dass ihre Hand durch ihn hindurchfahren würde. *Wie der Stein.* Sie traf auf Widerstand. Der Na'Darrach stieß ein wütendes Kreischen aus, als sich der Dolch in seine Seite bohrte. Er fegte Daith mit einem Hieb von den Beinen und schnellte herum. Sie riss den Dolch aus seinem Leib und wich zurück. *Du musst ihm nur ein wenig Zeit verschaffen*, äffte sie sich selbst in Gedanken nach, während sie auf den näher rückenden Schemen starrte.

»Verschwinde!«, brüllte Daith und zog sein Schwert.

Die Schwerthand der unheimlichen Kreatur schoss vor. Die schwarze Klinge zischte durch die Luft. Dann war Daith da. Er stürzte sich auf den Na'Darrach, der kreischend herumfuhr. Der Hieb, der ihr gegolten hatte, endete abrupt. Die Klinge beschrieb einen Bogen. Cait rief eine Warnung. Zwecklos. Daith hatte sein Schwert so platziert, dass er die Klinge des Na'Darrach abfangen konnte, ehe sie Cait zu treffen vermochte. Ihm blieb keine Zeit, die Waffe zu seiner eigenen Verteidigung herumzureißen. Er warf sich zur Seite. Sie war nicht sicher, ob die Klinge ihn getroffen hatte, denn nur einen Atemzug später war er wieder auf den Beinen. Sie sah die Konzentration in seinen Zügen, als er sich in Position brachte. Und sie sah noch etwas anderes. Hinter der Konzentration erkannte sie seine Anstrengung.

Sie trat näher, den Dolch in der Hand. Daith bemerkte es. »Bleib, wo du bist!«

Im selben Moment schlug der Na'Darrach zu. Daith riss das Schwert hoch und fing den Angriff ab. Stahl prallte auf Stahl. Silber auf Schwarz. Funken sprühten und verglommen wieder. Die Wucht des Aufpralls ließ ihn zurücktaumeln. Der Angreifer setzte nach. Alles, woran Cait noch denken konnte, war, dass sie ihn besiegen mussten, wenn sie überleben wollten. Sie sprang vor. Ohne sich von Daith abzuwenden holte der Na'Darrach aus und schlug mit der freien Hand nach ihr.

Sie wurde von den Beinen gerissen und prallte mit dem Kopf auf den Boden. Der Hof, die Gebäude und der Wald verschwammen vor ihren Augen. Der bittere Geschmack von Angst breitete sich in ihrem Mund aus. Schwer atmend lag sie da. Sie kämpfte die Panik nieder und blinzelte mehrmals. Für einen Moment wurde alles nur schlimmer. Fleckige Dunkelheit breitete sich aus. Dann erkannte sie Daith, der verzweifelt den Na'Darrach von ihr fern hielt. Den Schwindel ignorierend kämpfte sie sich auf die Knie. Sie sah, dass er nicht mehr lange würde standhalten können. Mit verzerrter Miene kämpfte er darum, seine Position zu behaupten.

Sie wollte ihm helfen. Alles, was sie tun musste, war sich zu erheben. Dazu fehlte ihr die Kraft. Immer wieder gaben ihre Knie nach. Sie versuchte noch immer auf die Beine zu kommen, als Connor aus dem Wald stürmte.

Mit erhobenem Schwert drang er auf den Nachtschatten ein. Das Wesen kreischte. Wieder und wieder schlug er zu. Das Kreischen wurde leiser und verstummte. Die Schwärze zerfloss und wurde vom Wind auseinander getrieben. Alles, was blieb, war eine schreckliche Erinnerung.

Daith steckte sein Schwert in die Scheide, während Connor Cait auf die Beine half. »Bist du verletzt?«

Sie schüttelte den Kopf. Ihr Blick hing an Connors Schwert. Silber. *Was sind das für Söldner, die silberne Waffen tragen?*

»Wir müssen weg«, sagte Connor. »Zwischen den Bäumen treiben sich noch zwei herum.« *Noch zwei?* Der Gedanke, mit drei Na'Darrach im Wald gewesen zu sein, war beinahe zu viel.

Daith' Blick strich über den Waldrand. »Wir haben genug Lärm gemacht, um sie hierher zu locken.« Er wechselte einen Blick mit Connor. »Wir trennen uns. Du begleitest das Mädchen, ich lenke die Na'Darrach ab.«

»Ich übernehme die Ablenkung«, widersprach Connor. »Erzähl mir nicht, dass du dazu in der Verfassung bist. Ich kenne dich und ich weiß, wann du mir etwas vormachst.« Daith sagte nichts. Connor fuhr fort: »Erinnerst du dich an die Höhle bei den Steilklippen, nahe der Fischerdörfer? Wer zuerst dort ist, wartet auf den anderen.« Ehe Daith etwas erwidern konnte, machte Connor kehrt und verschwand zwischen den Bäumen.

Daith pfiff nach Parlan. Es dauerte nicht lange, bis der Hengst auf den Hof trabte. Er schwang sich in den Sattel und hob Cait vor sich aufs Pferd. In wildem Galopp hetzten sie vom Hof. Sie ließen die Brücke hinter sich und preschten den Hügeln entgegen, als vor ihnen ein

Na'Darrach auf die Straße trat – keine zwanzig Meter entfernt. Das Schwert erhoben stand er da und wartete. Daith zog blank. »Ducken!«

Cait beugte sich tief über den Pferdehals. Sein Schwert schwingend trieb Daith Parlan an. Der Na'Darrach wich nicht von der Stelle, als das Pferd auf ihn zusprengte. In tödlicher Ruhe hob er sein Schwert. Daith zerrte am Zügel. Parlan brach nach links aus. Der Na'-Darrach schlug zu und verfehlte. Parlan stieg wiehernd auf, so abrupt, dass Cait um ein Haar den Halt verloren hätte. Daith schlang den Arm um ihre Taille und hielt sie fest. Gleichzeitig schlug er zu und vernichtete die Kreatur mit einem einzigen kraftvollen Hieb. Parlan strauchelte und verlor den Tritt. Daith sprang ab.

»Was ist los?« Sie glitt aus dem Sattel.

Schweigend deutete er auf das Schwert, das bis zur Hälfte in den Leib des Tieres eingedrungen war. Der Angreifer hatte Daith und Cait verfehlt, Parlan nicht.

Daith brachte ihn dazu, sich auf den Boden zu legen. Er kniete neben dem Kopf nieder und sah zu Cait. »Zieh das Schwert heraus.«

»Ich kann das nicht!« Der Anblick des leidenden Tieres war schlimm genug. Sie konnte ihm unmöglich noch mehr Schmerzen zufügen. »Bitte zwing mich nicht.«

»Wenn du die Kraft hast, ihn am Boden zu halten, werde ich es tun.«

Sie wusste, dass Parlan sich aufbäumen würde. Und sie wusste, dass sie ihn nicht halten konnte. Sie schloss für einen Moment die Augen, dann nickte sie und kniete sich neben Daith. »Halt ihn fest.«

Ihre Hände schlossen sich um das Heft des Schwertes.

Parlan warf den Kopf hin und her. Seine Augen rollten wild. Daith drückte ihm ein Knie gegen den Hals und presste ihn zu Boden. Gleichzeitig redete er beruhigend auf ihn ein. Sie atmete noch einmal durch und zog. Parlan stieß ein panisches Wiehern aus und bäumte sich so heftig auf, dass Daith zurückgeworfen wurde.

Sie ließ die blutige Klinge fallen. Daith rappelte sich auf und untersuchte die Wunde. Parlan schnaubte, wehrte sich aber nicht gegen seine Berührung. »Er stirbt. Gib mir den Dolch.« In einer vorsichtigen Bewegung streckte er ihr die Hand entgegen. Da sah sie zum ersten Mal, dass sein Hemd an der Schulter in Fetzen hing. Der Stoff glänzte feucht im Mondlicht. *Bei allen Göttern, der Na'Darrach hat ihn verletzt!* Mit zitternden Fingern reichte sie ihm die Klinge. Daith kniete neben Parlan nieder und tätschelte seinen Kopf. Der Hengst war jetzt vollkommen ruhig.

»Du musst nicht lange leiden, alter Freund.« Er setzte im das Messer an die Kehle. Ein kurzer Ruck, ein letztes Aufbäumen, dann war es vorüber. Cait wandte sich ab. Sie hatte Daith' Gesicht gesehen, als er dem Tier den Gnadentod gewährt hatte. Und obwohl er kein Wort verlor, wusste sie, dass ihm Parlans Tod nahe ging. Es dauerte eine Weile, ehe er zu ihr trat und ihr die gesäuberte Klinge zurückgab. »Gehen wir«, sagte er und schulterte die Satteltaschen.

Schweigend marschierten sie durch die Nacht, bis sie Stunden später einen breiten Fluss erreichten. »Wir schwimmen.«

Taumelnd vor Erschöpfung sah sie sich um. »Gibt es keinen anderen Weg?«

»Nicht für uns.« Er deutete flussaufwärts. »Ein paar Meilen den Fluss entlang gibt es eine Fähre. Falls uns die Na'Darrach noch folgen, werden sie damit rechnen, dass wir dort übersetzen. Wir werden sie enttäuschen.«

»Hältst du das für klug?« *Das sind gut dreißig Meter auf die andere Seite!* »Du bist verletzt.«

»Mir fehlt nichts.«

»Mach mir nichts vor, Daith. Ich habe das Blut gesehen.«

Er zuckte die Schultern. Mitten in der Bewegung hielt er inne und sog zischend die Luft ein. Er wandte sich ab, nicht schnell genug, um seine schmerzverzerrte Miene verbergen zu können. »Warte hier. Ich bringe die Ausrüstung rüber. Dann hole ich dich.«

»Das musst du nicht.« Sie wusste, dass er nicht die Kraft haben würde, ein zweites Mal über den Fluss zu schwimmen. Abgesehen davon wollte sie nicht allein zurückbleiben. Nicht einmal für kurze Zeit. Daith warf sich das Gepäck über die Schulter und glitt ins Wasser. Sie wartete, bis er ein Stück vom Ufer entfernt war, dann folgte sie ihm. Das Wasser war eisig, der Boden schlammig und aufgeweicht. Es war schwer, voranzukommen.

»Bleib, wo du bist!«, zischte er. »Du kannst kaum noch geradeaus laufen! Wie willst du schwimmen?« Sie tauchte in die Fluten und schwamm zu ihm. »Du bist das dickköpfigste, sturste ...« Er schüttelte den Kopf. »Sinnlos.«

Ihre Arme ermüdeten rasch. Die Kälte tat ein Übriges. Es war, als saugte ihr das eisige Wasser die letzte Kraft aus dem Körper. Ein Blick auf Daith genügte sie daran zu erinnern, dass sie durchhalten musste. Sie sah, wie er mit seiner Last zu kämpfen hatte. Er war kaum in der Lage, die einfache Distanz zu schwimmen. Ganz sicher würde er es kein zweites Mal schaffen. Keuchend und frierend kroch sie schließlich auf der anderen Seite aus dem Wasser. Sie lag zitternd am Ufer und wartete darauf, wieder zu Atem zu kommen. Daith sackte auf die Knie, kaum dass er das Ufer erreicht hatte. Fluchend stemmte er sich sofort wieder auf die Beine. Er reichte ihr die Hand und half ihr die Böschung hinauf. Wie in Trance setzte sie einen Schritt vor den anderen. Irgendwann, als sie längst glaubte nicht weiterzukönnen, drang das Rauschen des Meeres in ihr Bewusstsein. Daith führte sie über einen schmalen Pfad zwischen zerklüfteten Felsen hindurch. Unter ihnen brachen sich meterhohe Wellen tosend an den Klippen. Die Luft roch salzig. Vor einer niedrigen Höhlenöffnung hielt er inne und bedeutete ihr hineinzugehen.

In einer halbrunden Kammer voller Tropfsteine blieb Daith stehen. Obwohl ein Gang weiterführte, wollte er nicht tiefer in die Höhlen vordringen. Sie hatten nur die eine Fackel, die er bei seinem letzten Besuch neben dem Eingang zurückgelassen hatte. Der Gedanke, sie könne in einer tiefer liegenden Kammer erlöschen, behagte ihm nicht. Erleichtert von seiner Last befreit zu sein ließ er das Gepäck fallen und rammte die Fackel in eine Bodenspalte. Nachdem das Schlimmste hinter ihnen lag, drängte sich der Schmerz in sein Bewusstsein. Er lehnte sich gegen einen Felsen. Als er ihren Blick auf sich ruhen spürte, sah er auf.

Sie deutete auf den Boden. »Setz dich.«

Er weigerte sich, seine Schwäche einzugestehen. »Ich stehe gut.«

»Götter, Landévennec, hör auf, mich wie ein Rindvieh zu behandeln!«, fuhr sie ihn an. »Glaubst du, es bringt dich um, wenn du dir helfen lässt?«

»Ich komme zurecht«, entgegnete er, nicht länger in der Lage, die Erschöpfung aus seiner Stimme zu verbannen. Statt sich mit seiner Antwort zufrieden zu geben, nahm sie ihn bei der unversehrten Schulter und zwang ihn mit sanftem Druck sich zu setzen. Es tat so gut, nicht länger stehen zu müssen, dass er sie gewähren ließ.

»Zieh das Hemd aus.«

Widerwillig folgte er ihrer Aufforderung. Aus dem Augenwinkel sah er die klaffende Wunde an seiner Schulter und wünschte, er hätte nicht hingesehen. Sie griff nach dem Wasserschlauch und begann die Wunde zu reinigen. *Sie hat sich tapfer geschlagen.* Um ein Haar wäre er nicht einmal in der Nähe gewesen, als der Überfall erfolgte.

Sie riss einen Fetzten Stoff vom Saum ihres Kleides. Behutsam legte sie den Stoff auf die Wunde. Sofort breitete sich glühend heißer Schmerz in seiner Schulter aus und schoss bis in die Fingerspitzen. Er unterdrückte ein Keuchen und biss mahlend die Zähne aufeinander, ohne die Augen von ihr wenden zu können. Schon in jener ersten Nacht, als er sie in Kilshannon gerettet hatte, hatte sie nicht seiner Vorstellung einer Mörderin entsprochen. Und mit jedem verstreichenden Tag schien sie weniger in das Bild zu passen, das er sich so sorgfältig zurechtgelegt hatte. *Aber ich habe sie gesehen. Das Blut an ihren Händen ... Myles' Blut ...* Hughs Tod schien sie aufrichtig entsetzt zu haben. Wie könnte sie da ...? *Sie ist eine gute Schauspielerin.* Es fiel ihm allerdings schwer, sich vorzustellen, dass ausgerechnet sie, die nicht einmal ihr Temperament in Zaum halten konnte, in der Lage sein sollte, ihn derart an der Nase herumzuführen. Heute Nacht hatte sie ihm das Leben gerettet. *Sie hätte sich umdrehen und fliehen können.* Stattdessen hatte sie sich selbst in Gefahr gebracht, um ihm zu helfen.

Ihre Finger zitterten, als sie den Verband befestigte. Daith griff nach der Satteltasche, zog eine Decke hervor und warf sie ihr zu. »Sieh zu, dass du aus den nassen Sachen rauskommst, ehe du dir den Tod holst.« Sie fing die Decke auf, erhob sich und machte Anstalten, dem Gang tiefer in die Höhle hinein zu folgen. »Bleib hier!«, rief er. »Es ist gefährlich!«

Sie hielt inne, die Decke eng an sich gepresst. »Wenn wir hier nicht sicher sind, wo dann?«

Wie weit konnte sie schon gehen? Höchstens ein paar Meter um die Biegung herum. So weit der Fackelschein eben reichte. Er ließ sie ziehen, lehnte sich zurück und schloss die Augen. Als sie nach einer Weile noch immer nicht zurückgekehrt war, stemmte er sich auf die Beine, griff nach Schwert und Fackel und folgte ihr.

Er fand sie wenige Schritte von der Biegung entfernt. Sie kauerte vor einer Felswand, die nassen Gewänder neben sich auf dem Boden, die Decke eng um den zitternden Leib geschlungen. Sie hatte das Gesicht in den Händen vergraben und weinte. Er steckte sein Schwert weg und stieß die Fackel in eine Felsspalte. Umständlich sank er vor ihr auf die Knie. »Kein Grund, zu heulen, wir sind in Sicherheit.«

Mit einer fahrigen Bewegung wischte sie sich die Tränen von den Wangen. Sofort folgten neue. »Kein

Grund?«, echote sie mit belegter Stimme. »Meinetwegen ist heute Nacht ein Mensch gestorben! Die Götter allein wissen, was mit Conn geschehen ist, und du siehst auch nicht gerade aus, als wärst du ungeschoren davongekommen.«

Er wusste nicht, was er sagen sollte. Sie hatte Myles ermordet! Was kümmerte es ihn, ob es ihr gut oder schlecht ging. Tatsache war, dass es ihn kümmerte. Und das überraschte ihn. *Verhält sich so eine gewissenlose Mörderin? Sollte es ihr nicht einerlei sein, was mit anderen geschieht?* Einmal mehr drängten sich Aladars Worte in seinen Verstand. *Du würdest dich wundern, wenn du wüsstest, wie viel Mut und Opferbereitschaft in ihr stecken.* Mut und Opferbereitschaft. Genau das hatte sie heute Nacht bewiesen. Plötzlich griff er nach ihrer Hand und drückte sie. Cait sah erstaunt auf. Sofort zog er die Hand zurück. Seine widersprüchlichen Gefühle überforderten ihn. »Es war nicht deine Schuld.« In Wahrheit hatte er selbst Hughs Tod zu verantworten. Hugh war kein Freund gewesen, nicht einmal ein angenehmer Mensch. Vor ein paar Jahren hatte er einige Menschen in Cor Amánthor um ihren Lohn geprellt. Die Männer wollten ihn hängen. Daith hatte sie überzeugt, ihm lediglich das Gold abzunehmen, das er ihnen schuldete, und ihn davonzujagen. *Heute Nacht habe ich ihm das Leben genommen, das ich ihm einst geschenkt habe.* Er schluckte einen Fluch hinunter. *Ich hätte wissen müssen, dass wir nicht in Sicherheit sind.* Trotzdem hatte er Hugh gezwungen, sie bei sich aufzunehmen. Müde setzte er sich an die Wand und beobachtete, wie sie sich die Tränen abwischte und die Decke enger um die Schultern zog.

»Was, wenn Conn es nicht schafft?«, fragte sie leise.

»Er ist ein erfahrener Krieger. Er weiß, was er zu tun hat.« Connor hatte ein Pferd. Er hätte lange vor ihnen da sein müssen. Dass er es nicht war, beunruhigte Daith mehr, als er zugeben mochte. Schon in Kilshannon, als er auf den ersten Na'Darrach getroffen war, hatte er gewusst, dass Aladars Auftrag weitaus gefährlicher war, als er angenommen hatte. Und genau aus diesem Grund hatte er nicht gewollt, dass Connor ihn begleitete. »Er weiß, was er tut«, wiederholte er, mehr um sich selbst zu beruhigen.

Sie strich sich eine Locke aus dem Gesicht. »Ich hoffe, du irrst dich nicht.« Es dauerte eine Weile, ehe sie erneut das Wort ergriff. »Diese Na'Darrach sind in der Lage, durch Bäume und Sträucher zu dringen, warum haben sie die Tür aufgebrochen?«

»Metall.«

Sie runzelte die Stirn.

»Es hält sie auf. Ein Nagel in einem Brett oder ein Messer oder ...«

»... Türangeln und Beschläge.«

Er nickte.

»Müssten sie dann nicht auch mit einer normalen Klinge zu töten sein?«

»Ein einfaches Schwert hält sie auf. Silber kann sie vernichten.«

Ihre Blicke schweiften unruhig umher, als suchte sie nach Na'Darrach, die sich in der Dunkelheit verborgen hielten. Schließlich richteten sich ihre Augen wieder auf ihn. »Wir sind nicht aus Metall. Warum gleiten sie nicht auch durch uns hindurch?«

Er zuckte die Schultern. Eine Bewegung, die er sofort bereute, als ein stechender Schmerz durch seinen Arm fuhr. »Ich hörte einmal einen Gelehrten sagen, wir hätten so etwas wie Eisen im Blut. Eine absurde Theorie«, presste er hervor. »Tatsache ist, dass es magische Wesen sind. Ich weiß nicht, welchen Regeln ihr Dasein unterworfen ist.«

»Immerhin weißt du, wie man sie vernichtet.«

Schweigend starrte sie auf eine Stelle an der Decke. Daith schloss erschöpft die Augen. Jeder Herzschlag sandte eine Welle pochenden Schmerzes durch seine Schulter. Nach einer Weile öffnete er die Augen wieder. Cait starrte noch immer ins Nichts. Während er sie verstohlen betrachtete, erinnerte er sich an etwas anderes. »Warum hast du versucht abzuhauen?«

Für einen Moment sah es aus, als hätte sie ihn nicht gehört. Dann wandte sie den Kopf und sah ihn an. »Kannst du dir das nicht vorstellen?«

»Ich würde kaum fragen.«

»Es gibt angenehmere Möglichkeiten, einen Tag zu verbringen, als sich von morgens bis abends mit dir zu streiten.«

»Ich hätte schwören können, es bereitet dir Vergnügen, mich zur Weißglut zu treiben.«

»Da irrst du dich.«

Die Leidenschaft, mit der sie sich gegen ihn behauptet hatte, hatte darüber hinweggetäuscht, wie sehr sein Verhalten sie verletzte. Doch genau das tat es. Er sah es in ihren Augen. *War das nicht von Anfang an meine Absicht? Ich habe nie vorgehabt ihr eine angenehme Reise zu bescheren.* »Du hältst mich für erbärmlich. Das hast du deutlich zum Ausdruck gebracht.«

»Wie würdest du es bezeichnen? Ein Mann, dessen Blicke es vermögen, einen Menschen erzittern zu lassen – und der das auch noch genießt.« Sie schüttelte den Kopf. »Menschen sollten einander achten, anstatt sich gegenseitig das Fürchten zu lehren. Du hast sicher nicht viele Freunde wie Connor, die bereit sind für dich einzutreten.«

Daith begegnete ihrem Blick mit steinerner Miene. »Und wo sind *deine* Freunde?«

»Hier geht es nicht um mich«, erwiderte sie hastig.

»Dann lass uns das Thema wechseln.« Er hatte sie lange genug beobachtet, hatte tagelang ihr Verhalten und ihre Reaktionen studiert. Die Zeit war gekommen, sie mit seinen Vermutungen zu konfrontieren. »Was ist also mit dir? Wo sind die Menschen, die dir nahe stehen und dich aus purer Güte und Freundlichkeit vor den Na'Darrach beschützen?« Seine Stimme troff vor Sarkasmus.

»Dein Auftrag ist es, mich nach Cor Amánthor zu bringen. Mein Leben geht dich nichts an.« Sie richtete ihre Aufmerksamkeit auf einen kleinen Stein, den sie vom Boden aufhob. Immer wieder drehte sie ihn zwischen ihren Fingern hin und her, als gäbe es keinen erstrebenswerteren Zeitvertreib. Für sie schien das Gespräch beendet zu sein.

Für Daith hatte es erst begonnen. »Ich nehme an, wenn du nach Cor Amánthor kommst, wirst du deine Bardenfreunde im *Fröhlichen Spielmann* besuchen.«

»Vielleicht werde ich das.«

»In Cor Amánthor gibt es keine Schenke mit diesem Namen«, sagte er ohne sie aus den Augen zu lassen.

»Ich war schon in so vielen Städten. Da bringt man

schon mal was durcheinander«, sagte sie ein wenig zu schnell.

»Vielleicht hast du keine Freunde, weil du keine Vergangenheit hast.« Cait hielt mitten in der Bewegung inne. Der Stein rutschte zwischen ihren Fingern hindurch und fiel mit einem leisen Klacken zu Boden. Endlich sah er seinen Verdacht bestätigt. All die Fragen, die misstrauischen Blicke und das unsichere Verhalten, wann immer die Sprache auf Cor Amánthor oder den Hintergrund seines Auftrages kam. »Du kannst dich weder an Cor Amánthor noch an Aladar erinnern, nicht wahr?«

»Was für ein Unsinn!«

»Glaubst du, ich merke nicht, wie du mir ständig Informationen zu entlocken versuchst?«

»Ich bin nur neugierig«, verteidigte sie sich.

»Neugierig, ob du schon einmal in Cor Amánthor gewesen bist?«

»Ich weiß sehr wohl ...« Sie brach ab und schüttelte den Kopf. »Die Wahrheit ist, dass ich überhaupt nichts weiß.« Sie biss sich auf die Unterlippe. »Gaukler haben mich vor Monaten aus einem Fluss gefischt. Ich glaube, es war ein Überfall. Dabei muss ich ins Wasser gestürzt sein, ehe mich der Räuber umbringen konnte. Ich habe mir wohl den Kopf angeschlagen und das Bewusstsein verloren. Hätten die Gaukler nicht zufällig ihr Lager am Fluss aufgeschlagen, wäre ich jetzt tot.« Ihre Stimme war leise geworden. »Vielleicht wäre es besser gewesen, sie hätten mich nie gefunden.«

Vermutlich wäre es das.

»Kannst du dir vorstellen, wie das ist? Nicht zu wissen, wer du bist und woher du kommst. Meinen Namen habe ich von der Inschrift eines Ringes. Ich weiß nicht, ob es überhaupt mein Ring ist. Ihr Götter, ich weiß nicht das Geringste über mich! Was für ein Leben habe ich vor jener Nacht geführt?«

Das einer Mörderin. »Es gibt Menschen, die viel dafür geben würden, sich nicht an Vergangenes erinnern zu können.«

»Dann sind diese Menschen Narren.«

Er betrachtete sie nachdenklich. »Warum hast du mir nicht schon viel früher davon erzählt?«

»Sicher«, schnaubte sie. »Ich ziehe durch die Lande und berichte jedem, der mir begegnet, sofort von meiner größten Schwäche. *Sei gegrüßt, mein Name ist Cait – zumindest könnte er das sein. Ich habe meine Erinnerung verloren. Falls du mich also je zuvor verärgert hast oder mir Gold schuldest, gräme dich nicht, denn ich vermag es nicht, mich daran zu erinnern!*« Sie schüttelte den Kopf. »Die Menschen sind schon so grausam genug.«

Daith entgegnete nichts. Er fragte sich, ob ihre letzten Worte ihm gegolten hatten. *Und wenn schon.* Er versuchte sich einzureden, dass er sich nicht geirrt hatte und sie die Mörderin war, für die er sie hielt, doch Aladars Worte hatten Zweifel gesät. Er war verwirrt. Würde Aladar ihn belügen, damit er einen Auftrag annahm? *Ich muss mit ihm sprechen. Dringend.* Er musste wissen, warum sie so wichtig war. Und er musste wissen, was Aladar verschwieg. Das war die einzige Möglichkeit, jemals die Wahrheit über Myles' Tod in Erfahrung zu bringen. *Dieses Mal werde ich mich nicht mit großen Worten über Gefahren, die das Wissen mit sich bringt, abspeisen lassen.* Er dachte an die Na'Darrach. *Gefährlich ist es ohnehin.*

»Wirst du mir jetzt mehr über diesen Aladar und deinen Auftrag erzählen?« Ihre Frage riss ihn aus seinen Gedanken.

»Ich weiß nicht, was er von dir will, und ich habe keine Ahnung, was es mit den Na'Darrach auf sich hat. Das wirst du ihn selbst fragen müssen.«

»*Wer* ist dieser Aladar und wo zur Hölle ist Cor Amánthor?«

»Cor Amánthor ist die Hauptstadt von Dallán, einer Insel westlich von hier, unter der Herrschaft von König Drachmon dem Gerechten.« Es fiel Daith nicht leicht, von seiner Heimat zu sprechen. Zu viele Erinnerungen hingen daran.

»Eine Insel? Wir müssen auf ein Schiff?«

»Der Hafen ist ganz in der Nähe. Sobald Conn hier ist, werde ich sehen, dass wir eine Überfahrt bekommen.«

»Erzähl mir von Aladar.«

»Er ist einer der drei Obersten Seáthrun, der älteste und weiseste.« Als er ihren verständnislosen Blick bemerkte, holte er weiter aus. »Gelehrte. Sie studieren und beobachten die Auswüchse der Magie, bereit einzugreifen, wenn Gefahr droht. Auf der Suche nach Wissen reisen sie in alle Teile dieser Welt. Manche ziehen seit unzähligen Jahren durch die Lande. Andere haben das Ordenshaus in Cor Amánthor noch nie verlassen.«

»Wie wollen ein paar alte Männer gegen Finstere Magie kämpfen?«

»Ihnen unterstehen Ordenskrieger, deren Aufgabe es ist, die Weisen zu beschützen und für sie ins Feld zu ziehen, wann immer es nötig ist.«

»Sie sind nicht einfach nur Ordenskrieger. Sie sind eine Elitetruppe unter der Führung des begnadetsten Hauptmanns, den Dallán je gesehen hat.«

Daith und Cait fuhren herum. »Connor!«

»Entschuldigt die Verspätung.«

Das undeutliche Wispern einer halblaut geführten Unterhaltung schwebte durch den Raum und ließ sie erwachen. Um sie herum war es dunkel. Ihre ausgestreckten Hände fuhren über rauen Stein. *Der Höhlenboden.* Sie hob den Kopf und blickte in Richtung der Stimmen. Ein leiser Lichtschimmer drang um die Ecke und wies ihr den Weg.

Das Letzte, woran sie sich erinnerte, ehe sie eingeschlafen war, war, dass Connor von seiner Begegnung mit dem verbliebenen Na'Darrach berichtet hatte. Er hatte erkennen müssen, dass sich das Wesen nicht länger in der Nähe des Gehöfts aufhielt. In der Hoffnung, es einzuholen, ehe er auf Daith und Cait treffen konnte, hatte er seinem Pferd die Sporen gegeben und war geradewegs zur Fähre geritten. *Jener Fähre, die Daith um jeden Preis meiden wollte.* Dort hatte ihm der Nachtschatten aufgelauert. Connor, der auf einen Hinterhalt vorbereitet gewesen war, hatte sich ihm gestellt und gesiegt.

Cait tastete nach ihren Gewändern. Kaum war sie angekleidet, folgte sie den Stimmen um die Biegung. Connor stand neben dem Höhleneingang, den Blick auf Daith gerichtet. »Schließ endlich Frieden mit ihr, Daith!«

Die Männer hatten sie noch nicht bemerkt, als sie innehielt um zu hören, was Daith zu sagen hatte. »Selbst wenn ich es wollte – ich kann nicht.« Seine Worte klangen gepresst. Seinen Gesichtsausdruck konnte sie in dem schummrigen Licht nicht erkennen.

»Ich verstehe dich nicht! Warum behandelst du sie so?«

»Weil ich sonst vergesse, wer sie ist.«

Connor betrachtete ihn mit gerunzelter Stirn. »Ist das denn von Bedeutung?«

Cait rückte einen weiteren Schritt näher, während sie auf Daith' Antwort wartete. »Sie hat Myles ermordet.«

Seine Worte trafen sie wie ein Fausthieb. Fassungslos trat sie vor, die Augen auf Daith geheftet. »Das kann nicht sein.« Ihre Stimme zitterte. »Ich habe noch nie einen Menschen getötet.«

Daith' Miene zeigte keinerlei Regung. »Du magst es vergessen haben, doch du hast es getan.« Er machte kehrt und verließ die Höhle.

Zutiefst erschüttert starrte sie ihm nach. *Ihr Götter, ich habe doch niemanden ermordet!* Es konnte sich nur um eine Erfindung handeln. *Ist das seine Art, mich zu quälen, jetzt, da er weiß, dass ich mich an nichts erinnern kann?* »Warum tut er das?« In den anfänglichen Schrecken mischte sich Wut. »Wie kann dieser Mistkerl derart grausame Scherze mit mir treiben?«

Plötzlich stand Connor vor ihr und legte ihr eine Hand auf den Arm. »Er hat das sicher nicht so gemeint.«

»Nicht so gemeint?«, echote sie. »Hast du sein Gesicht nicht gesehen? Er setzt alles daran, mir das Leben zur Hölle zu machen! Und ich habe ihm auch noch das Werkzeug dafür gegeben!« Connor betrachtete sie verständnislos. »Ich habe ihm etwas erzählt, das er jetzt als Waffe gegen mich einsetzt. Wie konnte ich nur so dumm sein! Ich kann einfach nicht glauben ...«

Connor nahm sie bei den Schultern. »Sieh mich an.« Sie hob den Kopf. »So ist es gut. Und jetzt hör mir zu.« Es fiel ihr schwer, ihre Wut und Verwirrung unter Kontrolle zu bringen. Sie wusste nicht, ob Daith tatsächlich dachte, sie habe jemanden ermordet, oder ob es nur eine niederträchtige Lüge war, um Connor gegen sie aufzubringen. Connor hielt sie noch immer fest. »Ich weiß, was du ihm erzählt hast. Er hat es mir gesagt.« Sie schloss für einen Moment die Augen. »Du darfst ihn nicht verurteilen.«

»Du verlangst viel von mir. Götter, Conn, ich weiß nicht einmal, wer dieser Myles ist!«

»Er war Daith' Ziehvater.«

Das kann nur ein schlechter Scherz sein.

»Stimmt es, dass du Bilder sehen kannst?«, fragte er unvermittelt. Sie erstarrte. »Kannst du es?«, wiederholte er, als sie nicht sofort antwortete.

»Manchmal«, sagte sie ausweichend.

»Ich könnte dir mehr über ihn erzählen, aber es ist besser, wenn du es mit eigenen Augen siehst.«

»Ich kann das nicht auf Befehl«, wehrte sie ab. »Es ist eine unzuverlässige Gabe, die kommt und geht, wann sie will. Womöglich wird gar nichts passieren.«

»Versuchen wir es.« Er nahm die Hände von ihren Schultern. »Was muss ich tun?«

Der Gedanke, die Visionen bewusst zu rufen, gefiel ihr nicht. *Wahrscheinlich wird es nicht einmal funktionieren.* Ein Blick in Connors Augen genügte. Er würde nicht nachgeben. Sie seufzte. »Gib mir deine Hand und denk an Daith.«

Er reichte ihr die Hand. Sie schloss die Augen. Sie

wusste nicht, ob es möglich war, die Visionen zu lenken. Sie hatte es noch nie versucht. Dennoch schob sie alle Bedenken beiseite. Sie musste wissen, ob Daith sie tatsächlich für eine Mörderin hielt. *Es kann nur ein grausamer Scherz sein.* Connors Finger schlossen sich um ihre Hand. Sie wartete. Nichts geschah.

»Konzentriere dich«, sagte sie ohne die Augen zu öffnen. Alles, was sie wusste, war, dass die Visionen immer dann zu kommen schienen, wenn starke Emotionen im Spiel waren. »Erinnere dich, wie er war. Mach dir bewusst, was seine Veränderung für dich bedeutet.« Sie leerte ihren Geist, schob alle Gedanken beiseite und versuchte sich Daith' Gesicht ins Gedächtnis zu rufen. Stück für Stück setzte sie seine Züge zusammen. Die grauen Augen, die Narbe, das dunkle Haar, Bartstoppeln. Ganz allmählich fügten sich die Einzelheiten zu einem Ganzen zusammen, bis sie ihn deutlich vor sich sah. *Zeige mir, wer du bist, Daith Landévennec.*

Ein Ruck ging durch Connors Hand. Einer Welle gleich überfluteten seine Erinnerungen ihren Geist und schwemmten ihre eigene Existenz hinweg. Bilder blitzten in rascher Abfolge auf. Eine grüne Sommerwiese. Kinderlachen. Connor und Daith, die Gewänder voller Erde, die Gesichter dunkel vor Schmutz. Lachend rangen sie miteinander. Das Lachen verklang. Die satten Farben des Sommers verblassten. Es regnete. Daith war erwachsen. Er stand vor einem frischen Grab. Connor an seiner Seite, reglos und stumm. Die unbeschwerte Freundschaft, die sie einst verbunden hatte, lag unter einer schweren Last begraben – und das nicht erst seit Myles' Tod.

Connor legte ihm eine Hand auf die Schulter. »Die Soldaten werden seinen Mörder finden.«

Daith hob den Kopf. Jedes bisschen Wärme, das sie zuvor in seinen Kinderaugen gesehen hatte, war verschwunden. »*Ich* werde das Weib finden.« Er streifte die Hand ab und ging über die Wiese davon.

Eine tief liegende Steindecke trat an die Stelle des Himmels. Eine kalte, fensterlose Kammer, lediglich vom spärlichen Schein einiger Fackeln erhellt. Wasser tropfte von den Wänden und sammelte sich in kleinen Pfützen auf dem Boden. Ihr Blick fiel auf eine der Wasserlachen und blieb dort an ihrem Spiegelbild hängen. Nichts weiter als eine geisterhafte Erscheinung, deren Antlitz in den Schatten verborgen lag. Ihre Schritte hallten von den Wänden wider, als sie sich dem Kohlenbecken näherte. Zielstrebig streckte sie die Hand nach dem glühenden Eisen aus, das darin lag. Das Folterwerkzeug wog schwer in ihren Händen, als sie sich der Streckbank zuwandte.

Der Raum war leer, die Folterbank verlassen. Und doch drangen die Schreie geschundener Menschen an ihr Ohr. Eine Symphonie aus Leid und Schmerz, tausendfach von den Wänden zurückgeworfen. Sie verharrte, das glühende Eisen in Händen haltend. Sie fühlte die Pein gequälter Seelen. Hiebe mit der Faust oder mit harten, schweren Gegenständen. Haut platzte auf, Knochen brachen. Spitze Haken schlugen sich in menschliches Fleisch und zerrten daran. Der Geruch von Blut drang ihr in die Nase, begleitet vom Gestank des nahenden Todes. Glühende Dolchspitzen bohrten sich in ihren Leib, drangen durch die Haut und rissen sie in dünnen Streifen herunter.

Vom Schmerz überwältigt stürzte sie keuchend auf die Knie. Die Schreie hielten an, verfolgten sie und hallten gellend in ihrem Kopf wider. Sie glaubte den Verstand zu verlieren. Sie riss die Hände empor und hielt sich die Ohren zu. Die Schreie wollten nicht enden. Eine aufgeregte Stimme mischte sich darunter. Die Folterkammer verblasste. Ein verschwommenes Gesicht tauchte aus der Dunkelheit auf. »Cait!« Connor hielt sie im Arm und stützte sie. »Cait! Bei allen Göttern, hör auf zu schreien!«

Es waren ihre eigenen Schreie, die sie beinahe um den Verstand brachten. Der Schmerz der Gefolterten hallte in ihrem Körper nach wie ein niemals verklingendes Echo. Verwirrt sah sie sich um. Sie erinnerte sich, dass sie versucht hatte mehr über Daith in Erfahrung zu bringen. Dann waren die Dinge außer Kontrolle geraten. An die Stelle von Connors Erinnerungen waren die Bilder der Folterkammer getreten. Nichts davon hatte mit Connor oder Daith zu tun gehabt. *Die unendliche Pein der Gefangenen.* Eine Pein, die sie am eigenen Leib verspürt hatte. Nie zuvor hatte sie während einer Vision Schmerz empfunden. Was eben geschehen war, war schlimmer gewesen als jede Vision, die sie je gehabt hatte. Sie wollte so etwas nie wieder erleben.

»Cait?« Sein besorgter Blick ruhte auf ihr.

Vorsichtig versuchte sie sich aufzusetzen. »Es geht mir gut.«

»So sieht niemand aus, dem es gut geht! Du bist weiß wie ein Leintuch! Götter, du zitterst wie Espenlaub!« Er betrachtete sie besorgt. »Ich hätte das nicht von dir verlangen dürfen.«

»Das war nicht deine Schuld. Das war ... Ich weiß nicht, was es war. Es ... es war vollkommen *falsch.*«

Er runzelte die Stirn. »Wie meinst du das?«

»Ich kann es nicht erklären.« Nur langsam wich der Schmerz aus ihren Gliedern. Der Schrecken saß tiefer. Sie befreite sich aus seinen Armen. »Ich habe dich und Daith gesehen. Dann war da niemand mehr. Weder du noch Daith, nicht einmal ich.« Sie schüttelte hilflos den Kopf. »Plötzlich war da dieser Raum. Voll mit alten Erinnerungen an Leid und Schmerz. Mehr als ein Mensch zu ertragen vermag. Ich habe es am eigenen Leib gespürt, als wäre ich dabei gewesen. So war es noch nie.«

»Es tut mir so Leid.« Er streckte die Arme nach ihr aus. Sie wich zurück. Mit einem Seufzer ließ er sich neben ihr nieder. Sie sah ihn nicht an. Ihre Gedanken drehten sich noch immer um die Vision. Was war geschehen?

Sie wusste nicht, wie viel Zeit vergangen war, es mochten Stunden oder auch nur Minuten sein. Als sie das nächste Mal aufsah, stand Daith im Höhleneingang. »Wir brechen auf. Wir haben eine Überfahrt.«

6

Obwohl sie sich nicht erinnern konnte jemals in Cor Amánthor gewesen zu sein, erschien ihr die Stadt auf merkwürdige Weise vertraut. Die wehrhaften weißen Mauern, die sich vor der schroffen Steilküste erhoben, die stolze Stadt dahinter. All das hatte sie schon einmal gesehen.

Nachdem sie am frühen Morgen das Schiff verlassen hatten, führte Daith sie in den *Tanzenden Bären*, eine Schenke in der Nähe des Marktplatzes. Er hatte ihr einen Treffpunkt genannt, wo Aladar sie nach Einbruch der Dämmerung erwarten würde, und Connor angewiesen sie zu begleiten. Bei der Nennung des Treffpunkts hatte Connor aufgesehen. »Myles' Haus?«

Daith hatte nur die Schultern gezuckt und die Schenke verlassen. Er wollte sie später im Haus erwarten, während Connor zur Schenke zurückkehren sollte.

Bei Einbruch der Dämmerung waren sie aufgebrochen. Die Hitze des Tages war noch nicht gewichen, sodass Cait darauf verzichtete, einen Umhang mitzunehmen. Nach den zwei Wochen, die sie mit Daith und Connor in einer Kajüte eingepfercht gewesen war, genoss sie ihre neu gewonnene Freiheit. Auf den belebten Straßen fühlte sie sich zum ersten Mal seit ihrer Flucht aus Kilshannon wieder wohl.

Je weiter sie kamen, desto mehr rückten die Gebäude auseinander. Bald traten große Anwesen an die Stelle der kleinen, geduckten Häuser. Hohe Mauern und Hecken umgaben weitläufige Gärten und verwehrten den Blick auf die dahinterliegenden Herrenhäuser. Das Haus – *Myles' Haus* – gehörte zu den größten Anwesen. Vor dem Tor blieben sie stehen. Eine Weile betrachtete sie die kunstvollen eisernen Beschläge, ehe sie sich Connor zuwandte. »Wir sehen uns später.«

»Ich begleite dich hinein.«

»Nicht nötig. Daith ist dort, schon vergessen? Wenn es Schwierigkeiten gibt, ist er binnen weniger Atemzüge hier.«

»Wie du meinst. Aber glaub nicht, dass ich mich vom Fleck rühre, solange du nicht im Haus verschwunden bist.«

Zum Dank drückte sie seine Hand, ehe sie sich abwandte und auf das Tor zutrat. Die rostigen Angeln kreischten ärgerlich, als sie einen Flügel aufdrückte. Ihre Augen folgten dem breiten Weg zum Herrenhaus. Kein Wagen und kein Pferd waren zu sehen. Jenseits der Wege, wo einst gepflegte Grünflächen gewesen sein mochten, wuchs hüfthoch verwilderter Rasen. Büsche und Bäume wucherten bis auf die Wege hinaus. Breite Steinstufen führten auf einen Säulengang. Dahinter lag ein großes Doppelportal, halb in den Schatten verborgen. Von Connor wusste sie, dass Myles Landévennec zwar kein Adliger, dennoch einer der einflussreichsten Männer Dalláns gewesen war. Als gütig und gerecht hatte er ihn beschrieben, klug und freundlich. Eigenschaften, die ihn zu einem engen Vertrauten des Königs gemacht und ihm beträchtlichen Reichtum beschert hatten.

Sie ließ ihre Blicke über die Fassade wandern. Hinter keinem der hohen Fenster war Licht zu sehen. *Warum ausgerechnet dieses Haus?* Sie warf einen Blick zum Tor zurück. Connor nickte ihr ein letztes Mal zu, ehe er kehrtmachte und ging. Sie trat vor das Eingangsportal und griff nach dem Riegel. Der Türflügel war nur angelehnt. Lautlos schwang er nach innen und gab den Blick auf einen dunklen Schlund frei. Blinzelnd stand sie da und wartete, dass sich ihre Augen an die Dunkelheit gewöhnten. Zackige Reihen dunkelgrauer Umrisse wurden sichtbar. Eine breite Treppe führte inmitten der Eingangshalle nach oben. Bleiche Gespenster flankierten die Wände, von einem leisen Windhauch zum Leben erweckt. Erschrocken zuckte sie zurück. Ein nervöses Lachen kam über ihre Lippen, als sie erkannte, dass die Geister nichts weiter als Möbelstücke waren, abgedeckt mit hellen Laken. Zögernd trat sie ein. Staub wirbelte in kleinen Wölkchen unter ihren Schritten auf. Ein gedämpfter Laut ließ sie innehalten. Das Geräusch kam von oben. *Aladar und Daith.* Ohne sich länger in der Halle umzusehen ging sie auf die Treppe zu. Die Absätze ihrer Stiefel klapperten leise auf dem Steinboden. Unwillkürlich dämpfte sie ihren Schritt.

Während sie die Treppe erklomm, streiften ihre Blicke über die tiefen Schatten, die überall aus den Ecken wuchsen. Fröstelnd fragte sie sich, ob ein Na'Darrach im Haus sein könnte. Ein leises Rumpeln von oben ließ sie zusammenzucken. *Sie verursachen keine Geräusche.* Natürlich würde Aladar zu hören sein. Er war Gelehrter, kein Einbrecher. Sie erreichte den oberen Treppenabsatz und folgte einem dunklen Gang bis zu einer offen stehenden Tür. Im Raum dahinter brannte kein Licht. Ein zarter Schimmer hellen Mondlichts fiel auf den Gang. Sie trat auf die Schwelle und spähte in den Raum. Weitere abgedeckte Möbel. Ein kühler Lufthauch fuhr durch ein offenes Fenster und brachte Bewegung in die ausgebreiteten Laken, ein wogendes Meer aus weißem Tuch. Der trockene Geruch von Staub lag in der Luft.

»Aladar?«, fragte sie halblaut in die Dunkelheit. Sie beugte sich ein wenig nach vorne. »Daith?« Das Gefühl, dass etwas nicht stimmte, kehrte zurück. *Was soll nicht stimmen?* Das Haus ist groß. Aladar konnte überall sein. *Vielleicht hat er mich ja nicht gehört. Immerhin ist er ein alter Mann.* »Aladar?« *Zumindest Daith müsste mich hören.*

Ein Geräusch aus der Eingangshalle schreckte sie auf. Instinktiv trat sie in den Raum, um sich in den Schatten hinter der Tür zu verbergen. Ihr Absatz blieb an etwas hängen. Sie verlor das Gleichgewicht, stürzte und konnte sich mit den Händen abfangen. Statt leblosen Steinboden unter ihren Handflächen zu spüren, trafen ihre Finger auf etwas Weiches, Feuchtes. Hastig wischte sie sich die Hände an ihrem Rock ab, während sie sich den Grund für ihren Sturz besah. Die offene Tür hielt das Mondlicht ab und hüllte ihre Umgebung in tiefe Schatten. Zunächst glaubte sie, die dunklen Umrisse auf dem Boden würden zu einem weiteren Möbelstück gehören. Als ihre Finger über die Oberfläche glitten, zuckte sie erschrocken zurück. Wo sie ein staubiges Leintuch erwartet hatte, ertastete sie etwas Warmes. Mit der freien Hand verpasste sie der Tür einen Stoß. Mondschein flutete über sie hinweg. Ihre Finger streiften über das Gesicht eines Mannes, dessen tote Augen starr zur Decke gerichtet waren. Blut klebte in seinem schlohweißen Haar und färbte es dunkel. Sie unterdrückte einen Aufschrei und starrte auf die kleine Pfütze neben dem Leichnam, die schwarz im Mondlicht schimmerte. *Blut!*

Das fahle Licht reichte kaum aus, um seine Züge der Dunkelheit zu entreißen. Dennoch war sie überzeugt, dass sie Aladar gefunden hatte. Mit diesem Mann war ihre Hoffnung gestorben. Der Gedanke, dass die gefährliche Reise der letzten Wochen umsonst gewesen sein sollte, rief ein Gefühl verzweifelter Leere in ihr hervor. Der einzige Mensch, der ihr helfen konnte, war tot.

Er kann noch nicht lange tot sein. Seine Haut ist noch warm. Sie konnte kaum mehr als ein paar Augenblicke zu spät gekommen sein. Sie sah erschrocken auf. Was, wenn der Mörder noch im Haus war? Ihr Blick fiel auf das offene Fenster. Nein, der Mörder war nicht mehr hier. Aber wo war Daith? Das Gewirr unzähliger Stimmen und das Geräusch stampfender Schritte drang vom Garten her an ihr Ohr. Hastig erhob sie sich, schlich zum Fenster und spähte hinaus. Männer in Uniform schwärmten über das Anwesen aus. Zwei gekreuzte, von einem hellen Strahlenring umkränzte Schwerter prangten auf ihrem Wams – das Wappen der Ordenskrieger der Seáthrun, wie sie von Connor wusste.

Wenn die Seáthrun sie hier fanden, würden sie sie geradewegs als Mörderin zum Schafott führen. Niemand würde ihr glauben, dass sie Aladar nicht ermordet hatte. Sein Blut klebte an ihren Händen. Doch wo sollte sie hin? Sie konnte nicht aus dem Fenster klettern, ohne ihnen in die Arme zu laufen.

Ihr Blick streifte durch den Raum. Im Mondlicht waren die blutigen Spuren, die ihre Stiefel auf dem Boden hinterlassen hatten, deutlich zu sehen. Sie führten von Aladars Leichnam zum Fenster. Doch es musste noch andere Abdrücke im Staub geben. Aladars Fußtritte, ebenso wie die seines Mörders. Spuren eines Kampfes. Niemand würde ein paar weitere bemerken, die sich in großen Sätzen vom Fenster entfernten. Hastig schlüpfte sie aus ihren Stiefeln und nahm sie in die Hand.

Sie durchquerte den Raum mit großen Schritten und trat auf den Gang. Fackelschein drang die Treppe nach oben. Die Ordenskrieger konnten jeden Augenblick im Gang erscheinen. Ohne zu zögern schlüpfte sie durch die nächstgelegene Tür und drückte sie leise hinter sich ins

Schloss. In der Mitte des Raumes erkannte sie ein gewaltiges Bett. Überall an den Wänden waren Möbelstücke gestapelt, mit großen Tüchern abgedeckt. In einer Ecke waren die groben, kantigen Umrisse eines Kleiderschrankes auszumachen. Sie ging zum Schrank, hob das Tuch an und schlüpfte darunter. Dunkelheit umfing sie. Ihre Finger fuhren über die Schnitzereien in der Oberfläche, suchten nach einem Öffnungsmechanismus. Endlich fand sie ihn. Das alte Holz gab ein protestierendes Knarren von sich. Reglos stand sie da, lauschend. Auf dem Gang wurden Stimmen laut. Die Stiefel noch immer in der Hand, kroch sie in den Schrank. Modriger Geruch schlug ihr entgegen, als sie in die Dunkelheit eintauchte. Die Stimmen kamen näher. Hastig zog sie die Tür heran, bis nur noch ein schmaler Streifen grauen Lichts in ihr Versteck fiel. Tastend erkundete sie ihre Umgebung. Ihre Finger strichen über feuchten, rauen Stoff. Alte Gewänder. Geistesabwesend fragte sie sich, ob dies das Schlafzimmer von Daith' Ziehvater gewesen sein mochte. Der Gedanke, von den Gewändern eines Toten umgeben zu sein, ließ ihre Fantasie Purzelbäume schlagen. Sie stellte sich vor, wie Landévennecs Gewänder zum Leben erwachten. Die leeren Arme seiner Röcke tastend nach ihr ausgestreckt. Modriger Stoff, der sich um ihren Hals schlang und sie langsam erdrosselte. Sie schüttelte heftig den Kopf und verdrängte die Bilder aus ihrem Geist. Gewänder erwachten nicht zu Leben. Das war absurd.

Die Stimmen waren jetzt deutlicher. Das Stampfen schwerer Stiefel erklang wie ein düsterer Chor aus der Finsternis. Jemand rief Befehle. Eine Tür nach der anderen wurde aufgestoßen, während sich die Männer den

Gang entlangarbeiteten. Entsetzte Rufe wurden laut. *Sie haben Aladar gefunden.* Ihre Handflächen wurden feucht. Gleichzeitig war ihr eiskalt. Stimmengewirr. Schritte. Dann waren sie da. Fackellicht fiel in den Raum. Sie zog sich tiefer in den Schrank zurück. Eine Ewigkeit schien zu verstreichen, in der sich das Licht mal hierhin, mal dorthin bewegte. *Was, wenn sie unter den Tüchern und in den Schränken nachsehen?* Es fiel ihr zunehmend schwerer, ruhig zu verharren.

»Habt Ihr etwas entdeckt, Hauptmann?«, erklang eine Stimme vom Gang.

»Nein, hier ist nichts.«

Cait erstarrte, als sie die Stimme erkannte. *Daith!*

Die Schritte des anderen entfernten sich, mischten sich mit dem Gewirr unzähliger Stimmen auf dem Gang und waren bald nicht mehr herauszuhören. Daith stand noch immer im Raum. Sie biss sich auf die Unterlippe. Das Bedürfnis, aus dem Schrank zu kriechen und sich Schutz suchend hinter ihm zu verstecken, war groß. Er hatte gesagt, er sei in der Nähe. Er war hier. *Er ist einer von ihnen!* Er würde sie nicht beschützen. Er würde sie kaltlächelnd dem Henker übergeben. *Und ich könnte es ihm nicht einmal verübeln.* Sie wusste selbst, welchen Eindruck sie erwecken musste, blutverschmiert, in der Nähe eines Toten. Der Fackelschein wurde schwächer. Daith kehrte auf den Gang zurück.

»Habt Ihr etwas gefunden, Hauptmann Landévennec?«, vernahm sie eine kühle Stimme.

»Nein.« Ein leises Knarren. Daith schloss die Tür. Der Fackelschein erlosch, nur um einen Augenblick später erneut zu erstrahlen, als er in den Raum zurückkehrte. Jemand war bei ihm. »Ich habe diesen Raum bereits durchsucht, Master Croghán«, hörte sie Daith sagen. Schritt für Schritt durchquerte er den Raum und blieb schließlich vor ihrem Versteck stehen. Cait hielt den Atem an. »Hier ist niemand.« Seine Stimme klang gedämpft. Er schien mit dem Rücken zu ihr zu stehen. »Lasst uns den Rest des Hauses durchsuchen.«

»Die Männer werden sich darum kümmern«, sagte der Mann, den Daith Master Croghán genannt hatte. Daith schwieg. Sie hörte das leise Rascheln seiner Gewänder, als er sich bewegte. Croghán fuhr fort: »Aladars Tod ist ein schwerer Verlust für unsere Gemeinschaft, Daith. Ich will, dass sein Mörder zur Rechenschaft gezogen wird.«

»Das wird er, Herr.«

»Ihr werdet Euch persönlich darum kümmern.« Eine kurze Pause folgte, bis erneut Croghåns Stimme erklang. »Wir wissen beide, dass das ihr Werk war.«

»Ihr Werk?«

»Dasselbe Mädchen, das auch Myles ermordet hat. Glaubt Ihr etwa, Aladar hätte mich nicht in seine Pläne eingeweiht? Ich gehöre zu den Hohen Drei und ich bin Mitglied im Rat des Königs! Natürlich weiß ich von ihr. Er wollte sie unter einem Vorwand nach Cor Amánthor locken. Und jetzt ist er tot!« Croghåns Stimme schwankte zwischen Trauer und Zorn. »Sie ist Annuides' Komplizin! Sie ist gefährlich. Ich wusste es von Anfang an. Doch Aladar wollte nicht auf meine Warnungen hören. Er hat sich von ihrem unschuldigen Gesicht täuschen lassen.«

»Was, wenn sie es nicht getan hat?«

»Nicht getan?« Sie konnte hören, wie Croghán herumfuhr. »Sie wurde gesehen, als sie das Haus betrat. Jetzt ist sie verschwunden und Aladar ist tot!«

»Ich werde sie finden. Darauf habt Ihr mein Wort.«

»Hier sind Spuren!«, erscholl ein Ruf vom Gang. »Sie muss aus dem Fenster geflohen sein, bevor wir das Anwesen umzingeln konnten!«

»Worauf wartet ihr! Durchsucht den Garten!«, befahl Daith barsch. Gemeinsam mit Croghán verließ er den Raum und zog die Tür hinter sich zu.

Cait blieb allein zurück. Lange Zeit verharrte sie in ihrem Versteck, kaum in der Lage, ihre sich überschlagenden Gedanken unter Kontrolle zu halten. Als wäre es nicht schlimm genug, dass Daith sie für Myles' Mörderin hielt, glaubte er nun auch noch, sie habe Aladar auf dem Gewissen. Dieser Croghán hielt sie ebenso für eine Mörderin wie Daith. *Annuides' Komplizin.* Wer auch immer dieser Annuides sein mochte, in seinen Händen lag der Schlüssel zu ihrer Vergangenheit. Allein der Name rief ein ähnlich vertrautes Gefühl hervor wie der Anblick Cor Amánthors. *Ich muss ihn finden.* Sie würde nicht mehr in den *Tanzenden Bären* zurückkehren. Dort würde Daith als Erstes nach ihr suchen. Sie dachte an Connor. Er war Daith' Freund. Sie konnte ihm nicht länger vertrauen. Von jetzt an war sie auf sich gestellt.

Es dauerte lange, ehe sie sich aus ihrem Versteck hervorwagte. Bedächtig öffnete sie die Schranktür und kroch unter dem Laken hervor. Sie griff danach, um es glatt zu ziehen. Ein späterer Besucher sollte nicht bemerken, dass sie sich hier verborgen hatte. Mitten in der Bewegung hielt sie inne, die Augen starr auf die blutigen Abdrücke geheftet, die ihre Hände auf dem weißen Tuch hinterlassen hatten, als sie es zur Seite gezogen hatte um sich dahinter zu verkriechen. Es grenzte an ein Wunder, dass weder Daith noch Croghán sie bemerkt hatten.

7

»Hast du Hunger, Mädchen?«

Die Stimme schreckte Cait aus dem Schlaf. Für einen Moment wusste sie nicht, wo sie war. Die Erinnerung kehrte rasch zurück. Es war ihr gelungen, sich unbemerkt von Landévennecs Anwesen zu stehlen. Dann hatte sie nach einem Weg aus der Stadt gesucht. Die Tore waren des Nachts geschlossen und daran, die Mauern zu überklettern, war nicht einmal zu denken gewesen. Der Hafen war der einzige Fluchtweg, der ihr geblieben war. Sie hatte sich zwischen dem Haus des Hafenmeisters und den Anlegestellen hindurchgeschlichen und war im Schatten eines Handelsschiffes ins Wasser gestiegen. Sie war geschwommen, bis sie glaubte keine Kraft mehr zu haben. Außerhalb der Stadtmauern war sie an Land gekrochen und erschöpft liegen geblieben.

Dort hatte ein Mann namens Elwyn sie im Morgengrauen gefunden. Ihm gehörte eine Schenke, auf halbem Weg zur Steilklippe. Ohne auf ihren ohnehin nur schwachen Protest zu achten, hatte er sie zu seinem Karren gebracht und mitgenommen. Die Schenke lag nicht einmal dreihundert Meter vom steilsten Punkt der Klippe entfernt und trug den passenden Namen *Weltenrand*. Hinter dem Haus verjüngte sich der steil ansteigende Küstenstreifen mehr und mehr. Das obere Ende der Klippe wirkte so schmal wie die Spitze eines Fingers. Am äußersten Punkt war der schattenhafte Umriss einer einzelnen Eiche auszumachen. Es war bereits hell gewesen, als sie den *Weltenrand* erreicht hatten. Elwyn hatte sie in eine Kammer geführt und ihr eine angenehme Ruhe gewünscht. Sie war sofort eingeschlafen.

»Was ist nun? Bist du hungrig?«, wiederholte er.

Noch immer ein wenig verwirrt betrachtete sie sein zerfurchtes Gesicht. Der graue Bart und das kurz geschorene Haar unterstrichen seine kantigen, raubvogelartigen Züge. Das freundliche Lächeln nahm seiner Erscheinung jedoch die Härte. Sie war wirklich hungrig. Ihr Blick richtete sich auf das Fenster. »Es ist schon dunkel«, murmelte sie überrascht.

»Irrtum. Es wird gleich wieder hell.« Sein Lächeln wurde breiter. »Du hast den ganzen Tag und beinahe auch die ganze Nacht durchgeschlafen.« Er deutete auf ein Stoffbündel, das er auf einen kleinen Hocker gelegt hatte. »Das ist ein Kleid meiner Tochter. Dein eigenes scheint mir ein wenig mitgenommen zu sein. Komm nach unten, wenn du fertig bist.« Er wandte sich ab und ließ sie allein.

Vom Hunger getrieben stand sie auf. Ihr Kleid hatte tatsächlich Ähnlichkeit mit einem Fetzen. Das Meerwasser hatte die Blutflecken verwaschen und helle Salzränder auf dem rostrotem Stoff hinterlassen. Die Röcke waren eingerissen und zerknittert. So konnte sie sich unmöglich auf die Straße wagen ohne neugierige Blicke – und Fragen – auf sich zu ziehen.

Sie schlüpfte in das dunkelgrüne Kleid, das Elwyn für

sie bereitgelegt hatte, verbarg Daith' Dolch in einer der Rocktaschen und ging in den Schankraum hinunter. Die Fenster standen offen und ließen das erste Licht des neuen Tages herein. Der Geruch von Salzwasser lag in der Luft. Sie war der einzige Gast. Auf einem Tisch standen ein Korb mit dampfendem Brot, eine Platte mit Käse und Obst und ein Becher Milch bereit. Sie ließ sich auf der Bank nieder und griff nach dem Brot. Hungrig biss sie hinein und spülte es mit einem Schluck Milch hinunter.

Elwyn erschien an ihrem Tisch und setzte sich ihr gegenüber. »Was hattest du mitten in der Nacht dort draußen zu suchen?«

Während sie sich angezogen hatte, hatte sie darüber nachgedacht, was sie ihm erzählen sollte. Sie hatte sich für eine Geschichte entschieden, die ihr halbwegs glaubhaft erschien. »Eine Welle hat mein Ruderboot zum Kentern gebracht. Die Götter allein wissen, wie ich es an Land geschafft habe.«

»Ihr jungen Leute«, sagte er kopfschüttelnd. »Früher haben wir für ein Treffen mit unserer Liebsten weniger gefährliche Plätze ausgesucht. Orte, die auch zu Fuß zu erreichen waren. Du solltest in Zukunft vorsichtiger sein.«

Sie nickte, erleichtert, dass er ihr die Antwort abgenommen hatte. »Ich schulde dir großen Dank.« *Mehr, als du ahnst.*

Er winkte lachend ab. »Es mag zwar lange her sein, doch auch ich war einmal jung. Und ich meine mich zu erinnern, dass das Schlagen eines verliebten Herzens manchmal den Warnruf der Gefahr übertönt.«

Nickend nahm sie einen Schluck Milch. Ein lautes Poltern auf der Treppe ließ sie zusammenfahren. Für einen Moment glaubte sie die dröhnenden Stiefel der Seáthrun zu vernehmen, die über das Holz stampften. Statt einer Horde bewaffneter Krieger erblickte sie ein Mädchen, das mit großen Sätzen die Stufen herabsprang. Sie war hoch gewachsen und etwa in Caits Alter. Ihr blondes Haar war zu einem dicken Zopf geflochten. Die markanten Züge ließen keinen Zweifel daran, dass sie Elwyns Tochter sein musste. Ohne auf Cait und ihren Vater zu achten stürmte sie auf die Tür zu.

»Rena! Komm her und begrüße unseren Gast.«

»Ich bin in Eile.« Winkend riss sie die Tür auf und verschwand auf den Hof.

Elwyn lachte. »Du musst Serena entschuldigen. Sie benimmt sich jedes Jahr um diese Zeit so.« Ihm entging Caits verwirrte Miene keineswegs. »Du bist nicht von hier, was?«

»Ich bin erst seit einigen Tagen in der Stadt – zu Besuch bei meiner Tante.«

Er nickte, als würde das alles erklären. »Ein Wunder, dass dich die Mädchen noch nicht mit ihrer Aufregung angesteckt haben. Überall in der Stadt sind sie dabei, sich herauszuputzen und schöne Kleider zu nähen. In wenigen Tagen findet die jährliche Parade anlässlich des Wiegenfestes des Prinzen Liamar statt.«

»Und?«

»Und wie jedes Jahr sind alle jungen Dinger völlig außer Rand und Band.«

»Was ist so Besonderes am Geburtsfest eines Adligen?«

»Er ist der Thronfolger – und er ist unverheiratet. Jedes Jahr zu seinem Wiegenfest hält die Stadt ihm zu Ehren eine Parade ab. Im Anschluss daran reitet er mit seinem Gefolge durch die Straßen, verteilt Blumen und bedankt sich beim Volk für die Segenswünsche. Liamars Vater heiratete einst ein einfaches Mädchen aus dem Volk. Und viele der jungen Dinger wie meine Rena hoffen nun, dass der Prinz in die Fußstapfen seines Vaters treten und ebenfalls eines Tages eine Frau aus dem Volke erwählen wird.«

»*Das* ist es?« Sie begann zu lachen. »Sie können sich doch nicht allen Ernstes erhoffen, der Prinz würde sie während der Parade zu seiner Königin erwählen?«

»Deine Betrachtungsweise ist ausgesprochen nüchtern – und ebenso treffend.«

»Warum sollte ich es anders sehen? Dass König Drachmon einst eine Frau aus dem Volke erwählte, heißt doch nicht, dass sein Sohn dies eines Tages ebenfalls tun wird.«

Elwyn betrachtete sie eingehend. »Du bist wirklich nicht von hier. Nicht einmal aus Dallán. Woher kommst du?«

»Vom Kontinent. Kilshannon.« Es war nicht einmal gelogen. »Warum?«

»Jeder in Dallán weiß, dass Liamar nicht der Sohn des Königs ist. Er ist der Sohn von Drachmons Bruder, Prinz Anajas.«

»Der König hat selbst keinen Erben?« Sie schnitt ein Stück Käse herunter und schob es sich in den Mund.

»Nicht, seit sein Sohn unter geheimnisvollen Umständen verschwand.«

In Cait erwachte die Geschichtenerzählerin zum Leben, begierig Neues zu erfahren. »Das klingt nach einer dramatischen Geschichte.« Zum einen war sie neugierig mehr über Cor Amánthor zu erfahren. Zum anderen war es besser, ihn reden zu lassen. Auf diese Weise konnte er keine Fragen stellen, die sie ohnehin nur mit einer Lüge beantworten würde. Sie nahm einen Bissen Brot und wartete, dass er zu erzählen begann.

Er lehnte sich zurück und räusperte sich. »Es ist inzwischen etwa fünf Monate her, dass Prinz Annuides verschwand.«

Cait verschluckte sich. Hustend und um Atem ringend griff sie nach der Milch und trank hastig einen Schluck.

»Alles in Ordnung, Mädchen?«

Sie nickte, immer noch nach Luft schnappend. »Ich war wohl zu gierig.« Bei der Erwähnung des Namens hatte sie für einen Augenblick geglaubt, das Herz würde ihr stehen bleiben. Sie zwang sich zur Ruhe. Womöglich war Annuides ein weit verbreiteter Name in Dallán. Dass der Sohn des Königs so hieß, mochte nichts zu bedeuten haben. *Ebenso wenig wie die Tatsache, dass er zufällig vor fünf Monaten verschwand?* Sie sah Elwyn an. »Es geht mir gut. Erzähl weiter.«

»Es geht die Kunde, Annuides sei der Hohepriester eines geheimnisvollen Kultes gewesen. Dämonenanbeter. Die weisen Männer der Seáthrun deckten seine finsteren Machenschaften auf. Annuides floh noch in derselben Nacht. Seither wurde er nie wieder gesehen. Man sagt, er habe Dallán an Bord eines Schiffes verlassen.« Elwyn zuckte die Schultern. »Was auch immer die Wahrheit sein mag, sie hat nie die Mauern des Ordenshauses verlassen. Xanos könnte vermutlich interessante Geschichten berichten.«

»Xanos?«

»Der damalige Schreiber der Seáthrun.«

Dämonenanbeter. Noch immer hallte das Wort in ihrem Geist wider. Sie hielt die Hände fest auf die Tischplatte gepresst, um ihr Zittern zu verbergen. »Dieser Annuides ist einfach verschwunden? Was war das für ein Kult? Wem diente er? Was ist mit seiner Frau und seiner Familie? Was ...«

Elwyn hob abwehrend die Hand. »Langsam, langsam, Mädchen. Eines nach dem anderen. Ich gebe zu, es ist eine spannende Geschichte, doch ich fürchte, dass ich nicht viel mehr zu berichten weiß. Annuides war nicht verheiratet. Man sagt, es gab eine Frau an seiner Seite. Auch sie gehörte dem Kult an.« Er schüttelte den Kopf. »Der bloße Gedanke an die abgehaltenen Rituale und die Menschenopfer verursacht mir eine Gänsehaut.«

»Menschenopfer?« Sie schauderte.

Elwyn beugte sich über den Tisch nach vorne. Mit gedämpfter Stimme fuhr er fort: »Im Hafen legen oft Schiffe der bakembanischen Sklavenhändler an. In jenen Zeiten gab es mehr als nur einen Sklaven, der spurlos verschwand. Und glaube mir, sie sind nicht geflohen.« Er erhob sich. »Ich denke, das waren genug Gespenstergeschichten für einen Morgen. Du bist ja ganz bleich.« Er legte ihr eine Hand auf den Arm. »Mach dir keine Sorgen, das alles ist längst vorbei – und wer weiß, ob es überhaupt je geschehen ist.« Er entfernte sich vom Tisch. »Ich muss jetzt nach meinen Tieren sehen.«

Letzte Nacht hatte sie sich einen Anhaltspunkt gewünscht, an dem sie mit ihren Nachforschungen fortfahren konnte. Dieser Croghán hatte ihr einen Namen geliefert: Annuides. Und jetzt, da sie eine Geschichte zu diesem Namen kannte, wünschte sie, sie hätte nie davon gehört. *Menschenopfer und Dämonen.* Auch wenn ihr der Gedanke nicht gefiel, sie musste mehr über diesen Kult und die Ereignisse vor fünf Monaten herausfinden. Wo sollte sie beginnen? *Ich kann kaum in den Palast stolzieren und den König nach dem Verschwinden seines Sohnes fragen.* Da war dieser Schreiber. Xanos. *Ich muss in die Stadt zurück.*

Die Stadttore waren streng bewacht. Männer der Seáthrun waren neben den Stadtwachen an den Toren postiert und musterten jeden, der die Stadt verließ, eingehend. Mit gesenktem Haupt und wild pochendem Herzen durchschritt sie das Tor. Niemand schenkte ihr Beachtung. Die Aufmerksamkeit der Männer war auf jene gerichtet, die Cor Amánthor verließen. *Wie könnten sie auch annehmen, dass ich so verrückt bin zurückzukehren.* Sie sah sich aufmerksam um, betrachtete jedes Gesicht und jedes Fuhrwerk, dem sie begegnete. Sobald sie die dunkelblauen Uniformen der Seáthrun ausmachte, änderte sie die Richtung.

Sie war noch nicht weit gekommen, als sie Schritte hinter sich vernahm. Unwillkürlich beschleunigte sie ihr Tempo. Die Schritte in ihrem Rücken wurden ebenfalls schneller. Sie glaubte eine Stimme zu hören und warf einen Blick über die Schulter. Connor! *Er wird mich ausliefern!* Das durfte nicht geschehen! Sie rannte los, preschte um eine Hausecke und folgte einer Gasse. Im Zickzack stürmte sie an Passanten vorbei, schlug einen Haken um ein Fuhrwerk und wich einer Gruppe Waschweiber aus, die auf der Straße zusammenstanden. Als sie das nächste Mal nach hinten blickte, war er nicht mehr zu sehen. Sie hatte ihn abgehängt. Erleichtert richtete sie ihren Blick nach vorn – und stieß mit jemandem zusammen, der in diesem Moment aus einer Seitengasse kam. Connor!

Cait täuschte einen Schritt nach links an und stürzte dann rechts an ihm vorbei. Das heißt, sie *wollte* an ihm vorbei. Er reagierte blitzschnell. Seine Hand schoss vor, schloss sich um ihren Arm und bremste ihre Flucht. »Bist du übergeschnappt?« Er zog sie zu sich heran ohne ihren Arm freizugeben. »Die Seáthrun suchen überall nach dir. Glaubst du denn nicht, du könntest meine Hilfe brauchen?«

»Deine Hilfe ist in etwa das Letzte, was ich brauchen kann«, entfuhr es ihr.

Er betrachtete sie mit gerunzelter Stirn. »Was ist los mit dir?«

»Was los ist? Du bist Daith' Freund. Er will meinen Tod. Nenn mir nur einen einzigen Grund, warum ich dir vertrauen sollte!«

»Glaubst du, er hätte dich vor den Na'Darrach beschützt, wenn er deinen Tod wollte? Glaubst du das?«

Sie erinnerte sich an Daith' kalte Blicke – und an seine nachdenkliche Miene, als sie seine Schulter verbunden hatte. »Ja. Nein.« Sie schüttelte müde den Kopf. »Ich weiß nicht, was ich noch glauben soll, Conn.«

»Beruhige dich erst einmal.«

»Du hast leicht reden.«

»Ich werde dir nichts tun, du hast mein Wort.«

»Lässt du dann meinen Arm wieder los?«

»Erst wenn ich mir sicher bin, dass du nicht sofort wieder zu türmen versuchst.« Er löste seinen Griff und nahm sie stattdessen bei der Hand. »Ich weiß, dass Aladar tot ist, und ich weiß auch, dass die Seáthrun dich für die Mörderin halten. Ebenso weiß ich, du warst es nicht. Ich kenne dich inzwischen gut genug um zu wissen, dass du dazu nicht im Stande bist.«

»Daith ist anderer Ansicht.«

»Das glaube ich nicht. Er war es, der mir sagte, dass ich dich finden und von hier fortbringen soll.«

Sie hob ruckartig den Kopf. »Aber er war bei ihnen. Dieser Croghán trug ihm auf ...«

»Dass Croghán ihm befahl dich zu finden, bedeutet noch lange nicht, dass er den Befehl auch ausführt.« Er kratzte sich am Kinn. »Ich weiß weder, wo er ist, noch, was er vorhat. Ich weiß nur, dass ich ihm immer vertraut habe. Ich bitte dich nun, mir zu vertrauen. Ich will dir helfen.«

Seine Worte erschienen ihr aufrichtig, ebenso wie seine unverhohlene Sorge. »Also gut.«

Er gab ihre Hand frei. »Was ist geschehen, Cait?«

Sie berichtete knapp, wie sie Aladars Leichnam gefunden und sich vor den Seáthrun versteckt hatte. »Dieser Croghán sagte, dass ich Annuides' Komplizin sei.«

»*Prinz* Annuides?«

»Sieht ganz so aus. Ich weiß, dass er mit einem Kult in Verbindung gebracht wird und spurlos verschwand. Und dass es eine Frau an seiner Seite gab.«

»Das ist dieselbe Geschichte, die auch ich kenne.« Er sah auf. »Du glaubst doch nicht etwa, du warst diese Frau?«

»Warum sollte Croghán mich sonst als Komplizin bezeichnen?«

»Ich kann mir nicht vorstellen, dass du einem Dämon gehuldigt haben sollst. Ein Mädchen wie du würde niemals –«

»Woher willst du das wissen?«, fiel sie ihm ins Wort. »Ich habe doch nicht die geringste Ahnung, was für ein Mensch ich war, ehe ich meine Erinnerung verlor! Womöglich bin ich die Mörderin, für die Daith mich hält. Vielleicht habe ich wirklich einen Dämon angebetet. Was, wenn ich herausfinde, dass all diese Dinge der Wahrheit entsprechen?«

»Darüber machen wir uns Gedanken, *falls* wir eine Verbindung zwischen dir und dem Kult finden.« Er drückte ihre Hand. »Und jetzt verrate mir lieber, was du vorhattest, ehe ich dich fand.«

»Darf ich Euch noch etwas anbieten?« Xanos hielt mit der Weinkaraffe vor Cait inne. Sie winkte dankend ab und beobachtete, wie er Connors Kelch füllte. Xanos war ein gebeugter Mann, in dessen hageres Gesicht sich tiefe Falten gegraben hatten. Sein Beruf hatte ihm im Laufe der Jahre schlechte Augen beschert. Er erinnerte an einen Maulwurf, wie er dasaß und sie aus zusammengekniffenen Augen über den Tisch hinweg musterte. »Wie kann ich Euch also helfen?«

»Wie bereits erwähnt erstellen wir im Auftrag des Palastes eine königliche Familienchronik«, behauptete sie. »Dabei sind wir auf einige ... Ungereimtheiten gestoßen. Dinge, die wir nicht verstehen.«

»Ich bin seit Monaten nicht mehr im Dienste der Seáthrun. Ich sehe nicht mehr gut genug, um länger als Schreiber zu arbeiten. Ihr solltet Tregan, meinen Nachfolger, fragen.«

»Er wird uns nicht helfen können. Nicht so wie Ihr.« Sie fasste sich ein Herz und kam zur Sache. »Es geht um Prinz Annuides. Wie wir hörten, seid Ihr damals der zuständige Schreiber gewesen. Womöglich seid Ihr in der Lage, uns einige Fragen zu beantworten.«

Xanos runzelte die Stirn. »Wer sagtet Ihr, hat Euch geschickt?«

»Master Croghán selbst war es, der Euren Namen nannte.« *Götter, lasst ihn mir glauben!*

Der Alte nickte. »Wenn das so ist, will ich gerne versuchen Euch behilflich zu sein. Was ist es also, das Euch beschäftigt?«

»Ist es wahr, dass die verschwundenen Sklaven mit dem Kult zu tun haben?«

»Ich verhörte einst einen Schmuggler, der im Verdacht stand, etwas damit zu tun zu haben. Dryden. Ein übler Bursche, den so leicht nichts zu schrecken vermochte. Er berichtete von einem Mann, der die Sklaven von ihm gefordert hatte. Ein Mann, an dessen Gesicht er sich im selben Moment, in dem er es erblickte, nicht mehr zu erinnern vermochte.« Xanos nickte viel sagend. »Dryden ist ein gefürchteter Mann, dennoch stand ihm der Angstschweiß auf der Stirn, als er von ihm berichtete.«

Cait rückte auf die Kante ihres Sessels. »Wer war der Mann? Annuides?« Als Xanos den Kopf schüttelte, fragte sie: »Ein Handlanger, der ihm zu Diensten war?«

Xanos' heiseres Lachen ließ sie innehalten. »Ihm zu Diensten?« Sein Lachen erstarb abrupt. Kopfschüttelnd fuhr er fort: »Natürlich nicht. Dryden sprach vom Arsilah, dem Gesicht in den Schatten. Ein Dämon aus dem Garten der Dunkelheit – der Neunten Hölle. Er weilt nicht in unserer Welt, doch Annuides' Kult hat es sich zum Ziel gemacht, ihn von seinen Fesseln zu befreien und in unsere Welt zu holen.«

»Dieser Kult betet nicht einfach einen Dämon an, er versucht ihn zu *beschwören*?« Sie hatte Mühe, ihre Stimme unter Kontrolle zu halten. »Ist das der Grund, dass die Sklaven …?«

»Der Arsilah fordert Blut. Nur ein mächtiger Magier vermag es, ihm durch Menschenopfer die Möglichkeit zu geben, aus seiner Welt emporzusteigen. Verglichen mit seinen wahren Kräften hat er dann trotzdem nur geringe Macht. Um ihn vollends zu beschwören ist mehr vonnöten als das Leben einiger Sklaven. Den Göttern sei Dank, gab es Männer, die alles daransetzten, den Kult zu zerschlagen. Myles Landévennec war einer von ihnen. Deshalb musste er sterben.«

Ihre Hände zitterten. Hastig verschränkte sie die Finger. Unzählige Fragen gingen ihr durch den Kopf, doch alles, woran sie denken konnte, war, dass der Tod von Myles Landévennec in Zusammenhang mit dem Kult stand. Jenem Kult, von dem sie annehmen musste, dass sie ihm selbst angehört hatte.

Connor nahm ihr die nächste Frage ab. »Wie ich hörte, gab es eine Frau an der Seite des Prinzen.«

Xanos nickte. »Vermutlich war sie es, die die Opferungen vornahm.«

Die Folterkammer. Ihre Finger krallten sich ineinander. Sie war kaum in der Lage, ihre Bestürzung zu verbergen.

Ihr wurde abwechselnd heiß und kalt. Zum ersten Mal kam ihr der Gedanke, dass sie es gewesen sein könnte, die diese Menschen gequält hatte. Menschen, deren Schmerz sie in ihrer Vision gespürt hatte. *Ich habe diese Menschen gefoltert und getötet.* Plötzlich erschien es unerträglich heiß im Raum. Sie glaubte keine Luft mehr zu bekommen. Als sie aufsprang, stieß sie gegen den Tisch. Ein Weinkelch fiel um. Sie stürzte an Connor und Xanos vorbei aus dem Haus. Nach wenigen Metern blieb sie in einer schmalen Gasse stehen, so sehr zitternd, dass ihre Beine ihr nicht länger gehorchen wollten. Mit dem Rücken an die Wand gelehnt ließ sie sich zu Boden sinken, schloss die Augen und zwang sich zu atmen.

Eine sanfte Berührung an der Schulter ließ sie zusammenfahren. »Cait?« Connor kniete neben ihr nieder. »Fühlst du dich nicht wohl?«

»Ob ich mich nicht wohl fühle?«, wiederholte sie und konnte ihm nicht in die Augen sehen. »Hast du Xanos nicht gehört?«

»Er hat uns kaum mehr gesagt, als wir ohnehin schon wussten.«

»Machst du Witze? Die Menschenopfer! Daith' Ziehvater! Verstehst du denn nicht? Was auch immer geschehen ist, ich stecke tief mit drin! Ich habe Menschen getötet!«

»Du weißt weder, ob es wahr ist, was die Leute erzählen, noch, ob *du* die Frau an der Seite des Hohepriesters warst.«

»Aber ...«

»Sieh mich an!« Sie hob den Kopf. Mit sanfter Stimme fuhr er fort: »Du bist keine Mörderin. Du darfst dich nicht so quälen. Versprich es mir.«

»Wie soll ich etwas versprechen, wenn ich weiß, dass ich es nicht halten kann?«

Es war längst dunkel, als Cait und Connor den *Weltenrand* erreichten.

Am Ende des Marktes hatten sie sich unter eine Gruppe von Händlern und Spielleuten gemischt und in ihrem Schutz die Stadt verlassen. Tatsächlich war das Aufgebot der Ordenskrieger in den Straßen noch verstärkt worden. Inzwischen waren sie so zahlreich, dass Connor es für zu gefährlich befand, länger in der Stadt zu bleiben.

Die Hitze des vergangenen Tages lag drückend über dem Land. Cait sehnte sich nach einer Abkühlung. Sie hatte das Gefühl, in einem Albtraum gefangen zu sein. Nur dass es kein Erwachen gab. Immer wieder sagte sie sich, es gab keine Beweise, dass sie eine Mörderin war. Niemand hatte sie gesehen, niemand kannte sie. Doch alles passte zu gut zusammen, als dass sie nichts damit zu tun haben könnte.

Blinzelnd starrte sie auf die Schenke, die plötzlich vor ihr aus der Dunkelheit auftauchte. Elwyn schleppte einen Eimer vom Brunnen zum Stall. Seine Augen hefteten sich auf Connor. Missbilligend schüttelte er den Kopf. »Junge, weißt du überhaupt, in welche Gefahr du dein Mädchen gebracht hast?«

Connor runzelte die Stirn. Hastig griff Cait nach seiner Hand. »Wir werden uns künftig an weniger gefährlichen Orten treffen. Irgendwo, wo ich nicht Gefahr laufe, mit einem Boot zu kentern.«

»Warum geht ihr nicht rein und esst etwas?«, schlug er

vor, ehe Connor etwas sagen konnte. »Dein junger Galan kann in der Kammer neben der deinen schlafen.« Das Wasser im Eimer plätscherte leise, als er sich wieder in Bewegung setzte.

Connor betrachtete sie belustigt. »Erst verfassen wir eine Chronik über die königliche Familie und wenig später sind wir plötzlich Liebende? Ich bin gespannt, was als Nächstes kommt.«

»Wie wäre es mit einer warmen Mahlzeit?« Sie wandte sich ab und trat in die Schenke. Der anheimelnde Duft von Gebratenem lag in der Luft und erinnerte sie daran, dass sie tatsächlich hungrig war. Sie fanden einen freien Tisch in der Nähe eines Fensters. Kaum dass sie sich gesetzt hatten, erschien Serena. »Cait, nicht wahr?« Ihr Blick schweifte zu Connor. »Wie mir scheint, hast du eine Menge Verehrer.«

»Wovon sprichst du?«

»Von dem Kerl, der nach dir gefragt hat.«

Daith. Sie wechselte einen raschen Blick mit Connor. Er wirkte nicht beunruhigt. »Hat er seinen Namen genannt?« Serena schüttelte den Kopf.

Connor kniff die Augen zusammen. »Das war der Kerl mit der Narbe auf der Wange, nicht wahr?«

»Er hatte keine Narbe. Er ...« Serena geriet ins Stocken. »Merkwürdig, ich kann mich nicht erinnern, wie er aussah.« Sie schüttelte erneut den Kopf. »Er war dunkel gekleidet. Ich glaube schwarz. Daran kann ich mich erinnern, doch sein Gesicht ...«

Cait erbleichte. »Wo ist er hin?«

»Er ging in Richtung der Klippe davon. Hinauf zur Eiche.«

Cait sprang auf. Connor hielt sie am Arm zurück. »Wo willst du hin?« *Willst du einen Dämon suchen?*, schienen seine Augen zu fragen. Am liebsten hätte sie geschrien, dass sie genau das vorhatte. Doch Connor hatte Recht. Die Nacht war *sein* Element. Und was wollte sie tun, wenn sie ihn fand? *Aber er kennt mich. Er muss etwas über mich wissen.* Hin- und hergerissen zwischen dem Drang, das Rätsel ihrer Vergangenheit zu lösen, und dem Wunsch, sich nicht in Gefahr zu begeben, setzte sie sich wieder. Der nagende Hunger, den sie Augenblicke zuvor verspürt hatte, war verflogen. Plötzlich schien es ihr in der Schankstube erdrückend laut zu sein. Sie glaubte inmitten des Stimmengewirrs ihre eigenen Gedanken nicht mehr zu verstehen.

»Cait!« Sie schrak auf, als Connor eine Hand auf ihren Arm legte. Serena war nicht mehr da. »Du siehst müde aus. Ruh dich aus.« Erleichtert dem Krach zu entkommen, ließ sie sich von ihm zu ihrer Kammer geleiten. Er deutete auf die daneben liegende Tür. »Ich bin hier, falls du mich brauchst.« Er betrachtete sie eingehend. »Kann ich dich allein lassen?«

»Ich mache schon keine Dummheiten. Versprochen.« Sie wusste, dass er auf dem Gang warten würde, bis sie in ihrer Kammer verschwunden war. Womöglich ein wenig länger, nur um sicherzugehen, dass sie wirklich keine Dummheiten machte. Im Augenblick wollte sie nichts weiter, als die Augen schließen und die Welt um sich herum wenigstens für ein paar Stunden vergessen. Sie schloss die Tür und sperrte das Stimmengewirr aus. In der Kammer war es heiß und stickig. Sie ging zum Fenster und stieß es weit auf. Die Luft, die ihr entgegenschlug, war kaum kühler. Ihr Blick glitt hinaus. Einem Schatten gleich ragte die Silhouette der Eiche am höchsten Punkt der Klippe gen Himmel. Ein grober Umriss, der sich schwarz vom dunkelgrauen Nachthimmel abhob. *Er ging in Richtung der Klippe davon. Hinauf zur Eiche.* Schaudernd warf sie das Fenster zu und legte den Riegel vor. Sie schlüpfte aus ihren Stiefeln und warf sie in eine Ecke. Mit einem Seufzer sank sie auf die Matratze und schloss die Augen. Langsam dämmerte sie in einen leichten Schlaf.

Der Arsilah folgte ihr durch ihre Träume. Wie ein Schatten, der sich über ihr erhob und aus dem sie nicht heraustreten konnte. Wohin sie sich auch wandte – er war bei ihr. Sie wusste, dass sie träumte, und doch erschien es ihr real. Er stand neben ihrem Nachtlager, nahe genug, dass sie ihn hätte berühren können. Blinzelnd versuchte sie sein Gesicht in den Schatten auszumachen. Es wollte ihr nicht gelingen.

»Du gehörst mir.« Seine Stimme klang angenehm warm und sanft, beinahe schmeichelnd.

Sie fuhr aus dem Schlaf, schwer atmend und in Schweiß gebadet. Ihre Finger tasteten nach dem Tonkrug. Sie trank und genoss die kühle Brise, die durch das offene Fenster fuhr und über ihr erhitztes Gesicht strich. *Ich habe es geschlossen.* Der Tonkrug entglitt ihren Fingern, fiel zu Boden und zerbarst. Sie sprang auf. Scharfkantige Scherben knirschten unter ihren Füßen und bohrten sich in ihre Fußsohlen. Sie bemerkte es kaum. Ihr Blick flog aus dem Fenster, in die Nacht. Fasziniert und entsetzt zugleich starrte sie auf die dunkle Gestalt, die die Klippe zur Eiche hinaufwanderte. *Das kann nicht sein. Es war ein Traum.* Sie fuhr sich mit der Hand über die Augen, um das Trugbild zu verscheuchen. Der Arsilah blieb. *Du gehörst mir*, drang seine Stimme in ihren Verstand.

»Was willst du von mir?« Der Wind trug ihre Worte über die Klippe, wo sie im Rauschen des Meeres untergingen. Der Arsilah hatte sie dennoch gehört. Er blieb stehen. Noch immer wandte er ihr den Rücken zu. Er hob eine Hand. Die Umgebung veränderte sich. Es wurde finster. Statt der trockenen Holzdielen fühlte sie weiches, feuchtes Erdreich unter ihren zerschnittenen Fußsohlen. Sie stand im Schatten der Eiche. Mit einem hastigen Schritt trat sie ins Mondlicht.

»Du bist mir also gefolgt.« Es war die Stimme der Nacht, die unmittelbar hinter ihr erklang. Die Stimme des Arsilah. Sie fuhr herum. Sein Anblick verschlug ihr die Sprache. Wie er so dastand, überflutet vom silbernen Schein des Mondes, erschien er ihr vertraut. Eine Gestalt, die sie in ihren Träumen gesehen hatte. *Und nicht nur dort.* Er war groß und breitschultrig. Und er lächelte. Doch sosehr sie sich auch bemühte seine Züge zu erfassen, es wollte ihr nicht gelingen. Sie blickte ihm geradewegs ins Gesicht und dennoch sah sie nichts. Es war, als würde sie es im selben Moment vergessen, in dem sie es erblickte. Und sie wusste plötzlich, sie würde auf der Stelle wahnsinnig werden, sollte sie sein Antlitz je erkennen.

»Was willst du von mir?« Ihre Stimme klang dünn und unsicher.

Er lachte. »Ist dir das nicht klar? Ich will *dich.* Du bist mir geweiht, das macht dich zu meinem Geschöpf.«

»Nein!«

Sie war nicht sicher, ob sie es ausgesprochen hatte oder ob das Wort lediglich in ihrem Kopf erklungen war. Sie wich zurück. Feuchte Erde quoll zwischen ihren Zehen hervor. Zum ersten Mal vernahm sie bewusst das Rauschen des Meeres. Sie hielt erschrocken inne, als sie den Klippenrand unter ihrer Ferse spürte. Ihr Fuß glitt ab, sie geriet ins Taumeln. Hastig warf sie sich nach vorne. Ihre Finger gruben sich ins Erdreich, bekamen eine Wurzel zu fassen und krallten sich daran fest.

Der Arsilah blickte auf sie herab. »Du gehörst mir. Vergiss das nicht.«

Langsam zog er sich in den Schatten der Eiche zurück. Sie wollte aufstehen. Sie setzte ein Bein auf den Boden. Der Klippenrand gab nach. Steine und Erde stürzten in die Tiefe. Ihr Fuß trat ins Leere. Sie verstärkte ihren Griff um die Wurzel. Tosend brandeten die Wellen unter ihr gegen die Felsen. Die Wurzel fühlte sich plötzlich feucht unter ihren Händen an. Feucht und glitschig. Ihre Finger begannen abzurutschen. Der Boden brach endgültig weg. Sie umfasste die Wurzel noch fester und versuchte sich nach oben zu ziehen. Ihre Kraft reichte nicht aus. Mit einem gellenden Schrei stürzte sie in die Tiefe. Die Klippe raste an ihr vorbei. Ihr Sturz fand ein jähes Ende, als ihr Körper auf den zerklüfteten Felsen zerschmettert wurde.

Sie fuhr schreiend aus dem Schlaf. Zitternd und verstört sah sie sich um. Das Fenster war geschlossen. Sie war allein. *Ihr Götter, es war ein Traum. Nichts als ein Traum.* Es fiel ihr schwer, das zu glauben. Alles erschien so wirklich.

Die Tür flog auf. Connor stürzte in den Raum. Das Schwert kampfbereit erhoben ließ er seinen Blick durch die Kammer schweifen. Erst nachdem er sich überzeugt hatte, dass sie allein war, ließ er die Waffe sinken. »Was ist geschehen?«

Verwirrt blinzelnd starrte sie ihn an. »Geschehen?« Sie zitterte noch immer. Ihr Herzschlag beruhigte sich nur langsam.

»Du hast laut um Hilfe geschrien.«

»Ich hatte einen Albtraum. Es tut mir Leid, ich wollte dich nicht wecken.«

»Ein Albtraum? Hier sieht es aus, als hätte ein Kampf stattgefunden.«

Zum ersten Mal nahm sie ihre Umgebung wahr. Ihr Blick streifte über die Scherben des Tonkrugs, hinab zu ihren Füßen. Sie waren zerschnitten und blutig – und voller Erde.

8

Blinzelnd starrte Cait auf die Eiche, die sich vor ihr erhob. Der Anblick des Baumes ließ Erinnerungen an die vergangene Nacht in ihr hochsteigen. Selbst jetzt, im Licht des anbrechenden Tages, lagen tiefe Schatten unter den ausladenden Ästen.

Obwohl sie sich Connors Schutz gewünscht hätte, hatte sie sich aus der Kammer geschlichen ohne ihn zu wecken. *Er hätte mich nicht gehen lassen.* Stattdessen hätte er darauf bestanden, sich allein auf den Klippen umzusehen. Das konnte sie nicht zulassen. Sie musste sich mit eigenen Augen davon überzeugen, dass es dort keine Spuren gab. Wären nicht die Erde und die Schnittwunden an ihren Füßen gewesen, sie hätte alles als einen schlechten Traum abgetan. So jedoch ...

Ihr Blick wanderte über den Klippenrand. Nichts deutete darauf hin, dass sie je dort gewesen war. An der Stelle, an der letzte Nacht der Boden unter ihren Füßen nachgegeben hatte, befanden sich keinerlei Spuren. Sie wollte sich schon abwenden, als sie einen schmalen Pfad entdeckte, der an der Steilseite der Klippe in die Tiefe führte.

Neugierig folgte sie ihm, bis er nach wenigen Metern vor einer Höhle endete. Sonnenlicht erhellte den Eingang. Alte, faulige Luft schlug ihr entgegen und raubte ihr den Atem. Das Licht reichte, um sie drei oder vier Meter in die Tiefe der Höhle blicken zu lassen. In den Schatten dahinter glaubte sie eine Art Podest auszumachen. Sie wusste, dass es keinen Sinn hatte, ohne Fackel weiter vorzudringen, doch da war eine leise Stimme in ihr, deren beharrliches Raunen sie lockte. Plötzlich stand sie vor dem Podest, umgeben von tiefen Schatten. Obwohl sie den Steinquader nur schemenhaft ausmachen konnte, wusste sie, welchem Zweck er diente. *Ein Opferaltar.* Ihre Finger fuhren über die raue Oberfläche. Kaum berührte sie den Stein, war es, als durchzuckte ein Energieschlag ihren Leib. Bilder zogen in ihrem Geiste auf. Die Höhle veränderte sich. Fackelschein tauchte den Raum in feuriges Orange. Männer und Frauen in dunklen Roben flankierten die Wände, die Häupter gesenkt. Ihr Gesang ließ die Luft vibrieren. In der Mitte der Höhle sah sie sich selbst. Sie stand einem Mann gegenüber, dessen Antlitz hinter einer goldenen Maske verborgen war. Er hielt ihr einen Korb entgegen, in dem sich eine Viper wand, raschelnd wie trockenes Herbstlaub. Sie wusste, dass der Biss der Schlange den Tod brachte. Ein Zittern durchfuhr ihren Leib, als sie die Hände danach ausstreckte.

Mit einem Schrei riss sie die Hand von dem Stein zurück. Die Vision verblasste. Schwer atmend blickte sie in die Dunkelheit. Diese Höhle war der Versammlungsort des Kultes gewesen. *Ich war schon einmal hier!* Es fiel ihr schwer, das Bild der Viper zu verdrängen. Sie *erinnerte* sich an die Schlange und an die Furcht, die sie verspürt hatte. *Ihr Götter, ich habe diesem Kult angehört! Was, wenn die Geschichten wahr sind? Was, wenn ich diese Menschen geopfert habe?*

Sie glaubte ersticken zu müssen. Sie fuhr herum und stürzte aus der Höhle. So schnell sie es wagte, folgte sie dem steilen Pfad hinauf. Das Entsetzen trieb sie voran und lenkte ihren Schritt über die Felsen. Mit einem Satz überwand sie den Klippenrand und stolperte vor die Hufe eines Pferdes.

Ehe sie wusste, wie ihr geschah, sah sie sich von blau uniformierten Kriegern der Seáthrun umzingelt, die Spitzen ihrer Schwerter auf sie gerichtet. »Wirf deine Waffe weg!« Ihr Blick glitt über die Männer. Das Sonnenlicht spiegelte sich in ihren polierten Rüstungen und blendete sie. Es dauerte eine Weile, bis sie sicher war, dass Daith nicht bei ihnen war. »Ich sagte, weg mit der Waffe! Bist du taub!« Eine Schwertspitze bohrte sich in ihre Seite. Sie griff nach dem Dolch. »Nur eine falsche Bewegung und du bist tot!«

Langsam zog sie den Dolch und ließ ihn fallen. Hände griffen nach ihr. Einer fesselte ihre Handgelenke, ehe er sie vor einen seiner Kameraden in den Sattel setzte. Ein gebellter Befehl und der Trupp setzte sich in Bewegung. Im strammen Galopp ritten sie hinunter zur Stadt, schwenkten vor den Toren gen Osten und folgten der Straße bis zum Ordenshaus der Seáthrun. Gewaltige Mauern umringten die mächtigen Steinbauten. Der wuchtige, von vier Türmen flankierte Hauptbau nahm den größten Teil der Festung ein. Inmitten eines blühenden Gartens lag ein Tempel, dessen weiße Wände im Sonnenlicht erstrahlten. Einige Ordenskrieger übten sich auf dem Turnierplatz im Schwertkampf. Andere machten Schießübungen. Männer in groben Leinengewändern liefen zwischen den Gebäuden hin und her, trugen Säcke auf den Schultern oder führten Pferde über den Hof. Uniformierte mischten sich unter Gelehrte in langen Roben. Bohrende Blicke richteten sich auf Cait. Fetzen halblaut geführter Unterhaltungen wehten an ihr Ohr. »Ist sie das?«, hörte sie und: »Mörderin!« Ja, sie habe Aladar auf dem Gewissen, doch ihre Flucht sei nun zu Ende. Croghán würde über sie zu Gericht sitzen und sie ihrer verdienten Strafe zuführen.

Endlich zügelten die Männer ihre Pferde. Sie wurde aus dem Sattel gezerrt und in einen Turm geführt. Ausgetretene Steinstufen wanden sich steil nach oben, bis sie vor einer Tür endeten. Einer der Krieger stieß sie in den Raum, packte sie im Nacken und zwang sie auf die Knie.

Die beiden Männer in der Turmkammer schenkten ihr keine Beachtung. Vor kurzem mochten sie bei einem Becher Wein zusammengesessen haben. Jetzt standen sie einander wie zwei Kampfhähne gegenüber: der eine, ein ansehnlicher dunkelhaariger Heißsporn, dessen Wangen vor Wut glühten. Der Delfin, der als Wappen auf seinem Wams prangte, hüpfte bei jeder Bewegung auf und ab, als wollte er ins Meer tauchen. Sein Gegenüber, ein Mann in mittleren Jahren, gekleidet in eine dunkelblaue Robe. Um den Hals eine goldene Kette, deren Anhänger das Zeichen der Seáthrun trug. Auch er war aufgebracht, hatte seinen Zorn aber besser unter Kontrolle. Seine Miene wirkte unbewegt, beinahe arrogant. Ein paar Strähnen blonden Haars hatten sich unter seinem Stirnreif gelöst – das einzige Zeichen seiner Erregung.

»Ihr werdet lernen müssen Euer Temperament zu zügeln, Hoheit.« Die Stimme des Seáthrun war kühl und beherrscht. Sie kannte diese Stimme. Dies war der Mann, den Daith Croghán genannt hatte. Einer der Hohen Drei und zugleich Mitglied des königlichen Rates. Ihr Blick wanderte über die flachen, wenig ausgeprägten Züge und blieb an seinen hellen Augen hängen. Sie wusste nicht warum, doch der Anblick dieses Mannes erfüllte sie mit Entsetzen. Nur mühsam gelang es ihr, ein Zittern zu unterdrücken. »Ich erwarte eine Entschuldigung von Euch, Prinz Liamar«, fuhr er fort. »Noch seid Ihr nicht König, also hört auf, Euch zu benehmen, als wärt Ihr es!«

»Eines Tages werde ich es sein. Dann werdet auch Ihr mir zuhören müssen, Master Croghán.« Für einen Moment hielt er inne, als suchte er nach seinen nächsten Worten. Noch immer schwang Wut in seiner Stimme mit, als er sagte: »Annuides ist unschuldig und ich werde es beweisen.« Hoch erhobenen Hauptes machte er kehrt und rauschte an Cait vorbei ohne sie eines Blickes zu würdigen. Krachend schlug die Tür hinter ihm zu.

Master Croghán fuhr herum. Sein Blick blieb an ihr hängen. »Was hat *sie* hier zu suchen?« Die Ruhe war schlagartig aus seiner Stimme gewichen. »Schafft sie mir aus den Augen!«

Die Welt war zu einem finsteren Ort geworden.

Die Wachen hatten sie aus der Turmkammer gebracht und in den Tiefen der Feste in ein fensterloses Verlies geschleift. Einer der Männer hatte sie durchsucht und dabei den Ring gefunden. Jenen Ring, auf dessen Inschrift sie ihr Leben und ihre Identität aufgebaut hatte. Ob gestohlen oder nicht, jetzt besaß sie nichts mehr, das sie mit der Vergangenheit verband.

Ohne Rücksicht auf ihre verletzten Füße hatten sie ihr die Stiefel genommen, ihr Hand- und Fußeisen angelegt und die schwere Eisenkette, die die Handschellen miteinander verband, durch einen Ring in der Wand gezogen. Dann waren sie gegangen und hatten die massive Eichentür hinter sich geschlossen. Cait blieb allein zurück.

Nie zuvor war ihr die Dunkelheit derart bedrohlich erschienen. Es war, als müsste sie nur die Hand ausstrecken, um etwas darin zu fassen zu bekommen. *Wie einen Na'Darrach.* Sie schob den Gedanken beiseite. Die Türen waren mit Metall beschlagen. Kein Na'Darrach vermochte es, zu ihr vorzudringen. *Es sei denn, Daith hat sich geirrt.* Doch sie hatte selbst gesehen, wie die Nachtschatten von einer Tür aufgehalten worden waren. *Und wie sie das Hindernis überwunden haben.* Die Erinnerung an

Hughs Leichnam drängte sich in ihren Geist. Der aufgerissene Mund, die schreckensgeweiteten Augen ...

Sie tastete sich an den kühlen Kettengliedern entlang, bis sie den Eisenring fand, der sie an der Wand gefangen hielt. Sie zerrte daran, bis ihre Finger und Handgelenke schmerzten. Er lockerte sich nicht. Erschöpft sank sie zu Boden. Die Ketten waren nicht lang genug, als dass sie es ihr gestattet hätten, sich ganz niederzulassen. Sie kauerte auf dem Boden, die Arme unbequem über den Kopf gereckt.

Feuchtigkeit durchdrang ihr Gewand, fraß sich durch ihre Haut und kroch langsam bis in ihre Knochen. Bald zitterte sie vor Kälte. Ihre Gedanken kehrten zu den Männern auf dem Hof zurück. Sie hatten von einer Gerichtsverhandlung gesprochen. Sie zweifelte nicht daran, dass die einzig gerechte Strafe in den Augen dieser Männer der Strang sein konnte. Auch Croghåns Blick hatte eine deutliche Sprache gesprochen. Obwohl er ihr noch nie begegnet war, wollte er ihren Tod.

Croghån. Sie fragte sich, warum der Anblick dieses Mannes ein derartiges Grauen in ihr ausgelöst hatte. Der Hass, den er ausstrahlte, und die Furcht, die seine Gegenwart in ihr hervorrief, waren derart tiefe Gefühle, dass sie unmöglich von einer einzigen flüchtigen Begegnung herrühren konnten. In dem Augenblick, als sie seiner ansichtig geworden war, hatte sie sich bis in die Tiefen ihrer Seele bedroht gefühlt. Es war nicht das Wissen, dass er über sie zu Gericht sitzen würde. Was sie empfunden hatte, war mehr als die Angst vor dem Tod gewesen. Je länger sie darüber nachdachte, desto näher kam ihr Verstand den Grenzen seiner Erinnerung. Sie hatte das

Gefühl, die Mauer, hinter der ihre Vergangenheit verborgen lag, erklommen zu haben. Wenn sie den Kopf nur ein wenig mehr reckte, wäre sie in der Lage, darüber hinwegzublicken. Doch so sehr sie sich bemühte den Schleier zu lüften, es wollte ihr nicht gelingen.

Ihre Schultergelenke schmerzten. Sie fror erbärmlich. Und ganz allmählich machte sich auch Hunger bemerkbar. Seit dem Morgen, als sie Xanos aufgesucht hatten, hatte sie nichts mehr gegessen. Von dem Moment an, in dem sie den Hunger das erste Mal bewusst wahrnahm, ließ der Gedanke an eine Mahlzeit sie nicht mehr los. Im Laufe der folgenden Stunden durchlief sie verschiedene Stadien des Hungers – von einem dumpfen Magenknurren bis hin zu Krämpfen, die dafür sorgten, dass sie sich in ihren Ketten wand, bis sie kraftlos zusammensank. Endlich fiel sie in einen erschöpften Schlaf voller wirrer Träume und albtraumhafter Bilder.

Unversehens fand sie sich auf einem düsteren, nebligen Pfad wieder. Allein. Bäume säumten ihren Weg und dämpften das trübe Tageslicht. Geräusche waren zu vernehmen. Sie redete sich ein, dass es nichts weiter als die Stimmen des Waldes waren. Kleine Tiere, Vögel. Das Rascheln von Laub, durch das der Wind fuhr. *Welcher Wind?* Es war vollkommen windstill. Mit jedem Augenblick nahm ihre Beklemmung zu. Etwas war nicht in Ordnung. Ihr Unbehagen wuchs. Sie wandte sich langsam um. Da brachen die Na'Darrach zwischen den Bäumen hervor. Ihre Umrisse lösten sich aus dem Nebel und gewannen mit jedem Schritt an Kontur. Sie tastete nach ihrem Silberdolch. Die Waffe war nicht da. Gelächter drang an ihr Ohr. Sie fuhr herum und erblickte den Arsilah. Er stand hinter den Nachtschatten an einen Baum gelehnt und betrachtete sie – amüsiert; denn obwohl sich sein Gesicht ihrem Verstand immer wieder entzog, spürte sie seine Heiterkeit. *Du gehörst mir.* Plötzlich stand Croghán neben ihr, als wäre er aus dem Nichts erschienen. »Ihm gehörst du, ihm hast du dein Leben verschrieben. In seinem Namen sollst du sterben, Mörderin.« Er setzte ihr einen Dolch an die Kehle und zog ihn mit einem Ruck quer über ihren Hals.

Sie fuhr mit einem Schrei aus dem Schlaf. Die Ketten klirrten, die Metallbänder gruben sich in ihre Handgelenke und hinterließen tiefe Schnitte. Sie sog scharf die Luft ein. Blut lief über ihre Arme, warm und feucht. Schwer atmend versuchte sie die Traumbilder zu verdrängen. Sie zitterte am ganzen Leib und es war nicht nur die Kälte, die sie schaudern ließ. Die Dunkelheit schürte ihre Angst zusätzlich. Der Gedanke, nicht allein zu sein, wollte sie nicht mehr loslassen.

Längst hatte sie jedes Zeitgefühl verloren. Sie vermochte sich nicht einmal annähernd vorzustellen, wie viel Zeit vergangen war, seit man die Tür hinter ihr verriegelt und sie – *allein?* – in der Finsternis zurückgelassen hatte. Die Kälte wich nicht mehr aus ihren Knochen, und obwohl sie fror, verspürte sie zugleich eine Hitze, die ihren Leib von innen zu verzehren schien. *Fieber.* In ihrem Kopf erschuf sie das Bild einer grünen Sommerwiese. Sie stellte sich Pflanzen und Tiere und den wolkenlosen blauen Himmel darüber vor und klammerte sich an dieses Bild. Schon bald war sie nicht mehr in der Lage, es aufrecht zu erhalten. Schwere Gewitterwolken verdunkelten den Himmel. Das Gras verdorrte und starb ebenso wie jede Pflanze und jedes Tier. Und auf dem Höhepunkt des Sterbens erschienen Croghán und der Arsilah auf einer Hügelkuppe um ihr Werk zu betrachten. Einmal mehr schreckte sie aus dem Schlaf.

Der schwankende Schein einer Laterne überflutete das Verlies. Wie tausend spitze Nadeln bohrte sich die Helligkeit in ihr Gehirn. Hastig schloss sie die Augen. »Du hast sicher Hunger.« Sie hätte Croghåns Stimme überall wiedererkannt. Die unglaubliche Kälte darin schien die Temperatur im Verlies weiter sinken zu lassen. Ihre Kehle war rau und trocken. Sie wollte sich räuspern, verschluckte sich und begann zu husten. Ihr Brustkorb zog sich schmerzhaft zusammen.

»Gib ihr Wasser.« Jemand packte sie am Kinn und setzte ihr einen Becher an die Lippen. Das Wasser war abgestanden und faulig. Dennoch trank sie es mit großen Schlucken. Wasser war Leben. Das kühle Nass benetzte ihren Mund und rann ihre Kehle hinab. Sobald es ihren leeren Magen erreichte, bereute sie ihre Gier sofort. Krampfhaft zogen sich ihre Eingeweide zusammen. Sie riss den Kopf zurück und biss sich auf die Lippe um nicht laut zu schreien. »Nicht so hastig.« Croghåns Stimme troff vor Hohn. »Das bekommt dir nicht, nachdem du tagelang nichts zu dir genommen hast.«

Tagelang. Sie kämpfte gegen den Schmerz an. Vorsichtig öffnete sie die Augen ein wenig. Das Licht war immer noch zu grell. Der Mann, der ihr das Wasser eingeflößt hatte, war nicht mehr da. Sie war mit Croghán allein. Er stand keine drei Meter entfernt. Sein Gesicht ein Gewirr aus Licht und Schatten. Einzig seine Augen waren deutlich zu erkennen. Stechend und ohne jedes Gefühl.

Es bereitete ihr Mühe, sich nicht unter seinem Blick zu winden. Während sie wartete, dass er das Wort ergriff, sah sie sich um. Sie saugte den Anblick jeder Wand und jedes Winkels in sich auf, überzeugte sich davon, dass nichts in den Ecken lauerte. Nach endlos langer Zeit sagte er: »Du wirst dich vor meinem Gericht für Master Aladars Tod verantworten.«

»Ich …« Sie räusperte sich schmerzhaft. »Ich habe Aladar nicht ermordet.«

»Ich sagte nicht, dass du ihn ermordet hast.« Im Schein der Laterne wirkte sein Gesicht, als stünde es in Flammen. »Ich sagte, dass du dich für seinen Tod *verantworten* wirst.« Er machte kehrt und verließ ohne ein weiteres Wort die Zelle.

Es dauerte, bis sie bemerkte, dass die Dunkelheit erneut ihren Schleier über sie gebreitet hatte. Sie glaubte noch immer Crogháns Gesicht zu sehen, brennend wie die Fratze eines Dämons. Seine Worte hallten in ihrem Verstand nach. Wusste er etwa, dass sie nichts mit Aladars Tod zu tun hatte? *Wenn er weiß, dass ich es nicht war, muss er den Täter kennen.* Das ergab keinen Sinn.

Für eine Weile gelang es ihr, den Anblick des Lichtes festzuhalten und sich vorzustellen, wie das Verlies im Schein der Laterne ausgesehen hatte. Mit fortschreitender Zeit verlosch die Erinnerung und mit ihr die Gedanken an Croghán. Es war, als zwinge die Finsternis ihren Verstand in eine winzige Ecke zurück, in der er, zur Reglosigkeit verdammt, erstarrte.

Sie glaubte zu sehen, wie die Schwärze wogte, sich in einem wilden Tanz bewegte. Eine leise Stimme sagte ihr, dass es kein Tanz war. Es waren die Wände, die sich heranschoben, bis sie sie zerquetschen würden. Das Gefühl der Enge wuchs und nahm ihr den Atem. Zitternd und keuchend lag sie in ihren Ketten, halb von Sinnen vor Panik und Fieber.

Sie wusste nicht, wie viel Zeit vergangen war, als sie sie holten. Sie glaubte sich zu erinnern, dass hin und wieder jemand gekommen war, um ihr Wasser oder ein wenig Suppe einzuflößen. Sicher war sie sich dessen nicht. Das Fieber ließ sie die merkwürdigsten Dinge sehen. Die meiste Zeit über war sie nicht einmal bei Bewusstsein.

Als sie die Augen öffnete, fand sie sich am Fuße einer steinernen Empore auf dem Boden wieder. Sie lag auf Händen und Knien, Arme und Beine noch immer in Eisen gelegt. Es kostete sie schier übermenschliche Kraft, den Kopf zu heben. Nur langsam gelang es ihr, die große Halle zu erfassen.

Auf der Empore über ihr standen drei prächtig geschnitzte Lehnstühle. Der mittlere war frei. Links saß ein hagerer Mann, dessen fortgeschrittenes Alter seine Gestalt gebeugt hatte. Er wirkte zerstreut und abwesend. Auf der rechten Seite saß Croghán, den strengen Blick in den Saal gerichtet. Erst jetzt bemerkte sie den Lärm. Unzählige Stimmen drangen an ihr Ohr. Sie vernahm Worte wie *Hexe* oder *Mörderin*. Aus zahllosen Kehlen erklang der Ruf, sie zu hängen. Ihre Augen richteten sich auf Croghán. Er erhob sich und reckte die Arme in die Höhe. Sofort kehrte Ruhe ein. Croghán schritt die Empore von einer Seite zur anderen ab, den Blick auf die Anwesenden gerichtet, als spräche er zu jedem Einzelnen. »Aladars Tod ist ein tragischer Verlust für uns alle. Ein Verlust, der mich zwang, die Führung unserer Gemeinschaft zu übernehmen, bis die Versammlung der Weisen ein neues Oberhaupt erkoren hat.« Er deutete auf den leeren Stuhl in der Mitte. »Doch Aladars Platz wird auf immer unbesetzt bleiben, ebenso wie auf ewig eine Stelle in unserem Herzen leer bleiben wird. Niemand wird die schmerzhafte Lücke, die sein tragischer Tod hinterlassen hat, schließen können!« Zustimmendes Gemurmel wurde laut. Mit erhobener Stimme fuhr Croghán fort: »Es war der Wille der Götter, der es uns ermöglichte, Aladars Mörderin zu fassen. Und diese Tat ist nicht die einzige, die ihr anzulasten ist, wie ich im Laufe der Verhandlung beweisen werde. Wir sind hier, um ein Urteil«, er blieb stehen und zeigte mit dem Finger auf sie, »über dieses Weib zu fällen.«

»Was gibt es da zu überlegen? Hängt sie!«, brüllte jemand von hinten.

Croghán hob die Hand. »Selbst eine Mörderin hat das Recht auf eine Verhandlung.« *Eine Verhandlung, deren Urteil längst feststeht.*

Nach und nach rief Croghán seine Zeugen auf. Einfache Stadtbewohner ebenso wie Männer der Seáthrun – Krieger und Gelehrte. Jeder konnte bezeugen, sie an jenem Abend in der Nähe von Myles Landévennecs Haus gesehen zu haben. Einer wollte gesehen haben, wie sie es betreten hatte. Mit jedem weiteren Zeugen wuchsen die Empörung und die Unruhe in der Halle. Immer öfter wurden Zwischenrufe laut. Man habe genug gehört. Croghán solle endlich sein Urteil fällen. Es bestünden wohl keine Zweifel mehr an ihrer Schuld.

Es gab nur einen einzigen Zeugen, der es wagte, den Zorn der Menge auf sich zu ziehen. »Wir haben beobachtet, wie sie durch das Tor ging«, sagte ein junger Ordenskrieger. »Ich habe nicht mit eigenen Augen gesehen, dass sie Master Aladar ermordet hat. Keiner von uns hat das. Es besteht die Möglichkeit, dass er bereits tot war, als sie das Haus betrat.«

Die Zuschauer schrien empört. Croghán besänftigte die Anwesenden. »Es ist wahr! Niemand hat gesehen, wie sie es getan hat!«

Ein Raunen ging durch den Saal. »Wie kann er sie in Schutz nehmen? Welche Beweise braucht es denn noch, um endlich das Urteil zu fällen?«, hörte sie eine von vielen Stimmen.

Croghán hatte die Worte ebenfalls vernommen. »Ich nehme niemanden in Schutz. Ich sage nur, dass trotz aller Zeugen ein Zweifel bleibt.« Seine Worte überraschten sie. Bisher hatte sie geglaubt, er würde alles daransetzen, sie an den Galgen zu bringen. Der Seáthrun fuhr fort: »Um zweifelsfrei zu beweisen, zu welchen Gräueltaten dieses Weib fähig ist, habe ich einen Zeugen, der von einem weiteren Mord berichten wird. Tretet vor, Daith Landévennec.«

Trotz des brennenden Fiebers wurde ihr eiskalt. Hinter ihr teilte sich die raunende Menge, um Daith den Weg freizugeben. Unmittelbar neben Cait blieb er stehen und verneigte sich vor Croghán. Mühsam hob sie den Kopf. Sie wollte sein Gesicht sehen, wollte ihm in die Augen blicken. Er sollte sie nicht für eine feige Mörderin halten.

Croghán wandte sich an ihn. »Hauptmann Landévennec, ist es zutreffend, dass diese Frau auch das Leben Eures Ziehvaters ausgelöscht hat?«

»Ich sah es nicht mit eigenen Augen.« Nach der Einsamkeit ihres Verlieses hatte der vertraute Klang seiner Stimme etwas Tröstliches.

»Sagt mir, was Ihr gesehen habt. War es diese Frau?«

Daith' Blick richtete sich auf sie. Seine Miene war kalt und ausdruckslos wie immer. »Ich sah sie das Haus verlassen.«

»Jenes Haus, in dem Ihr Augenblicke später seine Leiche gefunden habt, nicht wahr?«

»Ja.«

»Nein.« Ihre Stimme war kaum mehr als ein Schluchzen. Sie streckte die Hand nach Daith aus und berührte sein Bein. Es war sinnlos, sich vor Croghán zu rechtfertigen. Was er eine Verhandlung nannte, war nichts weiter als eine Farce. Niemand würde sich die Mühe machen, sie anzuhören. Aber Daith sollte aus ihrem Mund hören, dass sie Aladar nicht ermordet hatte. »Du musst mir glauben«, wollte sie sagen. »Aladar war längst tot.« Die Worte blieben ihr im Halse stecken, als die Vision sie mit sich riss.

Sie sah die Welt mit Daith' Augen. Sah, wie er die sonnige Auffahrt vor Myles' Haus verließ und die Stufen zum Eingangsportal hochstieg. In dem Augenblick, als er in die Schatten des Säulengangs eintauchte, prallte er mit jemandem zusammen. Im ersten Moment gelang es ihm nicht, sein Gegenüber im Halbdunkeln auszumachen. Dann erkannte er ein rothaariges Mädchen. Cait. Angst zeichnete ihre Züge. Panik glomm in ihren Augen – ihre Hände waren voller Blut. Sie stürzte an ihm vorbei.

Erfüllt von einer düsteren Vorahnung betrat er das

Haus, stürmte die Treppen hinauf und trat in den Salon. Dort lag Myles in seinem Blut, neben ihm eine tote Viper. Dieselbe Schlange, an die sie sich schon in der Höhle erinnert hatte. Giftig und todbringend. *Ich habe ihm die Schlange gebracht!* Die Erkenntnis riss sie in die Wirklichkeit zurück. Die Kälte des Gerichtssaals holte sie ein. Daith streifte ihre Hand von seinem Bein. Mit aufeinander gepressten Lippen starrte er sie an.

»Daith, bitte«, schluchzte sie und streckte erneut die Hand nach ihm aus.

»Fass mich nicht an!«

Die Vision hatte ihr das letzte bisschen Kraft geraubt. Sie sank zu Boden. Der Nebel in ihrem Kopf wurde dichter. Sie wusste, dass Croghán sie für schuldig befand und zum Tode verurteilte. Die Begründung und den Zeitpunkt der Vollstreckung nahm sie nicht mehr wahr. Die Wachen schleiften sie in ihre Zelle zurück und ketteten sie an die Wand. Krachend fiel die Tür hinter den Männern ins Schloss. Dann war da nur noch Dunkelheit.

Jeglicher Lebenswille hatte sie verlassen. Sie war eine Mörderin. Sie hatte den Tod verdient. Sie weinte. Um sich selbst, ihre Opfer und um die Vergangenheit, die sie verloren hatte. Sie weinte, bis sie glaubte keine Tränen mehr zu haben. Geschüttelt von Hitze- und Kältewellen lag sie da, lediglich von den Ketten aufrecht gehalten. Die Fieberträume hielten sie fest umklammert. Die Finsternis raubte ihr den Atem. Die Klarheit ihres Geistes entglitt ihr mehr und mehr.

Eisige Kälte riss sie in die Wirklichkeit zurück. Keuchend fuhr sie hoch. Es dauerte, bis sich ihre Augen an das plötzliche Licht gewöhnten. Der Mann, der einen Eimer Wasser über ihrem Kopf geleert hatte, verließ die Zelle. Croghán stand vor ihr und beobachtete sie mit dem Interesse, das man einem eingesperrten Tier entgegenbringen mochte. Unter größter Anstrengung setzte sie sich auf, zitternd vor Kälte. Croghán's Gestalt schwankte vor ihren Augen, seine Umrisse fransten aus. Nur langsam gelang es ihr, sein Bild festzuhalten.

»Spar dir deine Kräfte für den Tag deiner Hinrichtung. Noch ist es nicht so weit.«

Sie fixierte ihn mit starrem Blick.

»Wo ist er?« Seine Hände schlossen sich um ihren Hals und zerrten sie auf die Beine, als wäre sie nichts weiter als ein Spielzeug. Cait antwortete nicht. Sie wusste ja nicht einmal, was er von ihr wollte. »Du bist mir einmal entkommen. Ein zweites Mal wird dir das nicht gelingen. Ich lasse mich nicht länger zum Narren halten!« Sein Griff schnürte ihr die Luft ab. »Du hältst dich für schlau, nicht wahr? Tatsächlich machst du es dir unnötig schwer.« Er zog seine Hände zurück. Ihrer Stütze beraubt sackte sie in die Ketten. »Ich werde ohnehin herausfinden, was ich wissen will. Dafür brauche ich dich nicht. Warum quälst du dich also? Sag mir, wo der Prinz ist, und ich verspreche dir ein schnelles Ende.« Als sie noch immer keine Antwort gab, holte er aus und schlug ihr ins Gesicht. Ihr Kopf prallte gegen die Wand. Schmerz explodierte in ihrem Schädel. Heftig blinzelnd kämpfte sie gegen die Benommenheit an. »Rede!« Er schlug noch einmal zu.

Für einen Moment verlor sie das Bewusstsein. Sie kam zu sich, als er sie wieder auf die Beine zerrte. Mit den Füßen scharrend versuchte sie sich gegen seinen Griff zu stemmen. Seine Worte überschlugen sich in ihrem Kopf.

Du bist mir einmal entkommen. Ein zweites Mal wird dir das nicht gelingen!

Der Seáthrun schob sein Gesicht näher. Sein Atem roch nach Wein. »*Du* wirst mich nicht mehr aufhalten! Dafür habe ich gesorgt.«

»Aladar.« Obwohl sie kaum genug Luft hatte, ließ die Ungeheuerlichkeit dieser Erkenntnis die Worte hervorsprudeln. »Ihr seid das gewesen!«

Croghán verzog die Lippen zu einem Grinsen. »Wem willst du es erzählen?« Er packte sie bei den Haaren. Mit einem heftigen Ruck riss er ihren Kopf zurück. Ihr Schädel schlug gegen die Steinmauer. Dann war da nichts mehr.

Dumpfe Kopfschmerzen.

Cait öffnete die Augen. Die Dunkelheit blieb. Obwohl die Fesseln tief in ihre Handgelenke schnitten, hatte sie nicht die Kraft, ihre Haltung zu ändern. Verschwommen erinnerte sie sich an Croghåns Worte. Sobald sie versuchte darüber nachzudenken, entglitten sie ihr wie ein Stück schlüpfrige Seife. Zitternd, verängstigt und nur halb bei Besinnung kauerte sie an der Wand. Ein Geräusch an der Tür schreckte sie auf. Doch dieses Mal war es anders. Der blendende Schein einer Laterne blieb aus. Stattdessen glaubte sie einen Schatten zu erkennen, der in die Zelle schlüpfte.

Ein Na'Darrach. Sie wollte um Hilfe rufen, brachte aber nicht mehr als ein heiseres Krächzen zu Stande. Sie wich zurück. Selbst als sich die Eisen tief in ihre Handgelenke gruben, zerrte sie weiter daran. »Nein!«, keuchte sie, als der Schemen näher kam. »Nein! Verschwinde!«

Dann war er da. Eine kühle Hand legte sich über ihren Mund und erstickte jeden Laut. Benommen wartete sie auf das Gefühl der Schwäche, wenn der Na'Darrach begann ihre Lebenskraft zu rauben.

»Still, Mädchen!«, zischte ihr Gegenüber unter seiner Kapuze hervor.

Blinzelnd starrte sie ihn an, nicht in der Lage, einen klaren Gedanken zu fassen. Aus den Augenwinkeln nahm sie eine Bewegung an der Tür wahr. »Beeil dich!«, raunte jemand vom Gang her.

Der vermeintliche Na'Darrach zog die Hand zurück und machte sich an ihren Ketten zu schaffen. Mit einem Klicken öffneten sich die Fesseln um ihre Hand- und Fußgelenke. Sie stürzte zu Boden. Sie wurde bei den Armen gepackt und auf die Beine gestellt. Kaum hatten ihre Beine die Last ihres Körpers zu tragen, knickten sie ein. Der Mann hob sie hoch und warf sie sich über die Schulter.

9

Unruhig warf sie sich von einer Seite zur anderen. Heiß und brennend wütete das Fieber in ihrem Körper. Gleichzeitig zitterte sie. Sie schwankte noch immer an der Schwelle zwischen Bewusstlosigkeit und Schlaf. Wirre Bilder verfolgten sie und vergifteten die dringend benötigte Ruhe. Manchmal vernahm sie Stimmen. Männer, die leise zu ihr sprachen, ohne dass sie den Sinn ihrer Worte verstanden hätte. Von Zeit zu Zeit tupfte ihr jemand die Stirn mit einem feuchten Tuch ab. Einige Male kam sie zu sich. Alles lag hinter einem milchig weißen Schleier verborgen. Da war jemand neben ihrem Lager, der sofort aufsprang, als sie sich regte. Ehe sie einen Blick auf ihn erhaschen konnte, war sie erneut im Nebel der Fieberträume versunken.

Sie verbrachte ihre Tage fernab der Wirklichkeit in einer Welt, in der Wunschträume und Dämonen Seite an Seite existierten. Sie sah Aladar vor sich. Er öffnete den Mund um ihr zu offenbaren, wer sie war. Ein Schatten legte sich über ihn. Die Spitze eines Schwertes wuchs aus seinem Leib. Mit einem gurgelnden Laut brach er zusammen. Hinter ihm trat der Arsilah aus den Schatten. »Du gehörst mir.«

Cait rannte. Sie rannte, bis ihre Lungen brannten und ihre Beine sie nicht länger tragen wollten. Die Umgebung veränderte sich. Die Klippe! Ohne stehen zu bleiben lief sie auf die Eiche zu. Der Arsilah dicht hinter ihr. Sie warf einen Blick über die Schulter, und als sie sich wieder nach vorn wandte, stand er vor ihr. Mit einer beiläufigen Bewegung fegte er sie von den Beinen, über den Klippenrand hinweg. Mit einem gellenden Schrei fuhr sie auf. Die Gestalt des Dämons stand noch immer so klar vor ihrem Geiste, dass sie aus dem Bett gesprungen wäre, hätte sie nicht jemand festgehalten. Sie versuchte sich loszureißen. »Schschsch. Alles ist gut.« Eine ruhige Stimme. »Euch geschieht nichts.«

Sie wandte den Kopf und blickte geradewegs in ein Paar warme, braune Augen. Langsam fügten sich die verschwommenen Züge zu einem Ganzen zusammen. Es dauerte, bis ihr der passende Name zum Gesicht ihres Gegenübers einfallen wollte. Prinz Liamar. Blinzelnd starrte sie ihn an, wartete, dass sich das Trugbild auflösen und Croghán's Züge preisgeben würde, doch auch nach einer Weile war es noch immer der Prinz, der sie in einer Mischung aus Besorgnis und Erleichterung musterte. Vorsichtig veränderte er seine Haltung. Ohne ihr den stützenden Arm zu entziehen griff er nach einem Becher und setzte ihn ihr an die Lippen. »Trinkt, das wird Euch gut tun.«

Das Wasser schmeckte süß wie Honig und fühlte sich weich wie Samt an. Sie trank gierig und hatte noch lange nicht genug, als er ihr den Becher wegnahm. »Das genügt für den Anfang.« Er tupfte ihre Mundwinkel mit einem Tuch ab.

Sie wollte mehr. Zugleich wusste sie, dass es ihr nicht bekommen wäre. Bereits jetzt zog sich ihr Magen krampfhaft zusammen. Ihr war übel und schwindlig. Sie fühlte sich erschreckend schwach. Ein pochender Schmerz in ihren Handgelenken zog ihre Aufmerksamkeit auf sich. Sie sah zwei dicke Verbände, dort, wo die Metallbänder in ihr Fleisch geschnitten hatten. Hier und da sickerte ein wenig Blut durch den Verband.

»Wo bin ich?« Das Sprechen strengte sie an. Ihre Kehle schmerzte ebenso wie der Rest ihres geschundenen Körpers.

»An Bord der *Windprinz*, mit Kurs auf die Verlorenen Inseln.« Ihr Erstaunen ließ das Lächeln in seine Züge zurückkehren.

»Auf See!«, rief sie und begann zu husten. »Ihr Götter, wie lange?«, fragte sie, sobald sie wieder sprechen konnte.

»Vier Tage. Meine Männer brachten Euch sofort an Bord, nachdem sie Euch aus dem Kerker befreit hatten.

Noch in derselben Stunde sind wir mit der Flut ausgelaufen.« Er strich ihr über die Wange. »Ruht Euch aus.«

Mit einem ungehaltenen Knurren ließ sie zu, dass er sie in die Kissen bettete. Ihre Verfassung erlaubte ihr nicht, auch nur die Hälfte der Fragen zu stellen, die sie beschäftigten. Kaum berührte ihr Kopf das Kissen, war sie auch schon eingeschlafen.

Als sie das nächste Mal erwachte, saß Connor an ihrer Seite. Sobald sie die Augen aufschlug, hellte sich seine Miene auf. »Cait! Den Göttern sei Dank!«

Sie blinzelte. »Conn? Was machst du …? Warum hilfst du mir?«, krächzte sie.

»Was ist das für eine Frage?«

»Du bist Daith' Freund.« Das Sprechen fiel ihr noch immer schwer. »Er hat …« Ihre Worte endeten in einem Hustenanfall.

Connor reichte ihr einen Becher und half ihr zu trinken. »Lass uns über Daith sprechen, wenn es dir besser geht,« sagte er, als er den Becher zur Seite stellte. Mit einem Blick auf sie fügte er hinzu: »Hab keine Angst. Ich bin auch *dein* Freund.«

Sie sank in die Kissen. Ihre Fragen würden Antworten finden. Später. Ihre Augen schweiften durch die Kajüte. Sonnenlicht fiel durch eine gewaltige Fensterfront aus gelben und roten Butzenscheiben und zeichnete bunte Muster auf Boden und Wände. Dicke Teppiche, Möbel aus massivem Holz, verziert mit Schnitzereien. Ein prunkvoller Baldachin über dem Bett. Dies sollte die Kajüte des Prinzen sein, doch sichtlich war sie die Einzige, die man hier einquartiert hatte.

Als sie sich bewegte, rutschte die Decke von ihren

Schultern. Darunter blitzte ein sauberes Hemd hervor. Jemand hatte ihr das zerschlissene Gewand ausgezogen. Entsetzt starrte sie auf das Hemd. »Mein Kleid … wer hat …? Götter!« *Sie haben die Narben gesehen!*

Er wurde rot. »Ich musste … wollte … waschen! Ich habe dich gewaschen«, brachte er schließlich hervor. »Ich konnte dich doch so nicht liegen lassen.«

»Du hast sie gesehen«, sagte sie tonlos.

Er nickte. »Cait.« Sie erschrak, als er plötzlich nach ihrer Hand griff. »Verzeih mir, dass ich dich nicht früher befreien konnte. Ich konnte es kaum ertragen, dich in Croghans Fängen zu wissen.« Dann, nach einer kurzen Pause, sah er ihr in die Augen. »Ich werde niemandem von den Narben erzählen. Bei mir ist dein Geheimnis sicher.«

Sie hatte nicht die Kraft, etwas zu erwidern. Obwohl sie es nicht wollte, schlief sie wieder ein. An die folgenden Tage konnte sie sich kaum erinnern. Sie wusste, dass Connor oder Prinz Liamar bei ihr waren. Sie flößten ihr heiße Brühe ein und sorgten dafür, dass sie sich ausruhte. Zu Anfang rebellierte ihr Magen gegen die Nahrung. Es dauerte Tage, bis sie etwas bei sich behalten konnte. Der Prinz wechselte regelmäßig die Verbände an ihren Handgelenken und behandelte die tiefen Schnitte mit einer Kräutersalbe.

Die Nächte waren am schlimmsten. Wenn die Dämmerung über das Meer herankroch und die Nacht, die in ihrem Schatten reiste, langsam das letzte Licht des Tages verdrängte, kam die Angst; ein Raubtier auf der Suche nach Beute, das sich ihrer mehr und mehr bemächtigte. Sie lag stundenlang wach und klammerte sich an einen Streifen fahlen Mondlichts, der durch das Fenster fiel. In wolkenverhangenen Nächten war es beinahe unerträglich. Wenn sich die Dunkelheit zusammenzog und undurchdringlich schien, hatte sie das Gefühl, nicht atmen zu können. Es war, als hätte jemand schmiedeeiserne Bänder um ihren Brustkorb gelegt, die sich immer enger zusammenzogen. Einmal war sie aufgestanden und auf schwachen Beinen zum Fenster gewankt. Sie hatte einen der Flügel geöffnet, um das Gefühl des Gefangenseins ein wenig zu mildern. Der Prinz war außer sich gewesen, als er am nächsten Morgen das offene Fenster entdeckt hatte. Er fürchtete, dass Fieber würde niemals weichen, wenn sie sich der nächtlichen Kälte aussetzte. Sie hätte ihn bitten können, während der Nacht eine Lampe zu entzünden, doch sie wollte ihre Angst nicht eingestehen.

Die Tage zogen vorüber, während sie mehr und mehr der Teilnahmslosigkeit verfiel. Nie zuvor war sie derart erschöpft gewesen. Sie schlief viel. Wenn sie wach war, starrte sie gedankenverloren an die Decke. Connor und der Prinz saßen oft stundenlang an ihrer Seite, ohne dass einer von ihnen ein Wort sagte. Sie war dankbar nicht sprechen zu müssen. Ihr stand nicht der Sinn danach, sich über Belanglosigkeiten zu unterhalten, und anderen Dingen fühlte sie sich nicht gewachsen. Nach einigen Tagen versuchte Connor sie dazu zu bewegen, das Bett zu verlassen. Sie schob vor, zu schwach zu sein. Sie wollte die Zuflucht des Bettes nicht verlassen, wollte sich weiter unter den Decken verkriechen, vor der Welt und allen Problemen, die dort auf sie warteten.

Immer wieder versuchte er sie aus ihrer Lethargie zu reißen. Obwohl sie sein Bemühen zu schätzen wusste, fühlte sie sich außer Stande die Kajüte zu verlassen. Dort draußen lag eine Welt, die sich völlig von jener unterschied, die sie vor Croghâns Kerker gekannt hatte. Es war noch nicht lange her, da war sie nichts weiter als ein Mädchen ohne Vergangenheit gewesen. Jetzt hatte sie auch ihre Zukunft verloren. Sie mochte Aladar nicht ermordet haben. Myles Landévennecs Blut hingegen klebte an ihren Händen. *Wie könnte ich weitermachen, als wäre nichts geschehen? Wie kann ich überhaupt weiterleben?*

Eines Morgens verlor Connor die Geduld. Er brachte ihr Hemd, Hosen und Stiefel und zwang sie alles anzuziehen. Als sie fertig war, betrachtete er sie zufrieden. »Gehen wir.«

»Ich fühle mich zu schwach irgendwohin zu gehen!«, protestierte sie.

»Wir haben dich lange genug wie ein Stück zerbrechliches Glas behandelt. Wenn du nicht anfängst wieder am Leben teilzunehmen, wird die Schwäche nie von dir weichen.«

Vielleicht will ich das gar nicht. »Ich brauche mehr Zeit.«

»Du brauchst vor allem frische Luft.« Ihre Einwände ignorierend trug er sie nach oben. Auf einem der oberen Decks half er ihr sich auf eine Bank zu setzen. Der frische Wind und die warmen Sonnenstrahlen auf ihrer Haut fühlten sich überraschend gut an.

»Du bist noch immer erschreckend blass. Vielleicht sorgt die Seeluft dafür, dass du wieder ein wenig Farbe bekommst.« Zu ihrer Überraschung griff er in seine Tasche und reichte ihr ihre Flöte. »Warum versuchst du nicht herauszufinden, ob die Zeit auf See ihr geschadet hat? Ich komme später wieder und sehe nach dir.«

Nachdem er gegangen war, betrachtete sie die Flöte

nachdenklich. Sie wollte nicht spielen. Musik war für die Lebenden. Sie fühlte sich tot und leer. Gedankenverloren strich sie über das Holz. An jenem Morgen, als sie vom *Weltenrand* aufgebrochen war um zur Eiche hinaufzugehen, hatte sie die Flöte dort zurückgelassen. *Ebenso wie den Rest meines Lebens.* Lange Zeit betrachtete sie das zierliche Instrument wie einen kostbaren Schatz. *Der Rest meines Lebens.* Wenn die Flöte noch hier war, war sie selbst vielleicht auch noch nicht verloren. *Es ist einen Versuch wert.* Sie setzte das Instrument an die Lippen und entlockte ihm eine traurige Weise. Der Wind nahm die Melodie auf und trieb sie aufs Meer hinaus. Sie hatte kaum genug Atem, das Lied zu Ende zu bringen. Schließlich musste sie abbrechen.

»Eine schöne Melodie. Schön, aber sehr traurig.« Sie sah erschrocken auf. Prinz Liamar saß auf der obersten Stufe und betrachtete sie lächelnd. Sobald sie die Flöte zur Seite legte, erhob er sich. »Ihr seid noch nicht kräftig genug, um hier lange im Wind zu sitzen.«

»Glaubt nicht, dass ich nicht zu schätzen wüsste, was Ihr und Connor für mich getan habt, aber ...«

»... wir übertreiben maßlos in unserer Fürsorge und zerren erheblich an Euren Nerven«, beendete er ihren Satz mit gespielt zerknirschter Miene.

Sie ignorierte seinen Scherz. »Warum sind wir hier?«

Sie hatte in den letzten Tagen Gelegenheit gehabt, ihn zu beobachten. In Croghàns Turm war er ihr unbeherrscht und arrogant erschienen. Aufbrausend, laut und unvernünftig. Der Mann, den sie an Bord der *Windprinz* kennen gelernt hatte, war ein vollkommen anderer. Fürsorglich, warmherzig und überraschend besonnen.

Er betrachtete sie lange Zeit nachdenklich. »Annuides«, meinte er endlich. »Man sagt meinem Vetter schreckliche Dinge nach. Ich bin sicher, Ihr habt davon gehört.« Er schwieg einen Moment, als suche er nach Worten. »Im Gegensatz zu anderen glaube ich nicht daran. Ich will die Wahrheit ans Tageslicht bringen und seinen Ruf wiederherstellen. Falls er noch am Leben ist, werde ich ihn finden und nach Cor Amánthor zurückbringen.«

Annuides. Ein Zufall – konnte es wirklich ein Zufall sein? – hatte sie an Bord des Schiffes gebracht, das sie dem Rätsel ihrer Vergangenheit näher bringen würde. Die Nachricht weckte ihre Lebensgeister. *Wenn ich mehr über meine Vergangenheit herausfinde, erfahre ich vielleicht den Grund, warum ich Myles getötet habe. Was, wenn er ein schlechter Mensch war – jemand wie Croghán?*

Es fiel ihr plötzlich schwer, ruhig zu bleiben. »Und warum bin ich hier?«

»Connor hat mich darum gebeten.«

Ihr seid ein schlechter Lügner.

»Ihr glaubt mir nicht.«

»Nein«, hörte sie sich zu ihrer Überraschung sagen.

»Ich versichere Euch, Ihr habt nichts zu befürchten.«

Und Kühe können fliegen.

»Ich weiß, dass Ihr Euer Gedächtnis verloren habt«, wechselte er schlagartig das Thema.

Sie fluchte. »Kann denn keiner dieser verdammten Söldner ein Geheimnis für sich behalten!«

Er legte ihr eine Hand auf den Arm. »Ich sehe, wie sehr Ihr Euch quält. Ganz gleich was Ihr auch getan haben mögt, ich würde es Euch verzeihen.«

»Was, wenn ich mir selbst nicht verzeihen kann?« –

Im Laufe der nächsten Tage fühlte sie sich zunehmend besser. Jetzt, da sie wusste, wohin die Reise ging, fiel die Teilnahmslosigkeit von ihr ab und wich neuem Tatendrang. Der Wunsch, die Wahrheit zu finden, war stärker als alle Resignation. Mit ihrem Lebenswillen kehrten auch ihre Kräfte allmählich zurück.

Sie verbrachte viel Zeit damit, über Croghán nachzudenken. Der Seáthrun hatte mehr oder minder eingeräumt, dass er Aladar getötet hatte. Womöglich hatte er auch etwas mit Myles Landévennecs Tod zu tun. *Vielleicht ist er auch einfach nur wahnsinnig und sah in Aladars Tod die einzige Möglichkeit, den Hohepriester und seine Gehilfin zur Strecke zu bringen.*

Sie wusste nicht mehr, was sie glauben sollte. Die Vision im Gerichtssaal wollte sie nicht mehr loslassen. Die Schlange verfolgte sie bis in ihre Träume. Sie erinnerte sich an die Viper. Wie konnte es anders sein, als dass sie Daith' Vater ermordet hatte? Dennoch keimte Zweifel in ihr. Etwas stimmte nicht. Und sie würde herausfinden, was es war.

Zwei Tage später erreichten sie die Verlorenen Inseln.

Die *Windprinz* legte in einer von hohen Felswänden umgebenen Bucht an. Gemeinsam mit Connor, Liamar und Thorgrimm, dem Leibwächter des Prinzen, setzte Cait in einem Beiboot an Land über. Liamar hatte protestiert und verlangt, sie solle an Bord bleiben. Sie hatte sich beharrlich geweigert und gedroht an Land zu schwimmen, wenn er sie nicht freiwillig mitnahm. Kopfschüttelnd hatte er schließlich nachgegeben.

Thorgrimm saß ihr gegenüber im Boot. Ein blonder

Hüne, der sie eingehend betrachtete. Unzählige Narben, Spuren längst vergangener Kämpfe, zeichneten seine Züge. »Als ich dich das letzte Mal sah, hast du trotz aller Ketten versucht vor mir zu fliehen«, sagte er. »Es freut mich, dass es dir besser zu gehen scheint.«

»Du warst das?« Die Erkenntnis traf sie überraschend. »Dann schulde ich dir mein Leben und meinen Dank.« Thorgrimm zuckte verlegen lächelnd die Schultern und richtete seinen Blick wieder auf die felsige Küste.

Sobald sie den Strand erreichten, zogen die Männer das Boot an Land. Liamar kletterte auf einen Felsen und sah sich um. Connor trat neben ihn. »Wohin?«

Der Prinz deutete auf eine Stelle zwischen den Felsen. »Dort gibt es einen Pfad, der uns an unser Ziel führen wird.«

»Dann los.« Connor sah sich nach Cait um und reichte ihr die Hand, um ihr auf die Felsen zu helfen.

»Was tun wir hier?«, fragte sie.

»Wir werden das Orakel nach Annuides befragen.« Ohne eine weitere Erklärung setzte sich Liamar in Bewegung. Thorgrimm folgte ihm.

Cait sah zu Connor. »Sag mir, dass das nicht sein Ernst ist. Er will nicht wirklich ein Orakel befragen!« Connor grinste nur. »Ihr Götter, das ist nicht wahr!« Sie glaubte an Magie. Das musste sie auch. Sie hatte die Na'-Darrach mit eigenen Augen gesehen. An Orakel glaubte sie nicht. Kopfschüttelnd folgte sie den Männern über die Felsen. Obwohl der Weg nicht steil war, kostete es sie Mühe, Schritt zu halten.

Bald erreichten sie den Pfad, auf den Liamar gedeutet hatte. Ein schmaler Spalt, der zwischen steil aufragenden

Felswänden hindurchführte. Manchmal so eng, dass sie mit den Schultern an den Wänden entlangschrammte. Der Anblick, der sie am Ende erwartete, ließ sie ihre Müdigkeit schlagartig vergessen. Nie zuvor hatte sie einen Ort derartiger Schönheit erblickt. Umgeben von senkrechten Felswänden, die bis in den Himmel zu reichen schienen, lag ein kleines Tal. Eine Oase der Ruhe und des Friedens.

Sie musste nicht erst den Tempel aus weißem Stein sehen, dessen Säulen zwischen den Felswänden emporragten. Sie brauchte auch keinen Blick auf die runde Quelle im Herzen des Tals zu werfen um zu wissen, dass dieser Ort etwas Besonderes war. Sonnenlicht überflutete den Einschnitt inmitten der Felsen und ließ ihn in überirdischem Licht erstrahlen. Dieser Ort schien von den Göttern berührt. Wenn es je Sinn gemacht hatte, ein Orakel zu befragen, dann hier. Während ihre Blicke noch über den Tempel glitten, trat ein Mann in weißer Robe zwischen den Säulen hervor.

»Der Hüter des Orakels«, raunte Liamar.

Auf einen mannshohen Stab gestützt fand er seinen Weg am Rande der Felswände entlang. Seine Schritte waren fest und sicher. Erst als sie in seine trüben Augen sah, bemerkte sie, dass er blind war. Eine sanfte Brise zauste an seinem langen weißen Haar.

»Ich grüße euch, die ihr gekommen seid, um Weisheit und Erleuchtung zu erlangen.«

»Auch wir grüßen Euch, Hüter des Orakels.« Liamar verneigte sich. »Wir sind hier, um das Orakel ...«

»Spart Euch die Erklärungen, junger Herr. Die Quelle des Wissens kennt Eure Frage und sie wird Euch eine

Antwort liefern. Ihr müsst jedoch rasch handeln. Euch bleibt nicht mehr viel Zeit.« Er hob seinen Stab und deutete gen Himmel. »Noch ehe die letzten Strahlen der Sonne den Boden des Tals verlassen, muss einer von euch den Grund der Quelle erreicht haben. Es ist ein weiter Weg, selbst für den geübtesten aller Schwimmer; so seid euch der Gefahr bewusst, die die Suche nach Wissen mit sich bringt. Ist das Licht der Sonne erst verloschen, wird die Quelle euch keine Antworten mehr geben – weder morgen noch an einem anderen Tag.«

»Wie werden wir die Antwort des Orakels erkennen?«, fragte Liamar ruhig.

»Wenn Ihr den Grund erreicht habt, greift nach einer Muschel und bringt sie nach oben. Sie enthält die Antwort.« Seine trüben Augen glitten über die Anwesenden, als könnte er sie sehen. »Meine Aufgabe ist getan, ich werde euch nicht länger aufhalten. So eilt euch denn.« Mit einem kurzen Nicken wandte er sich ab und zog sich in den Tempel zurück.

Thorgrimm ging auf den Rand der Quelle zu und warf einen Blick auf die dunkle Wasseroberfläche. »Tief. Ganz so, wie der alte Mann sagte. Wir sollten ein Seil benutzen.«

Der Prinz, der neben ihn getreten war, schüttelte den Kopf. »Wir haben keines. Ich werde ohne Seil hinabtauchen müssen.«

Connor betrachtete ihn aus zusammengekniffenen Augen. »Wer sagt, dass gerade du das tun musst? Warum sollte nicht ich gehen?«

»Es ist meine Suche, so ist es auch mein Risiko.«

»Irrtum, Hoheit. Ich bin Euer Leibwächter. Meine

Aufgabe ist es, Euch vor Gefahren zu schützen.« Thorgrimm deutete auf die Quelle. »Dies *ist* eine Gefahr.«

Das Sonnenlicht zog sich aus den ersten Winkeln des Tales zurück. *Uns bleibt wahrlich nicht mehr viel Zeit.* Während sie zusah, wie die Schatten länger wurden und sich ausbreiteten, debattierten Thorgrimm und Connor darüber, wer am längsten den Atem anhalten konnte.

Die Zeit schwand rasch. *Sie werden sich nicht rechtzeitig einigen.* Unbemerkt legte sie Gürtel und Weste ab und schlüpfte aus ihren Stiefeln. In dem Augenblick, als Liamar erkannte, was sie vorhatte, holte sie ein letztes Mal Luft und sprang kopfüber ins Wasser. Der entsetzte Ruf des Prinzen verklang, als sie in eine vollkommen andere Welt eintauchte.

Hatte das Wasser von oben dunkel, beinahe schwarz ausgesehen, war es nun, da sie sich davon umgeben sah, kristallklar und lichtdurchflutet. Das Wasser durchdrang ihre Gewänder angenehm warm und prickelnd. Mit kräftigen Zügen tauchte sie hinab. Glatte Felswände umgaben sie, hell wie polierter Marmor zogen sie an ihr vorüber. Die Farben veränderten sich. Rottöne wurden zu Orange, dann zu Gelb und schließlich zu Blau und Grün. Es war unmöglich, zu sagen, wie tief sie sich befand. Noch immer war der Grund nicht zu erkennen. Ihre Arme fühlten sich mit jedem Zug schwerer an. Von der anfänglichen Wärme war nichts geblieben. Kälte kroch durch ihre Gewänder und fraß sich in ihre Knochen. Ihr Luftvorrat war erschöpft, ehe sie den Grund erreichte. Der Druck in ihrer Brust nahm zu, ihre Ohren begannen zu schmerzen. Sie beschleunigte ihr Tempo. Endlich, der Grund. Unzählige Muscheln lagen auf dem sandigen Boden verteilt, weit geöffnet, die glänzenden Oberflächen schimmernd wie Perlen. Entsetzt sah sie sich um. So viele! *Welche ist es?*

Ihre Lungen brannten, ihr Brustkorb zog sich krampfartig zusammen. Erschrocken schloss sie den Mund, als ihr bewusst wurde, dass sie im Begriff gewesen war, einzuatmen. Kaltes Wasser drang in ihren Hals und ihre Kehle. Sie unterdrückte einen Hustenreiz. Der Druck in ihren Ohren breitete sich aus, war jetzt auch hinter der Stirn zu spüren. Der Schmerz drückte auf ihre Augen und schränkte ihre Sicht ein. Ihr wurde schwindlig. Hastig griff sie nach der einzigen Muschel, deren Schale geschlossen war – strahlend weiß, größer als ihre Handfläche.

Die Umgebung verschwamm vor ihren Augen. Panik erfasste sie, begleitet von der Gewissheit, dass sie es nicht mehr nach oben schaffen würde. Mit der Muschel in Händen stieß sie sich vom Boden ab. Sie hatte nicht mehr genügend Kraft in den Armen. Strampelnd kämpfte sie gegen die Wassermassen an, die sie unerbittlich in die Tiefe zogen. Wie ein Stein sank sie auf den Grund zurück.

Der Druck in ihrem Brustkorb schwoll an. Sie konnte den Impuls des Atmens nicht länger unterdrücken. Sie öffnete den Mund und ließ das Wasser ein. Noch immer klammerten sich ihre Finger um die Muschel. Das Letzte, was sie spürte, ehe ihr Bewusstsein in die Dunkelheit entschwand, war der Griff eines starken Armes, der sich um ihre Taille schlang.

Warme Lippen auf ihren. Ein kurzer Widerstand in ihrer Brust, dann bahnte sich Luft einen Weg in ihre Lungen. Sie tat einen ersten qualvollen Atemzug. Hustend und Wasser spuckend fuhr sie hoch. Jemand hielt sie mit festem Griff und drehte sie zur Seite, damit sie sich nicht verschluckte. Langsam gewann die Welt um sie herum wieder Konturen. Ein Paar grauer Augen blickten sie an. »Daith!«, stieß sie hervor.

Er kniete neben ihr und stützte sie. Das Haar fiel ihm in feuchten Strähnen in die Stirn. Seine Miene war finster wie eh und je. Es fiel ihr schwer, zu glauben, dass ausgerechnet er sie aus dem Wasser gezogen haben sollte. Ganz zu schweigen davon, dass sie sich fragte, wie er hierher kam. »Hast du mich vor dem Ertrinken gerettet, um selbst über mich richten zu können?« Von all den Fragen, die ihr durch den Kopf gingen, war dies die erste, die ihre Lippen erreichte.

Für einen Moment veränderte sich etwas in seinen Zügen. Ein Schatten huschte über seine Augen. Wortlos gab er sie frei, erhob sich und ging davon. Er entschwand ihrem Blick, als Connor vor sie trat. »Ihr Götter, geht es dir gut? Wie fühlst du dich?«

Sie nahm seine Worte kaum wahr. Deutlich erinnerte sie sich an Daith' kalten Blick, als er im Gerichtssaal ihre Finger abgestreift hatte. »Er wird mich umbringen.« Obwohl sie immer noch nach Luft rang, sprudelten die Worte nur so hervor. »Er will Rache! Aus welchem Grund sollte er mich vor dem Ertrinken retten, wenn nicht um meinem Leben mit eigenen Händen ein Ende zu setzen?«

Liamar drängte sich an Connor vorbei, kniete vor ihr nieder und nahm sie sanft bei den Schultern. »Er wird Euch nichts antun. Ich schwöre es bei meinem Leben. Glaubt Ihr mir das?«

Sie sah ihn lange Zeit an. Schließlich nickte sie, wenn auch zögernd. Ein kühler Windhauch fuhr durch das Tal und zupfte an ihren nassen Gewändern. Fröstelnd schlang sie die Arme um den Oberkörper. Ihre Zähne schlugen klappernd aufeinander.

»Lasst uns zum Schiff zurückkehren, ehe Ihr Euch den Tod holt.«

»Wie wäre es, wenn ihr erst einmal einen Blick auf das hier werft.« Connor kniete vor der Muschel, die Cait vom Grund der Quelle gebracht hatte. Die strahlend weiße Schale hatte sich geöffnet und offenbarte den Blick auf ihr perlmuttfarbenes Inneres. Eine Hälfte war mit Sand gefüllt.

Cait schüttelte enttäuscht den Kopf. »Ich sehe nur einen Haufen nassen Sand – nicht einmal eine Perle und schon gar keinen Hinweis.« Sie wollte sich erheben. Sie fror und sie war erschöpft.

»Wartet.« Liamar betrachtete die Muschel. Eine Weile zuckten seine Blicke über den Sand. »Seht! Dort!« Er deutete auf ein Gewirr feiner Linien, die sich im feuchten Sand abzeichneten.

»Was soll das sein?«

»Es ist eine Karte!« Seine Wangen glühten vor Aufregung. »Hier, das ist Dallán und dort ...«, er zeigte auf eine weitere Linie am äußersten Rand der Muschel. »Das ist die Küstenlinie von Bakemba. Ich denke, das ist unser Ziel!«

Nach wie vor enthielt die Muschel für Cait nicht mehr als einen Haufen Sand. Connor beugte sich tiefer und kniff die Augen zusammen. »Als hätte jemand mit einem Stock eine Karte in den Sand gezeichnet.«

Während die beiden Männer weiter auf die Muschel

blickten, erhob sie sich und tat einen ersten taumelnden Schritt. Sofort war Liamar neben ihr. »Nimm die Muschel, Conn, und lass uns sehen, dass wir Cait in ihr Bett zurückbringen.« Er machte Anstalten, sie auf seine Arme zu heben.

Sie wehrte ihn ab. »Ich bin durchaus in der Lage zu gehen.«

Liamar betrachtete sie eingehend, als versuchte er herauszufinden, ob sie die Wahrheit sagte. Schließlich meinte er: »Ich werde davon absehen, Euch zu tragen, wenn Ihr mir einen Wunsch erfüllt.«

»Welchen?«, fragte sie misstrauisch.

»Lass die Förmlichkeiten, Cait. Ich möchte, dass wir Freunde sind.«

»Das ist alles?«

Er grinste. »Reicht dir das nicht?«

»Ich werde wohl damit leben können. Danke, Liamar.«

Mit einer galanten Verbeugung reichte er ihr den Arm. »Meine Dame, gestattet, dass ich Euch zum Boot zurückgeleite.«

Sie ergriff den dargebotenen Arm, denn sie fühlte sich elend, was immer sie auch behaupten mochte. Sie war dankbar, dass er ihr seine Hilfe bot und ihr zugleich die Möglichkeit gab, ihren Stolz zu wahren. Zurück an Bord brachte er sie sofort in ihre Kajüte. Noch immer frierend schälte sie sich aus den nassen Gewändern und schlüpfte in frische Sachen. Mit einem Seufzer wickelte sie sich in die warme Decke, sank in die Kissen und schlief ein.

Wie stets war ihr Schlaf voller Unheil verheißender Gesichter und beängstigender Bilder. Sie warf sich unruhig hin und her, nicht fähig dem Schlaf zu entsagen, bis sie von lautem Gebrüll aufgeschreckt wurde. Blinzelnd setzte sie sich auf. Es war beinahe dunkel. Für einen Moment glaubte sie, die Geräusche seien ihren Träumen entsprungen. Dann vernahm sie es erneut. Es kam von nebenan und es war eindeutig Daith' Stimme. Nachdem er so rasch verschwunden war, hatte sie seine Anwesenheit verdrängt. Sie war nicht einmal auf den Gedanken gekommen, sich zu fragen, wohin er gegangen sein könnte. *Ich habe dieses Geschrei beinahe vermisst.* Noch immer vernahm sie seine Stimme, ohne die Worte zu verstehen. Sie erhob sich und verließ die Kajüte. Auf dem Gang hielt sie kurz inne, ehe sie die Hand auf den Riegel legte und die Tür zur Nachbarkajüte öffnete.

Daith stand mit dem Rücken zu ihr. Seine Haltung war angespannt. Connor und Liamar saßen ihm gegenüber auf einer Bank. Keiner der beiden sagte ein Wort. »Kann man euch überhaupt nicht allein lassen!«, brüllte Daith gerade, als sie eintrat. »Ich hätte euch wirklich mehr Verstand zugetraut!«

Er schreckt nicht einmal davor zurück, den dallánischen Thronfolger anzubrüllen. »Lass die beiden in Ruhe.«

Daith fuhr zu ihr herum. Seine grauen Augen blitzten vor Zorn. »Ich soll sie in Ruhe lassen?«, polterte er. »Nach allem, was sie getan haben?«

»Ich habe keine Ahnung, warum du so wütend bist«, sagte sie mühsam beherrscht. »Aber ich bin nicht bereit mir anzuhören, wie du über die einzigen Menschen, die mir geholfen haben, herfällst.«

»Warte, Cait.« Connor hob beschwichtigend die Hand. »Es gibt da etwas –«

»Ohne euch wäre ich zu Grunde gegangen, ehe ich den Henker auch nur zu Gesicht bekommen hätte«, fiel sie ihm ins Wort. »Da ist es wohl das Mindeste ...« Erneut richteten sich ihre Augen auf Daith. »Und wenn du tausendmal vorhast mir den Hals umzudrehen; ich habe keine Angst vor dir!« Das entsprach nicht ganz der Wahrheit. Nicht einmal annähernd. Tatsächlich fürchtete sie ihn mehr denn je. Ihre Wut verlieh ihr jedoch ungeahnten Mut.

»Cait, bitte«, unternahm Connor einen weiteren Versuch.

Ohne ihn anzusehen hob sie die Hand und brachte ihn zum Schweigen. »Nein, Conn! Es ist an der Zeit, dass jemand diese Dinge ausspricht. Ich habe es satt, nach deiner Pfeife zu tanzen, Daith! Wenn du vorhast mich zu töten, tust du es besser gleich. Auf diese Weise ersparst du uns beiden weiteres Gebrüll!« Sie packte ein Messer, das auf dem Tisch lag, und drückte es ihm in die Hand. »Hier! Stoß zu!«

Daith' Miene zeigte keinerlei Regung. Überhaupt hatte er erstaunlich wenig gesagt, seit sie den Raum betreten hatte. Die Wut war aus seinen Augen gewichen. »Bist du fertig?« In seiner Stimme lag nicht die geringste Spur von Ärger.

Sie war noch lange nicht fertig. Es gab so vieles, das sie ihm sagen wollte, doch seine ruhige Frage hatte ihr allen Wind aus den Segeln genommen. Sie hatte den Faden verloren und konnte nichts anderes tun als verdutzt zu nicken. »Äh ... ja, ich denke schon. Fürs Erste.«

Er warf das Messer auf den Tisch, machte kehrt und verließ die Kajüte. Noch immer vollkommen verblüfft starrte sie ihm nach. Liamars Stimme riss sie aus ihrer Erstarrung. »Bist du je auf den Gedanken gekommen, dass du ihm Unrecht tun könntest?«

Sie fuhr herum. »Soll das ein Scherz sein? Er ist der unverschämteste, selbstgerechteste und egoistischste Mensch, der mir je begegnet ist!«

»Bist du sicher?«

»Ob ich ...? Natürlich bin ich sicher! Was soll das, Liamar, warum nimmst du ihn in Schutz? Ist dir entgangen, dass er dich angebrüllt hat?«

»Nicht zu Unrecht«, entgegnete er ruhig. Sie blinzelte, unfähig etwas zu sagen. Liamar fuhr fort: »Wir haben dich in Gefahr gebracht. Wir hätten verhindern müssen, dass du zum Grund der Quelle tauchst. Wir hätten besser auf dich Acht geben müssen.«

Ihre Augen wurden mit jedem Wort größer. »Du willst mir doch nicht erzählen, dass er *deswegen* diesen Aufstand veranstaltet hat!«

»Du solltest ihn nicht vorschnell verurteilen. Immerhin war er es, der beim König um dein Leben gebeten hat.«

»Wovon redest du überhaupt?«

»Er ist ein großes Risiko eingegangen, indem er sich unter Master Croghâns Augen zu meinem Onkel begeben und darum gebeten hat, dein Leben zu verschonen.«

»Dann war er wohl nicht sehr überzeugend«, entgegnete sie trotzig.

»Mich hat er überzeugt«, gab Liamar zurück.

»*Das* ist der Grund, warum ich hier bin? Weil *er* es wollte?«

Liamar nickte. »Daith bot an, mich auf meiner Suche

nach Annuides zu begleiten, wenn ich ihm im Gegenzug einen Dienst erweisen würde.« Cait konnte ihn nur fassungslos anstarren. »Wir schlossen einen Handel. Und du warst der Preis.«

Sie wusste nicht, ob sie erstaunt oder wütend sein sollte. Ganz sicher war sie verwirrt. »Warum diese Geheimnistuerei? Warum hast du mir nicht von Anfang an gesagt, was los ist?«

»Ich musste ihm versprechen nichts zu sagen.«

»Aber jetzt hast du doch auch ...«

»Sollte ich etwa zusehen, wie du beim nächsten Mal den Dolch führst, den du ihm in die Hand legst?«

Ihr fehlten die Worte. Ihr Blick wanderte zu Connor. Er hatte sich zurückgelehnt und betrachtete sie grinsend. »Ich hätte nicht gedacht, dass ich dich einmal sprachlos erleben würde.« Er wurde rasch wieder ernst. »Natürlich hätten wir dir sagen können, dass Daith auf den Verlorenen Inseln zu uns stoßen würde. Was glaubst du, wie du reagiert hättest?« Er wartete nicht erst auf eine Antwort. »Vermutlich wärst du bei der ersten Gelegenheit über Bord gesprungen.« Er sah sie noch immer an. »Wir sind deine Freunde, Cait. Du musst endlich lernen uns zu vertrauen.« *Nicht, wenn es um ihn geht.*

Liamar nickte. »Und jetzt solltest du sehen, dass du zurück in dein Bett kommst. Ich will mir nicht noch einmal das ganze Gezeter anhören.«

Ihre Verwirrung war groß genug, dass sie ohne Widerworte in ihre Kajüte zurückkehrte. Sie verzichtete darauf, Licht zu machen. In eine Decke gewickelt setzte sie sich auf die Bank unter dem offenen Fenster und starrte auf die dunkle See. Es dauerte lange, bis sich ihre aufgewühlten Gedanken beruhigten. Während sie den Wellen lauschte, die immer wieder gegen den Bug schlugen, sank sie in einen leichten Schlaf.

Ihre Träume drehten sich wirr im Kreis. Sie sah Daith, der vor Gericht gegen sie aussagte. Im nächsten Moment kniete er über ihr, hauchte ihr seinen Atem ein und holte sie ins Leben zurück. Gleichzeitig sah sie, wie sich das Sonnenlicht in der Klinge spiegelte, die er in Händen hielt. Als sie zu sich kam, keuchend und Wasser spuckend, holte er aus und stieß zu. Sie erwachte mit einem lauten Schrei. Zitternd versuchte sie in der Dunkelheit etwas zu erkennen. Sie tastete nach der Lampe. Ihr Herz klopfte wie wild. Obwohl es heiß und stickig war, fror sie.

Wenige Augenblicke waren seit ihrem Schrei vergangen, da flog die Tür auf. Das Licht einer Laterne strömte in die Kajüte und blendete sie. Im Gegenlicht erkannte sie die schattenhaften Umrisse einer hoch gewachsenen Gestalt, ein Schwert in Händen haltend. Als sie eintrat, verwandelte sich der dunkle Schatten in Daith. Er hob die Laterne über den Kopf und sah sich um. »Was ist los?«

»Ein schlechter Traum.«

Ohne den Blick von ihr zu wenden hängte er die Laterne an einen Haken unter der Decke. »Steh auf und komm her.«

Überrascht stellte sie fest, dass sie sich zu schwach fühlte um sich aufzusetzen. Es war, als hielte eine unsichtbare Hand sie fest umklammert und hinderte sie daran, sich zu erheben. »Ich kann nicht.«

Plötzlich rannte er los. Er stürzte auf sie zu, sprang neben ihr auf die Bank und stieß sein Schwert aus dem Fenster. Ein Brüllen wurde laut, gefolgt von unzähligen Echos. Mit einem Mal löste sich der Griff, der sie gefangen gehalten hatte. Daith warf einen letzten Blick nach draußen, ehe er sein Schwert zurückzog und von der Bank sprang.

»War das …?«

»Ein Na'Darrach. Nicht groß, dennoch hätte er dir im Laufe der Nacht das Leben aus dem Leib gesaugt.« Er verriegelte das Fenster und half ihr sich aufzusetzen.

Liamar und Connor platzten in die Kajüte. Daith zog eine Augenbraue in die Höhe. »Sieh an, ihr seid auch schon hier.«

Connor achtete nicht auf seinen beißenden Spott. »Was ist geschehen?«

»Ein Na'Darrach. Durchsucht das Schiff! Stellt jeden Winkel auf den Kopf! Ich will keine weiteren Überraschungen erleben!«

Connor machte kehrt, um seinen Anweisungen Folge zu leisten. Liamar stand noch in der Tür. »Was ist mit dir?«

»Ich bleibe hier.«

Der Prinz nickte, trat auf den Gang und zog die Tür hinter sich zu. Cait blieb mit Daith zurück. Voller Unbehagen musterte sie ihn.

Er erwiderte ihren Blick. »Du siehst schlecht aus.«

»Wie ich sehe, hast du nichts von deinem Charme eingebüßt.«

»Wie lange hast du nicht mehr richtig geschlafen?«

Diese einfache Frage verblüffte sie. Zum ersten Mal war seine Stimme frei von Zorn und Ablehnung. Für einen Moment war selbst die gewohnte Härte aus seinem Blick gewichen. Da war etwas in seinen Augen. Etwas, das sie dort nie zuvor gesehen hatte. Wärme. Ehe sie wusste, wie ihr geschah, hörte sie sich sagen: »Ich träume viel.« Daith nickte, erhob sich und verließ die Kajüte. *Wunderbar. Er behauptet Wache zu halten und dann trollt er sich bei der ersten Gelegenheit. Er zeigt sich mal wieder von seiner besten Seite.*

Schon nach kurzer Zeit kehrte er zurück. »Hier.« Er hielt ihr einen Becher mit einer dampfenden Flüssigkeit entgegen. Es roch nach Kräutern. »Trink. Es wird dir gut tun.«

Überrascht nahm sie den Kelch und umfasste ihn mit beiden Händen. Der Geruch strömte in ihre Nase und entfaltete sogleich seine beruhigende Wirkung. Zumindest verflog ihr Zorn. In kleinen Schlucken trank sie das heiße Gebräu. Es schmeckte bitter, dennoch beklagte sie sich nicht. Als der Becher geleert war, stellte sie ihn auf den Tisch und sah Daith an. »Ich möchte mich entschuldigen.«

»Spar dir den Atem und sieh zu, dass du ins Bett kommst.« Seine Miene zeigte deutlich, dass er nicht an einer Entschuldigung interessiert war. Sie kroch in ihr Bett. Er ließ sich neben ihr auf dem Boden nieder und dunkelte die Laterne ab. Der schwache Schein reichte aus, ihr ein Gefühl von Sicherheit zu geben. Ebenso wie der Anblick des Schwertes, das griffbereit neben ihm lag. Ihre Gedanken und Gefühle waren in völligem Aufruhr, als sie sich unter ihrer Decke zusammenrollte.

»Cait?«, vernahm sie nach einer Weile seine gedämpfte Stimme. Sie konnte sich nicht erinnern, je zuvor ihren Namen aus seinem Mund gehört zu haben. Nach all den

Beschimpfungen, die sie untereinander ausgetauscht hatten, erschien es ihr seltsam, dass er sie ausgerechnet jetzt bei ihrem Namen nannte. Da sie sich einem weiteren Streitgespräch nicht gewachsen fühlte, stellte sie sich schlafend. Um ein Haar wäre sie erschrocken zusammengezuckt, als wenig später erneut geflüsterte Worte an ihr Ohr drangen. »Ich wollte nicht, dass es so weit kommt.« Mit angehaltenem Atem wartete sie darauf, dass er fortfuhr. Doch das tat er nicht.

Als Daith am nächsten Morgen erwachte, lag er neben Caits Bett auf dem Boden. Sie schlief noch. Leise setzte er sich auf und betrachtete sie. Die Spuren des Kerkeraufenthalts waren noch immer zu sehen. Dunkle Schatten unter ihren Augen zeugten von ihrer Erschöpfung. Sie war blass und abgemagert. Dennoch war es weniger das, was ihn beunruhigte. Es war die Veränderung, die die Erlebnisse *in* ihr bewirkt hatten. Zunächst war es ihm nicht aufgefallen. Sie hatte sich kämpferisch wie eh und je gegeben, doch hinter ihrem Kampfgeist verbarg sich etwas anderes – Furcht. Selbst im Schlaf wirkte sie unruhig. *Teilnahmslos.* So hatte Connor sie beschrieben. *Aber er hat auch gesagt, dass es besser geworden ist.* Dass sie zum Grund des Orakels hinabgetaucht ist, war der beste Beweis. Sie brauchte Zeit, das war alles.

Nachdem sie noch auf dem Kontinent erfahren hatte, dass er sie des Mordes an Myles bezichtigte, hatte er nicht mehr gewusst, wie er ihr gegenübertreten sollte. Nicht nachdem er selbst längst nicht mehr überzeugt war, dass sie es wirklich getan hatte. Noch schlimmer war es gewesen, als er sie im Gerichtssaal gesehen hatte, fiebernd und kaum bei Sinnen. Ihre Verzweiflung hatte ihn berührt. Ihre Hand wegzustoßen hatte ihm mehr abverlangt als jeder Kampf, den er bisher ausgefochten hatte. *Du glaubst, ich hätte dich vor dem Ertrinken gerettet, um dich selbst zu richten.* Nichts – abgesehen von einer Schwertklinge – konnte Daith Landévennec verletzen. Dass ihre Worte es vermochten, war eine neue Erfahrung.

Sie regte sich und öffnete die Augen. Entgeistert starrte sie ihn an, als hätte sie damit gerechnet, dass seine Anwesenheit lediglich ein schlechter Traum gewesen sei, der mit dem Licht des Tages verblassen würde. Verschlafen blinzelnd setzte sie sich auf. »Warum bist du hier?«

Deinetwegen. »Ich muss endlich die Wahrheit erfahren. Ich muss wissen, wer Myles ermordet hat, welche Rolle Croghán dabei spielt und warum sich alle so viel Mühe geben, dir die Schuld in die Schuhe zu schieben.«

»Soll das heißen, du glaubst nicht, dass ich es war?«, fragte sie ehrlich verblüfft.

»Nicht mehr.«

»Aber du hast mich gesehen, als ich aus dem Haus kam. Meine Hände waren voller Blut. Ich weiß es. Ich hatte eine Vision – im Gerichtssaal. Und dann die Schlange! Lag nicht eine tote Viper neben Myles?«

Es fiel ihm schwer, ruhig zu bleiben. *Eine Vision. Das war der Grund für ihre Verzweiflung. Und ich habe sie fortgestoßen.*

»Ich kann mich an die Schlange *erinnern*, Daith. Das erste Mal sah ich sie in der Kulthöhle, kurz bevor mich die Ordenskrieger aufgegriffen haben. Ich dachte zuerst, die Schlange hätte mit einem Ritual zu tun. In Wahrheit habe ich sie Myles gebracht um ihn zu ermorden.

»Sagtest du nicht, deine Hände seien voller Blut gewesen? Es war ein Dolch, der ihn tötete, keine Schlange.« Einen Moment lang fragte er sich, ob sie es nicht doch gewesen sein könnte. *Immerhin waren ihre Hände über und über mit Blut besudelt.* Unwillkürlich schüttelte er den Kopf. Er hatte in den letzten Tagen und Wochen zu viele Dinge gesehen, die dagegen sprachen. »Du warst es nicht. Du würdest niemanden umbringen, es sei denn, du müsstest dein Leben verteidigen.«

»Wie kannst du das sagen? Du weißt doch gar nicht, was für ein Mensch ich war! Womöglich habe ich für Gold getötet oder ... oder aus Spaß!«

»Aus Spaß? Du? Mir ist dein Gesicht nicht entgangen, als du Hughs Leiche gesehen hast.« Er schüttelte den Kopf. »Du bist keine Mörderin, Cait.«

»Aber, die Vision ...«

»Hör auf, dich verrückt zu machen, und hör mir zu!«, fiel er ihr ins Wort. »Ich fand Aladar in Myles' Haus. Der Na'Darrach, der ihn überfallen hatte, war noch da. Ich habe ihn vernichtet. Aladar war dem Tode nahe, doch noch immer bei klarem Verstand. Er schwor, du seist unschuldig.« *Wie könnte ich dem Schwur eines Sterbenden misstrauen, wenn mir mein Herz längst dasselbe sagte?*

Sie lachte, ein trauriges, humorloses Lachen. »Hast du überhaupt eine Ahnung, was ich in Cor Amánthor herausgefunden habe? Weißt du mit Sicherheit, dass ich nichts mit dem Kult zu tun habe? *Ich* nicht. Nicht nachdem der Arsilah in meiner Kammer erschienen ist und mir erklärte, ich würde ihm gehören. Das klingt mir doch sehr nach einer alten Bekanntschaft.« Ihre Stimme war voller Bitterkeit und Zweifel.

Daith fuhr auf. »Du bist dem Gesicht in den Schatten begegnet?«

»Welche Erklärung hat dir Aladar dafür gegeben?«

Er zuckte die Schultern. »Manchmal sind die Dinge nicht, wie sie scheinen.«

»Das ist deine Antwort? Vielleicht wäre es in der Tat besser, du nimmst deinen Dolch und bringst mich um, ehe ich euch alle ins Verderben reiße.«

Er sah die Furcht in ihren Augen, verborgen hinter einer Maske aus Hohn und Spott. In diesem Augenblick wünschte er, ihr mehr als leere Worte geben zu können. »Aladar war von deiner Unschuld überzeugt.« Plötzlich wurde ihm bewusst, dass sich die Situation seit Cor Amánthor umgekehrt hatte. War zuvor er es gewesen, der sie des Mordes bezichtigt hatte, tat sie es nun selbst, wohingegen er nicht mehr an ihre Schuld glaubte.

»Wo warst du, als ich das Haus betrat?«

»Oben, bei Aladar. Als ich hörte, dass du da bist, wollte ich dich warnen. Da sah ich Croghán und die Seáthrun kommen. Ich kletterte aus dem Fenster und schloss mich ihnen an um sie abzulenken.«

»Du wusstest, dass ich im Haus war?«

»Jeder, der die blutigen Abdrücke auf dem Laken gesehen hätte, hätte es gewusst.«

»Das Laken. Es hing vor dem Schrank ...«

»... in dem du dich versteckt hattest. Ich weiß. Was glaubst du, warum ich die meiste Zeit über davorgestanden bin, wenn nicht um die Flecken vor Croghán zu verbergen?«

»Croghán.« Sie sprach seinen Namen aus, als wäre er ein Fluch. »Er war es. Er hat Aladar ermordet. Er sagte,

Aladar war ein Narr, deshalb musste er sterben. Er sagte, dieses Mal würde ich ihm nicht entkommen und ich würde mein Wissen mit ins Grab nehmen.« Sie blickte ihn an, dann sagte sie: »Ich bin mir sicher, dass ich ihm schon zuvor begegnet bin. Dieser Mann hat mir vom ersten Augenblick an Angst eingejagt.«

Die Furcht war ihr selbst jetzt noch anzusehen. *Was hat er dir angetan?* Sie sagte nichts und er wagte nicht, zu fragen. Aladars Leichnam war noch nicht einmal kalt gewesen, als Croghán mit den Seáthrun erschienen war, um die Mörderin zu suchen. *Woher wusste er so schnell von Aladars Tod, wenn er nicht seine Finger im Spiel hatte?* »Traue niemandem«, hatte Aladar mit seinem letzten Atemzug gesagt. »Nicht einmal den Obersten Seáthrun.« Er musste mehr gewusst haben. *Dinge, die er mir nicht mehr offenbaren konnte.* Womöglich war es Croghán, der Myles' Tod zu verantworten und die Na'Darrach auf Cait gehetzt hatte. *Ein Mann, auf dessen Wort ich viele Jahre vertraut habe.*

Daith verspürte den drängenden Wunsch, nach Cor Amánthor zurückzukehren und den Master herauszufordern. Es war sinnlos. Croghán wusste längst, dass er es war, der Cait zur Flucht verholfen hatte. Die Seáthrun würden ihn verhaften und in den Kerker werfen, bevor er auch nur in seine Nähe gelangen konnte. Der einzige Weg, die Wahrheit ans Licht zu bringen, führte über Annuides. Um Caits Leben zu retten hatte er sich auf einen Handel eingelassen, der ihm zutiefst widerstrebte. Er kannte Annuides und er verachtete ihn. Dennoch hatte er ohne zögern zugestimmt, als Liamar zur Bedingung gemacht hatte, Daith solle ihn auf seiner Suche begleiten.

Ausgerechnet Annuides hielt den Schlüssel zur Wahrheit in Händen.

Eine Weile schwiegen sie beide, bis sie plötzlich fragte: »Bist du wirklich beim König gewesen und hast um mein Leben gebeten?«

Können Conn und Liamar nichts für sich behalten? Er verzog das Gesicht. »Ein sinnloser Versuch. Da man dir den Mord am Obersten Seáthrun vorwarf, unterstandest du einzig und allein der Gerichtsbarkeit des Ordens. Dorthin reicht nicht einmal die Hand des Königs.«

»Ich schulde dir dennoch meinen Dank.« Sie schwang die Beine aus dem Bett und erhob sich. Nach einigen unsicheren Schritten hielt sie inne und wandte sich ihm zu. »Ich verstehe immer noch nicht, warum Croghán Aladar ermordet hat.«

»Vermutlich wollte er verhindern, dass du dein Wissen preisgeben kannst, ehe er dich in die Finger bekommt. Er konnte ebenso wenig wie Aladar ahnen, dass du dein Gedächtnis verloren hast.«

»Glaubst du, Aladar wusste mehr?«

»Anzunehmen.«

»Aber was kann das gewesen sein?«

»Er hat sein Wissen mit ins Grab genommen.«

»Gibt es denn keinen Anhaltspunkt?«

Ihre Unnachgiebigkeit brachte ihn auf. Aladars Tod schmerzte. Darüber zu sprechen machte es nicht besser. »Ich würde es dir sagen, wenn ich es wüsste. Also, hör auf, dumme Fragen zu stellen!«

Sie ballte die Hände zu Fäusten. »Ich versuche herauszufinden, was das alles zu bedeuten hat! Dafür muss ich nun einmal Fragen stellen, auch auf die Gefahr hin, dass sie sich wiederholen! Womöglich finde ich auf diese Weise Antworten. Aber du ...« Sie warf die Arme in die Luft, als ihr keine passenden Worte einfallen wollten. »Ich habe die Nase voll von deiner ... deiner Arroganz! Du bist ...«

Daith konnte den Blick nicht von ihr wenden. Ihre Wangen glühten und ihre Augen sprühten Funken. Ihre wilden Locken umgaben das Gesicht wie züngelnde Flammen. »Du hältst jetzt besser den Mund.«

»Fürchtest du die Wahrheit?«

Ich fürchte dir zu nahe zu kommen, wenn du nicht sofort den Mund hältst. »Ich will jetzt nicht streiten.« Er erhob sich und verließ fluchtartig die Kajüte.

10

Wohin Cait auch ging, Daith folgte ihr wie ein Schatten – wortlos und stumm. Einzig wenn sie sich in Connors oder Liamars Gesellschaft befand, zog er sich zurück. So grimmig und übellaunig er auch sein mochte, in seiner Nähe verspürte sie keine Furcht. Sie wusste, dass er sie beschützen würde. Abgesehen davon schlief sie tief und traumlos, seit er sein Lager in ihrer Kajüte aufgeschlagen hatte und jede Nacht eine abgedunkelte Laterne brennen ließ, für den Fall eines Angriffs.

Nachdem sie die Verlorenen Inseln verlassen hatten, ließ Liamar Kurs auf die Küste von Bakemba nehmen, jene Küstenlinie, die er im Muschelorakel zu sehen glaubte. Von Bakemba wusste er lediglich zu berichten, dass es sich um eine Insel handelte, deren größte Teile von dichtem Dschungel überwuchert waren. Immerhin besaß er eine Karte. Er hatte viel Zeit damit verbracht, die Karte mit den Linien im Muschelsand zu vergleichen, und glaubte tatsächlich darauf eine Stelle wiederzuerkennen, die sich auch in der Muschel abzeichnete. Dort wollten sie zuerst ihr Glück versuchen.

Cait verbrachte viel Zeit auf dem Oberdeck, blickte aufs Meer hinaus oder übte sich im Flötenspiel. Daith war nicht zu sehen. Dafür setzte sich Connor zu ihr. Eine Weile musterte er sie schweigend.

Sie erwiderte seinen Blick. »Was glaubst du? Wirst du mir sagen, was dich beschäftigt, ehe wir auf Bakemba anlegen?«

Er seufzte. »Ich wollte mich entschuldigen.« Er griff nach ihrer Hand. »Es war falsch, dir nichts von Daith zu erzählen. Ich hatte Angst, du würdest mir nicht glauben, wenn ich dir sage, dass er dir helfen will.« Nach kurzem Zögern fuhr er fort: »Es gibt noch etwas, das du wissen solltest.« Er räusperte sich. »Du hast Daith und mich immer für Söldner gehalten, aber in Wahrheit gehören wir zu den Seáthrun.«

»Das weiß ich längst.«

Er blinzelte überrascht. »Woher?«

»Ihr wisst viel zu viel über den Orden um nicht dazuzugehören. Abgesehen davon nannte Croghán Daith Hauptmann.«

Connor nickte. »Er war der Erste Krieger der Seáthrun. Er ist es noch immer. Aladar ernannte niemals einen Nachfolger. Er war überzeugt, dass Daith sich eines Tages besinnen und zurückkehren würde. Allein dass er jetzt bei uns ist, gibt mir Grund zur Hoffnung.«

»Was hat ihn verändert?«

Er verzog das Gesicht. »Es begann, als wir neun Jahre alt waren. Ich weiß nicht, wie es geschehen konnte, doch die anderen Kinder – unsere Freunde – fanden heraus, wer sein leiblicher Vater war. Kein Mann, an den man gerne zurückdenkt. Die Kinder haben Daith für seine Herkunft bestraft. Prügeleien waren an der Tagesordnung und noch das Harmloseste. Ich habe versucht ihm zu helfen. Er hat es nicht zugelassen. Seitdem war er nicht mehr derselbe. Nach Myles' Tod wurde es noch schlimmer. Seither ist die Welt ärmer. Beraubt um einen Krieger, der dem Bösen stets mutig und aufrecht entgegentrat.«

»Glaub kein Wort von diesem Unsinn.« Daith stand auf den Stufen. Wie üblich verriet seine Miene nicht, was in ihm vorging.

»Wie ich hörte, ist der Erste Krieger der Seáthrun etwas Besonderes.« Sie war erstaunt, dass er so ruhig blieb. »Ich könnte mir vorstellen, es bedarf mehr als bloßen Kampfgeschicks, um Hauptmann der Seáthrun zu werden.«

Daith schnaubte, murmelte etwas von *Geschwätz* und ging.

Eine Woche später erreichten sie Bakemba. Beladen mit Proviant und Ausrüstung gingen Daith, Liamar, Connor, Thorgrimm und Cait an einem schmalen Streifen Sandstrand an Land. Feiner Staub wirbelte unter jedem Schritt auf und legte sich in einer hellen Schicht auf Stiefel und Gewänder. Aus zusammengekniffenen Augen betrachtete Cait die grüne Wand, die sich vor ihnen erhob. Der Anblick des Dschungels war faszinierend und erschreckend zugleich. Ein Dickicht aus Farnen und hoch gewachsenen Bäumen mit großen, exotisch anmutenden Blättern hieß sie Willkommen. Schlingpflanzen rankten sich um die feuchten Stämme. An manchen Stellen hingen Lianen wie Seile herunter und schwankten leicht im Wind. Thorgrimm zückte eine Machete und machte sich daran, den Weg zwischen den Bäumen freizuschlagen. Liamar folgte ihm. Kaum waren die beiden zwischen den Bäumen verschwunden, bedeutete Daith ihr aufzuschließen. Er und Connor bildeten die Nachhut.

Sobald sie in die Schatten zwischen den Bäumen eintauchte, glaubte sie in eine andere Welt zu treten. Die leichte Brise, die ihnen am Strand Abkühlung verschafft hatte, vermochte es nicht, bis in den Dschungel vorzudringen. Hier war es heiß und schwül. Bereits nach wenigen Schritten klebten ihre Gewänder feucht an ihrem Körper. Ein süßlicher, nicht unangenehmer Geruch lag in der Luft, vermischt mit dem Aroma feuchter Erde. Der Dschungel war voller Leben und fremdartiger Geräusche. Ein Gemisch aus Vogelgesang, dem Kreischen kleiner Affen und anderen Lauten, die sie nicht einordnen konnte, begleitete ihren Weg. Überall raschelte und knackte es. Immer wieder kreuzten kleine Tiere ihren Weg.

Obwohl Thorgrimm sein Bestes tat, war es mühsam, sich einen Weg durch das Gestrüpp zu bahnen. Sie schob riesige Blätter und biegsame Zweige zur Seite, die Thorgrimms Machete entgangen waren, drängte sich zwischen eng stehenden Bäumen hindurch und stieg über umgestürzte Stämme hinweg. Bald griff sie nach ihrem Wasserschlauch und nahm einen ersten, tiefen Zug. Es verging nicht viel Zeit, bis sie das nächste Mal danach griff.

Daith berührte sie kurz am Arm. »Du musst dir das Wasser einteilen.«

Sie wollte seinen Rat beherzigen; doch obwohl sie sich zurückhielt, war ihr Wasservorrat bald aufgebraucht. Sie wusste, dass sie zu wenig Frischwasser besaßen. Mehr hatte die *Windprinz* nicht entbehren können. Liamar hatte seine Hoffnungen auf einen Fluss gesetzt, dessen Verlauf auf der Karte eingezeichnet war.

Der Weg wurde beschwerlicher. Ihr Mund war trocken, ebenso wie ihre Kehle. Es fiel ihr zunehmend schwerer, einen Fuß vor den anderen zu setzen. Hin und wieder blieb Liamar stehen, zog die Landkarte hervor und studierte sie. Mit einem unterdrückten Seufzen beobachtete sie, wie Thorgrimms Machete durch das Grün fuhr. Heben. Zuschlagen. Heben. Zuschlagen. Eintönig und ermüdend.

Sie spürte eine Hand auf ihrem Arm und blickte auf. Daith hielt ihr seinen Wasserschlauch entgegen. Sie schüttelte den Kopf. »Das ist deines. Du wirst es brauchen.«

»Im Augenblick brauchst du es dringender.«

»Ich kann doch nicht –«

»Nimm!«

Das Wasser war köstlich und erfrischend. Sie musste sich zwingen nicht zu viel zu trinken. Nach einem kräftigen Zug gab sie Daith den Schlauch zurück. »Du hast mir nie erzählt, was du in Cor Amánthor getan hast.«

»In erster Linie habe ich eine Menge Zeit darauf verwandt, die Seáthrun auf falsche Fährten zu locken.« Er verzog das Gesicht. »Sie hätten dich niemals finden dürfen«, knurrte er. »Ich hatte nicht vor, dir ausgerechnet in Croghâns Gericht zu begegnen, und ganz sicher wollte ich nicht, dass er dich zum Tode verurteilt.«

»Dann hättest du besser auf deine Aussage verzichten sollen«, entfuhr es ihr.

Er betrachtete sie aus zusammengekniffenen Augen. »Vielleicht ist dir ja entgangen, dass nicht ich es war, der Myles' Tod zur Sprache brachte, sondern Croghán. Er kannte die Geschichte und er wusste, dass ich dich dafür verantwortlich machte. Was glaubst du, wie er reagiert hätte, wenn ich plötzlich vorgegeben hätte nichts zu wissen?«

Sie dachte an seine Aussage zurück. Zum ersten Mal wurde ihr bewusst, wie bedeckt er sich gehalten hatte. Es war Croghán, der ihm die Antworten in den Mund gelegt hatte. *Antworten, die er freiwillig nicht zu geben bereit gewesen war.* »Du hast alles in deiner Macht Stehende getan.«

»Es war nicht genug! Ich habe nie gewollt, dass du eingesperrt wirst, und ganz sicher nicht, dass du derart leiden musst.«

Bisher hatte er sein Bedauern nur ein einziges Mal geäußert. *Und da dachte er, ich würde schlafen.* »Du hast dafür gesorgt, dass ich befreit wurde. Das ist mehr, als ich zu hoffen gewagt habe. Du hast dir nichts vorzuwerfen, Daith.«

Daith schnaubte. »Nichts vorzuwerfen? Was glaubst du, wie ich mich gefühlt habe? Es war immerhin meine Schuld!«

»Warum sollte es deine Schuld gewesen sein?«

»Wenn ich nicht versucht hätte die Seáthrun abzulenken und dich stattdessen aus der Stadt gebracht hätte, wäre das niemals geschehen.«

»Wenn, wenn, wenn ...« Sie schüttelte den Kopf.

»Wenn die Sonne nicht gelb, sondern grün vom Himmel scheinen würde, wäre der Mais ebenfalls grün und die Krähen würden ihn zwischen alldem Gras niemals finden.« Sie sah ihn an. »Das ist doch Unsinn. Glaubst du, ich gebe dir die Schuld? Nachdem ich wusste, dass die Seáthrun mich des Mordes bezichtigten, hätte ich ebenso gut Cor Amánthor und Dallán für immer hinter mir lassen können. Ich habe es nicht getan. Was geschehen ist, habe ich allein mir zuzuschreiben. Wäre ich nicht so versessen darauf gewesen, die Vergangenheit zu erforschen, hätten sie mich nie zu fassen bekommen. Und ich sage dir noch etwas: Ich würde es wieder tun.« Es war die Wahrheit. »Ich würde lieber bei dem Versuch, die Wahrheit zu finden, sterben als länger in Ungewissheit zu leben.«

»So etwas darfst du nicht einmal denken!«

»Glaubst du, es ist angenehm, jeden Morgen mit der Frage zu erwachen, ob du jemanden getötet hast oder nicht?«

»Ich habe dir schon einmal gesagt, dass du keine Mörderin bist!«

»Aber ich habe meine Zweifel. All die Dinge ...« Sie brach ab. »Ich hoffe, wir finden diesen Annuides. Womöglich vermag er es, Licht ins Dunkel meiner Erinnerung zu bringen.«

»Erwarte besser keinen Prinzen in strahlender Rüstung«, brummte er.

Sie warf ihm einen Blick zu. Statt etwas zu sagen machte er kehrt und setzte sich ans Ende der Truppe. Liamar, der Daith' letzte Worte gehört hatte, ließ sich neben sie zurückfallen. »Annuides ist kein schlechter Mensch. Das war er nie.«

»Wäre es nicht möglich, dass er …« Sie suchte nach den passenden Worten. »Dass er sich *verändert* hat?«

»Annuides? Niemals! Ich weiß, wie Daith über ihn denkt. Die beiden waren einander nie wohl gesinnt. Das bedeutet nicht, dass Annuides ein schlechter Mensch ist.«

»Aber wenn er ihn hasst, warum begleitet er dich dann?«

Er sah sie an. »Was glaubst du?«

»Er will wissen, wer Myles ermordet hat.«

Er grinste. »Wenn du mich fragst, ist er auf diesen Gedanken erst später gekommen – vermutlich erst auf dem Schiff. Ich wusste, er würde toben, falls ich von ihm verlangte mich zu begleiten. Unter anderen Umständen hätte er sich schlicht geweigert. Als ich ihm meinen Preis nannte, akzeptierte er ohne zu zögern.« Erneut bedachte er sie mit einem langen Blick. »Inzwischen verstehe ich warum.«

Daith wischte sich den Schweiß von der Stirn. Mit schnellen Schritten folgte er den anderen zwischen den Bäumen hindurch, den Blick auf Cait gerichtet. Obwohl ihr Wasser längst aufgebraucht war, beklagte sie sich nicht. Er sah, dass sie erschöpft war, wusste jedoch, sie würde seine Hilfe nicht annehmen. Er konnte nichts weiter tun als sie im Auge zu behalten.

Bis zum späten Nachmittag hatten auch die anderen ihre Wasservorräte erschöpft. Liamar hielt immer öfter inne, um einen Blick auf die Karte zu werfen. Mit gerunzelter Stirn sah er sich um, dann deutete er tiefer in den Dschungel. »In dieser Richtung verläuft ein Fluss. Dort können wir unsere Wasservorräte auffrischen.«

Als das Tageslicht zu schwinden begann, wichen die Bäume mehr und mehr und gaben schließlich den Blick auf einen breiten, gewundenen Strom frei. Thorgrimm legte sein Gepäck ab, ging zum Ufer und nahm die Umgebung in Augenschein. Auch Daith nutzte die Gelegenheit sich umzusehen. Es gab kein Anzeichen von Gefahr. Schließlich bedeutete Thorgrimm ihnen, dass sie ihm folgen konnten.

Daith ließ seinen Rucksack ins Gras fallen und beobachtete amüsiert, wie Connor bis zu den Hüften ins Wasser watete und untertauchte. Cait kniete am Ufer nieder. Sie versuchte Wasser zu schöpfen, doch ihre Hände zitterten vor Erschöpfung so sehr, dass sie das meiste davon verschüttete. Daith ging neben ihr in die Knie. Seine Hände formten einen Trichter und schöpften Wasser. »Trink«, sagte er und hielt ihr die Hände entgegen. Als ihre Lippen seine Finger berührten, überlief ihn ein wohliger Schauder. Hastig zog er die Hände zurück. Das Wasser spritzte zu Boden. Cait runzelte die Stirn. Ihr war anzusehen, dass sie nicht die geringste Ahnung hatte, was ihre Berührung in ihm auslöste. »Ich habe heute keine ruhige Hand.« Er packte seinen Wasserschlauch, füllte und reichte ihn ihr.

Später errichteten sie eine Feuerstelle und legten einen Holzvorrat für die Nacht an. »Ich habe mir die Karte noch einmal angesehen«, meinte Liamar, nachdem sie gegessen hatten. »Wenn wir uns stromaufwärts halten, können wir dem Flusslauf eine ganze Weile folgen. Auf diese Weise wird uns das Wasser so schnell nicht mehr ausgehen.«

Connor schluckte den letzten Bissen hinunter. »Bist du sicher, dass wir uns auf dem richtigen Weg befinden?«

»Ich habe die Karte und das Muschelorakel lange verglichen.« Er nickte. »Ja, ich bin sicher. So sicher man bei dieser Karte sein kann.« Er verzog das Gesicht. »Ich hoffe, wir tun das Richtige.«

Cait sah ihn an. »Weißt du, was mein Vater zu sagen pflegte, sobald mich Selbstzweifel plagten? Er hat immer gesagt, dass alle Menschen, die Bedeutsames in ihrem Leben geleistet haben, eine Phase des Zweifels durchlaufen mussten. Keiner hat diesem Gefühl nachgegeben, andernfalls hätten sie nie getan, wessen man sie rühmte.«

Connor fuhr auf. »Du kannst dich an deinen Vater erinnern?«

Sie schüttelte den Kopf. »Ich habe mir nur ein paar Kindheitserinnerungen zurechtgelegt, um sie in Augenblicken wie diesem zum Besten zu geben.« Sie grinste. »Es klingt doch überzeugend, oder?«

Connor, Liamar und Thorgrimm begannen zu lachen. Selbst Daith ertappte sich dabei, dass er lächelte. *Sie ist wirklich erstaunlich.*

Liamars Blick ruhte noch immer auf ihr. »Erzähl uns eine Geschichte«, bat er, als er sich wieder beruhigt hatte.

Obwohl sie müde wirkte, ließ sein Wunsch ihre Augen leuchten. »Was wollt ihr hören? Vielleicht eine Geschichte von dem geheimnisvollen Verschwundenen Turm?«

Liamar schüttelte den Kopf. »Ich würde lieber etwas über einen Helden hören.«

Einen Moment lang schwieg sie, als sie dann mit ruhiger, klarer Stimme zu sprechen begann, strahlte sie einen Zauber aus, der selbst Daith in seinen Bann zog. »Es ist die Geschichte von Alasdair MacKenzie, einem der berühmtesten Krieger Cartómiens. Er war ein Held – der größte, den der Kontinent je gesehen hat. Alasdair zog durch die Lande und half, wo immer sein Schwert gebraucht wurde. Die Männer achteten und die Frauen liebten ihn.« Ihr Blick wanderte von einem zum anderen. »Doch weder die Liebe einer Frau noch Ruhm und Ansehen vermochten es, ihn lange an einem Ort zu halten. Sein ganzes Leben lang wanderte er rastlos umher, auf der Suche nach einem märchenhaften Ort, von dem er in seiner Kindheit gehört hatte. Ein Ort namens Galyan, von dem man sagte, dass dort jeder eine Zuflucht finden und glücklich werden könne, ganz gleich wer er sein und was er getan haben mochte.«

»Ich habe von diesem Ort gehört«, entfuhr es Thorgrimm. »Er soll das Paradies sein.«

»Das hatte Alasdair auch gehört, doch in all den Jahren, die er Cartómien durchstreifte, gelang es ihm nie, einen Hinweis auf jenen geheimnisvollen Ort zu finden. Er starb im Kampf. Und an dem Tag, an dem er starb, fand er sein Galyan. Denn in der Stunde seines Todes begriff er, dass es sein größtes Glück war, den Menschen zu helfen. All die Jahre war der Kampf für das Gute die einzige Sache gewesen, die ihn glücklich machen konnte. Endlich erkannte er, dass die Straßen und Schlachtfelder Cartómiens sein Galyan waren. Alasdair starb mit einem Lächeln auf den Lippen. Er hatte endlich gefunden, wonach er so lange gesucht hatte. Sein Paradies. Jenen Ort, an dem sein rastloses Herz Frieden und Ruhe fand.«

Nach einer kurzen Pause begann sie mit klarer Stimme zu singen:

Es gibt einen Platz, wo mag er nur liegen?
Dort findet jeder Mensch seinen Frieden.
Rang und Name sind nicht von Bedeutung,
dort erfährt jeder Sünder Läuterung.

Für jeden mag dieser Ort ein anderer sein,
für manche weit fort, für andere ihr Heim.
Wo auch immer dein Galyan liegt,
wenn du es findest, hast du gesiegt.

Finde heraus, was dich glücklich macht,
dann die Sonne über dein Leben lacht.
Denn Galyan ist das Gefühl des Friedens und der Ruhe,
wenn du dir sagst: Ich bin glücklich mit dem, was ich tue.

Ich zähle täglich die Stunden,
bis auch ich mein Galyan gefunden.
Für jeden ist's anders, keiner kann's dir benennen,
doch ich weiß, wenn ich's seh, werd ich's erkennen.

»Wie soll ich Galyan finden, wenn mir niemand sagen kann, wie es aussieht?«, fragte Connor, kaum dass die letzten Töne verklungen waren.

»Wo bist du am glücklichsten?«, fragte sie statt zu antworten.

»Bei Sarah und meinem Sohn.«

»Dann ist das dein Galyan.« Ihr Blick glitt zu Thorgrimm. »Was ist mit dir?«

»Der Dienst an der Seite meines Herrn.«

Sie nickte. Ihre Augen wanderten weiter – zu Liamar.

»Meine Familie«, sagte er ohne nachzudenken.

»Daith?« Ihre Augen ruhten auf ihm. Er wich ihrem Blick aus. »Was ist mit dir?«

»Was soll mit mir sein?«, entgegnete er schroff, bemüht die süße Melodie aus seinem Kopf zu bannen. »Diesen Ort gibt es nicht. Das ist eine Geschichte! Ein lächerliches Märchen!«

»Womöglich hast du dein Galyan einfach noch nicht gefunden.« Sie zeigte sich von seinen barschen Worten wenig beeindruckt. »Eines Tages wirst auch du feststellen, dass an dieser Geschichte mehr dran ist, als du jetzt glauben magst.«

»Ach ja?« Er hatte plötzlich Lust zu streiten. Er blickte sie herausfordernd an. »Was ist mit dir? Wo ist *dein* Galyan? Vielleicht in Croghàns Kerker?«

Er bereute seine Worte augenblicklich, als er den bestürzten Ausdruck in ihrem Gesicht sah. Sie biss sich auf die Lippe und blickte ins Feuer. »Ich weiß nicht, wo mein Galyan ist«, sagte sie leise. »Falls ich es hatte, so ging es mit meiner Erinnerung verloren. Ganz sicher habe ich diesen Ort nicht in einem dunklen Verlies gefunden.«

Seine Streitlust wich Bedauern. »Ich wollte das nicht sagen, Cait.« *Warum habe ich es dann getan?* Er wusste es nicht. Das redete er sich zumindest ein. In Wahrheit kannte er den Grund. Sie hatte ihn an etwas erinnert, das er niemals haben konnte. Einen Ort des Friedens und des Glücks. Der Gedanke schmerzte und veranlasste ihn, ihr Dinge an den Kopf zu werfen, die besser unausgesprochen geblieben wären.

»Vergessen wir es einfach.« Zum ersten Mal, seit er sie kannte, war alle Kampflust aus ihrer Stimme gewichen. In diesem Moment verstand er, was Connor ihm zu sagen versucht hatte. Die Wochen im Kerker hatten nicht nur ihren Körper, sondern auch ihren Geist an seine Grenzen gebracht. Diese Wunden heilten nur langsam. *Ich elender Narr.* Er hatte sofort erkannt, dass sie sich vor der Dunkelheit fürchtete, und jede Nacht unter einem Vorwand die Laterne brennen lassen. Dass ihre Angst weit darüber hinausging, hatte er nicht gesehen. *Ich habe es nicht sehen wollen.* All die Dinge, die sie in Erfahrung gebracht hatte, die Zweifel, die sie Tag für Tag plagten und die sie größtenteils für sich behielt. Sie musste sich entsetzlich fühlen. *Einsam.*

»Was ist, Cait, gibt es noch andere Geschichten über diesen MacKenzie?«, lenkte Connor die Aufmerksamkeit auf sich. »Vielleicht eine, die im Winter spielt? Um uns von der Hitze abzulenken.«

Ein mattes Lächeln stahl sich in ihre Züge. »Es gibt wirklich eine Geschichte, in der Alasdair einen Gletscher besteigen und einen Frostriesen besiegen musste.« Kurz darauf befand sie sich mitten in ihrer Erzählung. Ihre gedämpfte Stimme gewann rasch an Kraft.

Daith lehnte sich zurück und schloss die Augen. Nur langsam gelang es ihm, ihren betroffenen Blick aus seinem Gedächtnis zu verdrängen. Der Klang ihrer Stimme hüllte ihn ein und umschmeichelte ihn. Er wünschte sich ihr nahe zu sein. Dafür hasste er sich. Er konnte sich nicht erinnern, in den letzten Jahren jemals etwas anderes als Gleichgültigkeit oder Hass empfunden zu haben. Um ihretwillen durfte er die ungewohnten Gefühle, die jeden Tag stärker wurden, nicht zulassen. *Ich darf sie nicht in Gefahr bringen.*

Mitten in ihrer Erzählung verließ er die Feuerstelle

und ging zum Fluss. Nach einer Weile gesellte sich Connor zu ihm. »Glaubst du, Liamar weiß, wohin er uns führt?«

Daith zuckte die Schultern. »Er hat die Karte.«

»Manchmal erstaunst du mich.« Daith zog fragend eine Augenbraue in die Höhe. »Wann immer ich glaube dich zu kennen, tust du etwas, womit ich nicht einmal im Traum gerechnet hätte.«

»Mich Liamar anzuschließen, zum Beispiel?«

Connor nickte. »Ich weiß, wie sehr du Annuides verachtest. Dass du Liamar dennoch bei seiner Suche unterstützen willst, lässt tief blicken.«

»Ach ja?«

»Du warst bereit einen hohen Preis für ihre Befreiung zu zahlen.« *Sprich besser nicht weiter.* Falls Connor Daith' finstere Miene bemerkte, ignorierte er sie. »Du warst für mich immer der beste Krieger, den ich kenne. Stark und ohne jede Schwäche. Dennoch habe ich mich in den letzten Jahren oft gefragt, ob es noch menschliche Regungen in dir gibt.« Er bedachte ihn mit einem Blick, als wolle er sagen: »Ich kenne dich besser, als du denkst.« Daith sagte ihm nicht, wie sehr er sich irrte. »Zu sehen, dass ausgerechnet du eine Schwäche hast, lässt mich hoffen, du hast deine Menschlichkeit nicht gänzlich verloren.«

Welche Schwäche meinst du? Meinen Hass auf Croghán? Meinen Wunsch nach Rache, gepaart mit meiner eigenen Todessehnsucht? Um ein Haar hätte Daith gelacht. Connor sah in ihm einen Krieger ohne Fehl und Tadel. Er wusste nicht im Geringsten, wie es um sein Innerstes bestellt war. »Ich habe also *eine* Schwäche.«

»Cait. Sie ist deine Schwäche.« Daith wollte ihm ins Wort fallen. Er wollte ihm sagen, er solle den Mund halten, doch Connor sprach weiter, ehe er ihn unterbrechen konnte. »Ich kenne dich seit vielen Jahren, Daith. In all der Zeit habe ich nie erlebt, dass du eine Frau so angesehen hast wie sie.«

Er erwiderte Connors Blick misstrauisch. »Wie sehe ich sie denn an?«

Connor grinste. »Wie einen kostbaren Schatz, den du jederzeit mit deinem Leben verteidigen würdest.«

Er wollte den Kopf schütteln, doch er war wie erstarrt. Connors Worte hatten einen Nerv getroffen. »Ich achte lediglich darauf, dass ihr nichts zustößt. Das ist mein Auftrag.«

»Das *war* dein Auftrag. Aladar ist tot.«

»Deswegen ist mein Auftrag nicht hinfällig. Abgesehen davon besteht noch immer die Möglichkeit, dass sie eine Mörderin ist.«

Connor sah ihn lange an. »Wem versuchst du etwas vorzumachen? Du glaubst ebenso wenig, dass sie Myles getötet hat, wie ich es tue. Du klammerst dich an diesen Gedanken, denn er ist das Einzige, was dich davon abhält, dir die Wahrheit einzugestehen.«

Es gibt noch andere Gründe. Abgesehen davon dass ich versucht habe sie umzubringen, würde meine Liebe sie nur ins Unglück stürzen. Ich bringe Tod und Verderben über die Menschen. Warum begreifst du das nicht endlich, Conn? Sie würde mich ohnehin verachten, wenn sie wüsste, was mein Vater getan hat. Daith erhob sich betont gelassen. »Du irrst dich«, entgegnete er ruhig. »Das Mädchen ist nicht mehr als ein Auftrag.« –

Cait schlüpfte in ihre Hosen und machte sich daran, ihr Hemd zuzuknöpfen. Sie hatte dem Wunsch nach einem erfrischenden Bad nicht länger widerstehen können. Gleich nach dem Erwachen am Morgen hatte sie Connor gesagt, dass sie ein wenig ungestört sein wollte. Sie musste ihm versprechen in der Nähe zu bleiben. Dann hatte sie sich um die Biegung zurückgezogen, wo sie unbeobachtet ein Bad nehmen konnte. Eine Weile hatte sie sich durchs Wasser treiben lassen und dem Lied der Vögel gelauscht, ehe sie begann Staub und Schweiß abzuwaschen.

Als sie wenig später an Land zurückkam, ging es ihr so gut wie schon lange nicht mehr. Sie konnte sich nicht erinnern, sich je so sicher und wohl behütet gefühlt zu haben. Besonders Daith schien an ihrer Sicherheit gelegen zu sein. Er hatte sich verändert. Sie hätte nicht sagen können, was genau es war. Er war noch immer der grimmige, schlecht gelaunte Krieger, den sie in Kilshannon kennen gelernt hatte. In letzter Zeit erweckte er jedoch mehr denn je den Eindruck innerer Zerrissenheit. *Er hat sich sogar entschuldigt! Wenn das kein Zeichen ist, dass mit ihm etwas nicht stimmt.*

Sie trocknete sich ab und zog sich an. Mit flinken Fingern zog sie die Bänder ihrer Weste zusammen und verknotete sie. Das Gefühl, beobachtet zu werden, ließ sie innehalten. Sie hob den Kopf und blickte zum Waldrand. »Conn?« Blinzelnd spähte sie in die Schatten. »Liamar?« Suchend blickte sie den Waldrand entlang, der dunkel und undurchdringlich vor ihr lag. Nichts. *Vielleicht ein Tier.* Ohne den Blick von den Bäumen zu wenden legte sie ihren Gürtel an und schloss die Schnalle.

Um ein Haar hätte sie aufgeschrien, als sich das dichte Blattwerk der Farne raschelnd teilte und Daith zwischen den Bäumen hervortrat. Sie fragte sich, wie lange er dort gestanden hatte. Was, wenn er Dinge gesehen hatte, die nicht für seine Augen bestimmt waren? *Die Narben.* »Was hast du –« Seine Miene ließ sie verstummen.

Er trat dicht zu ihr und raunte: »Wir sind nicht allein.«

Sie spürte es auch. Jemand war hier. *Etwas.*

Seine Hand lag auf ihrem Arm, während seine Augen die dicht stehenden Baumreihen absuchten. »Hörst du das?«

Sie schüttelte den Kopf. »Ich höre …« *Nichts*, hatte sie sagen wollen. Und genau das war es. Es war noch gar nicht lange her, da hatte sie dem Lied der Vögel gelauscht. Jetzt war es still. Es war, als wäre jegliches Leben um sie herum ausgelöscht. Sie wechselte einen Blick mit Daith. »Na'Darrach?« Er nickte. Die Hitze, die sie noch vor wenigen Augenblicken verspürt hatte, fiel von ihr ab. Ein eisiger Schauer kroch ihre Wirbelsäule entlang, ihren Rücken hinab und hinterließ eine Gänsehaut. »Was jetzt?«

»Am Flussufer entlang, zurück zu den anderen.« Daith hatte die Worte kaum ausgesprochen, als der Nachtschatten zwischen den Bäumen hervorbrach. Plötzlich stand er vor ihnen, größer als alle, die sie bisher gesehen hatte.

»Bleib hinter mir!« In einer fließenden Bewegung zog Daith sein Schwert, löste sich von ihr und vertrat dem Na'Darrach den Weg. Automatisch tastete ihre Hand nach dem Silberdolch. Die Waffe war nicht da. Die Seáthrun hatten sie ihr abgenommen.

In einer beinahe beiläufigen Geste hob der Na'Darrach sein Schwert und versuchte Daith zur Seite zu fegen. Daith fing den Hieb ab und drängte ihn zurück. Fauchend griff die Kreatur erneut an. Krachend trafen die Klingen aufeinander. Daith wurde nach hinten geworfen und entging nur knapp einem Sturz. Mit einem hastigen Satz zur Seite gelang es ihm, sein Gleichgewicht zu halten. Er duckte sich unter dem nächsten Hieb hindurch und warf sich nach vorne. Die Wucht seines Angriffs zwang den Na'Darrach zurück. Daith setzte nach. Die silberne Klinge traf den Na'Darrach in die Seite. Brüllend fuhr er zurück. Daith blieb ihm auf den Fersen. Und plötzlich waren sie zwischen den Bäumen verschwunden. Für einen Moment vernahm Cait nichts weiter als das Rascheln der Blätter und das Klirren der Schwerter. Sie drang in das Gewirr aus Bäumen, Schlingpflanzen und Farnkraut ein. Da sah sie den Na'Darrach. Er hatte Daith zu Boden geworfen und ragte mit erhobener Waffe über ihm auf, bereit zuzustoßen. Sie rannte los.

»Cait! Nein!«

Mit einem lauten Schrei sprang sie dem Na'Darrach in den Rücken. Sie sah, wie sein Angriff abgelenkt wurde und ins Leere ging. Mit dem Mut der Verzweiflung schlang sie ihre Arme um die Kehle des Schemens. Es war, als griffen ihre Hände in bloßes Eis. Daith war wieder auf den Beinen und umrundete den Na'Darrach mit erhobener Klinge. Die Kreatur schüttelte sie ab. Sie landete inmitten eines Farns. Der Aufprall presste ihr die Luft aus den Lungen. Für einen Moment tanzten grellbunte Flecken vor ihren Augen. Sie musste ein paarmal blinzeln, ehe sie erkennen konnte, wie Daith sich sofort wieder zwischen sie und den Nachtschatten schob. *Zumindest habe ich ihm ein wenig Zeit verschafft.* Grimmig lächelnd rappelte sie sich hoch, während der Kampf zwischen Daith und dem Schemen in unverminderter Härte tobte. Daith' kraftvolle Hiebe hätten einen Krieger entzweigespalten. Sie sah die Wut in seinen Augen, als er immer wieder zuschlug und seinen Gegner Zoll um Zoll zurückzwang. Ein letzter Hieb. Ein Brüllen. Die Konturen des Na'Darrach fransten aus und lösten sich in wabernde schwarze Nebelschwaden auf. Daith stand schwer atmend da, den Blick auf Cait gerichtet. In dem Augenblick, als er sich aufrichtete, brach ein weiterer Schemen aus dem Dickicht.

»Flieh!« Daith fuhr herum. Gegen die Wucht des neuerlichen Angriffs war er nicht gewappnet. Er wurde von den Beinen gerissen und schlug mit dem Kopf gegen einen Baumstamm. Der Aufprall schleuderte ihm das Schwert aus der Hand. Er stemmte die Hände in den Boden und versuchte auf die Beine zu kommen. Seine Arme zitterten vor Anstrengung und gaben schließlich nach. Er brach zusammen und rührte sich nicht mehr.

Cait dachte nicht lange nach. Statt zu fliehen stürmte sie zu seinem Schwert. Noch im Laufen nahm sie die Klinge vom Boden auf und umfasste sie mit beiden Händen. Im selben Augenblick, als der Na'Darrach seine Waffe hob um Daith zu töten, rammte sie ihm das silberne Schwert in den Rücken. Seine Waffe fiel zu Boden. Kreischend fuhr er herum und schlug nach ihr. Seine Klaue traf sie am Kopf. Für einen Moment schwankte der Boden unter ihren Füßen. Sie konzentrierte sich auf ihre Hände, die sich fest um das Schwert schlossen. Mit aller Kraft trieb sie die Klinge tiefer in den Leib des Schemens. Das Kreischen schwoll an. Er bekam sie zu fassen. Eisig drang der Griff des Na'Darrach durch den Stoff ihres Hemdes. Ihr Bewusstsein schwand, während er langsam die Lebenskraft aus ihrem Körper saugte.

Nein! Sie sammelte alle Kraft und riss die Klinge mit einem Ruck nach oben. Der Na'Darrach bäumte sich auf und ließ von ihr ab. Sie krachte zu Boden, als die Kreatur verging. Auf allen vieren kroch sie zu Daith. Mit einem unterdrückten Keuchen richtete er sich auf. »Bist du verletzt?« Vorsichtig strich sie ihm das Haar aus der Stirn.

Für einen Moment wirkte er benommen. Er schien verwirrt, beinahe überrascht sie zu sehen. Dann klärte sich sein Blick. Er schob ihre Hand zur Seite und erhob sich. Sie wollte ihn stützen, doch statt ihre Hilfe anzunehmen packte er sie beim Arm und zog sie unsanft auf die Beine. Sie wappnete sich gegen seine Wut. *Ich habe mich seinen Anweisungen widersetzt. Ich bin weder davongelaufen noch habe ich mich hinter ihm versteckt. Er wird vor Wut schäumen.* Jeden Moment mussten sich seine Augen verändern. Die Farbe von Gewitterwolken würden sie haben, dunkelgrau und bedrohlich. Sie reckte trotzig das Kinn vor. »Bringen wir es hinter uns. Schrei mich an.«

»Ihr Götter, Cait!« Er streckte die Hand aus und strich sanft über ihre Wange. Sie wollte zurückweichen, wollte ihm sagen, er solle aufhören. Alles, was sie tun konnte, war reglos dazustehen und ihn anzublicken. Sein Verhalten erschreckte sie. Seit er sie vor dem Ertrinken gerettet hatte, war jede Berechenbarkeit dahin. Der Mann vor ihr glich nur noch äußerlich jenem, der sie nach Cor Amánthor gebracht hatte. Während sie noch immer dastand, unfähig sich zu bewegen, zog er sie an sich und schloss sie in die Arme.

Das Zittern kam schlagartig. Sie spürte seine Wärme und plötzlich kam die Angst. Sie fürchtete sich davor, etwas zu genießen, das nicht von Dauer sein konnte. All ihre Sinne schrien danach, ihn von sich zu stoßen und zu fliehen.

»Ich bin froh, dass dir nichts geschehen ist.« Sein Atem strich warm und lebendig über ihren Hals. Ohne sie aus seiner Umarmung zu entlassen, sah er sie an. Dann beugte er sich zu ihr herab.

Stimmen wurden laut. »Was ist los? Wir haben Cait schreien gehört!« Connor tauchte zwischen den Bäumen auf, gefolgt von Liamar und Thorgrimm. Abrupt gab Daith sie frei und trat einen Schritt zurück. »Na'Darrach«, sagte er.

Sie starrte ihn noch immer an. *Er hätte mich beinahe geküsst.* Seine Zärtlichkeit hatte sie eingehüllt wie eine schützende Decke. Sie hatte sich daran gewärmt und sich gewünscht, niemals wieder ohne ihn sein zu müssen. *Nein! Nicht er!* Sie würde nicht zulassen, dass ausgerechnet Daith ihre Narben zu Gesicht bekam. Er würde dieses Wissen als Waffe einsetzen. *Ist das wirklich so? Da war etwas in seinen Augen ...*

Ein Schatten zog ihre Aufmerksamkeit auf sich. Sie wandte den Kopf – gerade rechtzeitig um den Na'Darrach zu sehen, der zwischen den Bäumen hindurch auf sie zuraste. Sie brüllte eine Warnung. Im selben Moment brach er neben Thorgrimm aus dem Dickicht, holte aus und enthauptete den Krieger mit einem einzigen Hieb.

Blut spritzte, benetzte ihr Gesicht und ihre Arme wie warmer Regen. Sie schrie, als ihr der abgetrennte Kopf vor die Füße fiel. Vier weitere Nachtschatten erschienen wie aus dem Nichts und griffen sofort an. Irgendwo brüllte Daith Anweisungen. Geräusche drangen nur noch undeutlich an ihr Ohr. Thorgrimms letzter Schrei hallte wie ein nie verklingen wollendes Echo in ihrem Kopf wider, sein rasch abkühlendes Blut schien auf ihrer Haut zu brennen. Entsetzen drohte sie zu übermannen. Ihr Atem ging stoßweise.

In einem Winkel ihres Verstandes meldete sich die Stimme der Vernunft zu Wort. *Wenn du dich jetzt nicht zusammenreißt, wirst du sterben.* Sie zwang sich ruhig zu atmen. Ganz langsam ließ die aufwallende Panik nach. Ihre Sicht klärte sich. Daith stand vor ihr und versperrte den Na'Darrach den Weg. *Was, wenn er der Nächste ist?* Der Gedanke, dass noch jemand um ihretwillen sein Leben lassen könnte, war mehr, als sie ertragen wollte. Und gerade als sie glaubte, es nicht länger auszuhalten, fiel ihr Blick auf Thorgrimms kopflosen Rumpf. Ein Mann, den sie kaum gekannt hatte, war ihretwegen gestorben. *Ich werde nicht zulassen, dass es weitere Tote gibt.* Sie sprang zwischen Daith und Liamar nach vorne. Entsetzte Rufe folgten ihr, als sie auf das Dickicht zurannte. Ehe sie zwischen den Bäumen eintauchte, hielt sie noch einmal inne und wandte sich den schwarzen Kreaturen zu. »Ihr wollt mich?«, brüllte sie. »Dann kommt und holt mich!« Sie machte kehrt und stürzte zwischen den Bäumen davon. Der Auftrag der Na'Darrach war es, sie zu finden und zu töten. Sie würden ihr folgen. *Daith und die anderen werden in Sicherheit sein.*

Sie sah die schwarzen Schatten, die sich hinter ihr durch Büsche und Bäume schoben. Wesentlich schneller, als sie erwartet hatte. Aus einiger Entfernung drang noch immer das Geräusch klirrender Schwerter an ihr Ohr. *Ich konnte sie nicht alle ablenken!* Dennoch war es besser, wenn die anderen nur noch gegen eine oder zwei der Kreaturen zu kämpfen hatten. *Auf diese Weise werden sie siegen.*

Hastig richtete sie ihre Aufmerksamkeit wieder auf den Wald. Bäume, Farne und Schlingpflanzen flogen an ihr vorbei. Aus weiter Ferne drang Daith' Stimme an ihr Ohr. Er schrie ihren Namen, immer und immer wieder. Mit jedem Schritt, den sie sich entfernte, wurde seine Stimme leiser und undeutlicher, bis sie ihn nicht mehr hören konnte. Sie rannte, bis ihre Lungen brannten und ihr Herz in ihrer Brust zu zerspringen drohte. Keuchend stieß sie den Atem aus. Sie wusste, dass sie nicht viel länger laufen konnte. Da entdeckte sie einen umgestürzten Baum, von großen, dichten Büschen überwuchert. Sie schob sich zwischen dem Grün hindurch und tauchte hinter dem Stamm ab. Ihre Beinmuskulatur machte sich schmerzhaft bemerkbar. Sie streckte die Hände aus und massierte die verkrampften Muskeln, während ihre Blicke immer wieder den Wald absuchten. Plötzlich waren sie da, tauchten aus den Stämmen auf, als hätten die Bäume sie geboren. Suchend glitten sie näher. Cait zog den Kopf ein. Zusammengekauert presste sie sich dicht gegen den Baum.

Was, wenn sie durch den Stamm gleiten und geradewegs gegen mich prallen? Ihr wurde abwechselnd heiß und kalt. Im Wald war es totenstill. Niemals war Stille ihr derart laut erschienen. Die Ruhe zerrte an ihren Nerven. Sie verspürte den Drang, den Kopf zu heben und sich nach den Na'Darrach umzusehen, wagte aber nicht sich zu bewegen. Sie ballte die Hände zu Fäusten und grub ihre Fingernägel in die Handflächen, bis sie bluteten. Ihre Hände zitterten, ihr Atem beschleunigte sich mehr und mehr. Sie fürchtete den Verstand zu verlieren. Sie schloss die Augen. Überhaupt nichts mehr zu sehen machte es nicht besser. Hastig öffnete sie die Augen wieder. Gerade rechtzeitig um zu sehen, dass einer der Na'Darrach vor ihrem Versteck stand. Deutlich waren seine schwarzen Umrisse zwischen den dichten Farnblättern auszumachen. Kalter Schweiß lief über ihren Rücken. *Was, wenn er meine Anwesenheit spüren kann?*

In diesem Moment hob er sein Schwert und deutete mit der Spitze auf den Busch, in dem sie sich verbarg. Die Lähmung fiel von ihr ab. Ehe er zuschlagen konnte, sprang sie auf und rannte los. Um ein Haar wäre sie gegen eine der Kreaturen geprallt. Sie schlug einen Haken, dann war sie an ihnen vorbei. Mit einem Sprung setzte sie über den umgestürzten Stamm hinweg und lief weiter. Sie ermüdete jetzt rascher. Ihre Beine fanden nicht nach jedem Schritt sofort wieder sicheren Tritt. Sie wusste, dass sie rennen würde, bis ihre Beine nachgaben und sie zusammenbrach. Keuchend und taumelnd setzte sie ihren Weg fort ohne zu wissen, wohin ihre Flucht sie führte.

Als der Dschungel endete und sie den Fluss vor sich sah, wusste sie, dass sie in der Falle saß. Im Gegensatz zu jener Stelle, an der sie gestern gelagert hatten, war der Fluss hier ein reißender Strom. Zu ihrer Linken stürzte ein Wasserfall dreißig Meter in die Tiefe. Das Ufer war felsig und steil abfallend. Die Steine überwuchert von feuchtem, tückischem Moos. Ihr blieben zwei Möglichkeiten: zurück in den Dschungel oder weiter am ansteigenden Ufer entlang. Sie entschied sich für den Dschungel, da sie sich dem Hang nicht mehr gewachsen sah. Als sie kehrtmachte, erschienen die Na'Darrach. Die matten Klingen erhoben schnitten sie ihr den Weg ab. Sie rückten näher. *Also doch nach oben.* Müde und schwankend setzte sie sich in Bewegung. Jeder Schritt eine Qual, als kämpfte sie sich durch zähen Morast. Bereits nach wenigen Metern wusste sie, dass sie es nicht schaffen würde. Die Na'Darrach holten auf.

Sie wich bis zum Ufer zurück. »Ich hoffe, ihr könnt schwimmen.« Kopfüber tauchte sie ins Wasser und stieß sich mit kräftigen Zügen vom Ufer ab. Die Na'Darrach kamen näher ohne ihr jedoch ins Wasser zu folgen. Ihr blieb keine Zeit, ihren Triumph auszukosten. Sie benötigte alle Kraft im Kampf gegen die Strömung. Ihre Beinmuskulatur verkrampfte. Sie schrie vor Schmerz und schluckte Unmengen Wasser, als sie unterging. Mit den Armen um sich schlagend kämpfte sie sich wieder an die Oberfläche. Die Strömung war zu stark. Die gewaltige Kraft des Wassers erfasste sie und riss sie mit sich in die Tiefe. Mit den Wassermassen fluteten Bilder über ihren Geist hinweg. Erinnerungen an eine Zeit, die weiter zurücklag als die letzten Monate.

Sie hatte gelacht, geliebt und manchmal auch gestritten. Ein ganzes Leben lang. Dann hatte dieses Leben geendet. Ein anderes war gefolgt, bar aller Liebe und Zuneigung, geprägt von Kälte und Angst. Mit dem Verlust ihrer Erinnerung hatte abermals ein neues Leben begonnen. Das Leben einer Geschichtenerzählerin, frei von Hass, Angst und Trauer. Doch die Vergangenheit warf ihren Schatten über die Gegenwart und drohte das Leben, das sie nun hatte, zu verschlingen. Sie erinnerte sich jetzt an alles.

Daith war außer sich vor Wut und Sorge.

Gemeinsam mit Liamar und Connor war es ihm gelungen, die beiden verbliebenen Na'Darrach auszulöschen. So rasch er konnte, war er Cait gefolgt. Wüste Verwünschungen begleiteten jeden seiner Schritte. Zugleich betete er, sie möge am Leben sein. *Dieses Mal kommst du mir nicht so einfach davon. Wenn ich dich finde, werde ich dir eigenhändig den Hals umdrehen, du starrsinnige Kröte!*

Als er sie schließlich fand, tat er nichts dergleichen. Sie lag am Flussufer, unterhalb eines Wasserfalls, nur halb bei Bewusstsein und vollkommen verstört. Ihre Gewänder waren nass, ihr Haar ringelte sich in feuchten Locken um ihr Gesicht. Er ließ sich neben ihr auf die Knie fallen. Weinend und zitternd lag sie da, unfähig zu sprechen. Er war nicht einmal sicher, ob sie ihn überhaupt erkannte. »Cait?«

Sie sah auf. Ihr verschwommener Blick klärte sich ein wenig. »Ich habe deinen Vater nicht getötet.« Ihre Stimme war kaum mehr als ein Flüstern.

»Schschsch ... Nicht sprechen. Komm her.« Er wollte sie in seine Arme ziehen. In dem Augenblick, als er sie berührte, war es, als durchführe ein Blitzschlag seinen Körper. Bilder drangen in seinen Kopf und löschten die Gegenwart aus. Der Fluss und der Dschungel verschwanden, das Rauschen des Wasserfalls verklang. Seine Umwelt versank hinter grauem Nebel. Und als sich der Nebel lichtete und die Sicht freigab, fand er sich in Myles' Haus wieder, gefangen in der Rolle eines stillen Beobachters, körperlos dahintreibend.

Er befand sich im Flur. Vor ihm war Cait. Sie folgte dem Gang zum Salon. Myles' Salon! Ihre Bewegungen waren langsam, als wäre sie nicht voll bei Kräften. »Myles, habt Ihr ...« Sie hielt abrupt auf der Schwelle inne und versperrte Daith den Blick in den Raum. »Hinter Euch!«, brüllte sie plötzlich. »Vorsicht!«

Daith schob sich näher heran, erhaschte einen ersten Blick auf den sonnendurchfluteten Raum. Kein Staub bedeckte den Boden, keine Tücher verhüllten die kostbaren Möbelstücke. Das Gemach war voller Leben und Wärme – vollkommen anders als der triste Raum, in dem er während der letzten Monate beinahe jeden Tag verbracht hatte. Myles zu sehen war ein Schock. Schmerz und Freude überwältigten ihn gleichermaßen und es dauerte eine Weile, ehe er erkannte, was vor sich ging.

Myles stand vor dem Fenster, eine tote Viper in den Händen. Er hielt das Tier in die Höhe und betrachtete es gegen das Licht. Hinter ihm ragte eine Gestalt auf, das Gesicht unter einer Kapuze verborgen. Einen Dolch in der erhobenen Hand, bereit zuzustoßen. Von Caits Schrei aufgeschreckt fuhr Myles herum. Der Meuchelmörder stieß zu. Die Klinge bohrte sich tief in seine Brust. Die Viper entglitt seinen Händen und fiel mit ihm zu Boden. Cait rannte los. Sie packte einen Schürhaken, holte aus und schlug den Meuchelmörder nieder. Ohne ihn weiter zu beachten fiel sie neben Myles auf die

Knie. Sie riss ein Stück Tuch vom Tisch und versuchte damit die Blutung zu stillen.

»Du musst fliehen, Cait, ehe er zu sich kommt«, keuchte Myles.

»Ich werde Euch nicht zurücklassen.« Tränen rannen über ihre Wangen, während sie versuchte ihm zu helfen. Er nahm ihr das blutgetränkte Tuch aus der Hand, das sie auf die Wunde gepresst hielt. »Es hat keinen Sinn. Ich sterbe. Du musst ...« Seine Stimme wurde schwächer. »... musst dich in Sicherheit ... Flieh!«

»Ich werde Euch nicht einfach sterben lassen!«, schrie sie.

Myles packte ihre Hand und stieß sie von sich. »Lauf endlich, du sture Göre! Glaubst du, ich habe dich vor Croghán gerettet, damit dich jetzt seine Meuchelmörder zu fassen bekommen!«

Cait streckte die Hand nach ihm aus und strich ihm über die Wange. »Ich wollte nie, dass es so endet. Verzeiht mir.«

»Es gibt nichts zu verzeihen.« Ein heftiger Hustenanfall schüttelte seinen Leib. »Geh!«

Als sie sich schließlich erhob, waren ihre Hände und Gewänder voller Blut. Daith' körperloses Ich verharrte noch lange genug im Raum um zu sehen, wie der Mörder zu sich kam und durch das Fenster floh.

Cait hatte inzwischen die Tür erreicht. Blind vor Tränen sah sie nicht, wohin sie lief, und prallte gegen den Daith aus der Vergangenheit, der in diesem Augenblick die Stufen erklomm. Sie wäre gefallen, hätte er sie nicht am Arm gepackt und aufgefangen. Hastig riss sie sich los und stürzte an ihm vorbei.

Die Vision endete abrupt. Taumelnd und schwankend kehrte er in die Gegenwart zurück. Er kniete noch immer neben Cait. Seine Hände zitterten. Myles noch einmal zu sehen erschütterte ihn bis in die Tiefen seiner Seele. Zugleich war er erleichtert. Er hatte schon lange nicht mehr geglaubt, dass sie ihn ermordet hatte. Dennoch war es gut, es endlich mit Sicherheit zu wissen.

Myles' letzte Worte erschienen plötzlich in einem vollkommen anderen Licht. »Das Mädchen ... es ... du musst ... finden.« All die Monate hatte er geglaubt, Myles hätte versucht ihm zu sagen, dass sie die Mörderin war. In Wahrheit wollte er, dass Daith sie schützte. *Stattdessen habe ich sie bis nach Cartómien gejagt. Und um ein Haar hätte ich sie getötet.* Da sie im Augenblick nicht in der Verfassung war, Fragen zu beantworten, schwieg er. Er konnte nichts anderes tun, als sie festzuhalten und ihr beruhigend über den Rücken zu streichen. All seine Wut war verflogen. Geblieben war nur eine unglaubliche Erleichterung, dass er sie lebend gefunden hatte.

Nach einer Weile stand er auf und nahm sie auf seine Arme. Sie ließ es geschehen. Einmal hob sie den Kopf. »Ich erinnere mich jetzt an alles«, sagte sie leise.

»Ich weiß, Cait. Ich weiß.« Da ließ sie den Kopf gegen seine Brust sinken und schloss die Augen.

Daith fand Connor und Liamar ein Stück flussabwärts. Da keiner von ihnen heute noch zu einem Fußmarsch im Stande war, beschlossen sie zu lagern. Die Umgebung war gut einsehbar. Die dichten Baumreihen wuchsen erst dreißig Meter vom Ufer entfernt in den Himmel. Kein geeigneter Platz für einen weiteren Hinterhalt.

Während Connor und Liamar für ein Feuer sorgten, kümmerte Daith sich um Cait. Ihre Haut fühlte sich eiskalt an, sodass er ihr ein Lager neben der Feuerstelle errichtete. Erst als er sie in eine Decke hüllte, öffnete sie die Augen. Er strich ihr über das feuchte Haar. »Ruh dich aus. Ich passe auf dich auf.« Sie rollte sich zusammen und fiel sofort in einen erschöpften, unruhigen Schlaf. Daith wandte sich Connor zu. »Wir ziehen einen Ring aus Fackeln um das Lager. Wenn es dunkel wird, will ich sehen, was auf uns zukommt.«

»Wegen der Na'Darrach, die Cait von uns fortgelockt hat, musst du dir keine Sorgen mehr machen.«

»Ihr habt sie erledigt?«

Liamar lächelte erschöpft. »Wir sind über sie gestolpert, als wir nach euch gesucht haben.« Alle Freude verschwand aus seinen Zügen. »Wir können nicht zurückkehren um Thorgrimm zu begraben, nicht wahr?«

»Nein.« Daith schüttelte den Kopf. »Wir dürfen uns nicht mehr trennen. Es ist zu gefährlich.«

»Das dachte ich mir.« Er neigte den Kopf und betrachtete Cait. »Was ist geschehen, Daith?«

»Sie hat ihre Erinnerung wieder.«

»Hat sie etwas gesagt? Was ist mit Annuides? Kann sie sich an ihn erinnern? Kennt sie ihn? Was ist mit dem Kult? Was geschah ...«

»Hast du sie nicht gesehen?«, fiel Daith ihm ins Wort. »Glaubst du wirklich, ich hätte sie mit Fragen überhäuft?«

»Ich dachte nur ...« Er zuckte die Schultern. »Sie wird uns alles erzählen, wenn es ihr besser geht.«

Dann wird sie euch erzählen, dass ich sie um ein Haar

umgebracht hätte. Er wandte sich ab und machte sich daran, das Lager für die Nacht vorzubereiten. Es fiel ihm schwer, seine Gedanken auf etwas anderes als Cait zu richten. Er hatte sich inzwischen so an ihre Nähe gewöhnt, dass er sich kaum vorstellen konnte, wie es ohne sie sein würde. Er *wollte* es sich nicht vorstellen. *Ich sollte froh sein, wenn ich sie los bin.* Es war an der Zeit, zur Normalität zurückzukehren. Doch was war die Normalität? Betrunken in einem dunklen Raum zu sitzen? Allein?

Als die Dämmerung einsetzte, teilten sie die Wachen für die Nacht ein. Da Daith als Letzter an der Reihe war, holte er sich eine Decke und legte sich neben dem Feuer nieder. Der Gedanke, dass bald vieles anders sein würde, ließ ihm keine Ruhe. Schließlich stand er auf und ging zum Fluss. Er saß noch nicht lange, da gesellte sich Connor zu ihm. »Kannst du nicht schlafen?«

»Ich halte Wache.«

»Siehst du Liamar dort drüben?« Connor deutete auf den Prinzen, der langsam das Lager umrundete, den Blick wachsam nach allen Seiten gerichtet. »*Er* hält Wache. Was dich umtreibt, nennt man gemeinhin Schlaflosigkeit.« Er wurde ernst. »Was ist los mit dir, Daith?«

Daith wusste nicht, was er sagen sollte. Es gab so viele Dinge, die ihm durch den Kopf gingen. »Ich habe dir nie erzählt, was geschehen ist, als Myles starb.« Zum ersten Mal sprach er über jenen Tag und die darauffolgenden Ereignisse. Er schilderte ihm, wie er Myles sterbend vorgefunden und angenommen hatte, Cait hätte ihn erdolcht. Stockend vertraute er ihm an, wie er sie verfolgt und gestellt hatte. »Ich dachte, ich hätte sie umgebracht. Stattdessen verlor sie ihr Gedächtnis. Ich erfuhr erst, dass sie am Leben ist, als Aladar mir den Auftrag erteilte, sie zu ihm zu bringen.«

Connor kratzte sich ratlos am Bart. »Das könnte ein Problem werden.«

»Was wird ein Problem?«

Daith fuhr zusammen. Ohne dass er es bemerkt hatte, war Cait zu ihnen getreten.

Connor sprang auf. »Wie geht es dir?«

Sie zuckte die Schultern, eine erschöpfte Geste. Da nahm er sie am Arm und schob sie nach vorne. »Setz dich. Unterhalte dich mit Daith. Er scheint heute Nacht nicht müde zu werden. Ich brauche dringend Schlaf, ehe meine Wache beginnt.« Demonstrativ gähnend zog er sich zurück.

Mit einem verwunderten Kopfschütteln setzte sie sich. Schweigend blickte sie auf den Fluss hinaus, der sich wie ein schwarzes Samtband durch das Land wand. Ähnlich jenem Fluss, an dem er geglaubt hatte ihr das Leben genommen zu haben. Sein Mund wurde trocken. Er fürchtete sich vor dem, was nun kommen würde. »Wie fühlst du dich?«

»Durcheinander.«

»Möchtest du darüber sprechen?« *Sprechen wir über jene Nacht.*

Sie zog die Beine an und umschlang sie mit den Armen. Seufzend legte sie ihr Kinn auf die Knie. »Ich weiß nicht einmal, wo ich beginnen soll.«

»Wie wäre es mit der Nacht, in der du deine Erinnerung verloren hast?« *Bringen wir es hinter uns.*

Ihre Augen ruhten auf ihm, als sie endlich zu sprechen begann. »Ich dachte immer, es wäre ein Unfall gewesen.

Tatsächlich hat jemand versucht mich umzubringen. Er hat mich durch den Fluss verfolgt. Irgendetwas hat mich am Kopf getroffen. Da war eine Klinge an meiner Kehle, doch ehe ... Die Strömung hat mich fortgerissen, ehe er mir die Kehle durchschneiden konnte. Ich habe das Bewusstsein verloren. Als ich wieder zu mir kam, konnte ich mich an nichts mehr erinnern.«

Götter! Mach es nicht so spannend! »Wirst du mir endlich sagen, wer es war?«, bellte er.

Sie zog eine Augenbraue in die Höhe. »Es war dunkel und er trug eine Kapuze. Aber es liegt auf der Hand, dass es einer von Croghāns Häschern gewesen sein muss. Ein gedungener Mörder, vielleicht sogar derselbe, der auch Myles ...« Sie schüttelte den Kopf. »Entschuldige.«

Daith konnte sie nur anstarren. *Sie hat mich nicht erkannt.* Für einen Moment spielte er mit dem Gedanken, ihr die Wahrheit zu sagen, doch er brachte es nicht über sich. Nicht jetzt. »Am Wasserfall, als ich dich berührte, sah ich etwas«, begann er zögernd. »Ich habe gesehen, was an dem Tag geschah, als Myles starb. War es wirklich Croghān, der den Meuchelmörder anheuerte?«

Lange Zeit suchte sie schweigend nach einem Anfang für ihre Geschichte, während sie kleine Grasbüschel ausrupfte und langsam dem Wind übergab. »Als ich Annuides begegnete, war ich nicht in der besten Verfassung. Er hat viel für mich getan. Das wollte ich ihm vergelten. Eines Tages erfuhr ich von dem Kult.« Sie sah Daith an. »Croghān ist der Hohepriester, der den Arsilah in die Welt rufen wollte. Annuides war ihm auf die Schliche gekommen und versuchte seitdem ihm das Handwerk zu legen. Ich konnte damals nicht verstehen, warum Annuides Croghán nicht einfach öffentlich anklagte oder zum Kampf forderte. Erst im Laufe der Zeit lernte ich, dass ein Mitglied der Hohen Drei nicht angeklagt werden kann, es sei denn, einer seiner Ordensbrüder erhebt schwere Anschuldigungen gegen ihn. Doch Croghán achtete darauf, dass keiner der Seáthrun erfuhr, was er tat. Niemand kam an ihn heran. Während des Tages umgab er sich mit den Wachen der Seáthrun. In der Nacht schützte ihn die Magie des Arsilah.

Annuides wollte Beweise sammeln um sie Aladar vorzulegen, damit dieser Anklage erheben konnte. Ich knüpfte Kontakt zu Anhängern des Kultes, dabei lernte ich Croghán kennen. Ich nutzte meine Begegnung mit Croghán, um mir Zutritt zum inneren Zirkel des Kultes zu verschaffen. Alles, was dann geschah, war meine Schuld.« Der Schatten der Erinnerung legte sich über ihre Augen. »Um aufgenommen zu werden musste man ein Ritual durchlaufen. Neben mir gab es noch einen Anwärter. Am Anfang des Rituals musste jeder von uns in einen Korb greifen, in dem sich eine giftige Viper befand. Es hieß, nur jene, die der Arsilah für würdig erachtete, würde die Schlange verschonen. Der andere Anwärter war vor mir an der Reihe. Er griff in den Korb und wurde gebissen. Es ... es war entsetzlich. Er schrie vor Qual und wand sich von Krämpfen geschüttelt auf dem Boden. Er konnte kaum mehr atmen, sein Gesicht färbte sich blau. Er spuckte Blut. Es dauerte lange, bis er seinen letzten Atemzug tat.« Sie schluckte. »Ich war die Nächste. Ich kann mich nicht mehr erinnern, wie ich es geschafft habe, meine Hand überhaupt in die Nähe des Korbes zu bringen. Irgendwie ist es mir gelungen. Die Viper hat mich nicht gebissen. Danach trennte mich nur noch ein letzter Akt vom inneren Zirkel, wie mir Croghán versicherte. Ich sollte dem Arsilah in Form eines Opfers huldigen. Ich dachte an ein Huhn oder ein Schaf, irgendein Tier. Niemand hatte mir gesagt, dass ich ein Kind töten sollte! Wenn ich geahnt hätte, was Croghán von mir verlangen würde, hätte ich mich niemals darauf eingelassen. Ich suchte nach einem Ausweg, irgendeiner Möglichkeit, der Initiation noch zu entgehen. Ihr Götter, ich wünschte mir sogar, die Schlange hätte mich gebissen. Der Opferdolch lag bereit, die Priester intonierten ihre rituellen Gesänge und Croghán – dessen Gesicht hinter einer goldenen Maske verborgen war – gab das Zeichen, das Kind zu bringen.« Sie schloss die Augen. »Ein kleines Mädchen, höchstens fünf Sommer alt.« Sie stockte, ihre Stimme bebte. Ihre Hände zitterten. »Binnen weniger Augenblicke habe ich alles zerstört, was Annuides mühevoll aufgebaut hatte. Was hätte ich tun sollen? Ich konnte unmöglich ein unschuldiges Kind töten! Hätte ich geahnt, welche Konsequenzen mein Handeln haben würde, womöglich hätte ich anders entschieden. Doch als ich die Kleine sah ...«

Du hättest sie niemals getötet. Auch nicht wenn du gewusst hättest, was geschehen würde.

»Sie weinte und war völlig verängstigt. Die Männer fesselten sie auf dem Altar, dann reichte Croghán mir das Messer. Statt ihr das Herz aus dem Leib zu schneiden, wie es das Ritual verlangte, durchtrennte ich ihre Fesseln und stieß sie auf den Ausgang zu, während ich den Männern den Weg verstellte. Ich glaube, ich habe Croghán sogar angegriffen. Einer der Männer zog einen Dolch und warf ihn. Die Klinge bohrte sich in den Rücken des Mädchens und streckte es nieder. Ich habe versucht ... Aber sie haben ...« Tränen rannen über ihre Wangen, glitzerten im Mondlicht wie Diamanten.

Daith streckte die Arme aus und zog sie an sich. Er wusste, dass es nicht gut war, ihr so nahe zu kommen, doch er konnte nicht anders. *Sie braucht mich jetzt.* »Willst du dich lieber wieder hinlegen?«

Sie schüttelte den Kopf und löste sich aus seinen Armen. »Du hast ein Recht, zu erfahren, was ich getan habe.«

»Was du getan hast?« *Was ist mit dem, was ich getan habe?*

»Myles. Es war nicht meine Hand, die den Dolch führte, dennoch ist sein Tod meine Schuld.«

»Langsam, Cait.« Er zwang sich zur Ruhe. »Eben waren wir noch bei dem Ritual in der Kulthöhle. Wenn ich mich nicht irre, ist Myles erst später gestorben. Also der Reihe nach.«

Sie war bleich wie ein Leintuch, als sie fortfuhr: »Ich floh, doch Croghán bekam mich zu fassen und sperrte mich in ein Verlies, tief unter der Erde. Immer wieder fragte er mich, wo sich Annuides versteckt hielt. Selbst wenn ich gewollt hätte, ich hätte es ihm nicht sagen können. Ich wusste es nicht. Dennoch gab er nicht nach.«

Eine eisige Faust schloss sich um seine Eingeweide. »Er hat dich gefoltert.«

»Er gab nicht nach«, wiederholte sie nur. »Ich wusste nicht, wohin Annuides gegangen war. Croghán glaubte mir nicht und versuchte weiterhin Antworten zu bekommen. Schließlich musste er aufgeben. Da ich ihm nicht sagen konnte, wonach er verlangte, war ich nicht mehr von Wert. Ehe er mich töten konnte, wurde er zu Aladar gerufen. Er war kaum fort, da kam Myles und befreite mich. Erst da erfuhr ich, dass er und Aladar von Anfang an eingeweiht gewesen waren. Er schaffte mich in sein Haus, wo er mich wochenlang versteckt hielt.«

Daith betrachtete sie mit gerunzelter Stirn. Er hatte gesehen, wie vorsichtig sie sich an Myles' Todestag bewegt hatte. *Wochen, nachdem er sie aus dem Verlies befreit hatte.* Er wagte kaum sich vorzustellen, wie schwer ihre Verletzungen gewesen sein mussten.

»Myles empfing während dieser Zeit nur wenig Besuch und verwehrte seinen Bediensteten den Zugang zu dem Flügel des Hauses, in dem ich untergebracht war.« Sie lächelte traurig. »Er war ein guter Mensch. Wann immer ich etwas benötigte, schien er es zu ahnen, ehe ich es aussprechen konnte. Er …« Sie schüttelte den Kopf.

»Er hat dich gesund gepflegt.« Auch er hatte Myles vor seinem Tode seit Wochen nicht gesehen. *Aladar hat mir eine Aufgabe nach der anderen übertragen, sodass mir gar keine Zeit blieb, ihn zu besuchen. Sie haben mich bewusst fern gehalten.*

»Das hat er«, räumte sie ein wenig zögernd ein. »Croghán fand heraus, dass er mich befreit hatte. Womöglich fürchtete er, Myles könne zum König gehen. Vielleicht wollte er auch nur meinen Tod. Aus welchen Gründen auch immer …«

»Ich weiß, was dann geschah. Ich habe es gesehen.« Er sah sie an. »Was war mit der Schlange? Er hielt eine tote Viper in der Hand.«

»Ich glaube, sie war Croghán's erster Versuch, ihn zu töten. Myles bekam einen Obstkorb geschickt. Er ist mir hinuntergefallen, als ich ihn auf den Tisch stellen wollte. Da schlängelte sich die Viper zwischen alldem Obst und den gezuckerten Früchten hervor. Er hat sie mit einem Stuhl erschlagen, ehe sie mich erreichen konnte.« Tiefes Bedauern prägte ihre Züge. »Myles hat so viel für mich getan und ich habe es ihm vergolten, indem ich ihm den Tod brachte. Wenn ich nicht versucht hätte das Mädchen zu retten ...«

»Sprich gar nicht erst weiter!« Sie sah ihn erstaunt an. »Hast du nicht selbst gesagt, dass dich Croghán nach Annuides' Aufenthaltsort befragte?« Eine innere Unruhe ergriff von ihm Besitz. »Weißt du, was das heißt? Er *wusste* von Annuides – bevor er dich gefangen nahm. Du hast niemanden verraten und deinetwegen starb niemand. Der Versuch, das Mädchen zu retten, hat lediglich eine unvermeidliche Kette von Ereignissen beschleunigt. Mehr nicht.« Er griff nach ihrer Hand und verflocht seine Finger mit ihren. Sanft strich er mit dem Daumen über ihren Handrücken. »Dich trifft keine Schuld.«

»Das klingt so einfach.«

»Es *ist* einfach«, sagte er lächelnd. Und genau das war es. Wenn *er* ihr nicht die Schuld an Myles' Tod gab, sollte sie es ebenso wenig tun. Er streichelte noch immer ihren Handrücken, als ihm bewusst wurde, dass sie die Geste erwiderte. In dieser einfachen Berührung lag mehr Trost und Zärtlichkeit, als er in den letzten Jahren erhalten hatte. Er sah die Furcht in ihren Augen, doch da war noch etwas anderes. Etwas, das verhinderte, dass sie ihm ihre Hand entzog. Er hob die freie Hand und zeichnete die Linien ihres Gesichts mit dem Finger nach. Zart strich er mit dem Daumen den Schwung ihrer Unterlippe entlang. In diesem Augenblick konnte er sein Herz nicht länger verbergen. Er beugte sich vor, küsste ihre Schläfe, ihre Nase und schließlich ihren Mundwinkel. Sie verharrte reglos. Da vergrub er seine Hand in ihrem Haar und zog sie an sich. Einmal mehr suchten seine Lippen die ihren. Dieses Mal gab er sich nicht mit der Berührung ihres Mundwinkels zufrieden. Zitternd erwiderte sie seinen langen, innigen Kuss. Ihre Lippen schmeckten süß wie eine reife Frucht. Eine tiefe, unerfüllbare Sehnsucht, die vom Grunde seiner Seele zu stammen schien, ergriff von ihm Besitz. Dieses Mädchen war das Heilmittel, das er gesucht hatte.

Wenn sie erfährt, was ich getan habe ... Schlagartig gab er sie frei. Sein Puls raste. »Ich wollte nicht ...« Er brach ab, als er ihr Gesicht sah. Verwirrt und aufgewühlt. »Verzeih mir. Das ...« *Ich wünschte, ich könnte es dir erklären.* Seit Myles' Tod war es ihm nicht gelungen, sie aus seinen Gedanken zu bannen. Am Anfang waren es Hass und der Wunsch nach Rache gewesen, die ihr Bild in seinem Geiste aufrechterhalten hatten. Und plötzlich hatte sich alles verändert. All die düsteren und schrecklichen Gedanken waren gewichen und hatten etwas anderem Platz gemacht. Etwas Zerbrechlichem, von dem er wusste, dass es besser war, es nicht zuzulassen. »Cait, ich –«

Sie hob die Hand und brachte ihn zum Schweigen. »Du musst mir nichts erklären.«

»Willst du so tun, als wäre es nie geschehen?«

»Das wäre das Beste.«

Eine Weile schwiegen sie betreten. Sie legte den Kopf in den Nacken und betrachtete die Sterne, während er sich bemühte sie nicht unentwegt anzustarren. Plötzlich wurde ihm bewusst, wie gefährlich nahe er ihr in den letzten Stunden und Tagen gekommen war. »Sag mir, dass wir keine Freunde sind.« Unter anderen Umständen hätte er über die Verwirrung gelacht, die sich in ihren Zügen zeigte. Jetzt war ihm keineswegs zum Lachen zu Mute. Er meinte es ernst. »Bitte, es ist wichtig.« Sie betrachtete ihn mit gerunzelter Stirn, noch immer verwirrt. »Sag es mir!«

»Manchmal findest du Freunde ohne danach zu suchen, Daith.«

11

Cait erwachte lange bevor die ersten Sonnenstrahlen das Land berührten. Zögerliches Silber färbte den Himmel in der Erwartung des neuen Tages und tauchte das Land in bleiches Licht. Daith stand im Schatten eines Baumes und hielt Wache. Sie wusste nicht, was in sie gefahren war seinen Kuss zu erwidern. Seine Berührung war so zärtlich gewesen, dass sie alles andere vergessen hatte. *Ich hätte das niemals zulassen dürfen.* Und doch hatte sie sich gewünscht, sein Kuss möge nie enden. Nie zuvor hatte sie sich so geborgen gefühlt. Mit einem Kopfschütteln verdrängte sie den Gedanken. Es war sinnlos, sich etwas zu wünschen, das nicht für sie bestimmt war. *Männer mögen keine Monster.*

Sie wurde ohnehin nicht schlau aus ihm. Er versuchte Distanz zu wahren und zugleich ließ er sie nicht von sich fort und zeigte ihr Seiten, die er bisher verborgen gehalten hatte. Das Lächeln hatte eine erstaunliche Veränderung in seinem Gesicht bewirkt. Plötzlich war da dieser Glanz gewesen, der seine sonst so kalten grauen Augen erfasst und mit Wärme erfüllt hatte. Der verkniffene Zug um seine Mundwinkel war gewichen. Und zum ersten Mal war ihr bewusst geworden, dass er jünger war, als sie angenommen hatte. Was sie für einen Moment hinter der grimmigen Maske erblickt hatte, gefiel ihr. *Ein vollkommen anderer Mensch.* Ein Mensch, dem es immer schwerer zu fallen schien, sein wahres Gesicht gänzlich zu verbergen.

Sie schloss die Augen. Ihre Gedanken wanderten in die Vergangenheit. Jetzt, da sie ihr Gedächtnis zurückerlangt hatte, wünschte sie, zumindest einen Teil ihrer Erinnerungen wieder vergessen zu können. Sie wusste jetzt, dass sie die Gabe der Visionen ihr ganzes Leben besessen hatte. Bereits als kleines Mädchen war sie in der Lage gewesen, Dinge zu sehen: einen Sturz vom Baum, ein kaputtes Hufeisen oder einen plötzlichen Wetterumschwung. Kleinigkeiten. *Und im Gegensatz zu heute viel seltener.* Womöglich hatte der Schlag auf den Kopf die Visionen verstärkt. *Oder die Begegnung mit dem Arsilah.*

Sie wusste auch, dass Cait ihr richtiger Name war und ihr der Ring gehörte. Ein Geschenk ihrer Mutter, die früh am Winterfieber gestorben war. Ihr Vater und ihr Bruder Ewan waren die einzige Familie, die sie kannte. *Und trotz aller Erinnerung weiß ich nicht, was aus ihnen geworden ist.* Sie glaubte ihren Vater zu hören, der ihr zurief, sie solle sich in Sicherheit bringen. Sie erinnerte sich, dass Ewan mit einem Schwert niedergestreckt worden war, als er versucht hatte sie zu beschützen. Das

Letzte, was sie gesehen hatte, war, wie er blutüberströmt auf dem Deck der *Abendstern* zusammenbrach. Ihren Vater hatte sie längst aus den Augen verloren, als die Piraten sie vom Schiff brachten.

Sobald sie Croghán das Handwerk gelegt hatten, wollte sie nach Hause zurückkehren. Dann würde sie endlich erfahren, welches Schicksal Ewan und ihrem Vater widerfahren war.

Croghán. Die Erinnerung an den ersten Aufenthalt in seinem Kerker ließ sie selbst jetzt, Monate danach, noch erstarren. Seine Schläge hatten ihr mehr als nur einen Knochen gebrochen. Die Narben waren sein Werk. Angerichtet mit einem glühenden Dolch und einer Peitsche. Sie erinnerte sich an die Hitze, als sich die Klinge in ihr Fleisch gebrannt hatte, ebenso wie an das Knallen der Peitsche. Sie glaubte die Dolchklinge zu spüren, mit der er ihr dünne Hautstreifen vom Leib gezogen hatte. Nie würde sie den Geruch von verbranntem Fleisch und Blut vergessen.

Die Vision der Folterkammer, der Schmerz und die entsetzlichen Schreie, die sie beim Blick in Daith' Vergangenheit erfüllt hatten, war das Echo ihrer eigenen Erinnerung gewesen. Einer Erinnerung, deren brutale Macht sie in die Knie gezwungen und überwältigt hatte. Als Myles sie in sein Haus gebracht hatte, war sie dem Tode näher als dem Leben gewesen. Wochen waren vergangen, als sie das erste Mal ihr Krankenbett verlassen hatte. Der Schmerz war verblasst, doch Croghâns Werk hatte sie für den Rest ihres Lebens gezeichnet.

Mit dem Gedanken an Croghán glitt sie in einen unruhigen Schlummer. Rufe trieben im Traum an ihr Ohr, ein aufgeregtes Durcheinander von Stimmen, das sie erwachen ließ. Sie öffnete die Augen. Daith' Miene wirkte grimmiger als üblich, während er schweigend den Mann betrachtete, der ihm gegenüberstand. Sie hielt den Atem an, als sie ihn erkannte. Annuides! Tags zuvor hätte sie nicht einmal sagen können, ob sie ihm je begegnet war, heute brauchte sie den Mann nur anzusehen um zu wissen, dass dies der dallánische Thronfolger war. *Und mein Freund.*

Er und Daith starrten sich an. Liamar beobachtete die beiden unruhig. Sie musste sich bewegt haben, denn plötzlich richtete sich Annuides' Blick auf sie. »Cait?« Seine Stimme war kaum mehr als ein atemloses Flüstern. Er drängte sich an Daith vorbei. Er war dünner, als sie ihn in Erinnerung hatte. Das dichte braune Haar länger. Bernsteinfarbene Augen schimmerten golden im Sonnenlicht, umgeben von winzigen Fältchen, die vor ein paar Monaten noch nicht dort gewesen waren. Verwegen geschwungene Brauen und ein Lächeln, das seine Augen zum Strahlen brachte, vervollständigten die vertrauten Züge. Selbst in den einfachen Gewändern wirkte er stolz und würdevoll.

Sie erhob sich. Dann war er da. Seine Blicke hingen an ihr. Er hob eine Hand und strich ihr über die Wange. Eine zögerliche Geste, als fürchtete er, sie könnte sich in Luft auflösen, wenn er sie berührte. »Ist es wirklich wahr? Habe ich dich endlich wiedergefunden?« Mit einem Laut, der ebenso ein Schluchzen wie ein Freudenschrei hätte sein können, zog er sie in seine Arme. Seine Tränen benetzten ihre Wangen und plötzlich fiel es ihr schwer, nicht selbst zu weinen. Dieser Mann hatte so viel für sie getan, ohne dass er eine Gegenleistung dafür erwartet hätte. In einer Zeit, in der sie dringend einen Freund gebraucht hatte, war er für sie da gewesen. Obwohl es ihr schwer fiel, befreite sie sich aus seinen Armen. »Ich …« Sie wusste nicht, was sie sagen sollte. Gestern noch hatte sie sich nicht einmal an ihn erinnern können und plötzlich stand er vor ihr, lebendig und zum Greifen nahe.

Er nahm ihre Hand, hob sie an seine Lippen und küsste sie auf die Fingerspitzen. »Du musst nichts sagen. Bleib nur bei mir.« Er sah zu Liamar. »Bei allen Göttern, ich kann nicht glauben, dass du tatsächlich nach mir gesucht hast!«

Liamar bekam seine Freude über das Wiedersehen schließlich so weit in den Griff, dass er in der Lage war, alle um die Feuerstelle herum zu versammeln. Annuides wich keinen Zoll von Caits Seite. Er hielt ihre Hand, als wäre er nicht bereit sie jemals wieder freizugeben. »Wie habt ihr mich gefunden?«

In knappen Sätzen berichtete Liamar von seiner Suche, seinem Disput mit Croghán und wie das Orakel ihn nach Bakemba geführt hatte.

Annuides wandte sich an Cait. »Warum bist du hier?«

»Das Schicksal hat es gut mit mir gemeint.« Sie sah zu Daith, der ihrem Blick auswich. Sie wusste nicht, was sie Annuides erzählen sollte. Sie hatte ihm einst nahe gestanden, dennoch fühlte sie sich befangen. Es fiel ihr schwer, mit seinem plötzlichen Erscheinen umzugehen. Um weiteren Fragen aus dem Weg zu gehen, wechselte sie das Thema. »Was hat dich hierher verschlagen, mitten ins Nirgendwo?«

»Ich wusste, dass Croghán mich aufs Schafott bringen

würde, sollte ich auch nur einen Fuß nach Cor Amánthor setzen. Abgesehen davon habe ich kein Schiff mehr. Die *Seestolz* sank in einem Sturm. Ich wurde ins Wasser gerissen. Alles, woran ich mich erinnere, ist, dass ich mich an ein Stück Holz geklammert habe. Ich erwachte in einem kleinen Dorf. Ein paar Männer hatten mich am Strand gefunden. Obwohl ich ein Fremder war, haben sie mich freundlich aufgenommen.« Seine Miene verfinsterte sich. »Doch selbst hier, fernab der Heimat, ist Croghán eine Bedrohung. Ich weiß, dass er den Kult erneut aufleben ließ.«

»Ach? Hat er etwa einen Boten geschickt, um dir die Kunde zu übermitteln?« Daith' Stimme troff vor Sarkasmus.

Annuides begegnete seinem Blick kalt. »Croghán hat sich diese Insel für sein Werk ausgesucht, darum weiß ich es.« Seine Augen ließen von Daith ab. Sofort kehrte die Wärme in seine Züge zurück. »Aus irgendeinem Grund hält er den Zeitpunkt für gekommen, seine Pläne in die Tat umzusetzen.«

Ich bin der Grund. Nachdem Croghán erfahren hatte, dass sie am Leben war und seinen Häschern ebenso wie seinem Kerker entkommen war, sah er sich gezwungen zu handeln. Er musste fürchten, sie würde weiterhin versuchen ihm das Handwerk zu legen. Ihr Erscheinen hatte ihm gar keine andere Wahl gelassen als zu handeln.

Connor nickte. »Wir wissen, dass er den Arsilah in die Welt bringen will. Aber was verspricht er sich davon?«

»Er will König von Dallán werden.« Vier Augenpaare richteten sich auf Annuides.

»Das ist der größte Unsinn, den ich je gehört habe!«,

schnaubte Daith. »In seinen Adern fließt kein königliches Blut. Selbst wenn er die gesamte königliche Blutlinie auslöschte, wäre das keine Garantie, dass er der nächste König Dalláns würde. Er hat keine Armee hinter sich, die ihm bei einer gewaltsamen Machtergreifung zur Seite stünde. Die Seáthrun würden ein derartiges Tun niemals unterstützen!«

»Was, wenn er mit Hilfe des Arsilah das Volk unterwerfen will?«, gab Connor zu bedenken.

»Der Arsilah lässt sich nicht versklaven«, widersprach Daith.

Connor sah ihn an. »Und wenn er einen Weg gefunden hat?«

Annuides schüttelte den Kopf. »Er hat einen Pakt mit dem Arsilah geschlossen. Croghán wird ihn auf unsere Existenzebene beschwören. Im Gegenzug fordert er von ihm die Magie des Gestaltwandelns.« Er sah Liamar an. »Er will dich töten und an deine Stelle treten. Niemand würde es bemerken.«

»Ein Pakt mit dem Arsilah? Wie will er das anstellen?«

»Er wird etwas öffnen, das sie Weltentor nennen.«

Daith fuhr auf. »Dieser elende Narr! Wie kann er das tun! Er ist ein Gelehrter! Gerade er sollte wissen, dass er damit nicht nur dem Arsilah den Weg in unsere Welt öffnet, sondern zugleich allen Dämonen, die sich zum selben Zeitpunkt in der Nähe des Tores befinden.«

Annuides runzelte die Stirn. »Du weißt erstaunlich viel über Finstere Magie.«

»Aladar war ein guter Lehrmeister.«

»Du bist kein Gelehrter. Warum weißt du über diese Dinge Bescheid?«

»Ich habe nicht vor, mich vor dir zu rechtfertigen.«

Sie entzog Annuides ihre Hand. »Hört sofort auf!« Ihre Augen kehrten zu Daith zurück. »Wie können wir verhindern, dass dieses Weltentor geöffnet wird?«

»Ich weiß es nicht.« Er schüttelte den Kopf und wandte sich an Annuides. »Erzähl mir alles, was du weißt.«

»Als ich eines Tages vom Fischen zurückkehrte, war das Dorf in Schutt und Asche gelegt. Es gab keine Leichen. Ich entdeckte Spuren und folgte ihnen zu einem Gebirge im Osten. Dort sah ich die Dörfler, einige eingepfercht in enge Holzkäfige, andere zur Sklavenarbeit gezwungen. Bewacht von Männern mit Peitschen und Bögen schleppten sie Steine aus einer Höhle. Ich fand einen Weg hinein. Stimmen lockten mich zu einer Felskammer. Als ich sie erreichte, befand sich dort nur ein einzelner Mann. Dann sah ich die Wasserschale. Crogháns Gestalt zeigte sich auf der Oberfläche. Magie, mächtig genug die Entfernung zwischen Bakemba und Cor Amánthor zu überbrücken. Sie sprachen über Croghàns Pläne.« Er atmete durch. »Eine Schar Magier wartet im Innern des Berges. Sobald das Weltentor fertig ist, werden sie es in Croghàns Namen öffnen.«

»Wir müssen es zerstören, koste es, was es wolle.«

»Ausnahmsweise bin ich Daith' Meinung.« Das Licht der Morgensonne offenbarte Annuides' Anspannung. »An der Küste soll eine Zauberin leben. Racielle. Ich war auf dem Weg zu ihr, als ich euch traf. Ich hoffe, dass sie mir helfen kann.«

»Wir werden dich begleiten.« –

*

Unter Annuides' Führung brachen sie wenig später auf. Cait ging ihm aus dem Weg. Sie brauchte Zeit, ihre Gedanken zu ordnen, ehe sie sich seinen Fragen stellen konnte.

Das Land stieg stetig an und der Weg durch das dichte Unterholz war beschwerlich. Obwohl Daith hinter ihr ging, brachte sie nicht die Energie auf, ihn zu fragen, was zwischen ihm und Annuides vorgefallen war, dass sie einander so sehr verabscheuten.

Liamar wich kaum von Annuides' Seite. Die beiden hatten sich viel zu erzählen. Ihr entging nicht, wie sich Annuides von Zeit zu Zeit zu ihr umwandte und sie mit einem besorgten Blick betrachtete. *Was erzählt Liamar ihm?*

Am Abend, als sie ihr Lager aufschlugen, setzte Annuides sich zu ihr. »Du hast dich verändert.« Sie bemerkte erst jetzt, dass er sie eingehend betrachtete. »Was hat dich so stark gemacht?«

»Vergessen.«

»Dann ist es also wahr. Liamar sagte mir, dass du dich bis gestern an nichts erinnern konntest. Hattest du mich wirklich vergessen?«

»Ich fürchte, ja.«

Er streckte eine Hand nach ihrem Gesicht aus und zog sie sogleich wieder zurück. »Es war schrecklich für mich, dich in Croghâns Gewalt zurückzulassen.« Tränen schimmerten in seinen Augen. »Mir blieb keine Möglichkeit, dich zu warnen. Myles zwang mich Cor Amânthor zu verlassen. Er schwor alles zu tun, um dir zu helfen.«

»Er hat alles getan.« Sie schlug die Augen nieder und sagte leise: »Er ist tot.« In knappen Worten berichtete sie, was sich nach der Initiation ereignet hatte. »Er hat mich gerettet. Und zum Dank habe ich ihm den Tod gebracht.«

Er blinzelte irritiert. »Wovon sprichst du?«

»Wenn er mich nicht befreit hätte, wäre Croghán nie auf den Gedanken gekommen, er könne etwas mit uns zu tun haben. Ich habe ihn erst auf Myles' Spur geführt – letztlich sogar auf Aladars, wenn auch erst viel später.«

Annuides' Gewänder raschelten leise, als er sich bewegte. Sie sah nicht auf. Auch nicht, als er eine Hand unter ihr Kinn legte. »Sieh mich an.« Sanft hob er ihren Kopf an, bis sie ihm in die Augen sehen musste. »Du hast das nicht zu verantworten.« Er sprach mit ruhiger, ernster Stimme. »Es war Myles' freie Entscheidung. Er wollte das Richtige tun und er war bereit – falls nötig – den Preis zu zahlen.« Er strich mit dem Daumen über ihre Wange, während seine Finger noch immer ihr Kinn umfasst hielten. »Ich habe dich in etwas hineingezogen, das viel zu gefährlich für dich ist. Ich danke den Göttern, dass du am Leben bist. Der Gedanke, dir könnte etwas zustoßen ...« Er schüttelte den Kopf. »Dass du hier bist, macht mir Angst. Was wir vorhaben, ist gefährlich. Ich will dich nicht noch einmal in Gefahr bringen.«

»Daith hat bisher gut auf mich Acht gegeben.«

»Daith«, sagte er voller Verachtung.

»Was ist mit ihm nicht in Ordnung?« *Warum verabscheut ihr einander so sehr?*

Annuides zog die Hand zurück. »Er ist ein Verrückter. Ein Selbstmörder, der den Tod sucht. Dieser Kerl stürzt sich in jeden Kampf. Es ist ihm gleichgültig, ob er lebt oder stirbt, das macht ihn gefährlich – für seine Gegner *und* seine Begleiter. Du musst ihn meiden, ehe er dich in Gefahr bringen kann.«

»Er mag ein grimmiger Bursche sein, aber er ist nicht wahnsinnig und auch nicht von Todessehnsucht getrieben.« Sie hatte ihn kämpfen sehen. *So kämpft nur ein Mann, der nichts zu verlieren hat. Und dennoch ...*

»Ich kenne ihn. Sei auf der Hut, sonst wird er dir den Tod bringen.«

12

Annuides' Anwesenheit war ein Ärgernis. An jenem ersten Abend, als der Prinz Cait zur Seite gezogen hatte, hatte er geglaubt aus der Haut fahren zu müssen. Er wusste, dass Annuides ihr ans Herz gelegt hatte sich von ihm fern zu halten. Und wie bei den meisten Menschen war es ihm vermutlich gelungen, sie mit seinem Charme zu überzeugen.

Annuides, der stets freundliche, gütige Prinz, dem nie ein böses Wort über die Lippen kam und dessen Herzlichkeit wie ein warmes Herdfeuer strahlte. Einzig Daith gegenüber war davon nichts zu bemerken. Es hatte eine Zeit gegeben, in der sie Freunde gewesen waren. Doch das war lange her. Am selben Abend, als Annuides mit Cait unter vier Augen gesprochen hatte, hatte sich Connor zu Daith gesellt. »Sie scheint dir nichts nachzutragen.«

Er hatte den Kopf geschüttelt. »Sie hat mich nicht erkannt. Ich habe es nicht über mich gebracht, ihr die

Wahrheit zu sagen. Wenn das alles hinter uns liegt, werde ich es tun.«

»Dann wirst du sie verlieren.«

»Kann man etwas verlieren, das man nie besessen hat?«

Die kommenden Tage waren für Cait nicht einfach. Daith brauchte sie nur anzusehen um zu wissen, wie sie sich fühlen musste. Sowie sich eine Gelegenheit bot, überhäuften Connor, Liamar und Annuides sie mit Fragen über Cor Amánthor, den Kult und ihre Vergangenheit.

Ihm entging nicht, wie unbehaglich ihr zu Mute war und wie sehr sie sich bemühte den ständigen Fragen auszuweichen. Ihr war anzumerken, dass die Erinnerungen ihr schwer zu schaffen machten. Daith versuchte sich vorzustellen, all die Erinnerungen seines Lebens würden in einem einzigen Augenblick über ihn hereinbrechen, und wusste, er könnte es nicht ertragen. Annuides' Erscheinen so kurz danach und seine – zugegeben – rührende Fürsorge schienen sie völlig zu überfordern. Sie erweckte den Eindruck, als hätte sie sich am liebsten in ein Loch verkrochen.

In den ersten Tagen, nachdem sie auf Annuides gestoßen waren, hatte Daith mit dem Gedanken gespielt, zu gehen. Seine Aufgabe war beendet. Sie hatten den Prinzen gefunden. Es gab keinen Grund, länger zu bleiben. Er wusste, Cait war in guten Händen. Annuides würde eher sterben als zuzulassen, dass ihr etwas zustieß. Dennoch widerstrebte es ihm, zu gehen. Er *wollte* ihr Leben nicht in fremde Hände legen. *Abgesehen davon habe ich noch eine Rechnung mit Croghán offen.*

Sein Blick glitt zu Cait. Sie hatte die Augen geradeaus gerichtet und starrte auf den Pfad vor sich. »Wie geht es dir?«

Er sah das Erstaunen in ihren blauen Augen, als hätte seine Frage sie überrascht. Eine Weile sagte sie nichts, sodass er bereits dachte, sie würde nicht antworten. »Ich weiß nicht«, vernahm er plötzlich ihre gedämpfte Stimme. »Es gibt so viele Dinge, an die ich mich erst gewöhnen muss. Das alles ist noch immer sehr verwirrend.«

»Du brauchst Zeit, das ist alles.« Wieder trat dieser erstaunte Ausdruck in ihre Augen. Sie betrachtete ihn, als hätte sie ihn nie zuvor gesehen. »Du meine Güte, Cait! Sieh mich nicht so an. Du weißt, wie ich bin! Was hast du erwartet?«

Zum ersten Mal seit Tagen lächelte sie. »Vielleicht nicht, dass du mir eine Hilfe sein würdest.«

Später an diesem Tag, als für Daith die Zeit der Nachtwache gekommen war, saß er im Schatten eines Baumes und ließ seine Blicke aufmerksam umherschweifen. Die Nacht war warm und voller Leben.

Eine Bewegung weckte seine Aufmerksamkeit. Annuides erhob sich und trat zu ihm. Ohne eine Aufforderung abzuwarten hockte er sich ihm gegenüber auf den Boden. Daith betrachtete den Prinzen schweigend und wartete, dass er sagte, weshalb er gekommen war, und wieder verschwand.

»Mir ist nicht entgangen, welchen Einfluss du auf Cait hast«, begann er schließlich. »Und ganz gleich was Liamar behauptet, ich bin überzeugt, dass es kein guter Einfluss ist.«

Daith sparte sich eine Erwiderung. Annuides schien ohnehin keine Antwort zu erwarten. Der Blick des Prinzen glitt zu Cait, die sich schlafend vor dem Feuer zusammengerollt hatte. »Weißt du, wie ich ihr das erste Mal begegnet bin, Landévennec?« Er schüttelte den Kopf. »Natürlich nicht.« Seine Augen hingen unvermindert an ihr. »Sie war die Gefangene eines brutalen Mannes. Sie war monatelang eingesperrt – in einem abgedeckten Erdloch, dunkel, eng und modrig.« Der Blick des Prinzen schien nach innen gekehrt, als durchlebte er alles noch einmal. »Ich kam zufällig während eines Ausrittes dort vorbei. Ich wurde Zeuge eines Kampfes. Ich glaube, dass sie beschlossen hatte lieber zu sterben als länger in diesem Loch ... Sie war verletzt und viel zu schwach, um es mit ihm aufnehmen zu können. Ich habe ihn getötet. Cait war ohnmächtig. Der Kerl hatte sie übel zugerichtet. Er hatte ihr den halben Bauch mit seinem Dolch aufgeschlitzt.« Er ballte die Hände zu Fäusten. »Solange sie nicht bei Bewusstsein war, gelang es mir, sie zu versorgen. Sobald sie wach war, schrie und tobte sie, wann immer jemand in ihre Nähe kam. Die Nähe anderer Menschen brachte sie vor Angst beinahe um den Verstand. Es dauerte lange, bis sie meine Nähe ertrug. Noch länger dauerte es, sie von ihren Ängsten zu befreien und dazu zu bringen, wieder unter Menschen zu gehen.«

Daith war entsetzt. *Was hat dieses Mädchen alles erleiden müssen?* Es fiel ihm schwer, sich die mutige, selbstbewusste Cait so vorzustellen, wie Annuides sie beschrieb. Selbst jetzt, nachdem sie sich an alles erinnerte, wirkte sie auf ihn keineswegs verschreckt. Dann dachte er daran, in welchem Zustand er sie in Croghåns Gericht gesehen hatte. Der Kerkeraufenthalt konnte sie nicht brechen, aber er hatte Spuren hinterlassen. *Seitdem fürchtet sie sich vor der Dunkelheit.* »Warum erzählst du mir das?«, fragte er tonlos.

Statt seine Frage zu beantworten, fuhr Annuides fort: »Ich habe sie vom ersten Tag an geliebt. Und ich wusste, dass sie mich nie so nah an sich heranlassen würde, wie ich es mir wünschte. Heute scheint die Angst von damals sie nicht mehr in ihrem Griff zu halten. So gesehen war das Vergessen die beste Heilung, die sie erlangen konnte. Ich habe ihr Leben gerettet.« Annuides' Augen hefteten sich auf Daith. »Hast du etwas Ähnliches für sie getan?«

Ich wollte sie töten.

13

Eingehüllt in das glühende Licht des Sonnenuntergangs erhob sich der Turm der Zauberin wie eine brennende Fackel in den Himmel. Ein wuchtiger Steinbau, der sich an den Rand der Klippen kauerte, die dahinter hundert Meter in die Tiefe stürzten.

Eine helle Salzkruste lag auf dem massiven Eichenportal, weiße Linien, die das Holz wie Adern durchzogen. Annuides griff nach dem eisernen Ring und klopfte an. Nichts geschah. Daith wollte ihn auffordern es erneut zu versuchen, als eine kleine Luke in der Tür geöffnet wurde.

»Was wollt ihr?«

»Wir suchen die Zauberin. Wir brauchen ihre Hilfe.«

Knarrend schwang die Tür auf. Fackellicht erhellte ein tiefes Treppenhaus, an dessen hinterem Ende sich eine enge Steintreppe nach oben wand. »Ihr habt mich gefunden.« Eine Frau trat hinter der Tür hervor. Langes lockiges Haar schimmerte golden im Fackellicht und umrahmte ein liebliches Gesicht mit warmen braunen Augen und vollen Lippen. Ein rotes Samtgewand schmiegte sich eng an ihren Körper. »Folgt mir.« Auf halbem Weg zur Treppe hielt sie vor einem Durchgang inne und wies ihnen den Weg in den Wohnraum. Im Kamin prasselte ein Feuer. Schwere dunkelblaue Vorhänge verhüllten die Fenster und sperrten die letzten Strahlen Tageslicht aus. Am anderen Ende des Raumes machte Daith einige Regale in den Schatten aus, voll gestopft mit Schriftrollen, Tiegeln und Gegenständen, die er nicht zu identifizieren vermochte. Ein Tisch davor war mit einem Tuch abgedeckt, unter dem sich die vagen Umrisse einiger Gegenstände abzeichneten. »Setzt euch.« Sie ließ sich in einem gewaltigen Lehnsessel nieder.

Ehe Annuides Platz nahm, stellte er sich und seine Begleiter vor. »Wir sind gekommen, um Euren Rat zu suchen.« Er zog einen Beutel hervor, in dem ein paar Münzen klimperten, und legte ihn auf den Tisch. »Es soll Euer Schaden nicht sein.«

Racielle lehnte sich zurück. Ihre Augen ruhten auf dem Prinzen. Annuides nahm sich Zeit, nach den passenden Worten zu suchen. Endlich sagte er: »Wir suchen einen Weg, die Beschwörung eines Dämons zu verhindern.«

Racielle, die bisher eher gelangweilt gewirkt hatte, richtete sich auf. »Sprecht weiter.«

»Jemand versucht ein Weltentor zu erschaffen, um –«

»Seid Ihr sicher, dass jemand verrückt genug ist, etwas Derartiges zu tun? Habt Ihr überhaupt eine Vorstellung, welche Gefahren damit verbunden sind?«

»Ich hörte davon«, sagte er mit einem Seitenblick auf Daith. »Wenngleich es mir schwer fällt, einzuschätzen, wie gefährlich es wirklich ist.«

Es überraschte Daith nicht, dass Annuides an seinen Ausführungen zweifelte. Zu seiner Genugtuung beschrieb Racielle dieselben Dinge, die er bereits zur Sprache gebrachte hatte. Unzählige Dämonen, die aus ihrer Welt entfliehen und auf die andere Seite des Tores drängen würden.

Die Zauberin tippte sich nachdenklich mit dem Zeigefinger gegen die Nasenspitze. »Ist es ein bestimmter Dämon, der beschworen werden soll?«

»Sie nennen ihn den Arsilah.«

Racielle schürzte die Lippen. »Man sagt, er weilt schon lange auf dieser Welt, allerdings nicht in seiner vollen Stärke. Solange er nicht durch das Weltentor geschritten ist, vermag er nicht irgendetwas auf dieser Seite zu berühren. Dazu braucht er seine Diener. Dennoch verfügt er über nicht unerhebliche Macht.« Sie lehnte sich wieder zurück, den Blick nachdenklich an die Decke gerichtet. »Wahrlich ein schwer wiegendes Problem. Ich muss meine Schriften zu Rate ziehen.« Sie erhob sich. »Oben gibt es eine Kammer, in der ihr übernachten könnt. Sie ist karg, doch sie wird ihren Zweck erfüllen. Ich werde die Nacht nutzen um zu sehen, was ich in Erfahrung bringen kann.«

Cait hatte ihr Lager neben Daith aufgeschlagen, nicht weit von Annuides und Liamar entfernt. Connor hatte die erste Wache übernommen und auf dem Gang Posten bezogen. Sie lauschte den regelmäßigen Atemzügen ihrer Begleiter und wartete, dass der Schlaf endlich auch zu ihr kommen würde. Neben ihr regte sich Daith. Unverständliche Worte murmelnd drehte er sich herum. Sie zuckte zusammen, als er seinen Arm um ihre Taille legte. *Warum machst du es mir so schwer, dich nicht zu mögen?*

Während der letzten Tage war Annuides immer in ihrer Nähe gewesen. Er hatte sie kaum aus den Augen gelassen und ihr mit jedem Blick und jeder Geste gezeigt, wie viel sie ihm bedeutete. Und doch war es Daith' Name, der ihr zuerst in den Sinn kam, wenn sie Sorgen oder Kummer hatte. Es war noch nicht lange her, da hatte er nicht mehr als Ablehnung und scharfe Worte für sie übrig gehabt. Plötzlich war das anders. Ohne Zweifel hatte sich zwischen ihnen etwas verändert. Da war etwas, was sie nicht verstand. Vielleicht auch nicht verstehen *wollte*. Plötzlich erschien es ihr heiß und stickig. Da sie ohnehin nicht schlafen konnte, beschloss sie Connor Gesellschaft zu leisten.

Vorsichtig schob sie Daith' Arm zur Seite, stand auf und schlich aus der Kammer. Auf dem Gang war es kühler. Sie atmete durch. Connor saß neben der Tür und schlief. Sie betrachtete ihn kopfschüttelnd. *Eine schöne Wache bist du.* Sie hob die Hand, unschlüssig, ob sie ihn wecken sollte. Ein Geräusch ließ sie innehalten. Ein tiefer, anhaltender Ton, der vom Fuße des Turms nach oben drang. Auf der Suche nach seinem Ursprung folgte sie den ausgetretenen Stufen hinab. Mit jedem Schritt wurde es kälter. Der Ton schwoll an, je weiter sie hinuntergelangte und war bald als monotoner Gesang zu erkennen, der aus dem Wohnraum kam. Auf Zehenspitzen schlich sie an den Durchgang heran. *Ich sollte Conn wecken.* Der Gesang zog sie in seinen Bann. Vorsichtig spähte sie um die Ecke. Der kleine Tisch stand jetzt in der Mitte des Raumes, daneben war mit gelber Farbe ein großes Pentagramm auf den Boden gemalt. Racielle stand am Rande des magischen Kreises. Ihr Atem stieg in hellen Wölkchen in die kalte Luft empor. In der einen Hand hielt sie einen Dolch, in der anderen ein Huhn. Ohne ihren unheimlichen Gesang zu unterbrechen, hob sie das Huhn in die Höhe und trennte ihm mit einem raschen Streich den Kopf ab. Das Tier zappelte noch, als sie den kopflosen Rumpf über eine Schale hielt, in der sie das dampfende Blut auffing. Der Geruch des Tierblutes erfüllte die Luft. Ihr wurde übel. Hastig hielt sie sich eine Hand vor Mund und Nase. Flach atmend verfolgte sie jeden Handgriff der Zauberin. Nachdem das Tier ausgeblutet war, warf die Zauberin den Kadaver zur Seite. Ihr Gesang veränderte sich, wurde drängender, als sie mit den Fingerspitzen in das Blut tauchte und sich damit fremdartige Zeichen auf Gesicht, Arme und Ausschnitt malte. Der Gesang ging in Worte über. Worte in einer fremden Sprache, deren unheilvollem Klang Cait sich nicht entziehen konnte. Ein Zittern durchlief ihren Körper.

Im Pentagramm wallte Nebel auf. Die Zauberin trat einen Schritt zurück. Caits Entsetzen wuchs. Sie wusste nicht, was vor sich ging, dennoch ahnte sie, dass das Tun der Zauberin Gefahren in sich barg, die sie im Augenblick nicht ermessen konnte. *Connor! Ich muss Connor wecken!* Unfähig sich zu bewegen stand sie da und starrte gebannt auf das Geschehen. In einer fünfzackigen Säule wuchs der Nebel empor, undurchdringlich und dicht. Wogend und wallend, zunächst langsam, dann immer schneller, wirbelte er einem Strudel gleich empor und fiel in sich zusammen, als er die Decke des Gemäuers berührte. Zurück blieb eine dunkle Gestalt im Zentrum des magischen Kreises. Im ersten Moment glaubte Cait einen Na'Darrach zu erblicken. Dann bewegte er sich und sie vernahm das Rascheln seiner Gewänder. Ihr Anflug von Erleichterung endete abrupt, als sie in seine Züge blickte. Züge, die weder ihre Augen noch ihr Verstand zu erfassen vermochten. Racielle sank auf die Knie und senkte das Haupt. »Sie sind hier, Herr«, sagte sie in unterwürfigem Ton. »Die Wache schläft, dafür habe ich gesorgt.«

Connor! Cait wusste, dass sie fliehen sollte. Sie sollte kehrtmachen, die Treppen hinauflaufen und Daith und die anderen warnen. Sie konnte es nicht. Es war, als ließe der Anblick des Dämons sie erstarren.

Der Arsilah hob eine Hand und streckte sie nach Racielle aus ohne die Zauberin zu berühren. »Du bist eine gute Dienerin.« Seine Stimme war warm und wohl klingend, ganz so wie Cait sie in Erinnerung hatte.

Racielle hielt den Kopf respektvoll gesenkt. »Ohne Euch bin ich nichts.«

»Nicht mehr lange und ich werde für immer hier sein. Das Tor ist beinahe fertig.« Der Arsilah trat aus dem magischen Kreis und wanderte mit gemächlichen Schritten durch die Kammer. Racielle verharrte reglos. Die Blicke des Dämons wanderten über die Regale. Hin und wieder streckte er die Hand aus und ließ seine Finger an einem Regal entlangwandern. Niemals berührte er etwas.

»Du hast einige interessante Dinge hier«, bemerkte er in einem Ton, als würde er über das Wetter sprechen. »Dinge, mit denen sich mächtiges Zauberwerk spinnen ließe.«

»Meine Künste gehören Euch.«

Obwohl sie sein Gesicht nicht erkennen konnte, spürte Cait, dass er ruhig und entspannt war. Er war selbstsicher und vollkommen furchtlos. *Wovor sollte er sich auch fürchten? Er ist ein Dämon!*

»Sie sind also hier«, fuhr er in heiterem Plauderton fort.

»Ja, Herr. Sie wollen das Tor zerstören und verhindern, dass Ihr zu uns gelangen könnt.«

Der Arsilah lachte leise und trat zu ihr. »Vernichten? Diese Narren.« Wieder glitt seine Hand dicht über Racielles Haar hinweg. »Ich will, dass du etwas für mich tust«, hauchte er verführerisch sanft.

Die Zauberin sah auf. »Alles, was Ihr wollt.«

»Töte sie. Alle.« Er deutete auf Cait. »Und mit ihr fängst du an.«

Cait riss die Augen auf. Die Zauberin schnellte hoch. Fremdartige Worte murmelnd hob sie die Hand. Ihre Fingerspitzen glühten, als sie sie auf Cait richtete. Ein greller Blitz zuckte daraus hervor und schoss auf Cait zu. Endlich fiel die Erstarrung von ihr ab. Sie wich zur Seite und stieß gegen die Wand. Die Berührung des rauen Steins riss sie endgültig in die Wirklichkeit zurück. Sie geriet ins Stolpern und stürzte. Das rettete ihr das Leben.

Der Blitz schoss nur wenige Handbreit über ihren Kopf hinweg. Sie brüllte nach Daith. Sie glaubte zumindest, dass sie das tat. Womöglich schrie sie auch nur aus Leibeskräften um Hilfe.

Sie sprang auf die Beine und rannte zur Treppe. Ehe sie einen Fuß auf die erste Stufe setzen konnte, schlug erneut ein Blitz ein. Diesmal unmittelbar vor ihr, in den Steinboden. Sie sprang zurück. Messerscharfe Steinsplitter regneten auf sie herab. Schützend riss sie die Arme nach oben. Drei weitere Einschläge trafen die Stufen, hinterließen dunkle Rauchspuren und zwangen sie in die Eingangshalle zurück. Sie riss eine brennende Fackel aus einer Halterung und presste sich neben dem Durchgang an die Wand. Langsam schob sie sich weiter nach vorne. Sie hörte, wie sich die Zauberin näherte. Ihre Finger schlossen sich fester um die Fackel. Als sie sicher war, dass Racielle in Reichweite war, sprang sie vor und schlug der überraschten Zauberin die Fackel ins Gesicht. Kreischend versuchte Racielle die flammende Keule abzuwehren und verbrannte sich die Finger. Cait setzte nach und trieb sie in den Wohnraum zurück. Es gefiel ihr nicht, sie in der Nähe unzähliger magischer Gegenstände zu wissen. *Und in der Nähe des Arsilah.* Um zu verhindern, dass die Zauberin erneut die Oberhand gewinnen konnte, durfte sie ihr keine Gelegenheit geben, Magie anzuwenden. Während sie wild mit der Fackel vor Racielles Gesicht herumfuchtelte, gestattete sie sich einen kurzen Blick nach dem Arsilah. Der Dämon stand auf der anderen Seite des Raumes, die Arme vor der Brust verschränkt. Er wirkte gelassen – soweit sie das anhand seiner Haltung beurteilen konnte. Es schien, als beobachte er den Verlauf des Kampfes interessiert. Plötzlich vernahm sie seine Stimme. »Warum kämpfst du so hart?« Er klang amüsiert. »Du bist mein, Cait. Erinnerst du dich?«

Für einen Moment war sie abgelenkt. Racielle bekam die Fackel zu fassen. Die Flammen fauchten, als die Zauberin ihren Arm herumriss und ihr die Fackel entwand. Cait trat Racielle vors Knie. Die Zauberin schrie auf und ließ die Fackel fallen. Sofort entzündeten sich die Teppiche auf dem Boden. Hohe Flammen züngelten empor und leckten an Racielles Robe. Hastig ein paar Worte murmelnd deutete sie auf die Flammen. Ein Windhauch erhob sich und löschte das Feuer.

Cait sprang vor und warf sich gegen sie. Im selben Moment, als sie die Zauberin berührte, war es, als würde sie von einer unsichtbaren Hand gepackt. Racielle trat einen Schritt zurück und machte eine wegwischende Geste. Cait wurde von den Beinen gerissen und gegen die Wand geschleudert. Sie sackte zusammen. Blinzelnd drängte sie die dunklen Flecken zurück, die ihre Sicht trübten, und stemmte sich auf die Knie. Keuchend und kaum bei Sinnen sah sie sich nach der Zauberin um.

»Vorsicht, Cait«, erklang die volltönende Stimme des Arsilah. Im selben Augenblick sah sie den Blitzstrahl auf sich zukommen. Zu schnell, als dass es ihr möglich gewesen wäre, auszuweichen. Wieder vernahm sie seine Stimme. »Das schaffst du wohl nicht allein.« Hilflos flog ihr Blick zu ihm. Seufzend hob er den Arm und zeichnete beinahe gelangweilt ein Muster in die Luft. Ein flirrendes Kraftfeld erwuchs, ähnlich einem Hitzeflimmern, aus dem Nichts. Der Blitzschlag tauchte darin ein. Goldenes Licht breitete sich zuckend über der wogenden

Oberfläche aus. Ein Sirren erfüllte den Raum, als die Energiebarriere in sich zusammenfiel. Der Blitz war vergangen.

Langsam kam die Zauberin näher. Cait versuchte auf die Beine zu kommen. Es wollte ihr nicht gelingen. Racielles Handflächen begannen zu glühen. Das Glühen breitete sich aus und formte sich zu einem lodernden Ball, der einen Zoll über ihren Handflächen schwebte. »Jetzt stirbst du!« Langsam ließ sie das lodernde Geschoss aus ihrer Hand entschweben.

Wie gelähmt starrte Cait auf den Feuerball. Plötzlich war der Arsilah neben ihr. Gemächlich ging er in die Hocke und betrachtete sie. In seinem Rücken näherte sich Racielles Feuerball und hüllte seine dunkle Gestalt in eine schimmernde Aura. »Das könnte dein Ende sein, Mädchen«, sagte seine schmeichelnde Stimme. Cait starrte auf die Flammen, die mit jedem Zoll anschwollen. Sie konnte sich nicht bewegen. Seine Magie hielt sie an Ort und Stelle gefangen. Noch ein Meter. Der Arsilah erhob sich. Ein halber Meter. »Aber weißt du was?« Unendlich langsam wandte er sich der Feuerkugel zu. Die Hitze versengte die feinen Härchen an ihren Armen. »Ich will nicht, dass es hier endet. Nicht auf diese Weise. Für dich habe ich anderes im Sinn.« Seine Hand strich über ihre Augen, einem kühlen Lufthauch gleich. »Sieh gut hin.« Die Worte waren kaum verklungen, da war der Arsilah verschwunden. Ihre Erstarrung war geblieben, ebenso wie die Feuerkugel, die sich unaufhaltsam auf sie zubewegte. Zehn Zoll.

»Zauberin!«, erklang Daith' Stimme am Durchgang.

Racielle fuhr herum. Im selben Augenblick schleuderte er einen Dolch. Die Klinge zischte durch die Luft und drang in ihre Brust. Mit ihrem Leben endete die Kontrolle über den Zauber. Der Feuerball verglomm zu einem Funken und erlosch. Die Zauberin sackte zu Boden.

Hinter Daith erschienen Connor und Liamar im Durchgang, gefolgt von Annuides. Einen Augenblick später war Connor neben ihr und half ihr sich aufzusetzen. Sie wusste, dass er mit ihr sprach, doch sie verstand seine Worte nicht. Ihre Aufmerksamkeit gehörte Annuides. Der Blick des Prinzen heftete sich auf Daith, der sich gerade davon überzeugte, dass Racielle keine Gefahr mehr darstellte. Wütend ging er auf ihn zu. »Bist du vollkommen übergeschnappt, Landévennec! Du hast die Einzige getötet, die uns helfen konnte!«

»Bist du mit Blindheit geschlagen?« Daith wirkte irritiert. »Sie wollte Cait umbringen! Glaubst du wirklich, sie hätte uns geholfen?«

»Natürlich hätte sie uns geholfen!«

Er hat es nicht gesehen. Weder den Arsilah noch den Feuerball. Ohne den Blick von den beiden zu wenden reckte sie Connor die Hand entgegen und ließ sich auf die Beine helfen. Sie schwankte so sehr, dass er sie stützen musste, als sie auf die beiden zuging. Sie glaubte jeden Knochen im Leib zu spüren. Es bereitete ihr Schwierigkeiten, zu atmen.

Daith schüttelte den Kopf. »Du bist ein Narr!« Er erwiderte Annuides' Blick kalt. Seine Haltung war angespannt.

»Ich bin ein Narr?« Annuides trat Daith entgegen. »Ich war nicht Narr genug, länger geheim zu halten, wer du wirklich bist.«

Daith blinzelte. »Was hast du gesagt?« Er sprach so leise, dass sie Mühe hatte, ihn zu verstehen.

»Ich sagte, es ist allein mir zu verdanken, dass die Menschen vor dir gewarnt sind. Wenn ich nicht gewesen wäre, wüsste noch immer niemand, wessen verdammter Sohn du bist!«

Daith stand da, als wäre er zu Stein erstarrt. Alle Farbe war aus seinen Zügen gewichen. Seine Halsmuskeln zuckten. Wortlos holte er aus und drosch Annuides die Faust ins Gesicht. Der Prinz stürzte zu Boden. »Steh auf, du Bastard!« Im selben Atemzug packte er Annuides und zog ihn auf die Beine. Blut rann dem Prinzen aus Nase und Mundwinkel. Kaum stand er, gab Daith ihn frei. Annuides ballte die Faust und schlug zurück. Daith duckte sich unter dem Schlag hinweg und schlug ihn erneut nieder.

»Aufhören!« Caits Rufe verhallten ungehört.

Annuides kam wieder auf die Beine. Daith war nicht schnell genug. Die Faust traf ihn im Gesicht.

»Hört sofort auf!«, brüllte sie wieder, noch immer auf Connor gestützt.

Der Kampf ging weiter. Wie zwei wild gewordene Trunkenbolde droschen sie aufeinander ein. All der Hass, der sich zwischen ihnen aufgestaut hatte, entlud sich in einem mächtigen Gewitter aus Schlägen.

Es war Liamar, der sie schließlich trennte. Er packte Daith bei den Schultern und zerrte ihn zurück, gerade als dieser erneut auf Annuides losgehen wollte. »Das reicht.«

Für einen Augenblick sah es aus, als hätte Daith noch lange nicht genug. Schwer atmend stand er da, das Haar zerzaust, Blut rann ihm übers Gesicht und verlieh seinem Blick etwas Wildes, Ungezähmtes. Mit einer kraftvollen Bewegung riss er sich los.

»Ich sagte, es reicht!«, donnerte Liamar.

Daith machte abrupt kehrt und fegte aus dem Raum. Cait löste sich aus Connors Arm und folgte ihm. In der Eingangshalle blieb er stehen, wirbelte herum und drosch mit der Faust gegen die Mauer. Er zuckte nicht einmal zusammen, als seine Knöchel gegen den Stein prallten.

»Bist du noch ganz bei Trost?!« Was sie gesehen hatte, erschreckte sie, dennoch fürchtete sie ihn nicht. »Wie kannst du Annuides angreifen!«

»Wie ich ihn angreifen kann?« Daith fuhr herum. Zorn glomm in seinen Augen. »Dieser Bastard hat mein Leben ruiniert! Das ist wohl Grund genug!«

»Was soll das heißen, er hat dein Leben ruiniert?«

Er gab keine Antwort. Seufzend streckte sie die Hand nach der Platzwunde an seiner Augenbraue aus. Er fuhr zurück und entzog sich ihrer Berührung. »Verschwinde!«

»Halt still! Lass mich das ansehen!« Dieses Mal ließ er sie gewähren.

Die Vision traf sie unvorbereitet. Die Bilder, die auf sie einstürzten, zwangen sie beinahe in die Knie. Sie sah Daith als fröhliches Kind, spielend und lachend, gemeinsam mit anderen Kindern. Dann veränderte sich das Bild, die Fröhlichkeit wich. Der junge Daith wurde von denselben Kindern, mit denen er eben noch gespielt hatte, verfolgt, gequält und verprügelt. Bilder von einer derartigen Gewalt – es schien ein Wunder, dass Daith noch lebte. Sie sah ihn, umringt von einer Horde Halbwüchsiger. Sie schlugen mit Knüppeln auf ihn ein und hörten auch nicht auf, als er längst am Boden lag. Ein älterer Junge zückte einen Dolch. Der Angriff traf Daith im Gesicht und verpasste ihm einen tiefen Schnitt quer über die Wange. Eine dunkelhaarige Frau drängte sich zwischen den Kindern hindurch. Sie schrie, sie sollten ihren Sohn in Ruhe lassen. Sie geriet ins Stolpern, gerade als der Junge seinen Dolch ein weiteres Mal auf Daith niedersausen ließ. Die Klinge, die für Daith bestimmt war, drang der Frau bist zum Heft in die Brust. Als sie zu Boden sank, ließ der Junge den Dolch fallen, die Miene vor Schrecken verzerrt. Die Kinder wichen zurück und rannten davon. Der Junge, der den Dolch geführt hatte, mit ihnen. Daith blieb allein mit seiner Mutter zurück. Langsam kämpfte er sich auf die Knie, das Gesicht zerschunden und blutüberströmt.

»Mutter?« Auf allen vieren kroch er zu ihr. Tränen mischten sich mit dem Blut auf seiner Wange. »Mutter!« Ein ersticktes Schluchzen entrang sich seiner Kehle. Er kniete vor ihr, hob sie vom Boden auf und bettete ihren Kopf in seinen Schoß. Ihr Blick war gen Himmel gerichtet, starr und leblos. Ein winziges Rinnsal Blut kam aus der Wunde und färbte das kostbare Gewand rot.

Von der Pein überwältigt riss Cait die Hand zurück. »Verzeih mir«, flüsterte sie atemlos. »Ich wollte dich nicht für Dinge verurteilen, über die ich nicht das Geringste weiß.«

Daith erwiderte ihren Blick starr. »Du hast etwas gesehen?«

»Ich ...« Sie war nicht in der Lage, ihr Entsetzen in Worte zu fassen. »Da war ... Ihr Götter, warum haben sie das getan?«

»Ich weiß nicht, wovon du sprichst«, sagte er kalt und wandte sich ab.

»Geh nicht!«

Er stieß das Portal auf und verschwand in der Nacht.

Daith konnte nicht fassen, was geschehen war. *Woher wusste Annuides davon?* Außer seiner Mutter, Myles und dem König hatte niemand davon gewusst. Aber es war nicht von Bedeutung, woher er es wusste. Dass er es wusste, war schlimm genug. *Ganz zu schweigen davon, dass er sein Wissen verbreitet hat.*

Mit weit ausgreifenden Schritten stapfte er am Rand der Klippen entlang. Die Gedanken in seinem Kopf überschlugen sich und drohten ihn mit sich zu reißen. Außer Atem hielt er schließlich inne und starrte aufs Meer hinaus, wo sich das Mondlicht glitzernd in den Wellen fing. Beinahe beneidete er Cait um den Verlust ihrer Erinnerungen. Er wünschte, ihr Vergessen wäre auf ihn übergegangen, nachdem sie ihr Gedächtnis zurückerhalten hatte. Er setzte sich auf einen Felsen und starrte in die Nacht. Es dauerte nicht lange, da vernahm er Schritte hinter sich. »Verschwinde«, sagte er ohne sich umzuwenden.

»Du weißt, dass ich das nicht tun werde.«

Er stieß ein unwirsches Knurren aus, als Cait sich neben ihn setzte. Sie sagte kein Wort, saß nur still da und blickte auf das Meer. Er fragte sich, wie sie es fertig brachte, derart stur zu sein. *Und furchtlos.* »Warum tust du das?«

»Was? Meine Nase in Dinge stecken, die mich nichts angehen? Oder meinst du, warum ich dir auf die Nerven falle?«

»Vermutlich beides.«

»Die Dinge, die ich gesehen habe ... Ich frage mich, was geschehen ist. Und ich dachte, falls du darüber sprechen möchtest ...« Sie zuckte die Schultern. »Falls nicht, ist es einfach eine schöne Nacht, um ein wenig frische Luft zu schnappen.«

Darüber sprechen? Bei allen Göttern, nein! Kindheit bedeutete die Erinnerung an Leid und Tod. Von der Wärme der frühen Tage war nichts geblieben. Da waren nur noch Dunkelheit und Einsamkeit. Eine Einsamkeit, die bloß Myles zu mildern vermocht hatte. Doch Myles war tot. Ebenso wie Aladar. *Und Mutter.* Myles' Tod zu sühnen war das Einzige, was ihn noch an diese Welt band. *Das, und Cait.*

»Es gab eine Zeit, in der das Leben gar nicht so übel war«, hörte er sich zu seinem eigenen Erstaunen sagen. »Damals lebte ich an König Drachmons Hof. Annuides und Liamar waren meine Freunde, ebenso wie Connor und viele andere. Das hat sich schlagartig geändert, als bekannt wurde, wer mein Vater war.« Er atmete durch. Der Augenblick war gekommen, ihr die Wahrheit zu sagen. *Dann wird auch sie sich voller Abscheu von mir abwenden.* »Mein Vater war Aedh Dungarvan, jener Mann, der vor vielen Jahren versucht hat, Drachmon um seinen Thron zu bringen und an seiner statt König zu werden.«

Ihre Miene zeigte keine Spur von Abscheu, nur Verständnislosigkeit. »Was haben seine Taten mit dir zu tun?«

»Ich bin sein Sohn«, sagte er, als würde das alles erklären. »Nach seinem Tod heiratete meine Mutter Myles. Obwohl sie vorgaben, ich sei ihr gemeinsamer Sohn, kam die Wahrheit Jahre später heraus. Und jetzt weiß ich auch, durch wen.« Er ballte die Hände zu Fäusten. »Von da an war nichts mehr wie früher. Ich habe mich durchgebissen und versucht mich nicht zu beklagen. Erst nach Mutters Tod erfuhr Myles …« *Durch welche Hölle ich gegangen bin.* »Um mich vor weiteren Übergriffen zu schützen, schickte er mich zu den Seáthrun. Ich hätte Gelehrter werden sollen, doch Aladar hat schnell erkannt, dass ich dazu ein zu großer Hitzkopf bin. Statt mich fortzuschicken nahm er mich unter seine Fittiche und ließ mich zum Krieger ausbilden. Den Rest kennst du.« Er machte eine kurze Pause. »War es das, was du hören wolltest?«

»Nein.«

Ihre Antwort überraschte ihn. »Was dann?«

»Die Dinge, die du ausgelassen hast.« Ihre Augen glitzerten wie zwei Saphire. »Daith, ich habe die Bilder gesehen. Du hattest nicht einfach nur Ärger mit ein paar Kindern. Was geschehen ist, ging weit darüber hinaus. Diese Jungen hätten dich umgebracht, wenn es ihnen gelungen wäre.«

Er wollte nicht weiter darüber sprechen. Die Erinnerung war schlimm genug. »Das ist lange her. Lass die Vergangenheit ruhen.«

»Kannst du das denn? Kannst *du* es vergessen?«

»Was willst du denn noch hören?«, brauste er auf. »Dass der Schatten meines toten Vaters mein Leben zerstört hat? Wie es ist, von einem Geist verfolgt zu werden?«

»Das wäre ein Anfang.«

»Also gut«, knurrte er unwirsch. »Vielleicht verstehst du dann endlich, warum ich bin, wie ich nun einmal bin.« Er hob einen Zweig vom Boden auf und stocherte damit im Erdreich. »Als Dungarvan versuchte Drachmon um seinen Thron zu betrügen, geschah das im Heiligen Hain der Könige. Niemandem ist es gestattet, dort Waffen zu tragen. Dort Blut zu vergießen ist der größte Frevel, der begangen werden kann. Dungarvan brach zwei eherne Gesetze. Er trug eine Waffe *und* richtete sie gegen Prinz Anajas. Es kam zum Kampf. Anajas siegte, Dungarvan starb durch seine eigene Klinge. Nach seinem Tod wurden seinen Erben alle Titel aberkannt. Sämtliche Ländereien fielen der Krone zu. Dieser Verlust ist zu verschmerzen, der Hass der Menschen hingegen ...« Niemals zuvor hatte er mehr darüber gesagt. Er würde es auch jetzt nicht tun.

Als sie bemerkte, dass er nicht vorhatte weiterzusprechen, legte sie ihm eine Hand auf den Arm. »Du weißt, dass ich keine Ruhe geben werde. Nicht, bis du mir endlich –«

»Du bist mit Abstand der größte Quälgeist, den ich kenne!«

»Eine lästige Kröte«, sagte sie lächelnd. »Ich weiß.«

Er musste sie nur ansehen um zu wissen, dass sie sein Schweigen nicht hinnehmen würde. »Es heißt, der Erbe Dungarvans würde niemals Frieden finden. Sein Schicksal sei es, in Einsamkeit zu leben, während er mit ansehen muss, wie jene, die er liebt, sterben. Nach Mutters Tod habe ich mich in jeden Kampf gestürzt, der sich mir bot. Ich *wollte* sterben. Die Götter jedoch wollten, dass meine Kampfkunst der meiner Gegner standhielt. Es gab keinen Kampf, den ich nicht gewonnen hätte. Die Leute sagen, das sei der Fluch meines Namens. Ich werde diese Welt nicht verlassen, ehe nicht auch der letzte Mensch, der mir etwas bedeutet, tot ist. Und mit mir wird das Geschlecht derer von Dungarvan aussterben.«

»Und das glaubst du?«

»Meine Mutter ist tot, ebenso Myles und Aladar.«

»Bei allen Göttern, Daith! Was deiner Mutter widerfahren ist, war ein Unfall, nicht der Fluch eines toten Vaters, den du nicht einmal kanntest!«

»Ich weiß, dass es keinen Fluch gibt!«, fuhr er sie an. »Das ändert nichts daran, dass die Menschen, die ich liebe, sterben. Also ...«

»... hast du aufgehört zu lieben«, vollendete sie seinen Satz. Er nickte stumm. Sie betrachtete ihn missbilligend. »Du machst es dir wirklich leicht.«

Das waren nicht gerade die Worte, mit denen er gerechnet hatte. »Was?«

»Es ist ziemlich bequem, sich einzureden, alle in deiner Nähe wären in Gefahr, nicht wahr?« Er wollte protestieren, doch sie ließ ihn nicht zu Wort kommen. »So musst du dich zumindest nicht damit auseinander setzen, was um dich herum geschieht. Auf diese Weise kann niemand von dir verlangen, dass du dich für die Belange anderer interessierst. Immerhin könnte ihnen ja etwas zustoßen, wenn du dich wirklich auf sie einlassen würdest.«

Eine Mischung aus Zorn und Hilflosigkeit erfasste ihn. Sie hatte ihn in eine Art von Unterhaltung gedrängt, die zu führen er nicht gewohnt war. »Wie kannst du es wagen, über mich zu urteilen? Du hast nicht die geringste Ahnung, wie es ist, damit zu leben! Du weißt nicht, was es bedeutet, zu sehen, wie die Menschen um dich herum sterben, während du ein ums andere Mal überlebst! Du weißt nichts!«

»Dann erkläre es mir.«

»Was glaubst du, wie es für mich war, zu sehen, wie meine Mutter starb? Sie hat doch nur versucht mich zu schützen!« Er hätte jetzt nicht mehr schweigen können, selbst wenn sein Leben davon abgehangen hätte. »Ich musste wie ein erbärmlicher Feigling zu den Seáthrun fliehen, weil es mir nicht möglich war, mich auf andere Weise vor den Übergriffen zu schützen.« Er hatte nie gelernt mit Worten umzugehen. Dafür war keine Zeit geblieben. Er hatte gelernt schneller zuzuschlagen als alle anderen. Deshalb war er noch am Leben. Und deshalb fiel es ihm jetzt so schwer, darüber zu sprechen. Im Laufe der Jahre hatte er alles verloren, was ihm je etwas bedeutet hatte: Familie, Freunde, seinen Platz im Leben. Er hatte sich mehr und mehr zurückgezogen und nur für seine Pflicht gelebt. Er hatte vergessen, wie es war, Freunde zu haben, ebenso wie er vergessen hatte, wie es sich anfühlte, etwas anderes als Hass und Wut zu empfinden. Die letzten Tage und Wochen hatten ihm eine neue, beängstigende Welt eröffnet. Eine Welt, in der andere Menschen plötzlich eine Rolle spielten. Menschen, deren Wohlergehen ihm am Herzen lag. »Was glaubst du, wie das ist? Von einem Tag auf den anderen wenden sich deine Freunde gegen dich! Und plötzlich bist du eine Gefahr für alle Menschen, die sich in deiner Nähe aufhalten. Es ist ...« Die Erinnerung, die er all die Jahre tief in seinem Herzen verschlossen gehalten hatte, überflutete ihn mit überraschender Kraft. Seine Stimme brach. Er spürte Tränen in sich aufsteigen. Hastig wandte er den Kopf ab.

»Sieh mich an«, bat sie ruhig. »Bitte schließ mich jetzt

nicht aus.« Zögernd kam er ihrer Bitte nach. Ihre Züge verschwammen unter dem Tränenschleier, der sich über seine Augen legte. Sie streckte eine Hand aus und wischte die Tränen von seinen Wangen. »Es ist in Ordnung.« Ihre Worte waren wie eine Zuflucht, warm und freundlich.

»Ich konnte sie nicht retten, Cait. Keinen von ihnen«, brach es aus ihm hervor. Seine Stimme war dünn und unsicher. Das Leben, das er führte, bewahrte ihn vor allem Schmerz. Das hatte er zumindest bisher angenommen. Erst ihre Nähe machte ihm bewusst, dass kein Verlust der Welt die Qual übertreffen konnte, die die Einsamkeit Tag für Tag mit sich brachte. Eine Einsamkeit, die er sich selbst auferlegt hatte.

»Es ist schwer, mit der Schande zu leben, die mein Name mit sich bringt«, sagte er, als er seine Stimme wieder unter Kontrolle hatte. Selbst nach all den Jahren war es schwer, zu verkraften, dass er sein Leben einzig der Gnade des Königs verdankte. Ein anderer als König Drachmon hätte nach Dungarvans Verrat dessen gesamte Sippe ausmerzen lassen. Indem er Daith und seine Mutter am Leben ließ, bewies der König, dass er ein gerechter Mann war. Und so nannte ihn auch das Volk – Drachmon der Gerechte.

»Connor und Liamar scheinen deine Herkunft nicht für eine Schande zu halten. Ebenso wenig wie ich. Es ist mir gleich, wer dein Vater war. Es sind *deine* Taten, die zählen, nicht die eines Toten. Warum lässt du den Menschen nicht die Wahl, ob sie deine Freunde sein möchten, statt sie von dir zu stoßen?«

»Weil ich eine Gefahr für jeden in meiner Nähe bin!«

Warum konnte sie das nicht begreifen? »Einmal war Connor bei mir, als sie über mich herfielen. Sie haben keinen Unterschied zwischen ihm und mir gemacht. Sie sind auf uns losgegangen, als gäbe es nur einen Weg, diesen Kampf zu beenden – mit unserem Tod. Wäre nicht zufällig ein Soldat des Weges gekommen und hätte sie zurückgepfiffen ... Verstehst du denn nicht? Ich habe Angst, dass jemandem meinetwegen etwas zustößt – wie meiner Mutter.«

»Denkst du nicht, dass die Menschen im Stande sind, selbst zu entscheiden, wie viel Risiko sie bereit sind einzugehen?« Sie neigte den Kopf. »Es ist deine Furcht, die dich gefangen hält. Leg sie ab und du wirst sehen, alles hängt davon ab, was du selbst glaubst und wie du die Welt siehst.«

Wie ich die Welt sehe? Wie konnte dieses Mädchen, das bereits so viel Schreckliches erlebt hatte, noch immer voller Hoffnung in die Welt blicken, während er alle Zuversicht verloren hatte?

»Du hast Freunde, Daith. Du musst nur die Augen aufmachen, um es zu erkennen.«

Sie hatte Recht. All die Jahre, in denen er geglaubt hatte allein zu sein, hatte er sich geirrt. Connor war immer da gewesen. Weder der angebliche Fluch noch ein aufgebrachter Mob hatten ihm etwas anhaben können. Es waren Feigheit und eine gehörige Portion Selbstmitleid, die ihn veranlasst hatten, sich seiner Todessehnsucht hinzugeben. Er hatte den Weg gewählt, der ihm am einfachsten erschienen war und der sich später als umso steiniger erwiesen hatte. Er fühlte, wie die Anspannung langsam von ihm abfiel. »Ich habe so viele Jahre verschwendet, meinem eigenen Tod hinterherzujagen. Ich dachte, die Götter würden mich so sehr hassen, dass sie mir selbst diesen letzten Frieden verwehrten.« *Stattdessen haben sie mir das größte aller Geschenke gemacht, als sie dich in mein Leben treten ließen.* Er sah ihr in die Augen. Ein unerwartetes Geständnis fand den Weg auf seine Lippen. »Ich will leben, Cait.«

»Das wirst du.«

Lange Zeit saßen sie schweigend nebeneinander. Es war kein unangenehmes Schweigen. Daith wusste, dass er Zeit benötigen würde, seinem gewohnten Leben den Rücken zu kehren und von vorne zu beginnen. *Vielleicht in einer anderen Stadt oder einem anderen Land.* Irgendwo, wo ihn niemand kannte. Vor ihm lag ein Leben, das unzählige Möglichkeiten bereithielt, das begriff er jetzt. Sein Blick kehrte zu Cait zurück. Es gab so vieles, das er ihr sagen wollte. Im Augenblick begnügte er sich mit ihrer Nähe.

Während er sie betrachtete, drängte sich die Erinnerung in sein Gedächtnis. *Die Zauberin.* Er sah auf. »Warum hat Racielle dich angegriffen?«

Sie erwiderte seinen Blick erstaunt. »Das weißt du nicht?«

»Ich würde wohl kaum fragen.« Ihre Hilfeschreie hatten ihn aus dem Schlaf schrecken lassen. Er hatte Connor wachgetreten und war die Treppen hinabgestürmt. Schon im Durchgang hatte er die Zauberin erblickt – und den Feuerball. Cait hatte auf dem Boden gelegen. Wehrlos. Da hatte er seinen Dolch gezückt.

»Du hast sie einfach auf mein Wort hin getötet?«

»*Einfach* auf dein Wort hin?«, wiederholte er. »Du hast

um Hilfe geschrien. Was hast du erwartet, was ich tun würde? Fragen stellen?«

»Du hast ihn nicht gesehen, nicht wahr?«

»Wen?«

»Den Arsilah. Racielle hat ihn beschworen.«

»Bist du sicher?« Ein eisiger Schauer kroch über sein Rückgrat. »Natürlich bist du das. Ich bin ein elender Narr! Ich war so sehr mit mir selbst beschäftigt, dass ich nicht einmal auf den Gedanken gekommen bin, dich zu fragen, wie es dir geht. Bist du verletzt?«

»Sie hat mich gegen die Wand geschleudert. Ich fürchte, mein Rücken wird bald in den prächtigsten Farben schillern.«

»Lass mich deinen Rücken ansehen. Nur um sicher zu –«

»Nein!« Sie sprang auf. »Ich werde sehen, ob Annuides sich inzwischen beruhigt hat.« Ehe er etwas erwidern konnte, war sie in der Dunkelheit verschwunden.

Sie fand Annuides in der Eingangshalle. Er saß auf der untersten Treppenstufe und wischte sich mit einem Tuch das Blut aus dem Gesicht.

Als er sie erblickte, sprang er auf. »Wo bist du gewesen?« Er sah ihr in die Augen. »Du warst bei *ihm*. Bei allen Göttern, bist du noch bei Trost? Hast du nicht gesehen, wozu er fähig ist? Was muss noch geschehen, damit du endlich begreifst, wie gefährlich dieser Mann ist?«

»Du kannst froh sein, dass er dich nicht umgebracht hat.« Sie konnte Daith' Hass verstehen – all die Dinge, die ihm widerfahren waren, nachdem das Geheimnis seiner Abstammung gelüftet war. Es gelang ihr noch immer nicht, die Bilder der Vision aus ihren Gedanken zu verdrängen. Sie hatten sich dort ebenso festgesetzt wie der Anblick seiner Tränen.

»Cait, er ist gefährlich.« Annuides legte ihr eine Hand auf den Arm. »Statt ihn zu meiden, wie ich dir geraten habe, läufst du ihm hinterher! Muss er dir erst etwas antun, damit du mir Glauben schenkst?«

»Hör auf!« Sie schüttelte seine Hand ab. »Was für ein Mensch wäre aus dir geworden, wenn sich deine Freunde von einem Tag auf den anderen gegen dich gewandt hätten? Versucht hätten dich umzubringen! Was hättest du getan, wenn du mit angesehen hättest, wie deine Mutter bei einem dieser Übergriffe getötet wurde?« Sie schrie beinahe. »Was für ein Mensch wäre aus dir geworden? Sag es mir!«

Annuides hielt ihrem Blick mit nahezu ausdrucksloser Miene stand. Sie kannte ihn gut genug um zu wissen, dass dies das Gesicht war, das er zu machen pflegte, wenn ihn etwas quälte. Langsam legte sich ihr Zorn. Annuides war kein schlechter Mensch. Sie wusste, dass er einem anderen niemals grundlos derart übel mitspielen würde. »Was ist damals geschehen, Annuides? Warum hast du das getan?«

»Glaube mir, ich hatte meine Gründe.« Er schüttelte den Kopf. »Das geht nur mich etwas an.«

»Dann erwarte nicht, dass ich dich verstehe.« Sie drängte sich an ihm vorbei und ging nach oben in ihre Kammer.

Es war bereits hell, als sie – von Rückenschmerzen geplagt – erwachte. Sie biss die Zähne zusammen und setzte sich auf. Sie war allein. Umständlich erhob sie sich, schlüpfte in ihre Stiefel und verließ die Kammer.

»Ich glaube, er hat den Verstand verloren!«, vernahm sie Connors Stimme von unten. Sie stieg die Stufen hinab und durchquerte die Halle.

»Womöglich hat ihn ein Schlag zu hart am Kopf getroffen«, hörte sie Liamar sagen.

Als sie den Raum betrat, standen Connor und Liamar vor dem Fenster und blickten hinaus. »Was ist los?«

Connor wandte sich um. »Daith. Er ist übergeschnappt.«

»Übergeschnappt?«, rief sie erschrocken. Er hatte ihr vergangene Nacht eine völlig neue Seite gezeigt. Was, wenn er nicht damit zurechtkam? »Hat er Annuides noch mal angegriffen?«

Connor schüttelte den Kopf. »Er sitzt draußen, poliert seine Waffen und pfeift.« Er sah sie an. »Er *pfeift*, Cait. Kannst du dir das vorstellen?«

»Du meine Güte, Conn! Seit ich dich kenne, beklagst du dich, wie grimmig er ist. Und kaum pfeift er ein Lied, hältst du ihn für verrückt.«

»Wir sprechen von Daith! Daith pfeift nicht. Daith brüllt, schimpft und flucht.«

»Manche Dinge ändern sich.« Sie ignorierte die verständnislosen Blicke der anderen. »Was ist mit Annuides?«

»Ich habe noch einmal mit ihm gesprochen. Er wird sich zurückhalten«, sagte Liamar. »Ich glaube, er hat eingesehen, dass seine Feindschaft mit Daith keine Rolle spielen darf. Er hat begriffen, ein Waffenstillstand ist dringend notwendig, wenn es uns gelingen soll, das Weltentor zu zerstören. Ich hoffe nur, Daith sieht das ähnlich.«

»Ich glaube, er hat sich genug ausgetobt.«

Connor betrachtete sie aufmerksam. »Ich wüsste wirklich zu gerne, worüber ihr geredet habt. Das letzte Mal, als ich Daith ähnlich wütend erlebt habe, war er tagelang nicht ansprechbar.« Er hob die Hand und deutete in Richtung Hof. »Ihn pfeifend und bester Laune zu sehen war nicht das, was ich heute Morgen erwartet hatte. Nicht dass ich es *jemals* erwartet hätte.«

»Selbst für dich hält das Leben manchmal Überraschungen bereit.«

14

Schwer und drückend lag die Hitze über dem Land. Cait kauerte auf dem Boden und spähte durch das dichte Blattwerk einiger Büsche hindurch. Nach sieben Tagen Marsch, quer durch den Dschungel gen Osten, waren sie endlich am Ziel. Was Annuides bei ihrer ersten Begegnung als Gebirge bezeichnet hatte war kaum mehr als eine Kette schroffer grauer Hügel. Unmittelbar vor ihnen endete die dichte Vegetation. Dahinter führte ein steil ansteigender Pfad auf ein ausladendes Felsplateau. Zu ihrer Rechten erhoben sich einige zackige graue Gipfel, kaum hoch genug, dass sie die Bezeichnung Berg verdienten.

Links von ihnen erstreckte sich ein Tal, von dem lediglich die ersten Ausläufer zu erkennen waren. Dort lag der Haupteingang zu den Höhlen, die unter dem Plateau in die Tiefen des Berges führten. Sklaven schleppten Felsbrocken vom Höhleneingang fort. Unter ihrer schweren Last gebeugt schlurften sie dahin. Einige sichtlich entkräftet und kaum in der Lage, sich auf den Beinen zu halten. Blutige Striemen zogen sich über ihre nackten Oberkörper und mischten sich mit Schweiß. Cait erhaschte einen Blick auf die Wächter. Männer, die ihre Peitschen gnadenlos auf jeden niedersausen ließen, der nicht mit dem Tross Schritt halten konnte. Wenngleich das Knallen der Peitsche nicht bis zu ihr drang, glaubte sie dennoch das Geräusch zu hören. Ein Geräusch, das sie nur zu gut kannte – und fürchtete. Sie fuhr erschrocken zusammen, als Daith ihr eine Hand auf die Schulter legte und ihr bedeutete ihm zu folgen. Sie zogen sich tiefer in die Schatten zurück, wo die anderen warteten.

Connor sah von einem zum anderen. Schließlich blieb sein Blick an Annuides hängen. »Du kennst dich hier aus. Was schlägst du vor? Wie sollen wir vorgehen?«

Annuides hob einen Zweig auf, ging in die Hocke und begann eine Karte der Umgebung in den Erdboden zu ritzen. »Wir sind hier.« Er deutete mit dem Stecken auf eine Stelle, die er mit einem kleinen Kreuz markierte. Langsam ließ er den Zweig weiterwandern, untermauerte seine Beschreibungen, indem er auf die entsprechenden Stellen seiner Karte deutete. »Dort befindet sich der Eingang zu den Höhlen. Es würde uns niemals gelingen, an den Wachen vorbeikommen.« Der Stecken wanderte weiter über den Boden. »Sklavenpferche. Pferdekoppel.« Er bohrte den Zweig in eine Stelle, an der sich in seiner

Karte das Hochplateau befand. »Hier ist die Felsspalte, durch die ich in die Höhlen gelangt bin.«

Connor runzelte die Stirn. »Werden sie uns vom Lager aus entdecken, falls sie zufällig nach oben sehen?«

»Unwahrscheinlich. Die Spalte ist weit genug vom Rand entfernt, um uns vor neugierigen Blicken zu schützen.« Er sah in die Runde. »Es gibt allerdings Wachen, die in regelmäßigen Abständen hier oben patrouillieren.«

»Deckung?«, fragte Daith ohne von der Karte aufzusehen.

»Ein paar einzelne Felsen.«

Connor sah zu Daith. »Was schlägst du vor?«

Daith schüttelte den Kopf. »Das ist nicht meine Schlacht.«

Annuides hob den Kopf. »Du bist der Stratege. Wie würdest du vorgehen?« Es fiel ihm sichtlich nicht leicht, seinen Stolz hinunterzuschlucken und Daith um Rat zu fragen. Dass er es dennoch tat, rechnete Cait ihm hoch an.

Daith betrachtete die Karte. »Ein Ablenkungsmanöver.« Er zog den Stecken aus dem Boden und tippte mit der Spitze auf die Stelle, an der Annuides die Sklavenpferche markiert hatte. »Hier. Etwas, das eine Menge Unruhe stiftet und so viele Wachen wie möglich aus den Höhlen lockt.«

»Das übernehme ich«, meldete sich Connor zu Wort. »Ich werde die Pferche öffnen und Sklaven und Pferde freilassen.« Er grinste. »Wenn es darum geht, Unruhe zu stiften, war ich noch nie um einen Einfall verlegen.«

»Du musst das Lager umrunden und von der anderen Seite her zuschlagen. Dort bist du näher an den Pferchen.« Daith klang ruhig und gelassen, doch Cait musste ihm nur in die Augen sehen um zu erkennen, wie wenig ihm gefiel, was er Connor auftrug. *Er weiß um die Gefahr, in die er ihn schickt. Und er weiß, dass er dort unten auf sich allein gestellt sein wird.*

Connor richtete sich auf. »Es wird eine Weile dauern, bis ich das Lager umrundet habe. Ich mache mich lieber sofort auf den Weg.«

Daith schlug ihm auf die Schulter. »Wir treffen uns am Fluss, bei der Höhle.« Dort hatten sie vergangene Nacht ihr Lager aufgeschlagen.

Connor bleckte die Zähne zu einem Grinsen. »Ich werde auf euch warten. Weckt mich nicht, wenn ihr spät kommt.« Er hob die Hand zum Gruß, machte kehrt und verschwand in den Schatten.

»Viel Glück«, murmelte Cait.

»Er ist ein zäher Bursche«, vernahm sie Daith' Stimme neben sich. »Mach dir keine Sorgen.«

»Natürlich.« Sie straffte die Schultern. »Was machen wir?«

»*Du* gar nichts.« Obwohl er mit gedämpfter Stimme sprach, waren seine Worte eindringlich. »Du wartest hier auf uns.«

»Kommt nicht in Frage!«

»Cait!« Daith drehte sie zu sich herum, legte ihr die Hände auf die Schultern und sah ihr in die Augen. »Ich möchte, dass du ein einziges Mal auf mich hörst. Ich will dich nicht in Gefahr wissen.«

»Bist du fertig?«

»Das kommt ganz darauf an. Wirst du tun, was ich von dir verlange?«

»Nein.«

»Dann bin ich noch nicht fertig. Ich –«

»Sei still und hör mir zu!« Ihre Worte ließen ihn verstummen. »Ist es wichtig, dass das Weltentor zerstört wird? Müssen wir alles daransetzen, damit unser Unterfangen Erfolg hat?« Sie wartete nicht auf seine Antwort. Sie kannte sie bereits. »Du wirst meine Hilfe ebenso brauchen wie die der anderen. Hier geht es nicht darum, mich irgendwo in Sicherheit zu wissen. Es geht darum, unsere Chance auf ein Gelingen zu erhöhen.«

Daith wollte ihr widersprechen. Er konnte es nicht. *Er weiß, dass ich Recht habe. Auch wenn es ihm nicht gefällt.*

»Also gut, du wirst uns begleiten.« Er hob warnend den Zeigefinger vor ihrem Gesicht. »Aber du spielst nach meinen Regeln. Bleib hinter mir und halte dich aus Kämpfen raus. Wenn ich dir eine Anweisung gebe, wirst du sie befolgen. Ist das klar?« Sie nickte. »Versprich es mir.«

»Versprochen.«

Staub wirbelte auf, als Annuides auf die Beine sprang. »Das ist nicht dein Ernst, Landévennec! Du kannst sie nicht mitnehmen!«

»Ach?« In einem Anflug von Ironie hob Daith die Brauen. »Und was soll ich deiner Meinung nach tun? Sie an einen Baum fesseln, damit sie uns nicht folgen kann? Denn genau das würde sie tun.« Er wandte den Kopf und sah sie an. »Oder?«

Sie fühlte sich ertappt. »Würde ich wohl«, gestand sie ein wenig kleinlaut.

»Cait, bei allen Göttern!«, rief Annuides verzweifelt. »Was kann ich tun, um dich zu überzeugen hier zu bleiben?«

»Zeig mir das vernichtete Weltentor und die Leiche des Arsilah und ich bleibe hier.« Sie schüttelte den Kopf. »Wir sind gemeinsam bis hierher gekommen. Wir werden den Weg auch gemeinsam weitergehen. Bis zum Ende.«

Annuides fluchte. »Wir hätten Hilfe suchen sollen.«

»Wir haben das in den letzten Tagen unzählige Male besprochen«, mischte sich Liamar ein. »Uns bleibt keine Zeit. Cait hat selbst gehört, wie der Arsilah sagte, dass das Tor beinahe fertig sei.«

»Das weiß ich selbst«, knurrte Annuides. »Deswegen muss es mir nicht gefallen, oder?«

Daith trat nahe an sie heran. Er neigte den Kopf, bis er dem ihren ganz nahe war. »Wenn du dein Versprechen brichst«, sagte er leise, »werde ich dich übers Knie legen. Vergiss das nicht.« Sie sah ihm in die Augen. Was sie darin entdeckte, ging weit über bloße Sorge hinaus. Unwillkürlich wich sie einen Schritt zurück. Sie glaubte seinem Blick nicht länger standhalten zu können. Noch weniger ertrug sie die Enttäuschung, die sich darin zeigte, nachdem sie vor ihm zurückgewichen war. Hastig wandte sie sich ab.

Annuides betrachtete sie aus zusammengekniffenen Augen. Es war nicht zu übersehen, wie wenig ihm ihr Handel mit Daith gefiel. Schweigend wartete er, bis Liamar und Daith zu ihnen stießen. »In der Nähe der Wand gibt es ein paar Felsen«, erklärte er dann. »Sie bieten etwas Deckung.«

Daith nickte. »Wir gehen nacheinander. Schnell und leise. Annuides zuerst, danach Liamar und Cait. Ich halte euch den Rücken frei.«

Annuides überprüfte noch einmal den Sitz seiner Waffen, dann trat er an Daith vorbei. Im Vorübergehen blieb er vor Cait stehen. »Du ...« Seufzend schüttelte er den Kopf. »Sei vorsichtig.« Er küsste sie auf die Stirn und tauchte in das Gewirr von Unterholz und Bäumen ein, das die letzten Ausläufer des Dschungels vom Felsplateau trennte. Geduckt huschte er am Rande der Felswand entlang, bis er plötzlich hinter ein paar Felsen abtauchte. Liamar folgte ihm.

»Du kannst noch immer hier bleiben«, vernahm sie Daith' leise Stimme neben sich. Einmal mehr lag dieser merkwürdige Ausdruck in seinen Augen. Ein Ausdruck, den sie nicht zu deuten wagte und der zugleich der Grund war, warum sie ihm seit Tagen aus dem Weg ging. Sie fürchtete sich vor den Gefühlen, die sie immer dann verspürte, wenn er in ihrer Nähe war. Trügerische Empfindungen, die sie zu Tagträumen verleiteten. Tagträumen, die zwangsläufig an der Wirklichkeit zerbrechen mussten. *Männer mögen keine Monster.*

Seit er ihr seine Seele offenbart hatte, war nichts mehr wie vorher. Manchmal sah sie auf und stellte fest, dass er sie beobachtete. Wenn sie dann seinem Blick begegnete, lächelte er. Sie konnte mit seinem Zorn und seiner Streitlust umgehen. Seine Freundlichkeit verunsicherte sie. Mehr als einmal hatte sie einen Streit vom Zaun gebrochen, nur um seinem Lächeln nicht länger ausgeliefert zu sein. Mit einem letzten Blick zu Daith setzte sie sich in Bewegung.

Sie hatte etwa die Hälfte des Weges hinter sich, als ein Geräusch sie aufhorchen ließ. Um ein Haar hätte sie mitten im Schritt innegehalten, als sie den Reiter entdeckte, der sein Pferd den gewundenen Pfad zum Plateau hinauftrieb. Er hatte das Gesicht dem Lager zugewandt, sodass er sie nicht sah. Hastig duckte sie sich in den Schatten eines Felsens. Ihre Augen schweiften zurück zu den Bäumen, wanderten über Sträucher und Büsche, bis sie Daith entdeckte. Seine Blicke zuckten zwischen ihr und dem Reiter hin und her.

Während sie hoffte, er möge vernünftig genug sein sich verborgen zu halten, erreichte der Reiter das Plateau. Er wuchs langsam über die Felskante. Erst der Kopf, dann Schultern und Rumpf. Schließlich der restliche Körper, verschmolzen mit dem Sattel. Trotz der Hitze trug er Helm und Kettenhemd. Unter dem Visier war kaum etwas von seinem Gesicht zu erkennen. Einzig ein Paar dunkler Augen schimmerte im Schatten des Gesichtsschutzes, wachsam und rege. An seiner Seite hing ein einfaches Schwert. Eine Armbrust und eine Peitsche waren am Sattel befestigt. Ein kurzes Blitzen hinter ihm zog ihre Aufmerksamkeit auf sich. Daith hatte sein Schwert gezogen. Für einen Augenblick fing sich das Sonnenlicht in der Klinge. *Spiel jetzt nicht den Helden, Daith.* Zu ihrer Erleichterung rührte er sich nicht vom Fleck. Noch nicht. Sie legte eine Hand auf den Felsen vor sich. Langsam tastete sie sich daran entlang, tiefer in die Schatten hinein.

Mit pochendem Herzen beobachtete sie, wie der Reiter näher kam. Sie sah den Staub, der die Spitzen seiner schwarzen Stiefel mit einer mattgrauen Schicht bedeckte. Sie hörte das leise Schnauben des Pferdes und das Klirren des Zaumzeugs. Helm und Kettenhemd glänzten im Sonnenlicht und blendeten sie so sehr, dass sie die Augen zusammenkneifen musste. Seine Aufmerksamkeit galt der Spalte im Boden, in der Liamar und Annuides verschwunden waren. Er glitt aus dem Sattel und ging darauf zu.

Wenn er nach unten sieht ... Das muss ich verhindern. Ohne ihn aus den Augen zu lassen tasteten ihre Finger über den Boden und blieben an einem Stein hängen, groß wie eine Faust. Sie griff danach. Annuides und Liamar waren weit gekommen. Sie konnte nicht zulassen, dass sie jetzt aufgegriffen wurden. Ihre Finger schlossen sich fester um den Stein. Die spitzen Kanten bohrten sich in ihre Handfläche. *Dafür wird Daith mich nicht nur übers Knie legen.* Sie unterdrückte den Impuls, zu ihm zu blicken, und konzentrierte sich auf die Wache. Der Mann war bei der Felsspalte angelangt. Sie zielte. Als er sich nach vorn beugte, um in die Spalte zu blicken, holte sie aus und warf.

Der Stein prallte mit einem dumpfen Laut unterhalb der Schulter gegen die Kettenrüstung. Er fuhr herum. Cait sprang hinter dem Felsen hervor und spurtete los, auf das andere Ende des Plateaus zu. Sie hörte das Klirren von Rüstung und Zaumzeug, als er sich in den Sattel schwang, dann das Klappern der Pferdehufe. Sie rannte wie niemals zuvor in ihrem Leben. Sie wusste, dass sie verloren war, wenn es ihr nicht gelang, ihn zwischen den Felsen abzuschütteln. Sie fand einen schmalen Durchlass zu ihrer Rechten. Dahinter wand sich ein Pfad zwischen den zerklüfteten Felswänden hindurch. Im vollen Lauf setzte sie über Hindernisse hinweg. Immer wieder schrammte sie mit einer Schulter oder einem Arm an den Felsen entlang. Ein spitzer Vorsprung riss ihr das

Hemd am Ärmel auf. Hin und wieder sah sie sich nach ihrem Verfolger um. Er hatte Schwierigkeiten, ihr mit seinem Pferd über den unebenen Pfad zu folgen. Er fiel zurück. Sie rannte, bis ihre Lungen brannten und ihre Beine schwer wurden. Immer wieder geriet sie aus dem Tritt.

Der Pfad teilte sich. Ohne nachzudenken wandte sie sich nach rechts. Sie geriet ins Straucheln, als sich ein Stein unter ihren Füßen löste, und fing ihren Sturz mit den Händen ab. Spitze Steine bohrten sich in ihre Handflächen. Sie zwang sich den brennenden Schmerz zu ignorieren, sprang auf die Beine und rannte weiter. Von irgendwo hinter den Felsen vernahm sie das Klappern der Hufe und das Schnauben des nervösen Pferdes. Ihr Verfolger war weiter zurückgefallen. Doch er war noch immer hinter ihr. Mehr und mehr rückten die Felswände nach außen, öffneten sich zu einem zerklüfteten Tal.

Ihr war bewusst, dass sie die offene Fläche hinter sich lassen musste, ehe der Reiter sie einholen konnte. Nur allzu deutlich erinnerte sie sich an die Armbrust an seinem Sattel. Ihr Blick blieb an einer schmalen Felsspalte hängen. *Zu schmal für ein Pferd.* Sie hielt darauf zu und zwängte sich hindurch. Dahinter tat sich erneut ein Pfad auf. Sie musste langsamer laufen, um nicht ständig mit Schultern und Armen gegen die Felsen zu prallen. Ihre Lungen brannten und ihr Herz schlug so heftig, dass sie glaubte, es würde in ihrer Brust zerspringen. Nach einiger Zeit verbreiterte sich der Pfad. Ihre Blicke wanderten nach vorne. Stein, so weit das Auge reichte. Ein Labyrinth aus Felsen.

Sie geriet ins Straucheln. Die Felsen verschwammen

zu einer undurchdringlichen grauen Wand. Die Erschöpfung erzeugte Übelkeit in ihr. Um Atem ringend blieb sie stehen, ließ sich mit dem Rücken gegen eine Felswand sinken und schloss die Augen. Ihre Beine zitterten vor Anstrengung. Ihr war so heiß, dass sie glaubte vor Hitze zu vergehen.

Ein Geräusch schreckte sie auf und veranlasste sie die Augen zu öffnen. Die Welt schwankte. Sie rechnete damit, ihren Verfolger zu erblicken oder eine weitere Wache, die ihr zwischen die Felsen gefolgt war. Stattdessen traf ihr Blick auf Daith. Er stand nicht einmal zwanzig Meter von ihr entfernt in einem schmalen Durchgang und winkte sie zu sich. Zunächst langsam, dann etwas schneller taumelte sie auf ihn zu. Er kam ihr entgegen und nahm sie beim Arm. Vor einer Felswand hielt er inne. »Ducken.« Er legte eine Hand auf ihren Hinterkopf und drückte sie nach unten.

Blinzelnd spähte sie auf die Wand. Hätte er sie nicht auf die Spalte zugeführt, sie hätte den schmalen, niedrigen Durchgang, der sich dort hinter den Felsen verbarg, niemals entdeckt. Ein gutes Versteck. Und sicher. *Götter, lasst es sicher sein!* Ein scharfer Knick nach links, dann wurde es abrupt dunkel. Die Finsternis löschte ihre Angst vor dem Verfolger aus. Da waren nur noch die Dunkelheit und eine neue, ungleich schrecklichere Angst. Daith' Finger klammerten sich um ihr Handgelenk. Doch in der Schwärze war es nicht länger Daith' Griff. Sie glaubte die kalten Eisenketten zu spüren, die Croghåns Schergen um ihre Gelenke gelegt hatten. *Croghån.* Die Erinnerung an ihre Gefangenschaft drängte sich mit Macht in ihren Verstand und brachte jeden Funken

Vernunft zum Ersticken. Sie begann zu zittern. Sie war wieder in Croghåns Zelle gefangen und wartete auf den Tod oder darauf, endgültig verrückt zu werden. »Nein!«, keuchte sie.

Es gelang ihr nicht länger, die Panik niederzuringen. *Dunkel. Es ist so dunkel.* Die Wände schienen auf sie einzustürzen. Sie konnte sie nicht sehen, doch sie glaubte zu fühlen, wie sie sich näher schoben. Plötzlich fehlte ihr die Luft zum Atmen. Ihr Atem beschleunigte sich. Das Zittern wurde stärker. Ein leises Wimmern kroch über ihre Lippen. Arme schlangen sich um ihren Oberkörper, hinderten sie an der Flucht. Ein Dröhnen erfüllte ihren Kopf. Es dauerte eine Weile, bis sie begriff, dass es sich um geflüsterte Worte handelte. Daith sprach zu ihr, sein Mund dicht an ihrem Ohr. Sein Atem strich über ihren Hals. »Beruhige dich.« Ein gequältes Stöhnen entrang sich ihrer Kehle. »Schschsch. Alles ist gut. Beruhige dich.«

»Ich kann nicht.« Obwohl sie leise sprach, klang ihre Stimme in ihren eigenen Ohren schrill und hoch. »Ich kann einfach nicht!« *Ich muss hier raus.* Sie wehrte sich gegen seinen Griff.

Er gab sie nicht frei. »Ich bin bei dir. Dir geschieht nichts, Cait. Versprochen.«

Mit einem unterdrückten Seufzer lehnte sie sich gegen seine Brust. Daith ließ sich auf dem Boden nieder und zog sie mit sich nach unten. Er hielt sie im Arm und strich ihr übers Haar. »Denkst du, dass dieses Galyan wirklich existiert?«, vernahm sie nach einer Weile seine ungewohnt sanfte Stimme.

An jenem Abend, als sie die Geschichte von Alasdair

MacKenzie und seiner Suche nach Galyan erzählt hatte, hatte sie nicht den Eindruck gehabt, dass es ihn interessierte. Sie erinnerte sich, wie ruppig er auf die Frage nach seinem Galyan reagiert hatte. Dass er sie jetzt danach fragte, erstaunte sie. *Er will mich nur ablenken.* »Ja«, sagte sie leise. »Ich glaube fest daran.«

»Was ist mit mir?«

»Mit dir?« Sie begann allmählich ihre Angst zu vergessen.

»Gibt es auch für mich ein Galyan?«

»Ist das denn wichtig für dich?«

»Es wäre irgendwie ... tröstlich.«

Es war das erste Mal, dass er eingestand sich Frieden und Glück zu wünschen. »Wenn du deine Augen und dein Herz nicht vor der Welt verschließt, wirst auch du eines Tages deinen Ort des Friedens finden.«

Sie spürte eine Bewegung, als er den Kopf schüttelte. »Wenn du das sagst, klingt es so einfach.«

»Das ist es. Du wirst sehen.«

»Was wirst du tun, wenn das alles vorbei ist?«, wechselte er abrupt das Thema. »Wo ist dein Zuhause?«

»In Akera.«

»Wirst du dorthin zurückkehren? Zu deiner Familie?«

Eine Weile war sie nicht in der Lage, zu antworten. Sie hatte sich so sehr bemüht, nicht über das ungewisse Schicksal ihres Vaters und ihres Bruders nachzudenken, dass sie nicht wusste, was sie sagen sollte. Es war die Wahrheit, die schließlich über ihre Lippen kam. »Ich habe mein Gedächtnis wieder, aber ich weiß nicht, ob sie noch am Leben sind.«

»Was ist geschehen?«

»Vater war Händler. Er …« Ihre Stimme wankte. Sie schluckte heftig. »Er war viel auf Reisen. Vor vier Jahren nahm er meinen Bruder und mich mit. Wir befanden uns an Bord der *Abendstern*, als wir von Piraten überfallen wurden. Es gab einen Kampf. Ewan wurde verwundet – womöglich ist er tot. Ich weiß nicht, was mit Vater geschehen ist. Ich habe ihn aus den Augen verloren, ehe sie mich von Bord brachten.« Einmal mehr flammten die Erinnerungen in ihrem Geist auf. Die Schreie. Klirrende Waffen. Blut. Überall wurde gekämpft. Die Mannschaft der *Abendstern*, die sich mutig den Piraten entgegenwarf, obwohl sie in der Unterzahl waren. Ihr Vater, der ihr zurief, sie solle sich in Sicherheit bringen. Ewan, wie er auf dem Deck zusammenbrach, niedergestreckt von einer Klinge. Kurz darauf war die Welt in Finsternis versunken. »Ich fand mich auf einem Sklavenmarkt wieder, und ehe ich wusste, wie mir geschah, war ich das Eigentum eines Mannes aus Dallán. Annuides hat mir das Leben gerettet.« *Auch wenn ich es ihm nicht leicht gemacht habe.* Sie erinnerte sich an die Angst, die sie lange Zeit vor ihm und allen anderen Menschen gehabt hatte – ausgelöst durch einen einzigen Mann. Eine Angst, die erst der Verlust ihrer Erinnerung hatte heilen können. »Ich fürchte mich davor, nach Akera zurückzukehren. Bisher kann ich mich an den Gedanken klammern, dass Ewan und Vater am Leben sind. Ich kann mir vorstellen, wie sie das kleine Ladengeschäft betreiben und täglich voller Stolz und Freude all die Kunstwerke, die sich dort in den Regalen türmen, verkaufen. Wenn ich zurückkehre und feststelle, dass das Geschäft jetzt einem anderen gehört und sie nicht mehr …« Sie biss sich auf die Lippe.

Statt etwas zu sagen hauchte er ihr einen Kuss auf den Haaransatz. Eine Weile war das leise Klirren seiner Waffen, wenn er sich bewegte, das einzige Geräusch. Schließlich ließ er sie los. Schlagartig kehrte das Gefühl der Unsicherheit zurück. Sie musste sich zwingen nicht die Arme nach ihm auszustrecken, nur um ihn zu berühren, sicherzugehen, dass er noch immer da war.

Daith erhob sich. Sofort sprang auch sie auf die Beine. »Ich denke, die Luft ist rein«, sagte er gedämpft. »Die anderen werden Hilfe brauchen.«

»Lass uns gehen.«

Seine Hände legten sich auf ihre Schultern. Langsam drehte er sie zu sich herum. »Ich weiß, ich verlange viel von dir, aber ich will, dass du hier bleibst.«

»Nein!«, rief sie lauter als beabsichtigt. Hastig senkte sie die Stimme. »Ich werde mit dir kommen.«

»Es ist zu gefährlich. Es genügt, wenn ich auf die drei Acht geben muss. Ich will mich nicht auch noch um dich sorgen müssen.«

»Waren wir uns nicht einig, dass jede Hilfe zählt?«

»Das war vor deinem atemberaubenden Ablenkungsmanöver.«

»Aber ich ...«

»Cait.« Die Art, wie er ihren Namen aussprach, hatte etwas Beschwörendes an sich.

Sie nickte widerwillig. Dann fiel ihr ein, dass er es im Dunkeln nicht sehen konnte. »Ich werde hier bleiben.«

»Ich hole dich, wenn alles vorüber ist.« *Wenn du dann noch am Leben bist.* Er zog sie an sich. Sein warmer Atem strich über ihr Gesicht.

»Wenn du mich jetzt küsst, werde ich auf der Stelle aus

dieser Höhle verschwinden – ganz gleich wer dort draußen sein mag!« Sie wusste sich nicht anders zu helfen. Wenn er sie küsste, würde sie seinen Kuss erwidern. Das wollte sie nicht. Sie wollte nicht noch einmal all diese Gefühle und Hoffnungen verspüren, die ohnehin nur enttäuscht werden würden.

Er gab sie frei. »Du wärst im Stande, das zu tun.« Er strich mit der Hand ihren Arm entlang. »Mach keine Dummheiten, kleine Kröte.«

»Als ob ich jemals ...« Sie seufzte. »Sei vorsichtig.«

»Versprochen.« Er zog die Hand zurück. Seine Gewänder raschelten leise, als er sich umwandte. Mit jedem Schritt, den er sich entfernte, hörte sie ihn weniger deutlich. Dann war es still. Sie war allein. Nur sie und die Dunkelheit. Im selben Augenblick kehrte die Panik zurück. Wie ein Raubtier, das nur auf das Verschwinden des Jägers gelauert hatte, um sich erneut seiner Beute zu nähern. Sie wich zurück, bis sie mit den Fingern gegen die Wand stieß. *Was, wenn die Höhle riesig ist und ich mich in der Dunkelheit verirre? Was, wenn ich den Ausgang niemals wiederfinde?* Sie zwang die Angst zurück. Daith würde kommen um sie zu holen. Er würde überleben und er würde zurückkommen. *Er hat es versprochen.* Mit dem Rücken an den Fels gelehnt ließ sie sich nieder. Sie konzentrierte sich auf ihren Atem, zwang sich tief durchzuatmen und leerte ihren Geist.

Ein Geräusch ließ sie aufhorchen. Es war unmöglich, zu sagen, wie viel Zeit vergangen war. Die Dunkelheit ließ Minuten zu Stunden und Stunden zu Tagen werden. Sie wartete. Lauschte. Da war es wieder. Ein leises Knirschen. Aus der Richtung, in der sie den Höhleneingang vermutete. Schritte. Das gedämpfte Geräusch von Absätzen auf Fels. *Daith.* Sie wollte nach ihm rufen und hielt abrupt inne. Das war nicht Daith. Wer auch immer es war, er gab sich Mühe, sich leise zu bewegen. Daith kannte ihre Angst. *Er würde sich niemals so heranschleichen.*

Ein Klopfen. Stein auf Stein. Kurz darauf drang der sanfte Schein einer Fackel oder einer Laterne vom Höhleneingang zu ihr. Zum ersten Mal war sie in der Lage, etwas von ihrer Umgebung zu erkennen. Zum Ausgang hin machte die Höhle einen leichten Knick, sodass sie nicht sehen konnte, wer sich dort näherte. Die Höhle selbst war ein enges Rund aus unregelmäßigem grauem Fels. Nach oben verjüngten sich die Wände zu einem Kamin und versanken nicht weit über ihrem Kopf in den Schatten.

Cait erhob sich. Aus zusammengekniffenen Augen betrachtete sie die Felswände. Eine im flackernden Lichtschein wabernde graue Masse. Tückische Schatten gaukelten Griffmöglichkeiten vor, wo keine waren. Sie legte ihre Hände an eine Stelle der Mauer und begann sich emporzuziehen. Der Lichtschein kam noch näher. Und mit ihm der Eindringling. Sie kletterte die Felsen hinauf, bis sie den engen Kamin erreichte. Hastig veränderte sie ihre Position, lehnte sich mit dem Rücken gegen die Wand und stemmte die Beine auf der anderen Seite gegen den Fels. Sie unterdrückte einen Schmerzenslaut, als sich der schroffe Stein in ihren Rücken bohrte. Stück für Stück schob sie sich nach oben und folgte der Dunkelheit, die durch den wachsenden Lichtschein mehr und mehr zurückgedrängt wurde. Plötzlich war die Schwärze, die sie noch vor wenigen Augenblicken gefürchtet hatte, ihr Verbündeter.

Unten trat ein Mann in ihr Blickfeld. Eine Fackel in der ausgestreckten Hand sah er sich um. Es war der Reiter, der sie verfolgt hatte. Ihre Beine, ihr Rücken und ihre Arme schmerzten, dennoch schob sie sich weiter. Endlich, beinahe fünf Meter über dem Höhlengrund, tauchte sie in die Schatten ein und ließ sich von der Dunkelheit umfangen.

Unten rammte der Krieger die Fackel in eine Felsspalte und setzte seinen Helm ab. Er griff nach der Armbrust, die jetzt an einem Riemen über seiner Schulter hing. Ohne Eile spannte er die Waffe und legte einen Bolzen auf. Dann stand er da. Reglos. Lauschend. Sie hielt den Atem an, wagte nicht sich zu bewegen. Ihr Herz schlug so heftig, dass sie glaubte, das Pochen müsse sie verraten. Der Reiter neigte den Kopf zur Seite. Noch immer rührte er sich nicht.

Ein Stück Fels begann sich unter ihrem Fuß zu lösen. Sie stemmte sich gegen die Wand und drückte ihre Fußsohle dagegen. Der Stein hielt. Staub und ein paar Steinsplitter rieselten hinab. Obwohl es beinahe geräuschlos geschah, kam es in ihren Ohren dem Donnern eines Wasserfalls gleich.

Atemlos richtete sie den Blick nach unten. Er bewegte sich nicht, bemerkte nicht, wie der Steinstaub auf seine Schultern rieselte. Das Felsstück unter ihrer Fußsohle geriet wieder ins Wanken. Sie begann den Halt zu verlieren. Ihr linker Fuß glitt ab, während sie ihr rechtes Bein nach wie vor gegen den losen Stein presste. Sie drückte sich gegen die Wand, bis sie kaum noch atmen konnte.

Langsam tastete sie mit dem freien Fuß nach neuem Halt, während ihr anderes Bein immer weiter ins Rutschen geriet. Es half nichts. Sie musste ihre Position verändern. Sonst würde sie abstürzen. Sich zu bewegen bedeutete die Steine unter ihrer Fußsohle freizugeben. *Welche Wahl habe ich schon?* Sie konnte nichts anderes tun als darauf zu vertrauen, dass er sie nicht bemerkte. Er *konnte* sie nicht sehen. Sie befand sich tief in den Schatten. Vorsichtig verlagerte sie ihr Gewicht und schob sich ein paar Zoll weiter nach oben. Die Steine lösten sich und fielen mit einem leisen Klacken zu Boden. Dann hatte sie wieder sicheren Halt. Angespannt spähte sie nach unten.

Das Geräusch der aufschlagenden Steine ließ ihn herumfahren. Als er nichts entdeckte, richtete er den Blick nach oben und spähte in die Dunkelheit. Unendlich langsam hob er die Armbrust und richtete die Spitze der Waffe auf sie. *Er kann mich nicht sehen.* Dennoch würde selbst ein schlecht gezielter Schuss sie in dieser Enge unweigerlich treffen. Sie hörte das leise *Pling*, als der Bolzen abgeschossen wurde. Ein Sirren erfüllte die Luft. Es gelang ihr nicht, dem Geschoss mit den Augen zu folgen. Sie presste sich enger an die Wand. Der Bolzen streifte ihren Oberarm. Die Wucht und der Schmerz ließen sie zusammenfahren. Sie verlor den Halt und schrammte mit der Schulter an der Wand entlang, als sie abstürzte. Der Aufprall raubte ihr das Bewusstsein und löschte das Licht ein weiteres Mal.

Kalter Stahl berührte sie an der Kehle und drückte sich in ihre Haut. Ihr flackernder Blick folgte der Schneide entlang nach oben und traf auf ein Paar eng stehender, dunkler Augen.

»Steh auf!« Dröhnend und viel zu laut drang seine Stimme an ihr Ohr. Als sie sich nicht rührte, packte er sie am Arm und zerrte sie auf die Beine. Jeder Knochen in ihrem Leib protestierte gegen diese Behandlung und sandte Wellen des Schmerzes durch ihren Körper, bis sie vor Qual schrie. »Wer bist du?« Kaum dass sie stand, presste er sie gegen die Wand. »Was willst du hier?« Als sie nicht sofort antwortete, schüttelte er sie. »Rede!«

Es fiel ihr schwer, einen klaren Kopf zu bewahren. Sie hatte Mühe, seine Frage zu erfassen. Noch schwieriger war es, eine Antwort zu finden, die nahe genug an der Wahrheit war um glaubwürdig zu sein. »Sklaven«, keuchte sie atemlos. »Ich wollte die Sklaven befreien.«

Er glaubte ihr nicht. Sie sah es an seinen Augen, die sich bei ihren Worten weiter verfinsterten. »Ich sollte dich auf der Stelle töten«, stieß er hervor, sein Gesicht dem ihren so nah, dass sie den üblen Geruch fauliger Zähne riechen konnte. »Du hast Glück. Meine Befehle lauten anders. Du kommst mit!« Er schulterte seine Armbrust, packte sie und schob sie vor sich aus der Höhle. Taumelnd trat sie ins Licht. Die Sonne war so blendend hell, dass ihre Augen tränten.

Vor der Höhle wartete sein Pferd. Er schwang sich in den Sattel, packte sie und zog sie vor sich aufs Pferd. Als er seinen Arm um ihre Mitte schlang, versuchte sie sich aus seinem Griff zu befreien. Eine Anstrengung, die sofort mit einem Schlag gegen die Schläfe belohnt wurde – so hart, dass ihr schwindlig wurde. Sie sank in seinem Arm zusammen. Blinzelnd starrte sie auf die grauen Felsen, die an ihnen vorbeirasten, bemüht den Schmerz zu ignorieren, der mit jeder Bewegung des Pferdes durch ihren Körper tobte. Tatsächlich wurde es nach einer Weile besser. Ihre Sicht klärte sich, ebenso ihr Verstand.

Als sie das Plateau erreichten, an dem ihre halsbrecherische Flucht begonnen hatte, drang Lärm an ihr Ohr. Wachen brüllten, Sklaven schrien. Sie hörte das Klirren von Schwertern und das Knallen der Peitschen. Ein Alarmhorn erklang. Der Widerhall stampfender Schritte stieg zu ihnen empor. In das Durcheinander mischte sich das panische Wiehern der Pferde. Das Tier ihres Bewachers wurde unruhig, als er es zum Rande des Plateaus lenkte. Er beugte sich zur Seite, um einen besseren Blick auf das Lager zu erhaschen, und zog Cait in seinem Griff mit sich. Sie schnappte erschrocken nach Luft, als der felsige Boden unmittelbar neben ihnen dem gähnenden Abgrund wich. *So nah ... Viel zu nah!*

Ihr Blick folgte der Steilwand in die Tiefe, angezogen von dem dort herrschenden Chaos. Von den ordentlichen Reihen der Sklaven, die unter den Peitschen ihrer Bewacher Steine geschleppt hatten, war nichts geblieben. Überall wurde gekämpft. Pferde stampften zwischen den Kämpfenden einher, auf der Suche nach einem Fluchtweg. Einige Lagerfeuer waren außer Kontrolle geraten und hatten die umliegenden Zelte in Brand gesteckt. Dunkler Rauch trieb in dicken Schwaden in den Himmel und hüllte das Land darunter in einen frühen Hauch von Dämmerung. Das Blut von Toten und Verwundeten färbte den Fels dunkel.

Das Pferd tänzelte unruhig. Cait, nur noch vom Arm ihres Bewachers gehalten, fürchtete endgültig den Halt zu verlieren. Sie versuchte ihre Position zu verändern, als ihr Blick an seinem Bein hängen blieb. Das Heft eines Dolches ragte aus seinem Stiefel! Der Krieger wendete sein bockendes Pferd. Der Abgrund verschwand und ihre Augen fanden erneut massiven Fels unter sich. *Jetzt oder nie!* Blitzschnell riss sie den Dolch aus seinem Stiefel und rammte ihm die Klinge bis zur Parierstange in den Oberschenkel. Sein Schmerzensschrei erschreckte das Pferd. Wiehernd stieg es auf die Hinterhand. Wild mit den Hufen um sich schlagend drehte es sich um die eigene Achse. Ihr Bewacher kämpfte darum, sich im Sattel zu halten. Sein Arm um ihre Leibesmitte verschwand. Auch Cait geriet ins Rutschen. Hastig griff sie nach der Mähne. Ehe sie ihre Finger darin versenken konnte, fanden die Hufe des Pferds auf den Boden zurück. Die plötzliche Erschütterung schleuderte sie nach vorn. Ihre Hände rutschten den schweißnassen Pferdehals entlang. Sie stürzte und griff nach dem Zügel, als wäre er ein Anker – und verfing sich darin. Ein Ruck ging durch ihren Arm, als ihr Fall, durch den Lederriemen gebremst, ein abruptes Ende fand. Schmerz explodierte in ihrer Schulter. Das tobende Tier trat um sich. Ein Huf verfehlte sie nur knapp. Der mächtige Leib des Tieres drängte sie zur Seite – dem Abgrund entgegen. Panisch suchte sie mit der anderen Hand nach etwas, an dem sie sich festhalten konnte. Ihre Finger gruben sich in das Bein des Reiters. Er schlug nach ihr, versuchte ihre Finger abzustreifen. In diesem Augenblick stieg das Pferd wieder. Dieses Mal konnte er sich nicht mehr halten. Er stürzte an ihr vorbei – in den Abgrund. Von der Last seines Reiters befreit, preschte das Tier los und schleifte Cait mit sich.

Sie zerrte am Zügel, verzweifelt bemüht sich zu befreien. Ihre Beine scharrten über den Stein. Immer wieder wurde sie gegen den Boden geschleudert. Das Pferd warf wiehernd den Kopf zurück. Für einen Augenblick war der Riemen nicht mehr gespannt. Sie löste ihr Handgelenk aus der Schlinge und fiel zu Boden. Das Tier galoppierte davon.

Eine Weile lag sie da, rang keuchend nach Luft. In ihrem Innersten rangen Triumph und Panik miteinander. Ein hysterisches Kichern entrang sich ihrer Kehle. Sie konnte kaum glauben, was sie getan hatte. Der Gedanke, was hätte geschehen können – *was beinahe geschehen wäre* –, ließ sie im Nachhinein vor Schreck erstarren. Sie schüttelte den Kopf und kämpfte sich auf die Knie. Sie war frei. Das war alles, was zählte.

Noch während sie langsam auf die Beine kam, wanderte ihr Blick zu der Felsspalte, durch die Liamar und Annuides in die Höhlen vorgedrungen waren. Sie beugte sich vor und blickte nach unten. Auf dem Grund war Licht zu sehen. Doch da alles ruhig blieb, machte sie sich an den Abstieg. Im Vergleich zu dem, was hinter ihr lag, ein einfaches Unterfangen, das sie in eine grob behauene Felskammer führte. Fackeln steckten in regelmäßigen Abständen in Wandhalterungen und gaben den Blick auf Seile, Spitzhacken, Schaufeln und Karren frei, die sich überall im Raum stapelten. Vorsichtig schlich sie aus der Kammer. Nach wenigen Metern erreichte sie einen breiten, von Fackeln erleuchteten Gang. Aus einiger Entfernung drangen Schreie an ihr Ohr. Dort musste der Ausgang zum Tal liegen. Nachdem niemand zu sehen war, setzte sie ihren Weg in entgegengesetzter Richtung fort. Mit jedem Schritt, den sie unbehelligt vorankam, wurde sie schneller. Sie huschte an der Wand entlang, folgte dem Gang tiefer und tiefer in den Berg hinein. Hin und wieder erreichte sie eine Abzweigung, hinter der sich kleine Felskammern öffneten. Schlafquartiere, allesamt verlassen. Viel zu oft war sie gezwungen, sich langsam an eine Abzweigung oder den Eingang einer weiteren Felskammer heranzupirschen. Und noch immer war nirgendwo eine Spur von Daith und den anderen zu entdecken.

Schließlich erreichte sie eine gewaltige Höhle, in deren Zentrum eine Statue thronte. Angewidert starrte sie auf die riesige Steinkreatur. Ein Wesen mit dunklen Augen, halb zerfetzten Fledermausflügeln und gewaltigen Klauen und Reißzähnen. Vor dem Untier erhob sich ein steinerner Opferaltar aus dem Boden. Die Blutrinnen glänzten feucht im Fackelschein.

Gedämpfte Geräusche ließen sie aufhorchen. Absätze knirschten leise. Ehe sie sich verbergen konnte, sprangen zwei Gestalten mit erhobenen Schwertern aus den Schatten hervor. Sie machte einen Satz zurück und duckte sich hinter den Opferaltar. »Cait!« Annuides ließ seine Waffe sinken.

Sie stieß erleichtert den Atem aus. Daith' missbilligenden Blick ignorierend trat sie hinter dem Altar hervor. Da entdeckte sie Connor, der mit gezogener Waffe neben Liamar stand. *Den Göttern sei Dank.* »Was machen wir jetzt?«, fragte sie, als niemand etwas sagte.

Liamar deutete mit der Schwertspitze auf einen Durchgang. »Am Ende dieses Ganges ist eine große Kammer. Darin befindet sich das Weltentor.«

»Wie lautet der Plan?« Sie sah von einem zum anderen.
»Wir gehen hinein, schalten die Wachen aus und zerstören das Tor.«
»Du bist wahnsinnig, Landévennec!« Annuides baute sich vor ihm auf. »Was ist mit den Magiern?«
Daith verzog keine Miene. »Ich habe dir vorhin schon erklärt, dass sie nicht eingreifen werden. Sie befinden sich mitten in einem Ritual, dessen einziger Zweck darin besteht, finstere Mächte zu beschwören. Es zu unterbrechen würde ihren Tod bedeuten. Wir müssen uns nur um die Wachen Sorgen machen.«
»Holen wir uns ein paar Armbrüste und machen sie nieder!«
Connor schüttelte den Kopf. »Du weißt, dass das nicht geht, Annuides.«
»Daith behauptet das. Ich sage, wir versuchen es dennoch!«
»Wie wäre es, wenn du mir für einen Moment vertrauen und aufhören würdest unsere Zeit zu verschwenden«, konterte Daith. »Die Magier befinden sich innerhalb eines Schutzkreises, den weder Waffen noch Feuer zu durchdringen vermögen.«
»Woher willst du das wissen?«
»Ich habe die Zeichen an der Tür gesehen.«
Annuides schnaubte. »Sag du noch einmal, du seist kein Hexer!«
Daith setzte zu einer Erwiderung an. Liamar ging dazwischen. »Hört auf! Wir haben Wichtigeres zu tun.« Er sah von einem zum anderen. »Bleibt es bei unserem Plan?«
Daith' Blick hing noch immer an Annuides. Endlich

nickte er und wandte sich an Cait. »Liamar, Conn und ich werden uns um die Wachen kümmern. Du hilfst Annuides das Tor zu zerstören.«

Ein Vibrieren erfüllte die Luft, als sie sich in Bewegung setzten. Sie hatte schon einmal etwas Ähnliches gehört; in jener Nacht, als Racielle den Arsilah gerufen hatte. Jetzt waren es die Magier, die ihr Ritual vollzogen. Der Gesang steigerte sich von einem monotonen Raunen zu einem Stakkato unzähliger Stimmen. Der Gang machte einen Knick. Daith hielt inne. Hinter ihm warteten Liamar, Connor und Annuides auf sein Zeichen. Vorsichtig riskierte er einen Blick um die Ecke und zog sich rasch wieder zurück. Er nickte.

Annuides legte eine Hand auf ihren Arm und gab ihr zu verstehen, dass sie hier mit ihm warten sollte. An die Wand gelehnt stand sie da und beobachtete, wie Daith und die anderen außer Sicht verschwanden. Einen Moment später erklang ein Alarmschrei, hallte von den Höhlenwänden wider und übertönte den Gesang. Kampflärm brandete auf. »Jetzt!« Annuides lief los.

Cait folgte ihm um die Ecke. Vor ihr öffnete sich ein Vorraum. Daith und Connor drängten eine Hand voll Wachen unter kraftvollen Hieben in eine Ecke. Liamar kämpfte gegen zwei weitere, die drauf und dran gewesen waren, Daith in den Rücken zu fallen. Cait und Annuides schlüpften unbehelligt an ihnen vorbei in die Kammer.

»Ihr Götter!« Cait blieb abrupt stehen und starrte auf das gewaltige Portal, das sich von einer Seite des Raumes zur anderen erstreckte, eine zehn oder zwölf Meter breite und bis unter die sechs Meter hohe Decke reichende Fläche aus schwarzem Obsidian. Überall an den Wänden waren Kohlenbecken aufgestellt, in denen kleine Feuer brannten. Sobald ihr Feuerschein auf die Oberfläche des Portals traf, war es, als würde das Weltentor alles Licht in sich aufsaugen. Auf dem dunklen Stein zeigte sich nicht der geringste Widerschein.

Die Magier saßen kaum eine Armeslänge vom Portal entfernt. Zwölf an der Zahl hatten sie sich in zwei Reihen auf dem Boden niedergelassen. Die Männer in der hinteren Reihe saßen versetzt, sodass sie die Lücken zwischen jenen vor ihnen füllten. Sie hatten die Beine untergeschlagen und die Kapuzen tief ins Gesicht gezogen. Ihre schwarzen Roben umhüllten sie wie eine Wolke aus dunklem Nebel. Ihre Körper wiegten sich zum Klang des Gesangs, bogen sich wie Schilfrohre im Wind. *Wenn Daith Recht hat, werden sie das Ritual nicht unterbrechen. Hoffentlich irrt er sich nicht.* Caits Blick wanderte über die Köpfe hinweg, auf die gegenüberliegende Seite des Raumes. Um ein Haar hätte sie den schmalen Durchgang nicht bemerkt, der sich halb in den Schatten verborgen zwischen den Felswänden auftat. Der Singsang schwoll an. Eine leichte Bewegung erfasste die Oberfläche des Portals, glitt darüber hinweg wie Wellen auf einem See. Seit sie im Durchgang stehen geblieben war, schienen nur wenige Augenblicke vergangen zu sein. Annuides, der vor ihr in den Raum getreten war, sah sich nach ihr um. »Komm«, formten seine Lippen stumm.

Sie folgte ihm. »Was nun?«, wisperte sie.

»Vielleicht sollten wir versuchen die Magier auszuschalten und so das Ritual aufzuhalten.«

»Du hast doch gehört, was Daith gesagt hat.« Sie

schüttelte den Kopf. »Und selbst wenn er sich irrt – was, wenn sie aus ihrer Trance erwachen und uns angreifen, ehe wir das Portal vernichten können? Wir sollten uns auf das da konzentrieren.« Mit einem Nicken deutete sie in Richtung des Weltentors ohne Annuides aus den Augen zu lassen.

»Bete, dass wir nicht zu spät sind!«

Sie folgte seinem Blick, der unverändert auf das Tor geheftet war. Was vor kurzem noch wie eine wogende schwarze Wasseroberfläche ausgesehen hatte, hatte sich erneut verändert. Statt regelmäßiger Wellen erkannte sie Körper, die sich unter dem Obsidian wie unter einem Tuch abzeichneten. Sie sah gewaltige Leiber mit klauenbewehrten Pranken, widerliche Fratzen mit Hörnern und riesigen spitzen Fangzähnen. Manche Gestalten wirkten menschlich, doch sobald sie sich bewegten, erkannte sie Merkmale, die denen eines Menschen vollkommen fremd waren. Da waren Hufe, stachelige Schwänze, manche hatten sechs Arme oder spitz zulaufende Schnauzen. Einige vermochte ihr Auge zu erfassen und ihre Formen zu erkennen. Doch dort befanden sich auch noch andere *Dinge*. Albtraumhafte Wesen, die sich jedem Versuch der Beschreibung entzogen und ihren Verstand an die Schwelle des Wahnsinns brachten. Ein Brüllen wurde laut. Klauen kratzten an der Oberfläche des Portals. Das Kreischen fuhr ihr durch Mark und Bein.

»Bei allen Göttern!« Unwillkürlich streckte sie die Hand nach Annuides aus. Ihre Finger gruben sich in seinen Arm. Sie hatte sich nie gefragt, was sie erwartete und wie die Dämonen aussehen mochten. Jetzt, da sie es erahnen konnte, wünschte sie, sie hätte sie nie erblickt.

Behutsam löste er ihren Griff. »Alles in Ordnung?«

Ihr Mund war trocken. »Nein.«

Er hielt ihre Hand umschlossen und drückte sie. »Geh, Cait. Ich kümmere mich um das Weltentor.«

Sie schüttelte den Kopf. »Wenn ich jetzt gehe, wird mich der Anblick dieser Fratzen auf ewig verfolgen. Ich muss mit eigenen Augen sehen, dass das Tor zerstört wird. Sonst könnte ich es niemals glauben.«

Er musterte sie, als versuchte er herauszufinden, wie viel sie vertragen konnte. Schließlich nickte er. »Dann los.« Er gab ihre Hand frei, packte ein Kohlenbecken und schleuderte es mit Wucht gegen das Weltentor. Ein lautes Krachen erklang, gefolgt von einem blendenden Blitz, als die metallene Schale auf den Obsidian traf und zurückgeschleudert wurde. Das Kohlenbecken schoss über den Köpfen der Magier hinweg, an Cait vorbei und prallte gegen die Wand auf der anderen Seite der Kammer, ehe es zu Boden fiel. Es hatte nicht einmal einen Kratzer hinterlassen. Annuides zog sein Schwert, bahnte sich einen Weg zwischen den Magiern hindurch zum Tor und holte aus.

»Nein! Nicht!« Ihre Warnung kam zu spät. Annuides' Schwertknauf traf die dunkle Oberfläche zwischen den reliefartigen Formen eines drachenartigen Wesens und einer gekrümmten Klaue, die gegen den Obsidian drängte, als versuchte sie sich den Weg in die Welt freizuschneiden. Ein gleißender Blitz entlud sich und hüllte Annuides in blendendes Licht. Er wurde von den Beinen gerissen und über die Magier hinweggeschleudert.

Krachend stürzte er zu Boden. Die Finger noch immer um den Schwertknauf gekrampft blieb er liegen. »Annuides!« Sie fiel neben ihm auf die Knie.

Stöhnend öffnete er die Augen. »Heiliger ...« keuchte er atemlos.

»Bist du verletzt?«

»Ich glaube nicht.« Er verzog das Gesicht und setzte sich auf. »Zumindest nicht ernsthaft.«

»Warum hast du nicht auf mich gehört? Hast du nicht gesehen, was mit dem Kohlenbecken passiert ist?«

»Ich wollte es nicht wahrhaben.« Er grinste schief. »Irgendwie dachte ich, es würde mir gelingen, das Tor zu zerschmettern, wenn ich nur fest genug zuschlage.«

Vor ihnen steigerten sich die Gesänge zu einem Crescendo, dessen fremdartige Klänge ihr in den Ohren schmerzten.

»Cait!« Daith. Sie fuhr herum. Plötzlich schien alles gleichzeitig zu geschehen. Sie sah Daith, der am Durchgang zur Kammer vier Wachen harte Gefechte lieferte. Einer fünften Wache war es gelungen, an ihm vorbei in die Kammer zu gelangen. Weder sie noch Annuides hatten es bemerkt. Jetzt war es zu spät. Die Waffe zum Schlag erhoben stand er über ihr. Das Feuer spiegelte sich in der scharfen Stahlklinge, die ihrem Leben ein Ende setzen würde. Annuides riss sie zur Seite. Sie stürzte und fiel. Die Klinge zischte über ihrem Kopf hinweg. Im selben Augenblick sprang Annuides auf die Beine und tötete den Angreifer mit einem einzigen Streich.

Entsetzt sah sie, wie Daith sich verzweifelt bemühte den Eingang gegen den Ansturm der Wachen zu halten.

Es waren zu viele, als dass er sie alle aufhalten konnte. Er wurde beinahe überrannt. Zwei Männer drängten sich an ihm vorbei. Annuides trat ihnen entgegen. »Du musst das Portal zerstören!«, brüllte er, dann erreichten ihn die Krieger. Mit wuchtigen Hieben schlug er den ersten Angriff zurück.

Plötzlich war sie auf sich allein gestellt. Sie wusste, dass die Zeit drängte. Das Ritual war beinahe vollendet. Bald würden die Magier sich erheben und in den Kampf eingreifen. *Als ob ich mir wegen der Magier Sorgen machen müsste.* Beinahe hätte sie gelacht. *Wenn sie sich erheben, sind die Dämonen frei. Die Zauberwirker sind dann mein geringstes Problem.* Um sie herum tobte der Kampf weiter. Cait stand auf und richtete ihre Aufmerksamkeit auf das Weltentor. *Wie soll ich etwas zerstören, das ich nicht einmal berühren kann?*

Ein vertrautes Gewicht um ihren Hals ließ sie innehalten. Einer plötzlichen Eingebung folgend griff sie nach dem Lederband und zog die kleine Flöte unter ihrem Hemd hervor. Das Holz fühlte sich warm an. Ohne nachzudenken hob sie das Instrument an die Lippen und entlockte ihm einen schrillen, lang anhaltenden Ton. Sie spielte immer weiter. Ihre Ohren schmerzten und ihr Körper sträubte sich gegen den kreischenden Laut. Die Schwingungen übertrugen sich bis in die letzte Faser ihres Körpers. Dennoch hielt sie den Ton. Der Hall fegte durch den Raum und erfasste das Weltentor. Die dunkle Obsidianoberfläche antwortete mit einem Vibrieren. Sie blies, bis sie glaubte keine Luft mehr in den Lungen zu haben. Selbst dann hörte sie nicht auf. Ihr Atem wurde knapp. Ihre Lungen begannen zu brennen. Sie fühlte sich, als wäre sie meilenweit gelaufen. Das Weltentor erbebte.

Sie holte kurz Luft, nur um den neu gewonnenen Atem sogleich wieder auszustoßen. Der Sauerstoffmangel forderte seinen Tribut. Ihre Beine begannen zu zittern, dunkle Flecken tanzten vor ihren Augen und raubten ihr zunehmend die Sicht. Ein erster Riss zeigte sich in dem schwarzen Stein. Sie verstärkte den Ton sogar noch. Knirschend breitete sich der Riss aus. Sie begann zu taumeln, konnte sich kaum noch auf den Beinen halten.

»Spiel weiter!« Plötzlich war Annuides da und stützte sie.

Die Erleichterung, ihn neben sich zu wissen, verlieh ihr Kraft. Sie stieß auch noch das letzte Quäntchen Luft aus ihren Lungen, filterte sie durch das Instrument und verwandelte sie in einen kreischenden, zerstörerischen Ton. Der Riss teilte sich, brachte unzählige weitere große und kleine Risse hervor. Und plötzlich explodierte das Weltentor in tausend Teile.

Annuides stieß sie zu Boden und warf sich schützend über sie. Sie schrie auf, als die Druckwelle über sie hinwegraste. Splitter bohrten sich in ihre Arme, schnitten in ihr Fleisch und hinterließen blutige Kratzer. Der Lärm war entsetzlich. Sie wusste nicht, ob es allein die Vernichtung des Tores war. Sie glaubte das wütende Brüllen unzähliger Dämonen zu vernehmen. *Weiterhin im Garten der Dunkelheit gefangen.*

Als der todbringende Sturm vorüber war, ging ein tiefes Grollen durch die Höhle, erfasste Wände, Boden und Decke und ließ sie erbeben. Staub rieselte von der

Decke, gefolgt von kleineren Steinen. Annuides' Gewicht über ihr verschwand. Erneut packte er sie am Arm. Dieses Mal um sie auf die Beine zu ziehen. Schwankend kam sie zum Stehen und rang keuchend nach Atem. Um sie herum war es totenstill. Der Gesang war verstummt. Die Magier lagen auf dem Boden, von Splittern und Scherben durchbohrt, blutüberströmt.

»Die Höhle stürzt ein!«, brüllte Liamar von Gang. Hinter ihm stand Daith, das Gesicht vor Anstrengung verzerrt. Von den Wachen war nichts zu sehen.

Ehe Cait und Annuides den Durchgang erreichten, brach er in sich zusammen. Der Weg war abgeschnitten. Immer größere Gesteinsbrocken lösten sich aus der Decke und krachten auf den Boden der Kammer. Annuides riss sie herum und zog sie auf den schmalen Durchbruch auf der anderen Seite der Kammer zu. Gestein und Splitter knirschten unter ihren Sohlen, dichter Staub hüllte sie ein und raubte ihnen die Sicht.

Halb blind liefen sie weiter, suchten sich in dem Gewirr von Gängen einen Weg, von dem sie hofften, dass er sie zu einem Ausgang führen würde. Überall um sie herum stürzten Wände und Decken ein, begleitet von einem tiefen Dröhnen, das den ganzen Fels zu erschüttern schien. Die Wachen, die ihnen begegneten, achteten nicht auf sie. Eindringlinge waren nicht länger von Bedeutung. Jeder dachte nur daran, sein eigenes Leben zu retten.

Es gab Augenblicke, in denen sie fürchtete, niemals lebend aus den Höhlen zu gelangen. Es war die nackte Angst, die sie dazu trieb, weiter einen Fuß vor den anderen zu setzen. Angst, unter den Gesteinsmassen verschüttet und zerquetscht zu werden. Sie glaubte längst, sie würden niemals einen Weg nach draußen finden, als ihnen ein Windhauch entgegenschlug. Annuides schlang ihr einen Arm um die Taille und zog sie durch einen engen Seitenausgang ins Freie. In einiger Entfernung war Lärm zu vernehmen. Die Kämpfe im Lager tobten noch immer.

15

Als sie den Fluss erreichten, senkte sich die Dämmerung über das Land. Staubig und müde traten sie aus dem Dschungel. Connor erwartete sie bereits. Er hatte ein Feuer vor der Höhle entfacht und wanderte unruhig hin und her. Als er die beiden sah, lief er ihnen entgegen. »Den Göttern sei Dank!« Er musterte Cait. »Geht es dir gut?«

»So gut es einem nach diesem Tag gehen kann.« Alles, was sie wollte, war ein Bad im Fluss und ein Schlafplatz. Kein Gespräch. Ihr Blick wanderte über die Lichtung, am Feuer vorbei; über den Höhleneingang und die weitläufige Grasfläche bis hin zu den Bäumen. »Wo sind die anderen?« *Wo ist Daith?*

»Wir wurden getrennt.« Er verzog das Gesicht zu einer Grimasse. »Ich hoffe, dass sie nicht in die Kämpfe verwickelt wurden.«

Ein Rascheln im Unterholz ließ sie zusammenfahren. »Nein, wurden wir nicht.« Daith und Liamar traten zwischen den Bäumen hervor. Endlich gestattete sie sich aufzuatmen. Sie schloss erschöpft die Augen und lehnte sich gegen Annuides. Das gleichmäßige Rauschen des nahen Flusses schläferte sie ein. Hastig zwang sie sich die Augen wieder zu öffnen. Plötzlich stand Daith vor ihr. Sie verzog die Lippen zu einem müden Lächeln, dann sah sie seine Miene und wurde schlagartig ernst. Selten zuvor hatte sie ihn derart finster dreinblicken sehen. Eine steile Zornesfalte durchfurchte seine Stirn. Sie betrachtete ihn irritiert. »Was …?«

Er schloss für einen Moment die Augen. Als er sie wieder öffnete, glätteten sich seine Züge. »Du solltest in der Höhle auf mich warten.« Er klang beinahe resigniert. »Warum kannst du nicht ein einziges Mal tun, was ich dir sage?«

»Hätte ich etwa auch dort bleiben sollen, als dieser Kerl mit der Armbrust auf mich schoss?« Daith' Augen flackerten. »Und als er mich gefangen nahm, hätte ich ihm da sagen sollen, dass ich ihm nicht folgen kann, weil ich dir versprochen hatte zu bleiben? Ich bin sicher, er hätte das verstanden.«

Sie sah, wie er zu einer Antwort ansetzte. Sie war zu erschöpft um zu streiten und wünschte sich nur noch allein zu sein. Ehe er etwas erwidern konnte, machte sie kehrt und verließ die Lichtung ohne sich noch einmal umzudrehen. Seine Rufe ignorierend tauchte sie in die Schatten zwischen den Bäumen ein. Nach wenigen Metern blieb sie stehen, zu müde um weiterzugehen. Ein Knacken im Unterholz weckte ihre Aufmerksamkeit. *Daith, nicht jetzt. Bitte.* Sie wandte sich um und starrte ins Zwielicht, wo Annuides zwischen den Bäumen hervortrat. »Das Letzte, was ich im Augenblick hören will, sind weitere Warnungen vor Daith. Erspar mir das bitte.«

»Du bist alt genug um zu wissen, was du tust. Ich dachte nur, es sei sicherer, dich nicht allein zu lassen.« Er blieb stehen, lehnte sich mit der Schulter gegen einen Baum und sah sie an. Plötzlich wirkte er traurig. »Warum gehst du mir aus dem Weg, Cait?«

»Das tue ich nicht«, log sie.

»Glaubst du etwa, ich würde nicht bemerken, dass du dich bewusst von mir fern hältst?« Er konnte seine Enttäuschung nicht länger verbergen. »Du sprichst kaum mit mir. Da willst du wirklich behaupten, du würdest mich nicht meiden?«

Sie war so sehr mit ihren eigenen Problemen beschäftigt gewesen, dass sie nicht einen einzigen Gedanken daran verschwendet hatte, wie er sich fühlen musste. »Es tut mir Leid. Ich wollte nicht … Es ist nur …« Die Erwartung, die sie in seinen Augen sah, machte ihr Angst. »Ich konnte mich monatelang an nichts erinnern und dann geschieht alles zur gleichen Zeit. Meine Erinnerungen kehren zurück und nur wenige Stunden später erscheinst du.« Tränen brannten in ihren Augen. »Was glaubst du, wie das für mich war? Ich wusste nichts über meine Vergangenheit und plötzlich – von einem Moment auf den anderen – stürzen all die Bilder auf mich ein, all die Ereignisse und die damit verbundenen Gefühle.«

»Ich wusste nicht, wie du dich fühlst.«

»Wie solltest du auch«, sagte sie matt. »Immerhin warst du damit beschäftigt, dich um deine Angelegenheiten zu kümmern.« Sie wusste, sie tat ihm Unrecht. Er hatte sich wirklich um sie bemüht. *Ich habe es nur nie zugelassen.*

»Du weißt, dass das nicht wahr ist.« Ihre Worte hatten

ihn verletzt, dennoch wandte er sich nicht ab. »Ich brauche dich, Cait.«

Sie fühlte sich seiner Freundlichkeit nicht gewachsen. Nicht jetzt. »Wozu? Das Weltentor ist zerstört. Alles, was du jetzt noch tun musst, ist, nach Cor Amánthor zurückzugehen und Anklage gegen Croghán zu erheben. Daith und Connor sind Seáthrun. Mit ihrer Hilfe wird es dir gelingen, deinen Ruf reinzuwaschen.« Sie sah ihm fest in die Augen. »Alles ist bestens. Ich bin nicht von Belang.«

»Nicht von Belang?« Er stieß sich vom Baum ab und trat vor sie hin. »Du bist für mich in vieler Hinsicht von Belang!« Was sie in seinen Augen sah, ließ sie innehalten. »Ich liebe dich, Cait. Das war schon immer so. Ich weiß gar nicht mehr, wie es ist, ohne dieses Gefühl zu leben.« Sie öffnete den Mund, doch er ließ sie nicht zu Wort kommen. »Es ist an der Zeit, dass ich es endlich ausspreche.« Ehe ihn der Mut verlassen konnte, fuhr er fort: »Ich bin ein Prinz, erzogen zum Krieger, Diplomaten und künftigen Herrscher und dennoch hatte ich nie den Mut, dir meine Liebe zu gestehen.«

»Annuides –«

Er legte ihr einen Finger auf die Lippen. »Ich bin noch nicht fertig.«

Sie wollte nicht hören, was er zu sagen hatte. Sie wollte nichts von Liebe und all den Gefühlen, die einen Menschen verletzbar machten, wissen. Ganz sicher wollte sie nicht hören, wie *Annuides* darüber sprach.

Als würde er spüren, dass sie drauf und dran war, die Flucht zu ergreifen, legte er ihr eine Hand auf die Schulter. Sanft und doch mit Nachdruck. »Wir haben uns beide verändert. Aber eines ist noch immer unverändert: meine Gefühle für dich.«

»Annuides, ich ...« Was sollte sie ihm sagen? Dass sie ihn nicht liebte? Dass ihre Gefühle keine Rolle spielten und der Anblick ihres Rückens ihn wünschen lassen würde, all das niemals ausgesprochen zu haben?

Er erlöste sie aus ihrer Not. »Du musst nichts sagen. Nicht heute. Ich wollte nur, dass du weißt, was ich fühle. Alles andere wird sich finden.« Er beugte sich vor und küsste sie auf die Stirn. »Lass uns zurückgehen.« Er nahm sie bei der Hand. Zu ihrer Erleichterung sagte er nichts mehr. Vielleicht hörte sie es auch nicht. In ihrem Kopf summte es wie in einem Bienenstock.

Während die anderen draußen vor dem Feuer saßen, hatte Daith sich in die Höhle zurückgezogen. Seine Gedanken kehrten zu Cait zurück. Obwohl sie den Eindruck erweckte, sich kaum mehr auf den Beinen halten zu können, saß sie noch immer draußen. Er hatte daran gedacht, mit ihr zu sprechen, wusste aber, dass es besser war, sie in Ruhe zu lassen.

Er hatte nicht vorgehabt ihr Vorwürfe zu machen. *Sie war in Gefahr und ich konnte ihr nicht helfen. Ich musste kämpfen.* Plötzlich waren all seine Selbstbeherrschung und seine zur Schau gestellte Gelassenheit dahin gewesen. *Um ein Haar hätte ich sie angebrüllt.* Nur weil er sich plötzlich seiner eigenen Hilflosigkeit bewusst geworden war.

Ein Geräusch am Eingang ließ ihn aufsehen. »Das da draußen ist die traurigste und langweiligste Siegesfeier, die ich je erlebt habe.« Connor ließ sich mit einem tiefen Seufzer auf einen Stapel Decken fallen.

»Es gibt nichts zu feiern.«

»Machst du Witze? Das Weltentor – zerstört. Der Arsilah – auf ewig in der Neunten Hölle. Was brauchst du mehr, um ein wenig feiern zu können?«

»Croghán.«

Connor stieß einen Fluch aus. »Den hätte ich um ein Haar vergessen. Wäre ja auch zu schön gewesen.«

Eine Weile saßen sie schweigend nebeneinander. Daith' Gedanken trieben hierhin und dorthin. Bilder der Vergangenheit mischten sich mit Wünschen für die Zukunft. Er hob den Kopf. »Ich muss mich bei dir entschuldigen, Conn«, sagte er plötzlich. »Ich war zu blind zu sehen, dass immer ein Freund in meiner Nähe war.«

Connor betrachtete ihn mit gerunzelter Stirn. »Ich beginne allmählich, mir Sorgen um dich zu machen. Am Morgen nach deiner Schlägerei mit Annuides finde ich dich pfeifend vor. Seit Jahren habe ich dich nicht mehr so viel lächeln sehen wie in den letzten Tagen. Und jetzt das!« Er verzog das Gesicht in gespielter Verzweiflung. »Sag mir die Wahrheit, was stimmt nicht mit dir?«

»All die Jahre habe ich mich wie ein Feigling vor der Welt verkrochen, habe alle ausgeschlossen, die mir nahe standen, um sie zu schützen, und musste feststellen, dass alles nichts half.«

Connor wurde wieder ernst. »Zu schützen?«

»Du weißt, wie sich die Dinge verändert haben, nachdem bekannt wurde, wer mein Vater war. Ich habe dir und Liamar gegenüber immer so getan, als wären es harmlose Schlägereien – Zwistigkeiten unter Kindern. Doch so war es nicht. Sie haben mich gehasst und hätten mich umgebracht, wenn ich ihnen die Gelegenheit gegeben hätte. Mutter konnte ich nicht schützen.« Stockend berichtete er, wie er versucht hatte den Menschen aus dem Weg zu gehen, um jene nicht in Gefahr zu bringen, die ihm lieb und teuer waren – und wie wenig es geholfen hatte. Stück für Stück offenbarte er ihm, warum er ein Leben in Einsamkeit gewählt hatte, ein Leben, das ihn schließlich mit Bitterkeit und Hass erfüllt hatte.

»Ihr Götter, Daith!« Connor starrte ihn an. »Denkst du nicht, ich wäre in der Lage gewesen, meine eigene Entscheidung zu treffen?«

»Heute weiß ich das. Ich sehe jetzt um einiges klarer. Aber damals ...« Er sah auf. »Erinnerst du dich an den Kampf hinter dem Turnierplatz?«

»Die hätten uns ordentlich verprügelt, wenn nicht dieser Soldat dazwischengegangen wäre.«

»Sie hätten mehr als das getan. Das war der Grund – das und Mutters Tod. Ich wollte nicht noch weitere Leben gefährden.«

»Du hattest nicht das Recht, diese Entscheidung für mich zu treffen!«

»Und doch habe ich es getan.« Daith atmete durch. »All die Jahre warst du mein bester Freund. Ganz gleich was ich versucht habe, ich bin dich nicht losgeworden.«

»Freunde wird man nicht so einfach los.«

Daith lächelte flüchtig. »Das ist mir auch schon aufgefallen.«

»Und weißt du, wozu Freunde noch da sind?«

»Du wirst es sicher nicht für dich behalten können.«

»Wohl kaum.« Connor lächelte. »Auch ich sehe jetzt klarer und weiß, dass ich mich all die Jahre nicht in dir getäuscht habe. Du warst ehrlich zu mir. Dafür danke ich dir. Jetzt ist es an der Zeit, auch zu *ihr* ehrlich zu sein.«

Daith nickte. »Sobald das alles hinter uns liegt, werde ich ihr sagen, dass sie ihren Gedächtnisverlust mir zu verdanken hat.«

»Auf keinen Fall! Wenn du klug bist, behältst du das für dich.« Connor verzog das Gesicht. »Du weißt, wovon ich spreche. Sag ihr endlich, dass du sie liebst.«

»Wie soll ich ihr etwas erklären, das ich nicht in Worte fassen kann?«

»Versuch es. Du wirst dir anfangs vielleicht lächerlich vorkommen, aber du wirst sehen, es geht. Sei einfach –« Connor brach ab, als Liamar und Annuides die Höhle betraten.

Da Daith nicht der Sinn nach Annuides' Gesellschaft stand und er wusste, dass er ohnehin keine Ruhe finden würde, ging er nach draußen, wo Cait am Feuer saß und in die Flammen starrte. Sie sah erbärmlich aus. Voller Staub und Blut und vollkommen erschöpft. Er blieb stehen. »Ich war ungerecht zu dir. Das wollte ich nicht.«

Sie fuhr zusammen und sprang auf. Eine überhastete Bewegung, die sie zusammenzucken ließ.

Er kam näher. »Ich wollte dich nicht erschrecken.«

Sie blinzelte. »Du schreist mich nicht an?«

Ich hätte es nie tun dürfen. »Warum sollte ich?«

»Aus Gewohnheit?«

Er strich ihr eine staubige Haarsträhne aus dem Gesicht. Ihre Worte erinnerten ihn einmal mehr daran, wie er sie lange Zeit behandelt hatte. *Erstaunlich, dass sie überhaupt noch mit mir spricht.* »Ich will, dass es dir gut geht,

Cait.« Sie hob verwundert den Kopf. Sein Blick blieb an ihrem Arm hängen. »Du blutest.«

»Nur ein Kratzer.«

»Ich will mir das ansehen. Zieh das Hemd aus.«

Sie tat einen Schritt zurück. »Kommt nicht in Frage!«

Seit er sie kannte, hatte sie ihm stets die Stirn geboten. Nie hatte sie den Eindruck erweckt, ihn zu fürchten. Erst in den letzten Tagen hatte sich ihr Verhalten verändert. Sie ging ihm aus dem Weg seit ... *Seit dem Abend in Raciel-les Turm.* »Fürchtest du dich etwa vor mir?«

»Unsinn!«, rief sie ein wenig zu hastig. »Ich sehe nur nicht ein, warum ...«

Daith lenkte ein. Ihm fehlte die Kraft, zu streiten. »Lass mich einfach den Ärmel nach oben streifen, in Ordnung?«

Dieses Mal blieb sie stehen und ließ zu, dass er den Ärmel zur Seite schob. Die Verletzung war nahe der Schulter und schwer zu erreichen, solange ihn der Stoff ihres Hemdes behinderte. Es war tatsächlich nicht mehr als ein Kratzer. Er hatte heftig geblutet, inzwischen hatte sich die Wunde geschlossen. »Wie ist das passiert?«, fragte er, während er nach einem Wasserschlauch griff.

»Armbrustbolzen.«

Daith sah auf. »Der Kerl in der Höhle?«

»Er hatte *sehr* überzeugende Argumente, mich dazu zu bringen, die Höhle zu verlassen.«

Er wischte das trockene Blut ab und befestigte ein Stück Verband. »Ich hatte Angst um dich«, gestand er.

»Du kannst mich nicht vor der Welt beschützen, Daith. Ich kann meine eigenen Entscheidungen treffen. Und wenn ich ein Risiko eingehe, habe ich sicher darüber nachgedacht.« Sie zog eine Grimasse. »Oder ein Kerl mit einer Armbrust sorgt dafür, dass mir keine Zeit zum Nachdenken bleibt.«

Er musterte sie. »Du siehst erschöpft aus. Du brauchst Schlaf.«

»Später. Zuerst möchte ich den Staub loswerden.«

»Es ist mitten in der Nacht!«

»Der Mond ist hell genug.« Er setzte zu einer Erwiderung an. Sie kam ihm zuvor. »Der Fluss ist nicht weit entfernt. Du würdest mich schreien hören, falls ich in Schwierigkeiten geraten sollte.«

»Du gehst nicht allein!«

»Daith, ich will ein Bad nehmen«, protestierte sie.

»Wenn du darauf bestehst, werde ich dir den Rücken zuwenden. Entweder du akzeptierst das oder du bleibst hier.«

Ihr Blick heftete sich auf ihn. »Du drehst mir wirklich den Rücken zu?«

»Versprochen.«

Sie packte eine Decke und setzte sich in Bewegung. Schweigend gingen sie nebeneinanderher. Am Fluss blieb Daith zwischen den letzten Büschen stehen und beobachtete, wie sie über den schmalen Streifen Wiese zum Ufer marschierte. Hier war der Fluss kaum mehr als ein breiter Bach, harmlos und ruhig. Sie warf die Decke ins Gras. »Dreh dich um.«

Er folgte ihrer Aufforderung, wandte sich ab und starrte in die Dunkelheit. Eine Weile lauschte er dem leisen Plätschern des Wassers. Was sollte er ihr sagen? In den letzten Tagen hatte sie sich mehr und mehr zurückgezogen. Sie ließ sich nicht berühren und hielt sich auch sonst von ihm fern. *Sie spielt mit mir.* Er schüttelte den Kopf. Sie war zu unschuldig um zu wissen, wie man einen Mann manipulierte. *Und zu starrsinnig um mich zu fürchten.* Andere fürchteten seine Launen, und nur zu oft war offensichtlich, dass sie *ihn* fürchteten. Er hatte nie eine Frau gewollt, die in seiner Gegenwart vor Angst versteinerte. Was nutzte es, wenn eine sein Bett wärmte, während sein Herz kalt blieb?

Cait hatte sich von Anfang an in sein Leben eingemischt. Sie hatte die Dinge hinterfragt und nie klein beigegeben, wenn sie auf die Mauer gestoßen war, die er um sich herum errichtet hatte. Jetzt wusste er, dass es genau das war, was ihm all die Jahre gefehlt hatte.

Die Verlockung, sich umzudrehen, wuchs. Vorsichtig wandte er den Kopf. Gerade weit genug um ihre Gewänder zu sehen, die zum Trocknen im Gras ausgebreitet waren. Bunte Flecken, die im Mondlicht leuchteten. *Nur ein kurzer Blick.* Lautlos drehte er sich um. Sie stand bis zu den Schenkeln im Wasser. Das Gesicht abgewandt spülte sie Staub, Schmutz und Blut vom Körper. Seine Augen blieben an ihrem Rücken hängen, unfähig weiterzuwandern. Erschüttert betrachtete er die Narben. Einige sahen nach Peitschenstriemen aus, andere nach tiefen Schnitten. An manchen Stellen schien es, als hätte man ihr Streifen aus der Haut geschnitten. Die neue Haut wirkte dünn und rosig. Wie dunkle Schatten hoben sich die Wundmale von ihrer ansonsten hellen Haut ab.

»Bei allen Göttern!« *Wer hat dir das angetan?*

Cait fuhr herum. Sie starrte ihn an wie ein in die Falle gelaufenes Tier.

Er kam näher. »Cait –«

»Sag nichts.« Ihre Stimme bebte. Sie stand kerzengerade da, nackt und trotz der Hitze plötzlich heftig zitternd.

Daith hob die Decke auf und hielt sie ihr entgegen. Hastig kam sie aus dem Wasser. Winzige Wassertröpfchen glitzerten auf ihrer Haut. Sie riss ihm die Decke aus der Hand und wickelte sich darin ein. »Cait.«

Sie hob abwehrend die Hand. »Nicht! Ich will deinen Spott nicht hören. Glaube mir, ich kenne alle Scherze, die *damit* zu tun haben.«

Scherze? Wie kann sie glauben, ich würde mich über sie lustig machen. Ihr war etwas Schreckliches angetan worden. Er wünschte sich den Menschen, der dafür verantwortlich war, in die Finger zu bekommen. Er würde ... *Croghán!* Unwillkürlich ballte er die Hände zu Fäusten. Er wusste, es hatte keinen Sinn, ihr zu versichern, dass er sie nicht verspotten würde. *Sie würde mir nicht glauben.* Sie schämte sich dafür. Und er hatte entdeckt, was sie verletzbar machte. Was sie *ihm* gegenüber verletzbar machte. Es gab keine Worte für das, was er ihr sagen wollte. Er trat einen Schritt auf sie zu. Sie wich zurück, die Decke fest um sich geschlungen. Langsam tat er einen weiteren Schritt in ihre Richtung. Dann noch einen. Sie duckte sich, als würde sie jeden Augenblick einen Haken schlagen und fliehen. Sie floh nicht. Das war ein Anfang. Er streckte ihr eine Hand entgegen und wartete, was sie tun würde. Sie stand noch immer wie angewurzelt da, den Blick auf seine Augen geheftet. Tränen traten in ihre Augen und rannen über ihre Wangen. Noch immer hielt er ihr die Hand entgegen. »Komm zu mir«, bat er leise.

Das ist der Grund, warum sie mich von sich gestoßen hat.

Sie hatte tatsächlich Angst. Nicht vor ihm, aber vor seiner Reaktion. Monatelang hatte sie nichts in ihrem Leben gehabt. Keine Familie, keine Erinnerung und keinen Besitz. Ihr Stolz und ihre Würde waren das Einzige, das ihr geblieben war. *Und nun fürchtet sie, dass ihr das ebenfalls verloren geht.* Sie griff noch immer nicht nach seiner Hand. Er fühlte sich hilflos, wusste nicht, was er tun sollte. »Glaubst du wirklich, ich würde dich auslachen? Götter, jemand hat dir etwas Schreckliches angetan! Wie könnte ich darüber spotten!« An ihrem Blick erkannte er, dass niemand je etwas anderes getan hatte.

Bitte, Cait, nimm meine Hand, flehte er stumm. Es schmerzte ihn, zu sehen, wie sie litt. Die Narben waren ein Teil von ihr. Sie vermochten es nicht, etwas an seinen Gefühlen zu ändern. Er brauchte sie bloß anzusehen um zu wissen, dass sie die Richtige war. Wenn er sie nur flüchtig berührte, war es, als durchzuckten ihn tausend Blitze. Sie war seine gute Fee, seine Beschützerin und sein Licht in dunkler Nacht. Und genau das wollte er nun auch für sie sein. *Nimm meine Hand.*

Quälend langsam hob sie die Hand und streckte sie ihm entgegen. Ihre zitternden Finger glitten über seine Handfläche. Dann endlich lag ihre Hand in seiner. Er griff zu und zog sie an sich. Erschrocken versuchte sie sich zu befreien. Er ließ es nicht zu. Ohne auf ihren Widerstand zu achten, schloss er sie in seine Arme. »Beruhige dich, Liebes«, sagte er sanft. »Du hast nichts zu fürchten.« Er vergrub sein Gesicht in ihrem Haar, hielt sie eng umfangen und wartete. Bald stellte sie ihre Gegenwehr ein, doch es dauerte lang, ehe das Zittern nachließ.

Endlich hob er eine Hand an ihr Gesicht. Sie zuckte zusammen, als seine Finger über ihre Wange strichen. »Weißt du nicht, wie wundervoll du bist?« Ihre Augen funkelten wie Sterne. »Du bringst mich zum Lachen – und das ist ein wahres Wunder.« Die Qual in ihren Zügen machte Verwunderung Platz. »Hab keine Angst vor mir, Cait. Du hattest sie früher nicht und jetzt, da ich dein Geheimnis kenne, hast du erst recht keinen Grund dazu.«

Sie erinnerte ihn noch immer an ein verschrecktes Tier, wie sie dastand, nicht in der Lage, ihre Augen abzuwenden. Er küsste ihre Stirn und Augenlider. Seine Hände glitten unter die Decke. Als seine Finger das raue Narbengewebe berührten, erstarrte sie. »Ich liebe dich, Cait«, flüsterte er. »Hab keine Angst.« Er küsste sie. Nach einem endlos langen Augenblick schlang sie die Arme um seinen Hals und erwiderte seinen Kuss. Die Welt verblasste. Da war nur noch Cait in seinen Armen, warm und voller Leben, und der Kuss, den sie teilten. Er wollte protestieren, als sie ihre Arme von seinem Nacken löste. Er fürchtete, sie würde sich erneut zurückziehen. Dann spürte er, wie ihre Hände über seinen Oberkörper strichen, sachte, beinahe schüchtern. Er nahm ihre Hände und führte sie. Lehrte sie, was es bedeutete, zu lieben und geliebt zu werden. Zugleich lernte er.

Ich liebe dich, Cait. Die Worte hallten tausendfach in ihrem Geist wider. Sie erwachte mit pochendem Herzen. Sie hatte geträumt, dass ...

Als sie den warmen Körper neben sich spürte, öffnete sie die Augen. Daith. Sie lag in seinen Armen, den Kopf auf seine Brust gebettet. Die Decke notdürftig über ihre nackten Körper gebreitet. Für einen Augenblick stieg Panik in ihr auf. Dann erinnerte sie sich, wie zärtlich er gewesen war. In seinem Blick hatten weder Ekel noch Abscheu gelegen. Auch kein Mitleid – davor hatte sie sich am meisten gefürchtet. Sie war müde. Und sie war glücklich. So glücklich wie noch nie.

Sie betrachtete seine Züge im Mondlicht. Er war nicht länger der verbitterte, Furcht einflößende Mann, dem sie in Kilshannon begegnet war. Sie verspürte ein tiefes, unerschütterliches Vertrauen in diesen Krieger. *Ihren* Krieger.

Als sie sich in seinen Armen bewegte, murmelte er ihren Namen. Ein Lächeln umspielte seine Mundwinkel. Sie befreite sich vorsichtig, streifte ihr Hemd über und stand auf. Gähnend tapste sie zum Flussufer, kniete sich ins Gras und tauchte die Hände ins kühle Wasser. Eine Weile begnügte sie sich damit, das Wasser über ihre Hände strömen zu lassen. Sie schloss die Augen und genoss das Gefühl träger Zufriedenheit. Die sanfte Berührung einer Hand an ihrer Schulter brachte sie zum Lächeln.

»Es ist schön, zu sehen, wie sehr dich meine Anwesenheit erfreut.«

Das war nicht Daith. Sie kannte die Stimme. Es war … Sie fuhr herum. Ihr Blick heftete sich auf das Gesicht in den Schatten. Alle Müdigkeit fiel von ihr ab. Sie schrie. Vielmehr *wollte* sie schreien. Kein Laut kam über ihre Lippen.

Der Arsilah schüttelte den Kopf. »Glaubst du, ich würde zulassen, dass du deine Freunde rufst?« Er wandte den Kopf. »Oder deinen Krieger? Ich müsste jeden töten, der uns in die Quere kommt.«

Sie spürte die Last seiner Hand auf ihrer Schulter und wusste, es war seine Magie, die durch ihren Körper strömte und ihre Stimme kontrollierte. Seine Berührung verlieh ihm Macht über sie. *Seine Berührung. Wie kann er …?*

»Wie ich dich berühren kann?« Er lächelte. Sie *sah* es. Und im nächsten Moment konnte sie sich nicht mehr erinnern, es gesehen zu haben. Er nahm die Hand von ihrer Schulter und breitete die Arme aus, als wollte er sich präsentieren. »Du darfst mich in der Welt willkommen heißen.« Cait wich zurück. »Bleib!«

Sie konnte sich seinem Befehl nicht widersetzen. Die Erkenntnis, dass er sie nicht berühren musste um sie zu kontrollieren, entsetzte sie. *Aber das Weltentor ist zerstört! Das Ritual war nicht vollendet.*

»Das Ritual. Das ist in der Tat ein Problem«, bemerkte er in lockerem Plauderton. Er begann sie zu umkreisen, schritt gemächlich um sie herum, während er mit seinen Fingern ihren Hals entlangstrich. »Du wirst mir helfen dieses Problem zu lösen.«

Seine Blicke und Berührungen brannten auf ihrer Haut. Sie versuchte sich ihm zu entziehen. Es gelang ihr nicht. *Warum tötet er mich nicht?*

»Eines Tages werde ich das tun. Jetzt noch nicht. Nicht solange du für mich von Nutzen bist. Habe ich nicht immer gesagt, dass du mir gehörst?«

»Jetzt weiß ich, dass es eine Lüge ist.« Endlich hatte sie wieder Gewalt über ihre Stimme.

»Ach?« Er klang amüsiert.

»Ich habe das Ritual nie vollendet und dir auch kein Opfer dargebracht.«

»Und doch hat dein Tun genügt, dich an mich zu binden.« Das Lachen des Arsilah hallte in ihren Ohren wider. »Opfer sind nur schmückendes Beiwerk. Schön anzusehen, aber es geht auch ohne. Abgesehen davon *wurde* das Mädchen getötet. Gut, du hast es nicht selbst getan und es geschah auch nicht auf dem Opferaltar. Was macht das schon? Ich bin großzügig, was die Auslegung derartiger Huldigungen angeht. Ihr Menschen seid es, die ernsthaft glauben, ein lächerliches Ritual würde euch zu meinen Dienern machen.« Er hörte auf, sie zu umkreisen, und beugte sich nach vorne, bis sein Mund nahe an ihrem Ohr war. »Ich verrate dir ein Geheimnis«, sagte er in verschwörerischem Tonfall. »Die Wahrheit ist, dass ich mir meine Diener selbst aussuche, und ich habe dich für würdig befunden, oder was glaubst du, warum die Viper dich nicht gebissen hat?«

»Vielleicht solltest du dir jemanden suchen, der dir dienen *will.*« Obwohl die Worte leicht, beinahe unbekümmert klangen, kostete es sie all ihren Mut, sie auszusprechen.

Erneut brach er in Gelächter aus. Ein Gelächter, von dem Cait wusste, dass nur sie es hören konnte. »Jemanden, der mich verehrt, zu meinem Diener zu machen ist leicht – und sterbenslangweilig. Es sind Menschen wie du, die mich interessieren. Menschen, die mich verabscheuen. Ihr seid die wahre Herausforderung. Die Würze, wenn du es so willst.«

Sie konnte ihn nur anstarren. *Ein Spiel. Das alles ist für ihn nichts weiter als ein Spiel.*

Seine Aufmerksamkeit kehrte zu Daith zurück. »Wirklich erstaunlich. Ich hätte nicht gedacht, dass du ihm so einfach verzeihen würdest.«

Sie entgegnete nichts. Was er sagte, ergab ohnehin keinen Sinn. Sie suchte fieberhaft nach einem Weg, ihm zu entfliehen. Daith regte sich unruhig im Schlaf. Sie betete, dass er nicht erwachte.

»Siehst du, wie ihn die Schuld quält?«

Welche Schuld?

»Denkst du etwa, er hätte sich nicht die Hände schmutzig gemacht? Glaubst du wirklich, du könntest ihm vertrauen?«

Natürlich kann ich das.

Der Arsilah lachte. »Dann frag ihn, wo er in der Nacht war, in der du deine Erinnerung verloren hast.«

Sie hatte nicht vor, das zu tun. Sie wollte nicht zulassen, dass der Dämon einen Keil zwischen sie trieb. Er spielte mit ihr, versuchte Zweifel in ihr zu wecken und sie von ihren Freunden zu entzweien. *Das wird nicht geschehen.*

»O doch, genau das wird geschehen.« Seine dunkle Silhouette bewegte sich, wirbelte geschmeidig herum. Langsam beugte er sich herab. Sein Atem strich über ihre Wange. Abgestoßen wich sie zurück. Er packte sie am Kragen und hielt sie fest. »Wir sehen uns bald wieder. Bis dahin wirst du niemandem von mir erzählen. Du wirst *vergessen*, dass ich hier war.« Er strich mit der Hand über ihre Augen. Eine Berührung, sanft wie ein Lufthauch. »Alles, was für dich von Bedeutung ist, ist die Frage, wo Landévennec in jener Nacht war.«

Der Arsilah verschwamm vor ihren Augen. Alles, was blieb, war die Erinnerung an sein Lachen. Ihr Blick fiel auf Daith. Getrieben von einem eigenartigen Drang weckte sie ihn.

Lächelnd setzte er sich auf. Er streckte die Arme nach ihr aus, doch sie ließ sich nicht einfangen. »Wo bist du gewesen, als ich meine Erinnerung verlor?« *Warum frage ich ihn das?* Sie wusste nicht, was sie dazu trieb. Es war wie ein Zwang.

Daith' Augen weiteten sich. »Cait, was ist mit dir?«

Ich weiß es nicht. »Beantworte meine Frage.«

Er zögerte. Sein Blick zuckte über ihre Züge. Er war bleich. »Ich bin dort gewesen – bei dir, am Fluss. Ich war der Krieger, der dir das angetan hat.« Seine Stimme war so leise, dass sie ihn kaum hören konnte.

Nein! Es war, als hätten ihr seine Worte den Boden unter den Füßen entzogen. *Das kann nicht sein.*

»Cait, ich ...« Er strich mit der Hand über ihren Arm. Sie fuhr zurück. Sie sah den Schmerz in seinen Augen, eine Spiegelung ihrer eigenen Gefühle.

»Du warst das?« Ihre Stimme bebte. »*Du?*«

»Ich kann es erklären. Bitte lass mich ...«

»Was gibt es da zu erklären? Du bist der Mensch, dem ich am meisten vertraut habe. Der *einzige*, dem ich vollkommen vertraut habe.« *Manchmal mehr als mir selbst.* »Und ausgerechnet du hast versucht mich zu töten.«

»Das war bevor –«

»Bevor was? Bevor du den Auftrag erhalten hast, mich stattdessen zu beschützen?« *Bevor du mir das Herz herausgerissen hast?*

»Es war, ehe ich wusste, was für ein Mensch du bist. Lange bevor ich wusste, dass du nicht die Mörderin bist, für die ich dich damals gehalten habe.«

»Hör auf! Du bist der Schoßhund der Seáthrun! Du dienst Croghán hervorragend und bemerkst es nicht einmal! Du beugst dich den Befehlen deiner Herren und vergisst darüber sogar deine eigenen Wünsche!«

»Cait.«

Sie schüttelte den Kopf. »Geh mir aus den Augen.«

»Schick mich nicht fort.« In seiner Stimme lag ein eindringliches Flehen.

Tief in ihrem Herzen wusste sie, dass er getan hatte, was er für richtig halten musste. Dennoch konnte sie ihm nicht einfach verzeihen. Sie hatte sich sicher gefühlt, hatte ihm vertraut. Zu erfahren, dass er für all das verantwortlich war, was ihr seitdem widerfahren war, erschütterte ihre Welt in ihren Grundfesten. Annuides hatte versucht sie zu warnen. Sie hatte nicht hören wollen. *Wie konnte ich mich so täuschen? Daith ist nicht so!*

»Cait, bitte.«

»Nein!« Sie sah die Qual in seinen Augen, doch sie konnte nicht mit ihm sprechen. Nicht jetzt. »Geh.«

Er setzte noch einmal an, etwas zu sagen. Als er ihre abweisende Miene sah, ließ er die Schultern sinken und verschwand in der Nacht.

16

Eine flache Messingschale voll Wasser sollte Antworten bringen. Stattdessen warf sie weitere Fragen auf. Nachdenklich starrte Croghán auf die stille Wasseroberfläche. Er war beunruhigt. *Warum gelingt es mir nicht, Kontakt herzustellen?* Es war ihm immer ein Leichtes gewesen, Verbindung zu seinen Untergebenen im Dschungel von Bakemba aufzunehmen. Warum wollte es ihm heute nicht gelingen? *Ausgerechnet am Tag des Rituals.*

Missmutig schob er die Schale zur Seite. Sein Blick fiel auf die Umrisse des Pentagramms, das er vor langer Zeit mit goldener Farbe auf den Steinboden aufgetragen hatte. Das Gold war im Laufe der Jahre zu einem verwaschenen Ocker verblasst, trotzdem erfüllte es noch immer seinen Zweck. *So wie alles hier.* Sein Blick streifte über die kalten Steinwände, wanderte über ein Regal, das bis unter die niedrige Decke mit alten Büchern, Folianten und Schriftrollen voll gestopft war, zu einem großen Tisch. Darauf häuften sich Ingredienzen – Kräuter, Eingeweide von Tieren und Menschen, Pulver und einiges mehr –, allesamt unabdingbar für sein Werk. Die Kammer war seine Zuflucht und sein Gefängnis zugleich. Längst sollte er seine Handlungen nicht mehr vor der Welt verbergen müssen. Es war die Schuld des Mädchens, dass er noch immer nicht am Ziel angelangt war. *Diese verfluchte Göre sollte längst tot sein!*

Zur selben Zeit, als das Mädchen entkommen war, hatte auch Prinz Liamar die Stadt verlassen. Seit Monaten war er von dem Gedanken besessen, die Unschuld seines Vetters zu beweisen. Bisher war es Croghán gelungen, ihn davon abzuhalten. Bei ihrer letzten Begegnung war Liamar nicht mehr geneigt gewesen ihm zuzuhören. Die Götter allein wussten, wie das Mädchen es geschafft hatte, auch noch Landévennec für sich zu gewinnen. *Es ist an der Zeit für Antworten.*

Er griff nach einem Kohlenbecken, stellte es auf den

Tisch und entzündete die Kohlen. Voller Ungeduld wartete er, dass sie zu glühen begannen. Dann griff er nach einer Pulvermischung, die er eigens zusammengestellt hatte. Er stäubte eine Hand voll über die Glut. Dunkelblauer Rauch stieg in die Luft und breitete sich aus. Es roch nach feuchter Friedhofserde.

Seine Faust schloss sich um ein Stück glühender Kohle. »Komm zu mir, Herr der Nacht. Eile herbei, Gesicht in der Dunkelheit. Lass dich durch nichts fern halten, höre meinen Ruf!« Der Schmerz trieb ihm Tränen in die Augen. Zischend brannte sich die Glut in seine Handfläche. »Erscheine, Herr der Nacht!« Mit verkniffener Miene schleuderte er den Kohlenklumpen ins Zentrum des Pentagramms. Glut wirbelte über den Boden, erhob sich und gebar den, den er gerufen hatte. Zunächst unstet flackernd und durchscheinend verdichtete sich die Gestalt zunehmend.

»Ich habe mich schon gefragt, wie lange du deine Neugierde in Zaum halten kannst.« Der Arsilah trat aus dem Rauch.

»Was ist passiert?«

»Das Weltentor ist zerstört.« Er klang gelassen.

Croghán nahm die Nachricht weniger ruhig entgegen. »Wie konnte das geschehen?«, brüllte er.

»Errätst du es nicht?«

»*Sie.*« Er spie das Wort aus. Etwas am Verhalten des Dämons ließ Croghán stutzen. In Anbetracht der Tatsache, dass die Zerstörung des Tores ihm den Weg auf diese Seite abgeschnitten hatte, wirkte er erstaunlich gleichmütig. *Er verbirgt etwas.* Im Geiste rezitierte Croghán einen Zauberspruch und konzentrierte sich auf den Dämon. Er ließ die unsichtbare Magie über ihn schwappen und beobachtete die Wirkung. Der Arsilah hatte sich nicht verändert. Er war noch immer stofflos, wie er es gewesen war, seit Croghán ihn zum ersten Mal gerufen hatte. Ein winziger Kern, tief in seinem Innersten, schien anders zu sein. Greifbar. Etwas band den Arsilah an diese Welt und irgendwo musste es einen Ort geben, an dem er mehr als nur der Schatten eines Dämons aus der Neunten Hölle war. Einen Ort, an dem er *existierte.*

»Wie soll es jetzt weitergehen?«, fragte Croghán lauernd.

Der Arsilah sah ihn an. Zumindest vermutet Croghán, dass er es tat. »Es gibt einen Weg, das Ritual zu vollenden.«

»Ach ja?« Croghán heuchelte Interesse. Er wusste längst, worauf der Dämon hinauswollte. Und er war nicht bereit es zu tun.

»Das Amulett um deinen Hals. Gib es mir. Es wird mich befreien.«

Unwillkürlich tastete Croghán nach der schweren silbernen Kette, deren Anhänger unter seiner Robe verborgen lag. *Das Seelenfenster.* Das Amulett war Croghåns Lebensversicherung. Es verlieh ihm Macht über den Arsilah und würde ihn schützen für den Fall, dass der Dämon eines Tages auf den Gedanken käme, ihn nicht mehr zu benötigen. »Wenn ich dir das Amulett überlasse, gibt es nichts, das meine Sicherheit garantiert. Abgesehen davon hast du deinen Teil des Paktes noch zu erfüllen. Lehre mich das Gestaltwandeln.«

»Ich spüre deine Furcht, kleiner Mann.« Der Arsilah sog schnüffelnd die Luft ein. »Ich kann sie riechen.« Er lachte. »Hab keine Angst, ich gedenke, mich an unsere Abmachung zu halten. Gib mir das Amulett und ich bringe dir bei, weshalb du mich gerufen hast.«

»Du zuerst.«

Der Dämon schüttelte den Kopf. »Dann gibt es für dich keinen Grund mehr, mich zu befreien.«

»Und wenn ich dich befreie, gibt es für dich keinen Grund mehr, mich die Magie zu lehren.« *Und mich nicht zu töten.*

»Hmhmhm.« Der Arsilah schien sich nachdenklich über das Kinn zu streichen. »Wie mir scheint, befinden wir uns in einer Sackgasse.«

»Nicht im Mindesten. Es ist sehr einfach. Du wirst tun, was ich verlange, andernfalls wirst du niemals die Freiheit erlangen.« Schon vor sehr langer Zeit hatte er sich auf eine Situation wie diese vorbereitet. Seine Hand schloss sich um das Amulett unter seiner Robe. »Eradách nuriat compera!« Kalte Glut erstrahlte um das Amulett, drang durch den Stoff seiner Robe und hüllte seine Hand in silbernen Glanz. Die Gestalt des Arsilah verlor an Substanz.

»Was soll das, Croghán?«

»Wirst du tun, was ich verlange?«

»Ich bin nicht dein Sklave!«

»Eradách nuriat compera!« Das Amulett pulsierte. Die Umrisse des Arsilah wurden durchscheinend, fransten aus und zerrannen langsam. »Nun?«

Croghán glaubte zu spüren, wie sich die mörderischen Blicke des Dämons in seine Haut bohrten. »Also gut.« Er klang noch immer gelangweilt. »Was willst du?«

»Ich will die Magie – jetzt – und ich will, dass du das

Mädchen und ihre Begleiter aufhältst. Keiner von ihnen soll lebend nach Cor Amánthor zurückkehren!« *Ich habe sie zu lange unterschätzt. Jetzt ist Schluss.*

»Nimm die Finger von dem Ding und ich erfülle deinen Wunsch. Aber glaube ja nicht …« Croghán setzte an, erneut seine Zauberformel zu sprechen. »Kein Grund, ungemütlich zu werden, kleiner Mensch. Ich werde deinen Wunsch erfüllen, also lass den Unfug.«

Zufrieden lächelnd zog Croghán die Hand zurück. Das Glimmen verging. Die Gestalt des Dämons verfestigte sich. Der Arsilah trat auf ihn zu. Croghán hob die Hand. »Komm nicht näher.«

»Wenn du die Magie willst, muss ich das tun. Es sei denn«, fügte er mit unterdrücktem Kichern hinzu, »du willst *Jahre* des Studiums darauf verwenden.«

»Ich warne dich. Versuch nicht Hand an das Amulett zu legen. Es würde dich auslöschen. Dafür habe ich gesorgt.«

»Spar dir den Atem. Ich gebe einfach vor, du wärst hier der Herr – für den Augenblick. Also lass mich meine Arbeit tun.« Der Arsilah trat noch näher und hielt die Hand über Croghåns Stirn. Ein heftiger Ruck durchfuhr ihn, als das Wissen des Dämons in ihn flutete. Er fühlte die Barriere, mit der der Arsilah jene Kräfte abschirmte, die nicht für ihn bestimmt waren. Kräfte, deren Macht ihn augenblicklich getötet hätte. Lediglich das Wissen um eine einzige Art von Magie war frei. Das genügte Croghán. Er saugte es auf wie ein Schwamm.

Als der Dämon seine Hand zurückzog, tat Croghán zwei taumelnde Schritte. Lachend stand er da. Er konnte es! Ohne es versucht zu haben *wusste* er, dass er es konnte. Er rief die Magie, stellte sich vor, auszusehen wie Prinz Liamar, und sprach die Worte. Etwas veränderte sich. Um ihn herum und in ihm. Und als er sein Gesicht in der Wasseroberfläche erblickte, *war* er Prinz Liamar. Dunkle Augen, braunes Haar und ein ansehnliches Gesicht. *Jetzt steht meinen Plänen nichts mehr im Weg. Fast nichts.* Er sah den Arsilah an und nickte. »Das ist ein Anfang. Nun geh und erledige, was ich dir aufgetragen habe.«

Der Arsilah verneigte sich übertrieben eifrig und verschwand ohne ein Wort. Er löste sich auf und schien im Boden zu versickern. Croghán blickte nachdenklich auf sein Spiegelbild. Er wusste, dass der Zauber des Gestaltwandelns nicht dauerhaft wirkte. Bereits jetzt verschwammen Liamars Gesichtszüge und wichen mehr und mehr seinen eigenen. Schon als das Wissen auf ihn übergegangen war, hatte er gespürt, dass der Zauber nicht vollständig war. Der Arsilah hatte einen Teil geheim gehalten. Croghán hatte Erfahrung mit der Erforschung der Magie. Es würde ein Leichtes sein, den fehlenden Splitter zu finden – jetzt, da er den eigentlichen Zauber kannte. Und was das Mädchen und ihre Begleiter anging, würde er sich nicht auf den Arsilah allein verlassen. *Sie werden Cor Amânthor nicht lebend erreichen.*

17

Für Daith vergingen die Tage in Schweigen. Er hatte nicht versucht noch einmal mit Cait zu sprechen. Er brauchte sie nur anzusehen um zu wissen, dass sie nicht zuhören würde.

Zurück an Bord der *Windprinz* nistete er sich im Frachtraum ein. Sobald sie wieder in Dallán waren, würde er seine Sachen nehmen und gehen. Bis es jedoch so weit war, lag eine lange Zeit auf See vor ihm. Wochen auf engstem Raum, die alles andere als einfach werden würden.

Dass seine Befürchtungen nicht unbegründet waren, zeigte sich kurz nach dem Auslaufen, als Connor den Kopf zur Tür hereinsteckte. »Hier bist du.« Ohne eine Aufforderung abzuwarten trat er ein und schloss die Tür. »Warum bist du nicht oben?« Seine Blicke blieben an der Stelle zwischen Kisten und Fässern hängen, an der Daith sein Lager aufgeschlagen hatte. »Hast du etwa vor, dich hier einzunisten?«

»Oben ist es zu eng.«

»Aha.« Er tippte mit dem Finger gegen die Laterne, die an einem Haken unter der Decke hing. Sie geriet ins Schwingen. Das unruhige Licht ließ die Schatten im Raum anwachsen, nur um sie sogleich wieder schrumpfen zu lassen. Wachsen. Schrumpfen. Wachsen. Schrumpfen. Daith' Augen folgten dem schwankenden Lichtkreis für eine Weile. Schließlich hob er die Hand und hielt die Lampe fest. Die Schatten erstarrten.

Connor wanderte zwischen den Kisten umher. »Gemütlich. Nicht zu hell. Keine überflüssigen Fenster. Ich verstehe, dass du diesen Ort mit muffiger, abgestandener Luft einer geräumigen Kajüte vorziehst.«

»Spar dir deinen Sarkasmus.«

Connor wandte sich Daith zu. »Vielleicht ist Sarkasmus der einzige Weg, dich zu einem Gespräch zu bewegen. Oder wenigstens zu *irgendeiner* Reaktion.«

»Ich weiß nicht, wovon du sprichst.«

»Hör auf, mich für dumm zu verkaufen!« Connors Augen waren ein Spiegel seines Zorns. »Daith, ich bin dein Freund. Und das nicht erst seit gestern. Verdammt, denkst du, ich wüsste nicht, dass etwas geschehen ist? Ich bin kein Idiot! Das Schlimme ist nur, ich habe nicht die geringste Ahnung, *was* sich zugetragen hat.« Er studierte Daith' Miene. »Sichtlich war es nicht das, was du dir erhofft hast.«

Für eine Weile war es genau das. »Sie weiß es.«

Connor fuhr auf. »Habe ich dir nicht gesagt, du sollst es für dich behalten?«

»Sie hat mich gefragt, wo ich war, als sie ... beinahe umgekommen wäre.«

»Und da hast du es ihr gesagt.« Er seufzte resigniert.

»Was hätte ich denn tun sollen?«

»Lügen.«

»Es wäre für immer zwischen uns gestanden. Ich weiß nicht, wie lange ich mit diesem Geheimnis hätte leben können.«

»Du hast monatelang damit gelebt!«

»Da dachte ich noch, ich hätte eine Mörderin für ihre Taten zur Rechenschaft gezogen und nicht das Leben eines unschuldigen Menschen zerstört.«

»Wie hat sie es aufgenommen?«

»Aufgenommen?«, höhnte Daith. »Was glaubst du, wie sie es *aufgenommen* hat? Für sie bin ich gestorben.«

»Warum konntest du nicht den Mund halten!«

»Es wäre falsch gewesen.« Daith' Gedanken reisten zurück zu jener Nacht. Die Enttäuschung in ihren Augen wollte ihn nicht mehr loslassen und drohte ihn zu zerbrechen. Sich ausgerechnet in das Mädchen zu verlieben, das er hatte töten wollen, war die bitterste Ironie, die ihm je untergekommen war.

Er saß in der dunklen Enge des Frachtraums und lauschte auf die Geräusche, die ihn umspülten wie das Wasser den Schiffsrumpf. Aus der Ferne drangen Stimmen an sein Ohr. Manchmal glaubte er Cait zu hören, die sich mit jemandem unterhielt. Irgendwann verstummten die Gespräche. Einzig das Knarren der Planken und das Rauschen der Wellen, die gegen den Rumpf schlugen, war noch zu vernehmen. Es war spät geworden.

Daith verließ den Frachtraum und ging an Deck. Er suchte sich einen Platz auf dem Oberdeck, fernab vom Steuermann, und ließ sich auf einer Seilrolle nieder. Er schloss die Augen und ließ seine Gedanken ziehen wie die Wolken am Himmel. Ein Knarren schreckte ihn auf. Träge öffnete er ein Auge. Sein Blick blieb an Cait hängen, deren Silhouette sich auf dem Hauptdeck unter ihm im Mondlicht abzeichnete. Er öffnete auch das andere Auge und setzte sich auf. *Vielleicht ist das meine Gelegenheit.* Er glitt von der Seilrolle und rückte an das Geländer heran, das das Oberdeck umgab. Da bemerkte er, dass sie sich seltsam bewegte. *Als würde sie schlafwandeln.* Ihre Augen schimmerten trüb im Sternenlicht. Sie hielt inne. »Du hast mich gerufen.«

Von ihren Worten überrascht, setzte er zu einer Antwort an. Eine fremde Stimme kam ihm zuvor. »Ich habe dir gesagt, wir würden uns bald wieder sehen.« Hätte Daith die Stimme nicht gehört, er hätte die Gestalt niemals bemerkt, die nur eine Armeslänge von ihr entfernt stand. Gehüllt in dunkle Gewänder verschmolz der Unbekannte mit den Schatten zwischen den Decksaufbauten. Cait stand reglos da. Sie schien nicht einmal zu atmen.

»Du wirst etwas für mich tun«, erklang die Stimme erneut, volltönend und warm. Dennoch ließ ihr Klang Daith frösteln. Seine feinen Härchen im Nacken stellten sich auf. Auf den Boden gepresst schob er sich an das Geländer heran, das ihn vom Hauptdeck trennte. Er kniff die Augen zusammen und betrachtete die hoch gewachsene Gestalt, doch sosehr er sich bemühte, es wollte ihm nicht gelingen, die Züge des Fremden auszumachen. Nur langsam begriff er, dass der Fremde längst ins Licht getreten war. Eine stählerne Hand klammerte sich um seine Eingeweide und presste sie zusammen. *Das ist unmöglich!* Das Weltentor war zerstört, das Ritual niemals vollständig vollzogen worden. Er durfte nicht hier sein. Und doch war er es.

Der Arsilah trat an Cait heran. Er beugte sich herab, ließ seine Nase über ihren Hals streifen und sog ihren Duft ein. Daith' Hände ballten sich zu Fäusten. »Du bist die Richtige.« Erneut füllte er seine Nase mit ihrem Duft. Sein Finger strich zärtlich über ihren Hals. »Meine Dienerin.«

Cait zuckte nicht einmal. »Das bin ich nicht.« Sie klang beinahe trotzig. Als hätte er zwar Macht über ihren Körper, nicht aber über ihren Verstand.

Er trat einen Schritt zurück und betrachtete sie mit geneigtem Haupt. »Mach dir nichts vor, du hast das Ritual begonnen. Ich habe dich *erhört.*« Die Luft zwischen ihm und Cait begann plötzlich zu flimmern und verdichtete sich zu einem Wirbel, der sich stetig veränderte und formte, bis das Abbild eines Medaillons zwischen ihnen hing, kaum größer als ein Handteller. Umgeben von silbernem Glanz drehte es sich langsam um die eigene Achse, eine kleine, filigrane Maske erstarrt in einer Miene der Ausdruckslosigkeit. Die Augen leere Schlitze, hinter denen ein Abgrund aus Dunkelheit gähnte. »Was du siehst, nennt man Seelenfenster. Es befindet sich in Croghâns Besitz. Präge es dir gut ein.« Er machte eine kurze Pause, dann sagte er: »Du wirst es mir bringen.« Das Bild verblasste. Echos silbernen Lichts erfüllten die Luft, als es verging. Die Hand des Dämons senkte sich auf ihre Schulter. »Wage es nicht, Croghân zu töten! Dieses Vergnügen ist allein mir vorbehalten. Bring mir nur, was ich haben will.« Er rieb sich in einer nachdenklichen Geste am Kinn. »Noch etwas«, sie sah auf. »Wenn einer deiner Begleiter nach Cor Amânthor zurückkehrt, wirst du ihn töten. Wenn es sein muss, alle vier.«

»Nein!«

»Tapfer gesprochen und doch so nutzlos. Du *wirst* es tun. Croghân will es so. Was das angeht, soll er seinen Willen haben. Nennen wir es ein Zeichen meines Entgegenkommens.« Er spreizte die Finger und ließ sie sogleich zurückschnellen. »Weigerst du dich meine Wünsche zu erfüllen, wird es dich umbringen. Stück für Stück, langsam und qualvoll. Kämpfe nicht dagegen an. Füge dich deinem Schicksal.« Er trat in die Schatten zurück, und als er mit der Dunkelheit verschmolz, vernahm sie noch einmal seine Stimme: »Du *wirst* meine Wünsche erfüllen, Mädchen. Und jetzt wirst du einschlafen und erst bei Sonnenaufgang wieder erwachen.« Ein Zucken durchlief Cait. Ihr Blick klärte sich. Verwirrung zeichnete ihre Züge. Einen Augenblick später sank sie in sich zusammen und stürzte auf die Decksplanken.

»Cait!« Daith sprang auf und setzte über das Geländer hinweg. Er ließ sich neben ihr auf die Knie fallen. »Wach auf.« Er schüttelte sie an der Schulter, schlug mit dem Handrücken leicht gegen ihre Wange. Sie rührte sich nicht. *Du wirst einschlafen und erst bei Sonnenaufgang erwachen.* Daith hob sie hoch, trug sie in ihre Kajüte und legte sie ins Bett. Dann stürmte er auf den Gang, riss die Tür zur Nachbarkabine auf und platzte in den Raum. »Steht auf! Es gibt Ärger!«

Liamar war sofort auf den Beinen, das Schwert in der Hand. »Na'Darrach?«

»Nichts dergleichen. Wir müssen reden. Steht endlich auf!«

Connor entzündete eine Laterne und hängte sie unter die Decke. Annuides betrachtete ihn grimmig, die Augen zusammengekniffen angesichts der blendenden Helligkeit. »Bist du übergeschnappt, Landévennec?«

»Cait ist in Gefahr.« Annuides verstummte abrupt. »Der Arsilah ist hier. Ich habe ihn gesehen.« In knappen Worten gab er das Gespräch wieder, dessen Zeuge er geworden war. Nachdem er geendet hatte, herrschte angespanntes Schweigen.

Liamar war der Erste, der die Sprache wiederfand. »Was wir brauchen, ist ein Weiser, der uns helfen kann.«

»Jemand wie Racielle? Jemand, der uns an Croghán oder den Arsilah verrät oder sein Werk vollendet und uns umbringt?« Daith zwang sich zur Ruhe. Seine Sorge ließ ihn überreagieren.

Liamar störte sich nicht an Daith' Zynismus. »Ich dachte an den Weisen vom Verschwundenen Turm.«

Obwohl ihm keineswegs danach zu Mute war, begann Daith zu lachen. »Das ist nicht dein Ernst! Du willst eine Legende jagen in der Hoffnung, Antworten zu finden?«

Liamar blieb ernst. »Ich glaube nicht, dass er eine Legende ist. Ihn zu finden dürfte allerdings schwierig werden.«

Schwierig – in der Tat. Daith hatte vom Verschwundenen Turm gehört. Dieser Ort trug seinen Namen nicht zu Unrecht. Manch einer behauptete, es gäbe ihn nicht. Andere waren der Ansicht, der Turm des Weisen würde sich jenen offenbaren, die wahrhaft nach ihm suchten. *Was haben wir schon zu verlieren.* Daith' Blick wanderte von einem zum anderen. Annuides nickte ebenso wie Connor. Schließlich sagte er: »Versuchen wir es.«

»Wo?«

»Es wird erzählt, er befinde sich im Wald von Artulién, an der Westküste Cartómiens. Nach allem, was ich gehört habe, ist der Wald nicht groß. Weniger als ein halber Tagesritt in alle Richtungen.«

Connor runzelte die Stirn. »Wenn der Wald so winzig ist, scheint es mir verwunderlich, dass noch niemand den Turm gefunden hat.«

»Was glaubst du, warum sie ihn den *Verschwundenen* Turm nennen?«

»Großartig«, brummte Daith. »Was, wenn wir ihn nicht finden?«

»Darüber zerbrechen wir uns den Kopf, wenn es so weit ist. *Falls* es so weit ist.« Liamars Selbstvertrauen schien grenzenlos.

»Was machen wir mit Cait?«

»Wenn sie erfährt, was wir vorhaben, wird es vermutlich auch der Arsilah erfahren.« Annuides lehnte sich zurück. »Können wir das riskieren?«

»Wir sagen ihr erst einmal nichts«, entschied Daith. »Sie hat genug Sorgen.«

18

»Land in Sicht!« Die Schreie trieben vom Ausguck herunter, getragen von der sanften Brise, die seit Tagen die Segel blähte. Cait beschirmte die Augen mit der Hand und spähte in die Richtung, in die der Seemann gezeigt hatte.

Seit Tagen hatte sie das Gefühl, dass etwas nicht stimmte. Die Männer benahmen sich merkwürdig. Ständig schlich einer um sie herum, erkundigte sich, ob es ihr gut ginge. Sie sprach es nicht aus, doch sie fühlte sich erbärmlich. Beinahe zwei Wochen auf See und sie vermisste Daith' Nähe mit jedem Tag mehr. Natürlich waren die anderen für sie da, allen voran Annuides. Er tat alles, sie zu umsorgen. Doch er war nicht Daith. Sie vermisste seine grimmigen Blicke, seine Kommentare und spitzen Bemerkungen. Es fehlte ihr, sich mit ihm zu zanken, schweigend neben ihm zu sitzen oder in seinen Armen zu liegen. Wann immer sie ihn sah, fiel es ihr schwer, nicht die Hand nach ihm auszustrecken und ihn zu berühren. Sie fürchtete sich davor, ihm erneut zu vertrauen. Obwohl sie tief in ihrem Herzen wusste, dass sie das konnte.

Ihre Probleme mit Daith waren das eine, ihr unruhiger Schlaf das andere. Es gab Tage, an denen sie mit dem Gefühl erwachte, sich eben erst hingelegt zu haben. Manchmal war es, als hallte das Echo eines vergangenen Gesprächs beim Erwachen noch immer durch ihren Kopf. Sie kniff die Augen zusammen und blickte über das Meer auf einen nicht enden wollenden Küstenstreifen, der zu beiden Seiten im Horizont versank. *Das ist nicht Dallán.* Die Küstenlinie war zu lang.

Sie machte kehrt und lief nach unten. Aufgeregte Stimmen drangen durch die Kajütentür auf den Gang. »Wir werden Cartómien bald erreichen«, hörte sie Connor sagen. »Wie sollen wir ihr erklären, dass wir nicht nach Dallán reisen?«

Jemand lief unruhig auf und ab. »Wir sollten ihr die Wahrheit sagen.« Liamars Stimme war ganz nah.

»Und *ihn* auf uns aufmerksam machen?«, fragte Connor.

Cait stieß die Tür auf. »Welche Wahrheit? *Wen* wollt ihr nicht auf euch aufmerksam machen?«

Alle vier starrten sie an. Connor und Annuides, die auf der Bank unter dem Bullauge saßen, Daith, der aufgehört hatte auf und ab zu wandern, und Liamar, der neben der Tür an der Wand lehnte.

»Würde mir jemand erklären, was das soll?«, verlangte sie, als niemand etwas sagte.

»Du stehst unter dem Bann des Arsilah«, platzte Connor heraus.

Sie runzelte die Stirn.

»Gut gemacht, Connor! Direkter hättest du es kaum zur Sprache bringen können!« Annuides wandte sich ihr zu: »Er war hier – an Bord. Vielleicht ist er es noch immer. Er befahl dir, ihm einen Gegenstand aus Croghâns Besitz zu beschaffen. Du wirst nichts anderes tun können als seinem Befehl Folge zu leisten.«

Eine Weile fehlten ihr die Worte. Dann begann sie zu lachen. »Seid ihr noch bei Trost? Sollte ich mich nicht erinnern, wenn ich mit ihm gesprochen habe? Wenn er mich sogar mit einem Bann belegt haben soll!«

»Seine Magie lässt dich vergessen, dass er hier war«, sagte Daith ruhig. »Ich habe ihn gesehen, Cait, und ich habe gehört, was er von dir verlangt.«

Schlagartig verstummte ihr Gelächter. Sie zog eine Augenbraue in die Höhe. »Wenn *du* das sagst, muss ich es wohl glauben.«

»Du bist in Gefahr. Deshalb kehren wir nicht nach Dallán zurück. Nicht solange wir nicht eine Möglichkeit gefunden haben, den Bann zu brechen.«

»Vielleicht kann mir einer von euch sagen, *wohin* die Reise geht?«

»Wir suchen den Verschwundenen Turm. Es ist ein ...«

Sie glaubte ihr Herz würde stehen bleiben. Ohne auf die Rufe zu achten machte sie kehrt und verließ die Kajüte. Sie floh auf das Oberdeck und ließ sich auf die kleine Bank sinken, die ihr so oft als Ruheplatz gedient hatte.

Der Verschwundene Turm. Ihr Magen krampfte sich zusammen. Wie oft hatte ihr Vater Geschichten von Lavandan dem Weisen erzählt. Jenem Mann, den er immer als seinen Freund bezeichnet hatte. Lavandan würde wissen, ob ihr Vater und Ewan am Leben waren. *Was, wenn es nicht die Antwort ist, die ich hören will?* Sie hatte immer geglaubt, ihr bliebe noch Zeit, ehe sie sich der Wahrheit stellen musste. *Und mit einem Mal geht alles so schnell. Viel zu schnell.*

»Alles in Ordnung?«

Connors Erscheinen schreckte sie auf. Es dauerte eine Weile, bis sie antworten konnte. »Der Gedanke an den Turm ist irgendwie ...«

Er setzte sich neben sie und blickte aufs Meer. »Du glaubst uns kein Wort, nicht wahr?«

»Der Arsilah?« Sie schüttelte den Kopf. »Wenn es so wäre, müsste ich mich doch erinnern.«

»Er hat dich ...«

»... mit einem Bann belegt. Das habe ich gehört. Dennoch, ich müsste mich an *irgendetwas* erinnern, oder?« *Womöglich an ein paar Nächte, in denen ich das Gefühl hatte, gerade erst schlafen gegangen zu sein, als ich erwachte? Der Nachhall einer längst verklungenen Unterhaltung?*

»Ich hoffe, Lavandan kann uns die Antworten geben, die uns fehlen.« Er verzog das Gesicht. »Wenn wir ihn jemals finden.«

»Ich glaube, ich kann ihn finden.« Beinahe amüsiert beobachtete sie, wie Connor große Augen bekam. »Ich war selbst noch nicht dort. Mein Vater schon. Er war Händler. Er hat oft für Lavandan gearbeitet – Bücher und Artefakte aufgestöbert und gekauft«, beeilte sie sich zu sagen.

Er stieß einen Pfiff aus. »Das erleichtert die Sache«, grinste er und sprang auf. »Das muss ich sofort den anderen berichten!« Er war schon halb die Stufen zum Hauptdeck hinunter, als er noch einmal zurückkehrte. »Warum sprichst du nicht noch einmal mit ihm?«

Es erstaunte sie nicht, dass Connor wusste, was zwischen ihr und Daith geschehen war. Überraschend war nur, dass er es erst jetzt zur Sprache brachte. »Es gibt nichts mehr zu besprechen.«

»Komm schon, Cait, was hättest du an seiner Stelle getan?«

»Fragen gestellt.«

»Du kennst seine Vergangenheit. Du weißt, wie sehr ihn Myles' Tod belastet hat. Hättest du in dieser Situation wirklich Fragen gestellt?«

»Ich ...« Sie verstummte.

Er sah sie nur an. Worte waren nicht nötig. Sie hatte verstanden.

Am nächsten Tag gingen sie in Freeport vor Anker. Sie blieben gerade lange genug, um fünf Pferde und ausreichend Ausrüstung zu kaufen. Sobald Cait im Sattel saß und den Wind in ihrem Haar spürte, musste sie sich beherrschen das Pferd nicht zu sehr anzutreiben. Plötzlich konnte sie es kaum erwarten, zu Lavandan zu gelangen.

Sie hörte, wie Connor und Daith sich hinter ihr unterhielten, doch sie achtete nicht darauf. Sie wollte sich keine Gedanken über Daith machen. Nicht heute. Das Freiheitsgefühl, das sie nach den beengten Tagen an Bord der *Windprinz* empfand, war überwältigend. Für eine Weile gab es keinen Arsilah und keinen Kult. Croghán und die Na'Darrach waren in weite Entfernung gerückt. Da war nur sie, frei zu gehen, wohin sie wollte. Sie wusste, dass sie sich selbst belog, dennoch gönnte sie es sich, ihre Gedanken treiben zu lassen. *Wenigstens für ein paar Stunden.*

Endlose Wiesen zogen sich über sanft geschwungenes

Hügelland. Das hohe Gras wogte im Wind. Vereinzelt ragten Baumgruppen wie kleine Inseln daraus empor. Der Geruch des nahenden Herbstes lag in der Luft. Am späten Nachmittag erreichten sie die ersten Ausläufer des Waldes von Artulién. Gewaltige Eichen säumten den Weg, rückten näher und eroberten das Land. Die Schatten wurden länger.

Sie wusste nicht, welchen Weg sie einschlagen sollten. Immer wieder rief sie sich die Worte ihres Vaters in Erinnerung. *Es gibt keinen Weg zu Lavandan. Wann immer ich ihn besuche, folge ich meinen Instinkten. Ich lasse mich treiben und überantworte mein Schicksal den Geistern des Waldes.*

Einer stummen Prozession gleich suchten sie ihren Weg durch den Wald. Die Hufe der Pferde sanken bei jedem Schritt in den weichen Boden. Hin und wieder knackte ein Zweig. Laub raschelte. Der liebliche Gesang eines Eichenpfeiffers erklang. Nach einer Weile erreichten sie einen Bach. Eine fließende Grenzlinie, die sich quer durch den Wald zog, die Oberfläche schimmernd im unsteten Sonnenlicht.

Daith stellte sich in den Steigbügeln auf und blickte von einer Seite zur anderen. »Reiten wir am Bach entlang«, schlug Annuides vor. »Wenn jemand hier lebt, wird er sich in der Nähe des Wassers angesiedelt haben.«

Caits Augen wurden von der Welt jenseits des Baches angezogen. Dort war etwas anders. *Größer.* »Wir überqueren ihn.«

Daith runzelte die Stirn. »Bist du sicher?«

Ihr Blick wanderte zwischen den Bäumen hindurch und badete im Sonnenlicht, das durch die ausladenden Äste gefiltert wurde. Sie nickte. *Ich fühle es.*

Auf ihr Geheiß führten sie die Pferde durch eine Furt. Wasser spritzte auf, glitzerte im Sonnenlicht wie Diamanten. Auf der anderen Seite angelangt war sie nicht sicher, welchen Weg sie einschlagen sollten. *Ich lasse mich treiben*, vernahm sie die Worte ihres Vaters. Sie schloss die Augen. Wartend. Hoffend. Mit einem Mal war es, als wäre sie in eine andere Welt getreten. Der Eichenpfeiffer war verstummt. Was jetzt an ihr Ohr drang, waren andere Geräusche. Sie kannte Gerüchte, die besagten, Lavandan sei ein Zauberer, der an einem verwunschenen Ort lebte. Sie hatte sie stets als Märchen abgetan. Bis heute. Ihr Vater hatte ihn immer als einen außergewöhnlichen Mann beschrieben. Einen *besonderen* Mann. Zum ersten Mal vermutete sie, dass er ihr nicht alles gesagt hatte. *Komm*, schien der Wind zu raunen, der durch die mächtigen Baumkronen fuhr. *Folge mir.*

Sie öffnete die Augen. »Habt ihr das gehört?«

Annuides spähte in den Wald. »Den Eichenpfeiffer?«

Sie schüttelte den Kopf. »Stimmen.«

»Sicher nur der Wind.« Daith lenkte sein Pferd neben sie.

Hier entlang. Ein Chor von tausend Stimmen, körperlos und melodisch, sanft und drängend zugleich. Sie verspürte den Ruf, der sie lockte, und glitt aus dem Sattel. Wie von selbst fanden ihre Füße den Pfad unter den ausladenden Ästen. Die Sonne drang durch das Blätterdach und zeichnete Säulen aus Licht auf ihren Weg. Undeutlich war sie sich der anderen bewusst, die ihr folgten. Ihre Aufmerksamkeit galt den Stimmen des Waldes, die ihr den Weg wiesen. Die Zweige bewegten sich im Wind und verwandelten die Welt in ein wogendes Meer aus

Licht und Schatten. Bis zum Einbruch der Dunkelheit behielt sie die Richtung bei. Die Stimmen waren nicht wieder erklungen. Sie wertete es als gutes Zeichen und hoffte, dass sie sich auf dem richtigen Weg befanden.

Eine Hand legte sich auf ihre Schulter. Blinzelnd starrte sie in Annuides' Gesicht. Es war, als erwachte sie aus einer Trance. »Es wird dunkel«, sagte er. »Wir sollten uns einen Platz zum Lagern suchen.«

Sie schüttelte die Benommenheit ab. Tatsächlich drang kaum noch Tageslicht zwischen den Blättern hindurch. Der Boden versank in Mustern aus dunklen Schatten und Wurzelwerk, die schon bald jeden Schritt tückisch werden lassen würden. Daith wählte eine Stelle zwischen dicht stehenden Bäumen aus, dort banden sie die Pferde an und sattelten ab.

Sie löste die Riemen der Satteltaschen, als Annuides zu ihr trat. »Ich hätte nicht gedacht, dass du den Weg zum Verschwundenen Turm kennst.«

»Manchmal überrasche ich mich selbst.« Sie griff nach den Taschen um sie abzuladen.

»Lass mich das machen.« Er nahm ihr die Last ab und trug sie zum Lagerplatz. Cait ließ sich vor einem Baum nieder, lehnte sich zurück und schloss die Augen. »Was weiß ich noch alles nicht über dich?« Annuides' Frage traf sie überraschend. »Wo kommst du her? *Wer* bist du?«

»Du kennst mich seit vielen Jahren.«

Er bedachte sie mit einem langen Blick, als sähe er sie zum ersten Mal. »Ich weiß, *was* für ein Mensch du bist, welche Dinge du liebst, was du verachtest oder wovor du dich fürchtest. Zumindest wusste ich das früher einmal sehr gut. Über deine Vergangenheit weiß ich nichts.

Früher habe ich nicht gewagt danach zu fragen. Ich hatte Angst, du würdest dich verschließen. Jetzt will ich es riskieren.« Er machte eine kurze Pause. »Wer bist du, Cait?«

Um Worte ringend zupfte sie an einem Büschel Gras. Widerstrebend erzählte sie von ihrem Vater und Ewan. Ihre Stimme zitterte, als sie versuchte von jenem Tag zu berichten, an dem sie die beiden das letzte Mal gesehen hatte. Als sie glaubte nicht fortfahren zu können, griff Annuides nach ihrer Hand und verschränkte seine Finger mit ihren. »Was ist dann geschehen? Auf dem Schiff?«

»Ich ...« Sie schüttelte den Kopf.

»Cait.«

»Hör auf, Annuides«, mischte sich Daith ein. »Du siehst doch, dass sie nicht darüber sprechen möchte.«

Annuides reagierte gereizt. »*Du* musst ja wissen, was in anderen Menschen vorgeht. Vermutlich ist deine Menschenkenntnis ebenso gut wie deine Fähigkeit, einen geeigneten Lagerplatz zu finden.«

Daith kniff die Augen zusammen. »Was gefällt dir nicht an der Auswahl des Lagerplatzes?«

»Die Bäume stehen zu dicht. Wenn wir angegriffen werden, sind unsere Schwerter nutzlos.«

»Ebenso wie die Schwerter und Bögen unserer Gegner.« Mit einem Nicken deutete er auf Annuides' Waffengürtel. »Du trägst einen Dolch. Ich hoffe, du weißt damit umzugehen und benutzt ihn nicht nur um deinen Braten zu schneiden.«

Annuides setzte sich kerzengerade auf. »Ich habe genug von dir, Landévennec! Du hältst dich für einen überragenden Krieger. Ich halte dich für einen Feigling.« Daith hob die Brauen. Annuides fuhr fort: »Du hast bisher nur bewiesen, dass du dich dem Leben nicht stellst. Du läufst davon, sobald es schwierig wird!«

Cait erkannte den Zorn in Daith' Augen. Eine flinke Bewegung, dann war er auf den Beinen. »Steh auf!«, verlangte er. »Wir bringen das jetzt ein für alle Mal zu Ende.«

Liamar machte Anstalten, sich zu erheben. Connor hielt ihn zurück. Liamar sah seinen Vetter an und schüttelte warnend den Kopf. Annuides achtete nicht auf ihn. Er stand auf und trat Daith entgegen. »Das reicht!« Die beiden maßen sich mit abschätzenden Blicken.

Cait sprang auf und drängte sich dazwischen. »Hört sofort auf! Was soll das heißen, wir bringen das ein für alle Mal zu Ende? Wollt ihr kämpfen, bis nur noch einer am Leben ist?« Ihr Blick wanderte zwischen ihnen hin und her. »Wisst ihr überhaupt, was ihr da macht? Ich werde es euch sagen, denn ihr Narren begreift es sichtlich nicht. Euer Zwist bringt uns alle in Gefahr. Ihr seid egoistisch – alle beide! Verdammt noch mal, ihr verfolgt das gleiche Ziel! Ihr wollt Croghán zur Strecke bringen. Das wird nur gelingen, wenn ihr endlich begreift, dass ihr zusammenhalten müsst! Ihr beide solltet ganz schnell lernen miteinander auszukommen. Weigert ihr euch, werde ich morgen, wenn ihr erwacht, nicht mehr hier sein.« Sie ließ die Arme sinken. »Das gilt für jeden Morgen, wenn ich sehe, dass ihr euch noch einmal wie zankende Kinder aufführt!«

19

Als Daith am nächsten Morgen erwachte, war Cait noch da.

Wie schon am Vortag übernahm sie die Führung. Ihr Verhalten ließ nie einen Zweifel daran, dass sie wusste, was sie tat. Nachdem sie es den ganzen Vormittag ausgesprochen eilig gehabt zu haben schien, riss sie plötzlich am Zügel und zwang ihr Pferd zum Stillstand. Sie saß kerzengerade im Sattel. Obwohl er ihr Gesicht nicht sah, war er alarmiert. Er zügelte seinen Braunen und lenkte ihn neben sie. »Was –« Die Frage blieb ihm im Hals stecken, als er die dunklen Gestalten sah, die sich ihnen in einer Front entgegenschoben. *Durch* die Bäume hindurch. Sieben körperlose Gestalten, durch dunkle Kapuzenumhänge in Form gezwungen.

»Was ist?«, rief Connor von hinten.

»Na'Darrach!« Daith riss sein Pferd herum. Cait rührte sich nicht. Sie starrte auf die undurchdringliche schwarze Welle, die sich ihnen lautlos entgegenwälzte. Er packte ihre Zügel und zerrte ihr Pferd mit sich. Kaum setzte sich das Tier in Bewegung, erwachte sie aus ihrer Erstarrung. Daith ließ ihre Zügel schießen. »Sieh zu, dass du wegkommst! Wir halten sie auf.«

»Nein!«

»Wir haben jetzt keine Zeit für Diskussionen!«

»Kein Kampf, Daith! Es sind zu viele. Folgt mir!« Sie trat ihr Pferd in die Flanken und sprengte los.

Daith wechselte einen Blick mit Annuides. Der Prinz nickte. »Worauf wartet ihr noch! Ihr nach!«

Sie trieben die Tiere voran, jagten zwischen den Bäumen hindurch und setzten über umgestürzte Baumstämme hinweg. Obwohl Daith sich tief über den Pferdehals beugte, peitschten ihm immer wieder Äste ins Gesicht, schnitten in seine Haut und raubten ihm die Sicht. Cait legte einen wilden Zickzackkurs vor, Liamar, Connor und Annuides dicht hinter ihr. Daith war der Letzte. Sie umrundeten die Phalanx der Na'Darrach. Die Kreaturen änderten ihre Formation, teilten sich auf und rückten näher. Bäume und Unterholz waren für sie kein Hindernis, während Daith und die anderen im dichter werdenden Gestrüpp immer langsamer vorankamen. Die ersten Verfolger waren beinahe gleichauf. Daith setzte über einen Busch hinweg. Fluchend stellte er fest, dass sie sich inmitten einer Baumgruppe befanden. Sie mussten die Richtung wechseln. Das Manöver kostete Zeit. Die ersten Na'Darrach schnitten ihnen den Weg ab. Annuides riss sein Pferd herum. Mit einem wütenden Schrei sprengte er zwischen ihnen hindurch. Er trat nach einer der Kreaturen und riss sie von den Beinen.

»Ihm nach, Cait!«

Daith wartete, bis alle an ihm vorbei waren, dann trieb er seinen Braunen an. Das Tier scheute und bäumte sich auf. Er umfasste die Zügel fester und zwang das Tier zum Gehorsam. Er sah, wie Liamars Pferd mit einem Satz über den gestürzten Na'Darrach hinwegsetzte, und folgte ihm. Sobald die Nachtschatten hinter ihnen lagen, scherte Cait zur Seite aus. »Hier entlang!«

Daith schwenkte herum. Annuides war neben ihm. Seite an Seite galoppierten sie voran, trieben Connor und Liamar vor sich her. Cait hatte ein paar Meter Vorsprung. Sie konnte es schaffen. Wenn es ihnen gelang, die Na'Darrach lange genug aufzuhalten. Seine Erleichterung verflog, als sie plötzlich stehen blieb. Kurz darauf war er bei ihr. »Weiter!«, brüllte er und trat seinem Pferd in die Flanken. Das Tier rührte sich nicht vom Fleck. »Was, zum Henker ...! Elender Gaul!« Er sprang ab und sah sich um. Die Na'Darrach rückten näher. Fassungslos stellte er fest, dass auch die anderen vergeblich versuchten ihre Pferde anzutreiben. »Wir müssen zu Fuß weiter!«

Die Na'Darrach holten auf. »Wir müssen kämpfen!«, rief Connor über die Schulter hinweg.

Daith blieb stehen. »Lauft! Conn und ich verschaffen euch Zeit.«

Connor trat neben ihn, sein Schwert in der Hand. Daith zog blank. Er sah sich nach Cait um, wollte sie ein letztes Mal sehen, ehe der Kampf begann. Sie war näher gekommen. »Du sollst verschwinden!« Die Na'Darrach hatten sie fast erreicht. *»Bitte.«*

Ihre Antwort ging in einem Zischen unter. Ein Lichtblitz tauchte die Welt in strahlendes Weiß. Für einen Augenblick war er blind. Er vernahm die erschrockenen Rufe seiner Begleiter. Irgendwo hörte er Cait. Er wollte zu ihr, stolperte und stürzte auf die Knie. Erstaunt fühlte er den kalten, glatten Stein unter seinen Händen, wo sich weicher Waldboden befinden sollte. Das gleißende Licht wich, verwandelte sich in grelle Punkte, die vor seinen Augen auf und ab tanzten. Er sprang auf.

Die Na'Darrach waren verschwunden, ebenso wie der Wald von Artulién. Daith blinzelte. Er hatte sich nicht geirrt. Der Boden *hatte* sich verändert. *Und nicht nur der*

Boden. Er stand im Zentrum einer gut zwanzig Meter durchmessenden Halle aus glänzendem Marmor. Fackelschein hüllte den Raum in warmes Licht. Um sich herum entdeckte er seine Freunde. Annuides half Cait auf die Beine. Daith' Augen suchten nach Connor. Er stand zu seiner Linken, das Schwert noch immer in Händen haltend, kampfbereit. Das Erstaunen stand ihm ins Gesicht geschrieben. Liamar sah sich um. »Was ist das für ein Ort?«

»Ich schätze, der Verschwundene Turm ist nicht länger verschwunden«, bemerkte Connor.

»Wir sollten sehen, dass wir einen Weg nach draußen finden«, schlug Annuides halblaut vor.

»Willst du dich wieder mit den Na'Darrach anlegen?« Connor schüttelte den Kopf. »Dies ist der Ort, nach dem wir gesucht haben. Wir sind am Ziel.«

»Was, wenn die Na'Darrach uns hierher folgen?«

Die Tür öffnete sich. Daith griff nach Caits Arm und zog sie hinter sich. Ein Mann betrat die Halle. Seidiges Haar in der Farbe des Mondlichts ergoss sich über seine Schultern. Ein Netz von Falten und Linien umgab seine Augen, tiefe Furchen hatten sich in sein Gesicht gegraben. Er war ein Greis und doch bewegte er sich mit der Behändigkeit eines jungen Mannes. Seine beigefarbene Robe raschelte leise bei jedem Schritt. Ein anderes Geräusch war nicht zu hören. Über die Halle hatte sich ehrfürchtige Stille gesenkt. Der Alte schritt die Reihe der Neuankömmlinge ab und betrachtete jeden von ihnen eingehend. Schließlich blieb er stehen und sagte mit klarer, kraftvoller Stimme: »Ich bin Lavandan. Seid willkommen.«

Annuides räusperte sich. »Ich bin –«

»Ich weiß, wer ihr seid.« Als er die irritierten Blicke bemerkte, lachte er. »Ich habe euch eingeladen.«

»Ihr meint, dass Ihr uns absichtlich hierher ...?«, platzte es aus Connor heraus.

Wieder ein Lachen. »Wäre dies nicht mein Bestreben gewesen, hättet ihr diesen Ort zweifelsohne niemals gefunden.«

»Was ist mit den Na'Darrach?« Liamar sah sich unruhig um. »Sie können jeden Moment erscheinen. Und wo sind die Pferde?«

»Macht Euch keine Sorgen, junger Prinz. Den Pferden wird nichts geschehen und die Nachtschatten vermögen es nicht, hier einzudringen.«

»Ich habe den Turm nicht gesehen, als wir im Wald ...« Connor beäugte Lavandan argwöhnisch. »Wir sind doch noch im Wald?«

»Manchmal.«

Connors linke Augenbraue schnellte in die Höhe. Falls Lavandan es bemerkte, achtete er nicht darauf. Seine moosgrünen Augen hingen an Cait. Dann wandte er den Kopf zur Tür und brüllte: »Junge! Komm her!« Eine Weile geschah nichts. »Junge!«

Die Tür wurde aufgestoßen. »Ich bin doch nicht taub!« Ein junger Mann erschien auf der Schwelle. »Was ist denn so dringend?« Seine tiefblauen Augen wanderten über Lavandans Gäste und hefteten sich auf Cait. »Heiliger ...« Er tat einen Schritt in den Raum und hielt inne. »Cait?«

Sie trat hinter Daith hervor. Ihre Lippen bewegten sich zitternd. »Ewan!«

Mit wenigen Schritten durchquerte er den Raum, ohne sie aus den Augen zu lassen. Sie stand wie erstarrt da. »Bei allen Göttern!« Seine Augen ruhten auf ihr, als blicke er auf einen Geist. Tränen liefen über seine Wangen. »Cait«, hauchte er, streckte die Arme nach seiner kleinen Schwester aus und zog sie an sich.

»Ich denke, die beiden haben sich viel zu erzählen«, meinte Lavandan an Daith und die anderen gewandt. »Folgt mir, ich zeige euch eure Unterkünfte.«

Er machte kehrt, führte sie in eine Eingangshalle und eine steile Treppe empor. Daith war der Letzte, der ein Gemach zugewiesen bekam. »Wir sehen uns heute Abend zum Essen.« Mit einem Nicken zog Lavandan sich zurück.

Dicke Teppiche dämpften jeden Schritt, als Daith den Raum durchmaß. Er ging zum Fenster, stieß es auf und blickte nach draußen – auf den Wald von Artulién. Von den Na'Darrach war nichts zu sehen. Ein leiser Lufthauch fuhr in den Raum. Mit einem Seufzer ließ er Rucksack und Waffengürtel auf den Tisch fallen, schlüpfte aus seinen Stiefeln und warf sich aufs Bett. Er schloss die Augen und lauschte dem Gesang der Vögel, der durch das Fenster an sein Ohr drang. Als er die Augen wieder öffnete, war es dunkel.

Er nutzte die bereitstehende Schüssel und einen Krug Wasser um sich zu reinigen. Ehe er den Raum verließ, blieb sein Blick an einem Wandspiegel hängen. Prüfend betrachtete er sein Spiegelbild. Es war, als offenbarte ihm der Blick in den Spiegel, wer er wirklich war. Er fühlte nicht länger die Schande seines toten Vaters auf sich lasten. Er war Daith Landévennec, Hauptmann der

Seáthrun. Sein Leben war dem Kampf gegen das Böse gewidmet. Ein Kampf, den er zu lange vernachlässigt hatte. Er löste seinen Blick vom Spiegel und verließ das Gemach.

Er vernahm Stimmen und folgte ihnen die Treppen hinab, in einen Raum abseits der Halle, in der sie angekommen waren. In einem offenen Kamin brannte ein knisterndes Feuer. Ein abgenutzter Sessel stand davor, daneben ein kleines Tischchen, auf dem neben einer Karaffe und einem Becher eine Pfeife lag. Am anderen Ende des Raumes stand ein langer Tisch mit Bänken.

Cait saß zwischen Annuides und ihrem Bruder. Immer wieder wechselte sie lange Blicke mit Ewan, als könnte sie nicht glauben, dass er wirklich hier war. Auf Lavandans Einladung hin ließ Daith sich nieder. Ewan reichte ihm einen gut gefüllten Teller. Er kostete Pilze, Wild und Braten, ebenso wie Fisch und Geflügel, verschiedene Gemüse und ofenfrisches Brot. Dazu einen ausgezeichneten Wein.

»Als Ihr sagtet, der Turm befinde sich *manchmal* im Wald, habt Ihr versucht mich zu verkohlen, nicht wahr?« Connors Tonfall machte deutlich, dass er *hoffte*, es wäre ein Scherz gewesen.

»Ich wollte genau das zum Ausdruck bringen, was ich sagte«, gab Lavandan schmunzelnd zurück. »Dieser Turm existiert nicht an einem bestimmten Ort oder in einer bestimmten Zeit. Er ist nicht den Gesetzen unserer Wirklichkeit unterworfen. Meistens befindet er sich auf dem Pfad zwischen den Welten, wenngleich es bei einem Blick aus dem Fenster aussehen mag, als wären wir noch immer im Wald von Artulién.«

Der Pfad zwischen den Welten. Daith' Mund fühlte sich trocken an. Aladar hatte davon erzählt. Eine Straße, die an der Grenze zur Anderen Seite – dem Reich der Toten – entlangführte und nur von mächtigen Magiern aufgesucht werden konnte. Ein winziger Fehler würde einen achtlosen Reisenden auf immer in der Zwischenwelt gefangen halten. *Wie mächtig seid Ihr, Lavandan?*

Annuides' Stimme riss ihn aus seinen Gedanken. »Wenn der Turm nicht hier ist, wie konntet Ihr dann wissen …?«

»… dass ihr hier seid?« Als der Prinz nickte, sagte Lavandan: »Ich fühlte die Gegenwart von Magie im Wald und wurde neugierig.«

»Die Na'Darrach?«

Lavandan nickte. »Es ist schwer, ihre Anwesenheit zu übersehen.« Er wandte seine Aufmerksamkeit auf den Teller vor sich und schien nicht gewillt mehr über die Na'Darrach zu sagen. Allmählich wandte sich die Unterhaltung anderen, banaleren Dingen zu. Dingen, die zu diskutieren Daith im Augenblick die nötige Geduld fehlte.

Er griff nach seinem Weinkelch, erhob sich und wanderte im Raum umher. Nach einer Weile blieb er neben dem Kamin stehen, als Ewan zu ihm trat. »Lavandans Eigenart, wichtige Dinge nicht sofort zu besprechen, kann ausgesprochen anstrengend sein.« Ewans Verwandtschaft mit Cait ließ sich nicht leugnen. Das gleiche Lächeln, dieselben strahlenden Augen. »Ich danke Euch, dass Ihr so gut auf meine Schwester Acht gegeben habt«, sagte er plötzlich. »Ich wähnte sie verloren, doch Ihr habt sie mir zurückgebracht.«

Sichtlich kennt Ihr nur einen Teil der Geschichte. »Nach dem Überfall ... habt Ihr nie ...?«

»Nach ihr gesucht?« Traurigkeit legte sich wie ein Schleier über seine Augen. »Nachdem ich genesen war, bin ich losgezogen. Beinahe zwei Jahre bereiste ich jeden Hafen, suchte in jeder Küstenstadt nach ihr. Bis nach Chandra hat mich meine Suche geführt. Ohne Erfolg. Vater wurde krank. Seit dem Überfall hat er ein steifes Bein. Er ist nicht mehr derselbe, seit sie uns genommen wurde.« Er lächelte freudlos. »Ich musste nach Hause zurückkehren und mich um ihn kümmern, wenn ich ihn nicht auch noch verlieren wollte. Ich schäme mich es zu sagen, aber ich hatte sie aufgegeben.«

»Es gibt keinen Grund, sich zu schämen. Ihr habt getan, was in Eurer Macht stand.«

Ewans Blick ruhte auf Cait. »Sie hat sich verändert. Früher war sie verwöhnt und manchmal oberflächlich. Wenn ich sie jetzt ansehe, erblicke ich einen Menschen, der gelernt hat sich durchs Leben zu schlagen – ein Leben, das in den letzten Jahren nicht einfach gewesen zu sein scheint.« Seine Augen kehrten zu Daith zurück. »Meine kleine Schwester ist erwachsen geworden. Was ich sehe, gefällt mir.« Er seufzte. »Sie war in der Tat verhätschelt. Trotz allem war es schwer, sie nicht zu lieben.«

Das ist es auch heute noch. »Verzogen und oberflächlich? Cait?«

»Sie war ein Kind, das noch nicht durch die Schule des Lebens gegangen war. Jetzt ist sie eine Frau. Die letzten Jahre haben sie verändert.« Er wurde ernst. »Gleich morgen früh werden wir uns mit Lavandan zusammensetzen und über die Dinge sprechen, die euch hierher führen. Sie hat bisher nur ein paar Andeutungen gemacht – zu mehr sind wir nicht gekommen. Gönnen wir ihr eine Nacht Ruhe.« Gedankenverloren fuhr er mit dem Finger über den Rand seines Weinkelchs. Sein Blick richtete sich auf Daith. »Ihr scheint sie gut zu kennen – und zu mögen.«

»Sie würde das abstreiten.«

Ewan zog eine Augenbraue in die Höhe. »Was ist geschehen?«

»Ich habe sie verraten.«

Am nächsten Morgen erwachte Daith durch ein Klopfen an der Tür. Verschlafen blinzelnd setzte er sich auf. Ohne eine Aufforderung abzuwarten trat Ewan in den Raum und blieb an der Tür stehen. »Lavandan erwartet uns.«

Während Daith sich anzog, stand Ewan am Fenster und blickte nach draußen. »Ich denke, Ihr solltet noch einmal mit ihr sprechen.« Daith streifte sein Hemd über und tat, als hätte er ihn nicht gehört. »Ich weiß nicht, was zwischen Euch und meiner Schwester vorgefallen ist. Das ist auch nicht von Bedeutung. Mir genügt, was ich sehe.«

»Ach, und was soll das sein?«, fragte Daith schneidend.

»Ich sehe, wie Ihr sie anblickt. Ich sehe, dass Ihr sie liebt und Euer Leben für sie geben würdet.«

»Und das alles seht Ihr an meinen Blicken.«

Ewan ließ sich nicht verunsichern. »Das tue ich.«

»Dann seht Ihr auch, dass es hoffnungslos ist. Sie hat –«

»Warum sprecht Ihr nicht in Ruhe mit ihr?«

»Sie will mir nicht zuhören. Sie will mich nicht einmal in ihrer Nähe haben. Und wisst Ihr was?« Er sah ihn an. »Sie hat Recht. Was ich ihr angetan habe, lässt sich nicht durch ein Gespräch und eine Entschuldigung gutmachen. Die Dinge zwischen Cait und mir sind nicht so einfach, wie Ihr Euch das vorstellt.«

»Gebt nicht vorschnell auf. Und jetzt lasst uns gehen.«

Ewan führte ihn in eine Bibliothek. Goldene Sonnenstrahlen tauchten den Raum in warmes Licht. Der Geruch alter Bücher lag in der Luft. *Der Duft des Wissens.* Der Boden war mit dicken Teppichen ausgelegt. Eine Wendeltreppe führte auf eine Galerie, deren Wände von Bücherregalen verdeckt waren. Daith entdeckte eine zweite Wendeltreppe, darüber noch eine Galerie, angefüllt mit Büchern und Schriftrollen. Und schließlich eine weitere Treppe, die sich zur nächsten Empore wand. Alles war hell erleuchtet. Nie zuvor hatte er derart viele Bücher und Schriftrollen gesehen. Nicht einmal in der umfangreichen Bibliothek der Seáthrun. Er wusste, dass Lavandans Turm ein magischer Ort war, dennoch fürchtete er sich nicht. Diese Magie hatte nichts Bedrohliches an sich. Es war der Zauber uralten Wissens.

Annuides, Cait und Lavandan erwarteten ihn am Tisch. Daith warf Ewan einen Blick zu. »Conn und Liamar?«

»Sie kümmern sich schon mal um die Ausrüstung und die Pferde«, erklärte er und nahm seinen Platz an Lavandans Seite ein.

»Setzt Euch, Daith.« Lavandan deutete auf einen freien Platz neben Cait.

Sie wirkte müde und unausgeschlafen. Als sie seinen

Blick bemerkte, sah sie auf. Für einen Augenblick dachte er, sie würde lächeln. Dann ergriff Ewan das Wort und sie richtete ihre Aufmerksamkeit auf ihn. »Zunächst einmal solltet Ihr uns ausführlich erklären, was euch hierher führt«, sagte er an Annuides gewandt.

»Diese Zusammenkunft ist Zeitverschwendung«, antwortete Cait an seiner Stelle. »Annuides sieht Gespenster. Er und die anderen bilden sich Dinge ein, die nicht wahr sind. Gar nicht wahr sein *können*!«

»Und weil sie sich diese Dinge einbilden, bist du ihnen hierher gefolgt?«

»Welche Wahl bleibt mir denn auf einem Schiff? Ich kann kaum ins Wasser springen und irgendwo an Land schwimmen.«

Ewans Blick kehrte zu Annuides zurück. »Erzählt uns, worum es geht.«

»Das ist eine lange Geschichte. Alles begann, als ich auf jenen Kult stieß. Ich –«

Daith fiel ihm ins Wort. »Cait steht unter dem Bann eines Dämons, den sie den Arsilah nennen.«

»Und das war die kurze Version«, brummte Annuides.

»Blödsinn!« Sie schlug mit der flachen Hand auf die Tischplatte. »Ich müsste doch etwas merken, wenn dem so wäre! Aber alles ist wie immer!«

Lavandan ließ sie nicht aus den Augen. Sie wich seinem Blick aus. Da erhob er sich, umrundete den Tisch und trat zu ihr. »Du weißt, dass etwas nicht stimmt, nicht wahr? Du kannst es *fühlen*, doch du weißt nicht, was es ist. Das macht dir Angst.« Er legte ihr eine Hand auf die Stirn. »Ich will, dass du siehst, was vor deinem Geist verborgen bleiben soll. Schließ die Augen und sieh.« Seine flache Hand ruhte auf ihrer Stirn. Der alte Mann schloss ebenfalls die Augen. Ein blaues Leuchten umgab seine Hand dort, wo er Cait berührte. Ein Ruck durchfuhr ihren Körper. Ihre Augen zuckten hinter den geschlossenen Lidern. Sie schwankte.

Keuchend sprang sie auf. Ihr Stuhl kippte um. Sie geriet ins Stolpern und wäre gestürzt, hätte Daith nicht reagiert. Hastig streckte er die Arme aus und fing sie auf. Sie zitterte. »Bei allen Göttern! Wie ist das möglich?« Sie wehrte sich nicht gegen seinen Griff. Selbst dann nicht, als sie ihr Gleichgewicht zurückerlangt hatte. Ihre Augen ruhten auf seinen und fesselten seinen Blick. Für einen Moment gab es nur ihn und Cait. Sie war ein Geschenk der Götter. Oder ein grausamer Scherz, der ihn immer daran erinnern sollte, was er haben könnte, wenn er nicht der wäre, der er nun einmal war. »Warum hast du mir nicht gesagt, dass ich euch alle umbringen werde?« Ihre Stimme war kaum mehr als ein tonloses Flüstern. »Ihr habt mir erzählt, dass ich Croghán einen Gegenstand stehlen soll. Dass ich euch töten werde, habt ihr mit keiner Silbe erwähnt.«

»Du *sollst* uns töten, Cait. Niemand sagt, dass du es tun wirst.«

»Ihr bleibt keine andere Wahl, sobald ihr Cor Amánthor erreicht.« Lavandan kehrte an seinen Platz zurück. »Ich habe gesehen, was geschehen ist. Und ich kenne die Antworten, nach denen ihr sucht.« Er ließ sich auf seinen Stuhl sinken. »Sie werden euch nicht gefallen.«

Annuides stellte ihren Stuhl auf. Sie befreite sich aus Daith' Armen. Lavandan wartete, bis alle saßen, ehe er das Wort ergriff. »Meine Kraft reicht nicht aus, um die

Magie vollständig von dir zu nehmen, Cait. Es tut mir Leid.«

»Was können wir tun?« Daith fühlte sich hilflos und verloren. Er befand sich an einem Ort der Weisheit und des Wissens und dennoch sagte Lavandan, dass er nichts tun könne.

»Da er den Bann kaum freiwillig zurücknehmen wird, kann sie einzig der Tod des Arsilah befreien.«

Wie sollen wir einen Dämon töten? »Ich werde einen Weg finden.«

»*Wir* werden einen Weg finden«, korrigierte Annuides.

»Seid ihr jetzt endgültig übergeschnappt?«, fauchte sie. »Ihr sprecht davon, einen Dämon zu töten! Ich werde nicht zulassen, dass einer von euch meinetwegen in Gefahr gerät! Verabschiedet euch von dem Gedanken, die großen Helden zu spielen!«

Annuides ignorierte ihren Protest und wandte sich an Lavandan. »Wie könnt Ihr uns helfen?«

»Das habe ich bereits.« Er sah zu Cait. »Ich sagte, ich kann die Magie nicht *vollständig* von dir nehmen. Du stehst nicht länger unter dem Zwang, ihm das Seelenfenster zu bringen. Zumindest was das angeht, konnte ich helfen. Der andere Bann jedoch ...« Er schüttelte den Kopf. »Als ich die Magie in dir spürte, habe ich meine Kräfte darauf konzentriert, jenen Zwang von dir zu nehmen, hinter dem ich das stärkste Interesse des Dämons verspürte. Das Seelenfenster ist für ihn das Wichtigste. Unglücklicherweise ist es der andere Bann, der euch in Gefahr bringt. Ich habe die falsche Entscheidung getroffen.«

»Versucht es noch einmal!« Es fiel Daith schwer, ruhig zu bleiben.

»Das ist nicht möglich.« Noch immer ruhten Lavandans Augen auf Cait. »Der Zauber, mit dem er dich belegt hat, ist ein Geas. Die älteste und mächtigste Form der Magie. Ein wahrhaft machtvoller Zauberer ist in der Lage, *ein* Geas zu wirken. Der Arsilah hat dich mit zweien belegt. Ein Geas zu lösen entzieht magische Kraft. Es ein weiters Mal zu tun übersteigt meine Fähigkeiten.«

»Dann werden wir ihn töten«, sagte Annuides fest.

Cait verdrehte die Augen. »Wie stellst du dir das vor? Wie willst du ihn finden, ganz zu schweigen davon, gegen ihn kämpfen? Er ist kein Teil dieser Welt. Er kann uns schaden, wir ihm nicht!«

»Wenn ich euch helfen soll, muss ich die ganze Geschichte kennen. Von der ersten Begegnung mit dem Arsilah bis zum heutigen Tag. Alles.«

Annuides war der Erste, der zu sprechen begann. Cait und Daith ergänzten seine Ausführungen. Nachdem sie geendet hatten, schwieg Lavandan lange Zeit. Irgendwann erhob er sich, trat an den Kamin und blickte lange ins Feuer. Daith wusste, dass der alte Mann alles in seiner Macht Stehende tat, dennoch wäre er am liebsten aufgesprungen und hätte ihn geschüttelt, um ihn endlich zu einer Antwort zu bewegen.

»Ich verstehe jetzt, wie es dem Arsilah gelungen ist, die Zerstörung des Weltentors zu überstehen.« Seine tief liegenden Augen richteten sich einmal mehr auf Cait. Der Stoff seiner Robe raschelte, als er sich bewegte. »Das Ritual der Initiation hat eine Verbindung zwischen dir und ihm geschaffen. Er betrachtet dich als sein Eigentum.

Das Band zwischen euch ist stark. Dadurch war es ihm möglich, sich eines Teils deiner Existenz zu bemächtigen, als das Weltentor zerstört wurde. Er lebt in deinem Schatten, wenn du es so willst. Solange er dich nicht verlässt, ist er *real*.

»Dann ist es meine Schuld, dass er hier ist?«, fragte sie erschüttert. »Wenn ich nicht bei der Zerstörung des Weltentors dabei gewesen wäre, wäre das niemals geschehen?«

»Wenn du nicht dort gewesen wärst, wäre das Tor niemals zerstört worden«, fauchte Daith gereizt. Es gefiel ihm nicht, dass sie sich die Schuld gab. »Du konntest nicht ahnen, was geschehen würde.«

»Wenn ich auf dich gehört hätte, wäre das nie –«

»Cait!« Er griff nach ihrer Hand. »Erinnerst du dich an den Kerl mit der Armbrust? Wie hättest du da in der Höhle bleiben sollen?«

Sie murmelte etwas Unverständliches, dann sah sie ruckartig auf. »Ihr sagtet, ich sei nicht mehr gezwungen ihm das Seelenfenster zu bringen. Wenn ich kehrtmache und so weit von Cor Amánthor fortgehe wie nur möglich, kann er nichts tun. Dann sind alle in Sicherheit.«

Lavandan schüttelte den Kopf. »Wenn nur einer von ihnen in die Nähe von Cor Amánthor kommt, wirst du es spüren. Die Magie des Arsilah wird dich zwingen dem Geas zu folgen. Du kannst nicht auf Dauer von der Stadt fernbleiben.« Lavandan betrachtete sie noch immer nachdenklich. »Aber die Dinge könnten schlimmer sein.«

»Schlimmer?« Annuides zog eine Augenbraue in die Höhe.

»Stellt euch vor, es wäre euch gelungen, das Portal zu

zerstören, ohne dass die Essenz des Arsilah hätte entkommen können.«

»Das scheint mir nicht die *schlimmere* Alternative zu sein.«

»Dann stellt euch vor, Croghán wäre aus Cor Amánthor geflohen und keiner von euch würde ihn jemals wieder zu Gesicht bekommen. Im Geheimen verfolgt er seine Ziele weiter, schafft erneut ein Weltentor und öffnet es dieses Mal, ohne dass jemand davon weiß. Muss ich meine Überlegungen weiter ausführen?«

Was Daith betraf, war das nicht nötig. »Wo soll unser Vorteil sein?«

»Jetzt könnt ihr den Arsilah vernichten. Ein für alle Mal.«

Annuides blinzelte verständnislos. »Wie sollen wir das anstellen?«

Daith spürte ein hysterisches Lachen in sich aufsteigen. »Wir brauchen Croghåns Seelenfenster, nicht wahr?«

Lavandan nickte. »Solange Croghán das Seelenfenster besitzt, hat er den Arsilah in der Hand. Dieser Gegenstand hat die Macht, den Dämon zu vernichten oder ihn endgültig in unsere Welt zu holen. Das macht die beiden einander ebenbürtig. Der Arsilah weiß das. Deshalb will er es haben.«

»Das ergibt doch keinen Sinn!« Cait sprang auf. »Wenn der Arsilah in mir ist, warum ist er dann nicht hier um zu verhindern, dass wir darüber sprechen, wie wir ihn vernichten können? Warum unternimmt er nichts dagegen?« Sie sah von einem zum anderen. »Ich werde es euch sagen: weil es Unsinn ist!«

»Sie hat Recht.« Daith sah Lavandan an. »Warum verhindert er diese Zusammenkunft nicht?«

»Das kann er nicht«, meldete sich Ewan zu Wort. »Ein Schutzzauber umgibt den Turm wie eine Kuppel und hält ihn fern. Er kann sich erst wieder zeigen, wenn ihr den Turm verlassen habt. Der Dämon kann weder hören, was hier gesprochen wird, noch kann er etwas dagegen unternehmen. Sobald ihr die Barriere hinter euch lasst, ist er wieder in der Lage, jeden eurer Schritte zu beobachten.«

»Beobachten? Was ist mit meinen Gedanken? Kann er ...?«

Lavandan schüttelte den Kopf. »Nein.«

»Ich denke, es ist das Sicherste, wenn Cait hier bleibt.«

»Wenn ihr vorhabt den Arsilah zu töten, muss sie euch nach Cor Amánthor begleiten. Ihr müsst ein Ritual durchführen, sobald ihr das Seelenfenster habt. Damit es Wirkung zeigt, ist es erforderlich, dass der Arsilah – und damit auch Cait – anwesend ist.«

»Wir könnten das Seelenfenster hierher bringen. Dann könnte Cait hier auf uns warten«, schlug Daith vor.

Lavandan schüttelte den Kopf. »Das Seelenfenster kann ebenso wenig in den Turm gebracht werden wie der Arsilah. Wenn ihr etwas gegen ihn ausrichten wollt, müsst ihr euch ihm stellen.«

»Dann also Cor Amánthor.«

»Das ist Wahnsinn!« Sie stieß ihren Stuhl zurück und wanderte unruhig hin und her. »Hört ihr euch überhaupt reden? Ihr wollt den Arsilah töten. Einen Dämon! Und als wäre das nicht genug, sprecht ihr auch noch davon, mit mir nach Cor Amánthor zu reisen. Ist euch entgangen, dass ich euch töten werde, wenn ihr die Stadt betretet?«

»Glaubst du, wir könnten uns dich nicht vom Leib halten?« Daith schüttelte den Kopf. »Ganz gleich mit welcher Waffe du mich angreifst, du wirst nicht gegen mich ankommen. Gegen keinen von uns. Mach dir keine Sorgen.«

»Was, wenn meine Wahl nicht auf eine Klinge fällt? Kannst du dich auch gegen Gift zur Wehr setzen? Oder einen Anschlag aus dem Hinterhalt? Im Schlaf?«

Annuides vertrat ihr den Weg und zwang sie stehen zu bleiben. »Wir brauchen dich, wenn wir den Arsilah besiegen wollen.« Er sah ihr in die Augen. »Bitte lass uns nicht im Stich.«

»Im Stich lassen? Verdammt, Annuides, ich versuche euch nicht *umzubringen*!«

Daith sah sie an. »Du bist stark, Cait. Stärker als jeder Bann. Gemeinsam stehen wir das durch.«

Ihr Blick wanderte zwischen Daith und Annuides hin und her. Sie seufzte. »Also gut, ich werde euch begleiten, aber ihr müsst mir etwas versprechen.«

Daith war auf der Hut. »Kommt darauf an, was es ist.«

»Beim ersten Anzeichen von Ärger will ich, dass ihr mich unschädlich macht.«

»Kommt nicht in Frage!«, rief Annuides sofort. »Ich könnte nie ...«

»Ich verlange ja nicht, dass du mich umbringst. Fesselt und knebelt mich meinetwegen, aber hindert mich daran, dass ich einem von euch etwas antun kann. Versprecht mir das!«

Daith nickte. »Versprochen.«

Cait blieb hinter ihrem Stuhl stehen, stützte sich auf die Lehne und blickte zu Lavandan. »Wie geht es jetzt weiter?«

»Ich werde dafür sorgen, dass die Na'Darrach aus dem Wald verschwunden sind, ehe ihr aufbrecht, und ich werde dir erklären, wie du das Ritual der Vernichtung durchzuführen hast. Ansonsten kann ich euch nur raten, nach dem Verlassen der Schutzbarriere kein Wort über eure Pläne verlauten zu lassen. Andernfalls wüsste der Arsilah sofort, was ihr vorhabt. Lasst ihn in dem Glauben, Cait hätte ein paar alte Freunde besucht.«

»Das wird nicht möglich sein«, warf Annuides ein, nachdem er sich gesetzt hatte. »Immerhin weiß er, dass wir hier sind, um Cait von dem Bann zu befreien.«

»Er weiß aber nicht, dass ihr jetzt über das Seelenfenster und das Ritual Bescheid wisst. Gebt vor, keine Antworten gefunden zu haben. Spielt die Geschlagenen. Seid geknickt und ohne Hoffnung.« Lavandan grinste. »Bietet ihm ein schönes Schauspiel.«

Annuides war skeptisch. »Wird er nicht misstrauisch werden, wenn wir von einem Weisen zurückkehren und nicht das Geringste erreicht haben?«

Lavandans Grinsen wurde breiter. »Natürlich werden wir ihm etwas geben, das nicht nur sein Misstrauen besänftigt, sondern ihn zusätzlich auch noch ärgert.« Er blickte zu Cait. »Immerhin habe ich den Bann von dir genommen, der dich zwingen soll das Seelenfenster zu stehlen. Zusätzlich habe ich etwas für dich, das dich vor weiterer Magie schützen wird.«

»Was hindert ihn daran, uns alle zu töten, wenn ich ihm nicht mehr beschaffen kann, was er will?«

Endlich begriff Daith die Spielregeln. »Er lebt in dir. Wenn er dich tötet, wäre das nicht sein Ende, doch er würde seine Gelegenheit verwirken, an das Seelenfenster zu gelangen. Wie lange müsste er warten, ehe er erneut beschworen wird? Jahrzehnte? Jahrhunderte? Er braucht dich. Und er betrügt Croghán. Die beiden können sich nicht vertrauen. Sie sind so sehr miteinander beschäftigt, dass sie uns nicht ihre volle Aufmerksamkeit schenken werden.«

Annuides verschränkte die Arme vor der Brust. »Entweder das oder wir geraten zwischen die Fronten.«

Erneut ergriff Ewan das Wort. »Croghán wird versuchen euch zu töten. Allen voran Cait, wenn er herausfindet, dass sie es ist, die den Arsilah in sich trägt. Er wird alles daransetzen, zu verhindern, dass sie lebend in seine Nähe gelangt. Denn das ist es, was der Arsilah will. Er will, dass Cait Croghán gegenübersteht. Dann ist er real. Das versetzt ihn in die Lage, gegen Croghán anzutreten.«

Lavandan erhob sich. »Komm später zu mir, Cait, dann werde ich dir alles Nötige erklären. Ewan, sieh zu, dass du ein paar geeignete Waffen findest, mit denen sie sich auch gegen Na'Darrach zur Wehr setzen können.«

Ewan nickte. »Und dann packe ich meine Sachen. Ich werde euch begleiten.«

»Nein!«, entfuhr es Cait. »Kommt nicht in Frage! Ich will nicht, dass –«

»Ich brauche dich hier, Ewan«, fiel Lavandan ihr ins Wort. »Du musst mir helfen den Gegenzauber aufrechtzuerhalten, der Cait vor der Magie des Arsilah schützt.«

»Ich werde sie nicht allein gehen lassen!«

»Sie ist nicht allein.« Lavandans Blick schweifte von

Daith zu Annuides und zurück zu Ewan. »Wenn du deiner Schwester helfen willst, bleib hier und unterstütze mich bei dem Zauber. Ich werde ein Amulett vorbereiten. Ich habe zu viel Kraft verloren, als ich das Geas von ihr nahm, um die Magie dauerhaft einzuweben. So bleibt mir keine andere Wahl, als den Zauber dreimal täglich zu erneuern. Dabei brauche ich deine Hilfe.«

Die Besprechung hatte beinahe den ganzen Vormittag angedauert. Nachdem Lavandan den Raum verlassen hatte, waren auch Cait und Ewan gegangen. Nach all den Jahren gab es vieles, das die beiden zu besprechen hatten. Daith zog sich zurück. Eine Weile wanderte er durch die Gänge, streifte ziellos umher, seine Gedanken gefangen in einem Strudel aus Furcht und dem Wunsch, endlich zu handeln. Gedämpfte Stimmen aus einer der Kammern weckten seine Aufmerksamkeit.

Leise trat er näher und blickte in den Raum. Cait und Ewan saßen auf einer Stufe vor dem Kamin. »Du hast eine harte Zeit hinter dir«, sagte Ewan gerade. »Je eher du nach Hause zurückkehrst, umso besser wird das für dich sein. Für uns alle. Sobald ich kann, werde ich Vater die frohe Kunde überbringen.«

»Womöglich wäre das zu voreilig.« Sie wirkte gequält.

»Was ist los? Was beschäftigt dich?«

»Was mich beschäftigt? Der Arsilah. Croghán. Dieser Bann, der mich dazu bringen soll, meine Freunde zu töten.«

Ewan schüttelte den Kopf. »Das meine ich nicht. Da ist noch etwas anderes. Wann immer ich über Vater spreche, wirkst du so ... abweisend.«

Lange Zeit sagte sie kein Wort. Als sie schließlich zu sprechen begann, zitterte ihre Stimme. »Was, wenn er sich nicht freut mich zu sehen? Was, wenn er sich damit abgefunden hat, dass es mich nicht mehr gibt, und mein Erscheinen sein Leben nur durcheinander bringt? Was, wenn –«

»Halt!« Ewan legte ihr einen Finger auf die Lippen. »Als ich dich gestern in der Halle sah, konnte ich es kaum glauben. All die Jahre ... Götter, ich habe dich so sehr vermisst. *Wir* haben dich vermisst. Du warst unser Sonnenschein. Seit du nicht mehr bei uns bist, ist alles nur noch ernst und traurig. Zu Hause ist es still geworden. Ich schäme mich es zu sagen, aber das ist der Grund, warum ich froh bin oft lange bei Lavandan zu sein – selbst wenn das bedeutet, Vater allein zu lassen. Manchmal habe ich einfach das Gefühl, die Stille nicht länger zu ertragen.«

»Ewan ...«

»Nur zu wissen, dass du am Leben bist, ändert für mich alles. Und Vater wird es kaum anders ergehen. Er muss es so bald als möglich erfahren.«

Nachdenklich blickte sie ins Feuer. »Was, wenn keiner von uns die Konfrontation mit dem Arsilah überlebt?«

»Ein bisschen mehr Zuversicht könnte dir nicht schaden.« Er streckte die Hand nach ihr aus und strich über ihren Arm. »Deine Freunde werden alles daransetzen, dich zu beschützen, das weißt du. Diese Männer würden ihr Leben für dich geben.«

»Ich will aber nicht, dass sie meinetwegen sterben!«

»Ich wollte damit ja auch nur sagen, du bist in guten Händen.« Er sah sie lange Zeit an. Schließlich sagte er: »Du bist erwachsen geworden.«

Sie sah auf. »Ich weiß nicht mehr, wer ich bin. In meinem Gedächtnis sind so viele Erinnerungen. Alle wirbeln durcheinander und nichts hilft mir herauszufinden, *wer* ich bin.«

»Erinnerungen können dir nur sagen, woher du kommst.«

»Aber nicht, wohin ich gehöre.«

Er schüttelte den Kopf. »Das kannst nur du selbst entscheiden.«

»Ich habe drei Leben gelebt – jedes war anders. In jedem davon war *ich* anders. Die verzogene Göre, die einst Cartómien an Bord der *Abendstern* verließ, die verängstigte Gefangene, die Annuides fand, oder Cait, die Geschichtenerzählerin. Wer bin ich wirklich?«

»Womöglich vereinst du alle drei in dir?«

Ihre Verunsicherung erstaunte Daith. Er hatte keinen Grund, sich zu fragen, wer sie war. Sie war Cait. Störrisch, stolz und wundervoll. Doch das konnte er ihr nicht sagen. Sie würde ihm nicht zuhören. Vielleicht nie wieder.

Ewans Blick schweifte zur Tür. Als er Daith sah, erhob er sich. »Ich muss mich um eure Ausrüstung kümmern.« Er küsste Cait auf die Wange. »Wir sehen uns später.« Er nickte Daith kurz zu, ehe er an ihm vorbei auf den Gang trat.

Cait blickte ins Feuer, als Daith sich neben sie setzte. Es gab so vieles, was er ihr sagen wollte. Er wusste nicht, ob er den Mut dazu hatte. »Wie geht es dir?«

»Weniger gut, als es sein könnte.«

Zum ersten Mal wurde ihm bewusst, dass die Dinge, die zwischen ihnen vorgefallen waren, sie mehr belasteten, als sie es zeigte. Er sah die Trauer in ihren Augen und die Furcht. Er glaubte zu sehen, wie sehr sie sich zurückhalten musste, nicht die Hand nach ihm auszustrecken. Vielleicht wünschte er sich das auch nur. Was er in ihren Augen sah, ließ dennoch Hoffnung in ihm keimen. »Cait, ich wollte nie –«

»Nicht.« Sie hob die Hand. »Bitte. Lass uns das nicht diskutieren. Nicht jetzt.«

»Nicht jetzt? Bedeutet das, du wirst eines Tages bereit sein mir zuzuhören?«

»Vielleicht.« Sie sah ihn an. »Können wir für eine Weile so tun, als wäre nichts geschehen?«

Für immer, wenn du willst. Er nickte.

»Ich habe solche Angst, Daith«, platzte es aus ihr heraus. »Ich will dich nicht töten. Keinen von euch. Was, wenn ich es dennoch tun muss? Ich ...« Noch immer ruhten ihre Blicke auf ihm. Leise sagte sie: »Bitte, halt mich fest.«

Er streckte die Arme nach ihr aus und zog sie an sich. Er wusste, diese Umarmung bedeutete nicht, dass zwischen ihnen alles wieder in Ordnung war. Es bedeutete nur, dass sie jemanden brauchte, der ihr Halt gab. Für den Anfang war er damit zufrieden. Er genoss ihre Nähe und hielt sie eng umschlungen, bis sie sich schließlich aus seinen Armen befreite und sagte: »Sieh darin nicht mehr, als es war.«

»Es war mehr, als ich zu hoffen gewagt hatte.«

Sie spielte verunsichert mit einer Locke, suchte nach Worten. Ein leises Räuspern ließ sie auffahren. Annuides stand in der Tür. »Hier bist du, Cait. Ich habe dich gesucht.« Er trat näher und setzte sich neben sie. »Du sollltest etwas essen und dich ausruhen«, meinte er nach einer Weile.

Cait schüttelte den Kopf und stand auf. »Lavandan erwartet mich.« Ihre Blicke wanderten zwischen Annuides und Daith hin und her. »Seid friedlich, ja?« Ohne eine Antwort abzuwarten machte sie kehrt und ging.

Daith starrte ins Feuer. Sie hatte Recht, wenn sie ihn und Annuides aufforderte friedlich zu sein. Bei dem, was vor ihnen lag, mussten sie sich blind aufeinander verlassen können. *Womöglich ist es an der Zeit, einen alten Zwist zu begraben.* »Wir waren einst Freunde«, begann er, ohne den Blick von den Flammen zu nehmen. »Ich begreife noch immer nicht, was sich geändert hat.« Er sah den Prinzen an. »Warum hasst du mich so sehr?«

Annuides setzte sich kerzengerade auf. »Wie kannst du das fragen, *Dungarvan*!«

»Ich bin ein Landévennec.«

Annuides schüttelte den Kopf. »Das bist du nicht! In deinen Adern fließt Aedh Dungarvans Blut!«

»Hasst du mich deswegen so sehr? Wegen des Blutes?«

»Dein Vater war es, der meinen um die Krone bringen wollte!«

»Ein Versuch, den er mit dem Leben bezahlte«, entgegnete Daith ruhig. »Ich verstehe dich nicht. Ich bin bei Hofe nie in Erscheinung getreten. Ich habe weder Ländereien noch Titel. Wie kannst du mir die Verfehlungen eines Vaters vorwerfen, den ich nicht einmal kannte!«

»Es ist sein Blut, das dich zu dem macht, was ich verachte!«

»Bis zu dem Augenblick, als du erfahren hast, wer

mein Vater war, warst du mein Freund. Wie kann sich das von einem Moment auf den anderen ändern?« Er schüttelte verständnislos den Kopf. »Warum trägst du mir Dinge nach, die dein Vater vergeben hat?«

»Sprich nicht von meinem Vater! Nie wieder!«

»Wir waren einmal Freunde –«

Annuides fiel ihm ins Wort. »Für mich warst du immer nur ein Rivale!«

»Ein Rivale?«, wiederholte Daith.

»Was du auch getan hast, du hast immer alles bekommen – von jedem. Selbst von meinem Vater. *Du* warst es, den Vater von seinen Waffenmeistern ausbilden ließ. *Du* warst es, den Aladar als Schüler erwählte, obwohl auch ich zu den Seáthrun wollte. *Du* warst es, der ...« Er schüttelte den Kopf. »Du hast immer gewonnen.« Seine Stimme war voller Bitterkeit.

Daith glaubte seinen Ohren nicht zu trauen. »Bist du je auf den Gedanken gekommen, dass es keine Frage des Gewinnens oder Verlierens war? Du wirst einmal König sein, Annuides. Was habe ich schon groß zu erwarten?«

»Wenn es nach Vater gegangen wäre, hätte dir eine große Zukunft bevorgestanden. Bei allem hattest stets du den Vorrang. Er hatte so ein schlechtes Gewissen wegen des Todes deines verdammten Vaters, dass er glaubte dir etwas schuldig zu sein!« Annuides schrie beinahe. »Er hat deinen Belangen immer mehr Aufmerksamkeit gewidmet als seinem eigenen Sohn!«

Endlich verstand er, was Annuides dazu getrieben hatte, sein Geheimnis zu verraten. Er hätte wütend sein müssen. Alles, was er empfinden konnte, war Mitleid. »Ein schlechtes Gewissen ist wohl kaum mit der Liebe eines Vaters zu vergleichen. Es stimmt, der König hat mir viele Vorteile gewährt, doch eines war er mir nie: ein Vater. Wie kannst du da eifersüchtig sein?«

»Du wolltest mich um die Liebe meines Vaters bringen!«, beharrte Annuides starrsinnig. »Und jetzt versuchst du mir die Frau zu nehmen, die ich liebe!«

Daith blinzelte. *Woher kann er wissen, was ich für sie empfinde?*

»Glaubst du, ich würde nicht bemerken, wie du sie ansiehst? Denkst du, mir ist entgangen, dass du sie eben im Arm gehalten hast?«

»Sie suchte nur Trost. Du warst nicht hier«, erwiderte Daith kalt. Der Wunsch nach Versöhnung war verflogen.

»Ich werde nicht zulassen, dass du jemals wieder in ihre Nähe kommst!«

Daith' Stimme war bedrohlich ruhig, als er sagte: »Mach sie nicht zum Werkzeug deines Hasses.«

Annuides schüttelte bedächtig den Kopf. Auch seine Stimme war jetzt vollkommen ruhig. Seine Augen funkelten. »Es soll ihr an nichts fehlen. Ich will sie beschützen, und wenn sie erst meine Frau ist, wirst du keinen Einfluss mehr auf sie haben.«

Daith zuckte unter seinen Worten zusammen. Er wusste, Annuides' Gefühle für Cait waren aufrichtig, ebenso wie seine eigenen. Und er wusste, dass er ihr niemals das bieten konnte, was Annuides ihr bieten würde. *Sie hat etwas Besseres als mich verdient.* Langsam wandte er sich Annuides zu. Er war noch immer ruhig. Es war die Ruhe eines Mannes, der nichts mehr zu verlieren hatte. »Ich werde dir nicht im Weg stehen.« Er glaubte zu spüren, wie etwas in ihm zerbrach. »Aber ich schwöre bei allen Göttern: Wenn du sie je verletzt, töte ich dich.«

20

Zwei Wochen später erreichten sie ohne weitere Zwischenfälle Dallán. Sie mieden den Hafen und gingen in einer verborgenen Bucht nahe Cor Amánthor vor Anker. Daith und Connor mieteten sich in den beiden Dachkammern im *Weltenrand* ein und brachten Liamar, Annuides und Cait unbemerkt über die Hintertreppe ins Haus.

Während die Männer in der anderen Kammer zusammensaßen und sich besprachen, hatte Cait sich niedergelegt. Sie wusste, sie sprachen über die Ereignisse im Verschwundenen Turm. Und sie wusste, sie durfte nicht dabei sein, wenn sie verhindern wollten, dass der Arsilah von ihren Plänen erfuhr. Sie lag im Dunkeln und starrte an die Decke. Ihre Gedanken kreisten um Croghán und das Gesicht in den Schatten. *Wie sollen wir sie je besiegen?* Die Dinge erschienen aussichtslos. Nie zuvor hatte sie sich derart einsam gefühlt wie seit dem Verlassen des Verschwundenen Turms. Das Glück mit Daith war vorüber, ohne dass ihnen mehr als eine Nacht geblieben war. Er hatte zerstört, was zwischen ihnen hätte sein können. Ewan war bei Lavandan geblieben. Annuides hatte seit Tagen kein anderes Thema als seine Heimkehr und den Wunsch, seinen Ruf reinzuwaschen. Liamar und Connor standen ihren Freunden zur Seite, unterstützten sie, wo sie nur konnten. Cait hatte niemanden. In den dunkelsten Stunden der Nacht lag sie wach und wünschte sich, nichts von alledem wäre je geschehen. Sie fragte sich, wie sich die Dinge entwickelt hätten, wenn sie Annuides nie gefunden hätten. *Oder wenn Daith den Kampf gegen die Na'Darrach nicht überlebt hätte.* Erschrocken schob sie den Gedanken beiseite. Diese Männer waren ihre Freunde! Hastig verdrängte sie jeden Gedanken an Tod. Dennoch erwachte sie am Morgen mit einem Gefühl der Leere und dem Bedürfnis, allein zu sein, doch ihr Wunsch nach Ruhe blieb unerfüllt. Bei Tagesanbruch versammelten sich alle in ihrer Kammer.

»Wir brauchen einen Plan.« Liamar saß auf der Fensterbank und blickte in die Runde. Seine Augen blitzten unternehmungslustig. »Einen *guten* Plan!«

»Wir müssen Anklage gegen Croghán erheben.« Annuides warf einen Seitenblick auf Cait. »Dazu müssen wir in die Stadt.«

»Und wir müssen schnell sein«, fügte Connor hinzu. »Wenn er erfährt, dass wir hier sind – und ich bin davon überzeugt, das wird er –, werden wir keinen sicheren Augenblick mehr haben.«

Daith, der mit verschränkten Armen an der Tür lehnte, zuckte ungerührt die Schultern. »Wir wussten, es würde nicht einfach werden.«

KEINER VON EUCH MÜSSTE HIER SITZEN UND UM SEIN LEBEN BANGEN, WENN ANNUIDES TOT WÄRE. Cait sah erschrocken auf. *Was denke ich da?* Doch es waren nicht ihre Gedanken, die in ihrem Kopf erklangen. Es war eine fremde Stimme, schmeichelnd und süß, sanft wie ein Lufthauch. Die Stimme des Arsilah. Sie schüttelte den Kopf und richtete ihre Aufmerksamkeit auf das Gespräch.

»Wir müssen zum König. Die Frage ist nur wie?« Daith hatte seinen Platz neben der Tür nicht verlassen. »Wir sollten uns ...«

Es fiel ihr schwer, seinen Worten zu folgen. *Es ist ohnehin nicht von Bedeutung, was sie planen. Sie werden ihr Vorhaben niemals in die Tat umsetzen.* Dafür würde sie sorgen. *Nein!* Ein Zittern durchlief ihren Körper. Ihr Blick glitt zu Connor. Doch sie sah nicht ihn, nur den Dolch an seinem Waffengürtel. In Reichweite. *Ich muss nur die Hand ausstrecken.* Sie verschränkte die Arme vor der Brust. *Das ist lächerlich. Niemand kann mich zwingen etwas gegen meinen Willen zu tun!*

Ein Lachen erklang in ihrem Kopf. DU BIST SO NAIV! JE LÄNGER DU DICH WEHRST, UMSO SCHMERZHAFTER WIRD ES LETZTENDLICH. UND DENNOCH WIRD ES DIR NICHT HELFEN! AM ENDE WIRST DU DEN SCHMERZ NICHT LÄNGER ERTRAGEN UND TUN, WAS ICH VERLANGE.

Wir werden sehen.

Wieder ein Lachen. DENKST DU, ICH WÜSSTE NICHT, WAS IHR VORHABT? Lavandan hatte sie gewarnt nicht über ihre Pläne zu sprechen, um den Arsilah nicht darauf aufmerksam zu machen. Aber er hatte ihr versichert, dass der Dämon ihre *Gedanken* nicht lesen konnte. ER WUSSTE ES NICHT. IST DAS NICHT TRAURIG?, höhnte er. EIN MÄCHTIGER WEISER, DESSEN WISSEN DOCH SO BESCHRÄNKT IST.

Du weißt also, was wir vorhaben. Und wenn schon. Du kannst nichts dagegen tun.

KANN ICH NICHT? Er klang sarkastisch, dennoch glaubte sie einen unsicheren Unterton zu vernehmen.

Du kannst uns nicht töten. Du brauchst uns.

ICH BRAUCHE NIEMANDEN!

Sie nahm allen Mut zusammen. *Dann will ich dir ein wenig auf die Sprünge helfen. Ohne mich existierst du nicht. Wenn ich nicht in Croghâns Nähe gelange, kannst du es auch nicht.*

DANN LASSE ICH DICH EBEN AM LEBEN. Sie glaubte beinahe sein Schulterzucken sehen zu können.

Und ebenso wenig wirst du meinen Freunden etwas antun. Wenn du das Geas nicht von mir nimmst, werde ich dich niemals in Croghâns Nähe bringen. Sie hatte ihn, das wusste sie. Sie hatte einen Weg gefunden, den Arsilah mit seinen eigenen Waffen zu schlagen. Sie unterdrückte ein triumphierendes Grinsen.

DU IRRST DICH. Er klang erheitert. CROGHÂN WIRD ZU DIR KOMMEN, WENN ER ERST WEISS, DASS DU HIER BIST. ICH MUSS NUR WARTEN UND GLAUBE MIR, ICH HABE ZEIT.

Sie ballte die Hände zu Fäusten. Er würde den Bann nicht von ihr nehmen. Bereits jetzt wurde der Drang, ihm zu gehorchen, stärker. Sie wusste nicht, wie lange sie sich dagegen zur Wehr setzen konnte.

NICHT LANGE, MÄDCHEN. NICHT LANGE. VERTRAU MIR, IN WENIGEN STUNDEN IST ALLES VORBEI.

Sie unternahm einen letzten verzweifelten Versuch. *Was, wenn es mich umbringt? Das wäre das Ende deiner Pläne.*

Er lachte. Schon wieder. DENKST DU, DU WÜRDEST DIE SCHMERZEN LANGE GENUG ERGTRAGEN, UM DARAN ZU GRUNDE ZU GEHEN? MIT JEDEM MAL, DAS DU DAGEGEN ANKÄMPFST, WIRD ES SCHLIMMER WERDEN. SCHON BALD WIRST DU BEREIT SEIN ALLES ZU TUN, WENN NUR DIE SCHMERZEN ENDLICH AUFHÖREN. Er schien auf alles eine Antwort zu haben. Eine Antwort, die seinen Zwecken diente und ihr mehr und mehr den Mut raubte. Doch er war noch nicht fertig. DU SPÜRST ES SCHON, NICHT WAHR? IST DA NICHT DER DRANG IN DIR, DEINEM FREUND SEINEN DOLCH IN DIE EINGEWEIDE ZU RAMMEN?

Nein! Es fiel ihr schwer, die Bilder zu verdrängen, die vor ihren Augen entstanden. Ihre Finger. Der Dolch. Blut. Das Blut ihrer Freunde. Es gab nur einen Weg, das wusste sie jetzt. Sie fuhr herum und riss Connors Dolch aus der Scheide. Ehe er reagieren konnte, richtete sie die Waffe gegen sich selbst. Sie hörte, wie Daith ihren Namen schrie. Connor packte zu. Seine Hand klammerte sich um ihren Arm.

DU GLAUBST DOCH NICHT, DASS ES SO EINFACH IST, erklang die Stimme des Dämons in ihrem Geist. ICH WÜRDE NIE ZULASSEN, DASS DU DICH EINFACH DAVONSTIEHLST.

»Nein!« Sie schluchzte auf. »Nicht, Conn! Lass es mich zu Ende bringen!« Sie versuchte sich ihm zu entziehen. Doch Connor war nicht der Einzige, gegen den sie zu kämpfen hatte. Plötzlich war Daith über ihr. Er entriss ihr den Dolch und schleuderte ihn zur Seite. Die Verzweiflung verlieh ihr ungeahnte Kräfte. Um sich tretend gelang es ihr, sich zu befreien. »Daith! Ich kann sie nicht halten!«

Sie warf sich nach vorne. Auf Händen und Knien kroch sie auf den Dolch zu. Kräftige Arme schlangen sich um ihre Taille. »Cait!« Daith hielt sie umklammert. »Hör auf!« Sie versuchte nach ihm zu schlagen. Er verstärkte seinen Griff. »Komm zur Vernunft!«

»Lass mich los!«, brüllte sie. »Verstehst du nicht, dass ich es tun muss!«

»Cait, bitte!« Er presste sie an sich, bis ihr der Atem ausging.

Kraftlos sank sie in seinen Armen zusammen. Verzweifelte Tränen brannten in ihren Augen. »Du verstehst das nicht.«

Er drehte sie herum ohne sie freizugeben. »Schschsch.« Mit ihr im Arm ließ er sich auf die Matratze sinken. Er wiegte sie wie ein kleines Kind, bis sie sich allmählich beruhigte.

»Er weiß es«, schluchzte sie. »Der Arsilah weiß, was wir vorhaben.« Sie setzte sich auf und sah sich den besorgten Blicken ihrer Freunde ausgeliefert. Sie alle wirkten schockiert. Mit einer Hand wischte sie sich die letzten Tränen von den Wangen. »Seht mich nicht so an! Was soll ich denn tun?« Die Wut verlieh ihr die Kraft, sich ihnen zu stellen. »Ich kann seine Stimme hören! Es ist so schwer, dagegen anzukämpfen. Sein Wille gewinnt mehr und mehr die Oberhand. Die Stimme, die euren Tod befiehlt, wird lauter und drängender. Ich dachte, ich wäre stark genug. Aber ich weiß nicht, wie lange ich noch ...«

»Und da dachtest du, dich selbst zu töten wäre die Lösung?« Connor kniete vor ihr nieder. Sie nickte kleinlaut.

»Du bist das tapferste und selbstloseste Geschöpf, das ich kenne. Und du bist vollkommen verrückt, wenn du glaubst, dass wir das zulassen würden.« Er sah ihr in die Augen. »Du wirst nicht noch einmal etwas Ähnliches versuchen?«

Hätte sie geglaubt, dass es Sinn haben könnte, einen weiteren Versuch zu unternehmen, sie hätte es getan. Sie schloss die Augen. Was hatten sie Croghán und dem Arsilah schon entgegenzusetzen? Ein paar silberne Waffen und ein Amulett, das sie schützen sollte.

TÖTE SIE, erklang die vertraute Stimme in ihrem Kopf. Sie öffnete die Augen. Ihr Blick schweifte umher, suchte nach einem Dolch. *Irgendeiner* Waffe. Ihre Hände zitterten. TÖTE SIE. ALLE.

21

Seine Informanten hatten berichtet, dass sie in der Nähe der Stadt waren. Seitdem beobachtete Croghán jeden ihrer Schritte. Er war nicht sonderlich erstaunt gewesen, als er erfahren hatte, dass der Arsilah in der Aura des Mädchens existierte. Der Dämon wollte das Seelenfenster und Croghán würde verhindern, dass er es bekam.

Er hatte Gefallen daran gefunden, das Mädchen und ihre Begleiter mit Hilfe seiner Magie zu beobachten. Er musste zugeben, der Arsilah war ausgesprochen einfallsreich. *Ein Geas, wie dämonisch.* Zu sehen, wie sie versucht hatte sich selbst zu töten, um nicht zur Gefahr für ihre Freunde zu werden, hatte ihn amüsiert. Bisher widersetzte sie sich tapfer. Bedauerlich, dass er es sich nicht erlauben konnte, ihren Kampf bis zum Ende zu verfolgen.

Nachdenklich betrachtete er sein Spiegelbild. »Zeige dich mir.« Er fuhr mit der Handfläche über die stille Wasseroberfläche. Sein Spiegelbild franste aus und verschwamm. Sanfte Wellen, die winzige Schaumkronen trugen, schwappten gegen den Rand der Schale. Als sich die Oberfläche glättete, war es nicht mehr sein eigenes Antlitz, das er erblickte. Er sah das Mädchen. Sie lag zusammengerollt auf ihrer Schlafstatt, zitternd und schwach, von Fieberattacken geschüttelt. Ein dünner Schweißfilm lag über ihrem hübschen bleichen Gesicht. Sie war allein. Ihre Lippen bewegten sich, murmelten immer wieder dieselben Worte. Croghán konnte sie nicht hören, doch er vermochte die Worte von ihren Lippen abzulesen. *Nein.* Sie wiegte sich hin und her, ihre Finger klammerten sich um etwas. *Nein.*

Er vollführte eine kurze Geste. Einen Augenblick später vernahm er ihr klagendes Wimmern. Croghäns Lippen verzogen sich zu einem Lächeln, als er erkannte, was sie in Händen hielt – Löwentod, eine hochgradig giftige Blume. Er hatte gesehen, wie sie das Gewächs letzte Nacht aus dem Rasen gezupft hatte. Liamar war mit ihr an der Luft gewesen. Ein Moment der Unaufmerksamkeit hatte ihr genügt, die Blume zu pflücken und in den Falten ihres Gewands zu verbergen. Ein winziger Augenblick der Nachlässigkeit, der einem von ihnen heute den Tod bringen würde. *Vielleicht mehreren.*

Sie versuchte sich zu erheben. Ihre Beine zitterten, ihre Knie gaben nach. Sie zog sich an der Wand hoch. Taumelnd erreichte sie den Tisch und griff nach einer

Weinkaraffe. Sie hielt den Stängel der Blume über die Öffnung und presste das milchig weiße Mark hervor. Tropfen für Tropfen vermischte sich mit dem Wein zu einem tödlichen Trank. Croghäns Grinsen wurde breiter. Sie stellte die Karaffe an ihren Platz zurück. Mit unsicheren Schritten durchquerte sie den Raum und warf die ausgepresste Pflanze aus dem Fenster. Hinter ihr wurde die Tür geöffnet. Landévennec und sein Freund Connor traten ein. Das Mädchen fuhr herum. Sie wirkte ertappt.

Landévennec betrachtete sie eingehend. »Wie fühlst du dich?«

»Etwas besser.«

Connor griff nach der Weinkaraffe. Sie biss sich auf die Lippen und beobachtete, wie er sich einen Becher einschenkte. Ihre Hände waren zu Fäusten geballt, die Fingerknöchel traten weiß hervor. Ihr Körper bebte. Connor hob den Becher an die Lippen.

»Nein!« Ihr Schrei ließ ihn innehalten. Sie stürzte ihm entgegen und schlug ihm den Becher aus der Hand. Er fiel scheppernd zu Boden. Der Wein ergoss sich über die Holzdielen, dunkelrot wie Blut.

»Gift«, keuchte sie. Das Gesicht zu einer Grimasse verzerrt brach sie zusammen und blieb reglos liegen.

Croghán zog sich zurück. Er hatte genug gesehen. Seit sie vor zwei Tagen dafür gesorgt hatte, dass die Männer alle Waffen aus ihrer Reichweite schafften, hatte sie einen Großteil ihrer Kraft verloren. Seitdem war sie kaum mehr in der Lage, sich auf den Beinen zu halten. *Und dennoch kämpft sie weiter dagegen an.* Zu sehen, dass sie stark genug war sich noch immer gegen die Magie zu behaupten, bestärkte ihn in seinem Entschluss. Sie mussten sterben. Alle. Sein Blick fiel auf die Kerzenreihe auf dem Kaminsims. Es war an der Zeit, die Flammen zu erneuern.

22

Cait ging es mit jeder Stunde schlechter. Daith konnte kaum mit ansehen, wie sie sich quälte. Jedes Mal wenn sie sich gegen das Geas zur Wehr setzte, wurde es schlimmer. Sie wurde zusehends schwächer und die Schmerzen mussten unerträglich sein. Das Fieber war so weit gestiegen, dass er fürchtete, sie würde innerlich verbrennen.

Am Morgen hatten Liamar und Annuides versucht zum König zu gelangen. Um ein Haar wären sie von einem Trupp Seáthrun aufgegriffen worden. Sie hatten einsehen müssen, dass es ihnen nicht gelingen würde, zum König vorzudringen. Croghán würde es zu verhindern wissen. Selbst wenn die Seáthrun nicht in seine Pläne eingeweiht waren, hatte er sie doch auf Annuides und Liamar angesetzt. Vermutlich unter dem Vorwand, dass sie beide Mörder wären, die gefasst werden müssten. Daith war überzeugt, dass es ihm und Connor kaum anders ergehen würde, sollten sie den Seáthrun über den Weg laufen.

Cait warf sich von einer Seite zur anderen. Er griff nach dem Lappen und tauchte ihn in eine Schale mit Wasser, die neben ihrem Lager stand. Behutsam tupfte er ihr den Schweiß von der Stirn. Es ging ihr schlechter, sobald sich ihr einer von ihnen näherte. Das war auch der Grund, warum er die anderen nach nebenan geschickt hatte. Ihre Anwesenheit quälte sie zu sehr. Es war schlimm genug, dass er geblieben war. Er benetzte ihre Lippen mit ein paar Tropfen Wasser. Immer wieder wurde sie von Krämpfen geschüttelt, bäumte sich auf und sank, kaum bei Bewusstsein, sogleich wieder in sich zusammen.

Er wusste nicht, wie er ihr noch helfen konnte. Wenn es ihnen nicht gelang, bis morgen eine Lösung zu finden, würde er sie fortbringen. Er fürchtete allerdings, dass das nichts gegen das Geas nutzen würde. Nicht, solange die anderen in der Nähe der Stadt weilten. Er hatte gesehen, was geschehen war, als Liamar und Annuides in die Stadt gegangen waren. Obwohl sie nichts davon gewusst hatte, hatte die Magie in ihr sofort darauf angesprochen. Wie eine Furie war sie aufgesprungen, von der Magie auf den Beinen gehalten. Sie hatte versucht das Zimmer zu verlassen. *Auszubrechen.* Sie hatte geschrien und um sich geschlagen und war mit nahezu übermenschlichen Kräften auf ihn losgegangen. Er hatte Connors Hilfe bedurft, sie unter Kontrolle zu halten. Schließlich war ihnen nichts anderes übrig geblieben als sie zu fesseln. Erst nachdem Annuides und Liamar zurückgekehrt waren, war sie besinnungslos zusammengesackt.

»Halte durch.« Erneut tupfte er ihr den Schweiß von der Stirn. »Bitte, halte durch.« Er glaubte nicht, dass sie seine Worte verstand. Dennoch sprach er leise weiter: »Gib nicht auf. Bei allen Göttern, lass mich nicht allein, Cait. Kämpfe.« Er fuhr sich erschöpft über die Augen. Er wusste, dass er nicht einschlafen durfte. *Ich muss auf sie aufpassen.* Während er noch gegen die Müdigkeit ankämpfte, nickte er ein.

Ein leiser Lufthauch strich ihm über Nacken und Arme und kühlte seinen erhitzten Körper. In einem Winkel seines Verstands fragte er sich, wann er das Fenster geöffnet hatte. Träge öffnete er ein Auge. Er war nach vorn gesunken. Ein Arm lag auf ihrem Bauch, der andere neben ihrer Schulter. Die Laterne war erloschen. Mondschein hüllte die Kammer in trübes Licht. Bis auf eine Stelle neben ihm. Er fuhr herum. Eine Dolchklinge blitzte auf. Wie von selbst tastete er nach seinem Schwert – und griff ins Leere. Er hatte alle Waffen Connor gegeben. Fluchend rollte er herum und stürzte sich auf den Eindringling. Er krachte ihm gegen die Beine und riss ihn zu Boden. Die Klinge wurde dem Angreifer aus der Hand geschleudert. Daith warf sich über ihn. Jetzt vernahm er gedämpfte Rufe von nebenan. Schwerter klirrten. *Du hast also ein paar Freunde mitgebracht.*

Sein Gegner trat um sich und brachte Daith aus dem Gleichgewicht. Ein kurzer Moment, der dem anderen genügte sich zu befreien. Daith sah, dass er versuchte seine Waffe zu erreichen. Er hechtete über den Angreifer hinweg und erwischte den Dolch einen Herzschlag vor ihm. Seine Finger schlossen sich um das Heft. Hinter ihm holte der andere zum Schlag aus. Daith fuhr herum und trieb ihm die Klinge bis zum Anschlag in den Hals. Mit einem gurgelnden Laut sackte der Attentäter zu Boden. Daith stieß den Leichnam zur Seite und eilte zu Cait. Ihr war nichts geschehen. Er war rechtzeitig erwacht.

Die Tür flog auf. Er fuhr herum. Mit erhobenen Schwertern stürmten Annuides, Liamar und Connor in den Raum. Als sie sahen, dass es keine Gefahr gab, ließen sie ihre Waffen sinken. Daith entzündete eine Laterne. Liamar durchsuchte die Leiche des Attentäters. »Wie ich mir schon dachte«, meinte er verdrossen. »Nichts, das darauf hindeutet, woher er kommt. Wie bei den anderen auch.«

»Was hast du erwartet?«, fragte Connor. »›Beste Grüße, euer Croghán‹?«

»Das reicht.« Daith nahm seinen Rucksack und begann seine Habe hineinzustopfen.

Connor betrachtete ihn mit gerunzelter Stirn. »Was soll das werden?«

»Ich werde sie von hier wegbringen, ehe weitere Grüße von Croghán ankommen.«

»Du kannst sie nicht einfach fortschaffen. Wir brauchen sie hier! Sie ist die Einzige, die das Ritual –«

»Mach die Augen auf, Annuides!« Wütend schleuderte er den Rucksack zu Boden und deutete auf Cait, die selbst im Schlaf leise wimmerte. »Sieh sie dir an! Sie stirbt!«

»Wir brauchen das Seelenfenster, wenn wir ihr helfen wollen«, sagte Liamar.

Daith nickte grimmig. »Und ich schwöre bei meinem Leben, dass wir es bekommen werden.«

»Wie willst du das anstellen, wenn wir jetzt verschwinden?« Annuides' Haltung verriet seine Anspannung.

»Wie willst du es anstellen, wenn wir bleiben? Ist es euch etwa gelungen, zum König vorzudringen?«, fuhr er ihn an.

»Nein, aber Cor Amánthor den Rücken zuzukehren wird uns nicht helfen.«

»Doch, das wird es.« Daith hatte sich wieder unter

Kontrolle. »Croghán wird uns dieses verdammte Seelenfenster *bringen*!«

Annuides lachte, ein abgehackter, bitterer Laut. »Bist du verrückt? Croghán wird sich hüten auch nur in unsere Nähe zu kommen – schon gar nicht in ihre. Er wird uns lediglich seine Meuchelmörder und Na'Darrach auf den Hals hetzen. Das ist alles, was wir erreichen werden.«

»Bisher haben wir nach seinen und nach den Regeln des Arsilah gespielt. Ab jetzt werden wir den Spieß umdrehen und selbst die Regeln aufstellen.« Daith sah in die Runde. »Wenn wir nicht zum König gelangen können, muss der König eben zu uns kommen.«

Annuides schnaubte. »Du *bist* verrückt!«

»Das ist ein Geniestreich, Daith!«, rief Liamar. »Ich werde mit meinem Vater sprechen. Er wird uns helfen den König und den Rat zu einem Treffen zu bewegen. Wenn wir ihnen anbieten, die Hintermänner des Kultes und die Mörder von Aladar und Myles auszuliefern, werden sie zustimmen. Croghán ist Ratsmitglied. Er kann es sich nicht erlauben, einem offiziellen Treffen fernzubleiben.«

Annuides war noch immer nicht überzeugt. »Und er wird alles daransetzen, dass dieses Treffen niemals zu Stande kommt.«

»Das müssen wir riskieren.« Connor nickte beifällig. »Wir brauchen Cait. In Cor Amánthor ist sie uns keine Hilfe. Sie muss das Ritual durchführen und in ihrem derzeitigen Zustand ist sie dazu nicht in der Lage.«

»Du hast nur eines vergessen«, warf Annuides ein. »Der Arsilah kennt unseren Plan. Er kann uns alle umbringen. Wann immer er möchte.«

Liamar grinste triumphierend. »Wenn er uns tötet, wird er niemals an das Amulett gelangen, und das weiß er. Selbst wenn er das Geas von ihr nimmt und sie wieder zu Kräften kommt, wird es ihm nichts nützen, denn Lavandan hat dafür gesorgt, dass er sie nicht mit einem weiteren Bann belegen kann.« Er wandte sich in den Raum und rief: »Hörst du, Arsilah? Du kannst uns nichts anhaben. Du brauchst uns!«

Der Ort, an den sie sich zurückziehen wollten, war schnell gefunden: Connors Haus, keinen halben Tagesritt entfernt. Connor brach sofort auf, um seine Familie in Sicherheit zu bringen. Daith und Liamar nutzten den Rest der Nacht, die Leiche des Attentäters verschwinden zu lassen, während Annuides über Caits Schlaf wachte. Im Morgengrauen brachen sie auf. Daith nahm Cait zu sich aufs Pferd. Sie waren noch keine fünf Meilen geritten, als sie zu sich kam. Sie sah sich blinzelnd um. »Was ...?«

Daith lockerte seinen Griff, damit sie sich aufsetzen konnte. Mit der anderen Hand tastete er nach ihrer Stirn. Das Fieber war gewichen. Sie war schwach, aber bei klarem Verstand. »Wie fühlst du dich?«

»Als hätte ich gegen einen Dämon gekämpft«, sagte sie matt lächelnd.

Und du wirst es noch einmal tun müssen. »Ich bin froh, dass du wieder bei uns bist.«

»Und ich bin verwundert, dass ich noch lebe.«

»Spürst du den Bann noch?«

Sie nickte. »Aber er wird leichter.«

»Denkst du, du bist in der Verfassung, das Ritual durchzuführen?«

»Vielleicht, wenn ich mich ausgeruht habe.«

»Dazu wird dir nur wenig Zeit bleiben.« In knappen Worten legte er Cait ihren Plan dar. »Liamar ist auf dem Weg zu seinem Vater. Uns bleiben nur ein paar Stunden.«

»Er ist in Cor Amánthor? Warum spüre ich das nicht?« Sie ließ den Kopf gegen seine Brust sinken. »Was, falls Croghán das Amulett nicht bei sich hat, wenn er kommt?«

»Er wird nicht wagen es zurückzulassen. Es ist seine einzige Möglichkeit, über den Arsilah zu gebieten. Und sein einziger Schutz.« Daith grinste. »Er sitzt ganz schön in der Patsche.«

»Ebenso wie wir.«

Darauf gab es nichts zu erwidern. Schweigend trieb er sein Pferd an. Als er erneut den Blick auf sie richtete, war sie eingeschlafen.

Kurz vor Mittag erreichten sie das Gehöft. Connor erwartete sie auf dem Hof. Daith saß ab. Als er Cait vom Pferd heben wollte, schlug sie die Augen auf. Er half ihr herunter und stellte sie vorsichtig auf die Beine. Sie schwankte kraftlos.

»Cait!« Sofort war Annuides bei ihr. Er drängte Daith zur Seite und stützte sie. Daith warf ihr einen letzten Blick zu, dann griff er nach den Zügeln und führte die Pferde in den Stall. Connor beobachtete, wie er die Tiere in die Boxen trieb. »Es wird nicht leichter, was?«

Daith schüttelte den Kopf. »Das habe ich auch nicht erwartet. Immerhin fordern wir zur gleichen Zeit einen Dämon und einen Zauberer heraus.«

»Das meinte ich nicht.«

»Ich weiß.«

Connor verschloss die erste Box. »Hast du mit ihr gesprochen?«

»Wenn wir das überstehen, wird sie Annuides heiraten. So ist es für uns alle am besten.«

Connor hob die Brauen. »Hat sie das gesagt?«

»Annuides wird eines Tages König von Dallán sein. Was habe ich dagegen schon zu bieten? Ich bin nichts weiter als ein heruntergekommener Krieger.« Er wandte sich ab und machte sich mit übertriebener Sorgfalt daran, die restlichen Boxen zu schließen. Hinter ihm stieß Connor einen Seufzer aus, der eines Barden würdig gewesen wäre, machte kehrt und verließ den Stall.

Cait verspürte den Drang, dem Nächsten, der sich nach ihrem Befinden erkundigte, die Augen auszukratzen. Sie fühlte sich miserabel und weit schwächer, als sie zugeben mochte, allein schon um weitere Fragen nach ihrem Zustand zu vermeiden.

Sie stand in der Küche. Die Hände in die Hüften gestemmt begutachtete sie den unebenen Boden, ehe sie niederkniete und Lavandans Bündel auspackte. Ein Tiegel mit roter Farbe. Elf weiße Kerzen, Symbole des Friedens und der Befreiung. Eine Kräutermischung, die stark nach Rosmarin duftete, und zwei Schriftrollen. Die eine mit einer Abbildung des magischen Kreises, die andere mit dem Wortlaut des Rituals. Letztere steckte sie an ihren Gürtel. Sie breitete die Abbildung auf dem Boden aus und betrachtete sie. Die komplizierten Formen, die den Rand des Kreises bildeten, waren verschlungene Symbole für Anfang und Ende. Zeichen der Reinigung.

Eine Weile studierte sie die Zeichnung, bis sie sicher war an der richtigen Stelle zu beginnen. Sie öffnete den Farbtiegel. Beißender Geruch stieg ihr in die Nase, als sie einen Finger in das zähflüssige Rot tauchte und Stück für Stück die Abbildung auf den Boden übertrug. Als sie fertig war, verglich sie ihr Werk noch einmal eingehend mit den Symbolen auf dem Pergament. Zufrieden nickend blickte sie auf die blutroten Linien, die den dunkelgrauen Stein zierten. Sie griff nach dem Bündel und packte die Kerzen aus. Nach und nach brachte sie die weißen Stumpen in Position.

HÖR SOFORT AUF!

Sie fuhr zusammen, stieß gegen eine Kerze und warf sie um. Hastig ergriff sie sie und stellte sie an ihren Platz zurück.

LASS DAS!

Sie zwang sich, nicht auf die dröhnende Stimme zu achten, die ihren Kopf erfüllte. Mit zitternden Händen fuhr sie fort Kerzen aufzustellen.

WISCH DAS WEG! AUF DER STELLE!

Sie wusste, dass er nicht die Macht hatte, sie dazu zu zwingen. Das hier hatte nichts mit dem Geas zu tun. Er konnte ihr nichts befehlen. »Töte mich doch«, sagte sie laut.

Plötzlich wurde sie an der Schulter gepackt und zur Seite gerissen. Sie landete auf dem Rücken und sah, wie der Arsilah aus dem Schatten trat. Aus *ihrem* Schatten. Entsetzt beobachtete sie, wie er die Kerzen mit einem Tritt zur Seite fegte und begann die roten Umrisse mit dem Fuß zu verwischen. Sie atmete zweimal tief durch. Ein drittes Mal, als sie merkte, dass die Angst sie noch immer gefangen hielt. *Er wird mir nichts tun*, redete sie sich ein. *Er kann mir gar nichts anhaben*. Mit zitternden Händen griff sie nach dem Tiegel und machte sich daran, die verwischten Linien nachzuzeichnen.

»Ach, Cait. Was denkst du, was du da tust?« Er klang gewohnt selbstsicher. Doch da war noch etwas anderes. Ein leichtes Vibrieren in seiner Stimme. *Angst?*

»Ich vollende den magischen Kreis.« Irgendwie gelang es ihr, gelassen zu klingen. Wie sie sich *fühlte*, war eine andere Sache. Mit fahrigen Handstrichen schloss sie den Kreis ein weiteres Mal.

»Lass das!« Seine Hand legte sich um ihren Hals und zerrte sie auf die Beine. »Ich will«, sagte er, jedes Wort betonend, »dass du diese *Sauerei* auf der Stelle entfernst.«

Sie schüttelte den Kopf. Er holte aus. Eine kurze Bewegung, die sie von den Beinen riss und am anderen Ende der Küche gegen die Wand schleuderte. Sie sackte zu Boden und blieb nach Atem ringend liegen. Sie hob den Kopf und blickte dem Arsilah entgegen. »Mach weiter.« Sie zwang sich, ihrer Stimme einen festen Klang zu verleihen. »Töte mich. Dann bist auch du erledigt.« Es war nur die halbe Wahrheit. Wenn sie starb, war er nicht mehr körperlich. Dennoch existierte er weiter.

»Ich werde dich nicht töten. Ich habe sogar zugelassen, dass der kleine Prinz nach Cor Amánthor geht, ohne dass es sich auf das Geas auswirkt. Immerhin sorgt er dafür, dass Croghán mir das Seelenfenster bringt.« Er hatte seine Gelassenheit wiedergefunden. »Aber ich kann dir sehr, sehr wehtun, wenn du nicht tust, was ich verlange.« Er beugte sich herab. Seine Hand ruckte vor, griff nach ihrer Linken. Er packte ihren kleinen Finger und drehte ihn mit einem Ruck nach außen. Mit einem trockenen Knacken brach der Knochen. Ein scharfer Schmerz fuhr durch ihre Hand. Tränen schossen ihr in die Augen. Keuchend presste sie die Zähne aufeinander.

»Siehst du, was ich meine?«, fuhr er in freundlichem Plauderton fort. »Und jetzt wirst du meinem Willen gehorchen.« Er murmelte ein paar Worte. Cait tastete nach dem Amulett, das an einem Lederband um ihren Hals hing. Lavandans Schutzzauber. Ihre Finger schlossen sich darum. Das Holzplättchen pulsierte in ihrer Hand. Die Magie des Dämons hüllte sie ein, schien nach ihr zu greifen – und verlosch! Sie verzog die Lippen zu einem Grinsen.

Der Arsilah fluchte ausgesprochen undämonisch. »Billiger Tand!«

Ihr Grinsen wurde breiter. Langsam kehrte ihr Selbstvertrauen zurück. Ohne ihn aus den Augen zu lassen stand sie auf. Sein Angriff kam überraschend. Er drängte sie mit dem Rücken an die Wand. Einen Arm drückte er gegen ihre Kehle, bis sie nicht weiter zurückkonnte. Mit der anderen Hand griff er nach dem Amulett, das in kaltem Glanz erstrahlte. Als er es berührte, schoss ein Blitzstrahl daraus hervor und zwang ihn zurück. Er stieß ein wütendes Heulen aus und unternahm einen zweiten Versuch. Sobald seine Hand in die Nähe des Amuletts kam, begann es zu glimmen. Winzige Blitze zuckten über die Oberfläche und trachteten auf ihn überzuspringen. Er wich zurück. »Vielleicht vermag ich es nicht, *dir* ernsthaft etwas anzuhaben. Für deine Freunde gilt das nicht. Ich werde einen nach dem anderen töten, bis du zur Vernunft kommst! Und mit Landévennec fange ich an!«

»Wenn du auch nur die Hand gegen einen von ihnen erhebst, werde ich im selben Moment zu meinem Pferd gehen und so weit von Cor Amánthor und Croghán fortreiten, wie es nur möglich ist.«

Er lachte ohne jeden Humor. »Willst du dein Leben lang auf der Flucht sein? Ständig in der Angst, dass ich jeden Menschen töte, der auch nur in deine Nähe kommt? Das wirst du nicht tun.«

Sie reckte entschlossen das Kinn. »Wir werden sehen.« Sie wandte sich wieder dem magischen Kreis zu. Als sie das nächste Mal aufsah, war der Arsilah verschwunden.

Kurz vor Anbruch der Dämmerung erreichte Liamar den Hof. Er war schweißgebadet und abgekämpft, dennoch grinste er. »Vater wird alles versuchen, Onkel Drachmon und den Rat in Aufregung zu versetzen«, erklärte er außer Atem.

»Dann müssen wir bald mit einem Besuch von Croghán's Schergen rechnen.«

Daith nickte. »Er kann es sich nicht erlauben, dass der König etwas anderes als unsere Leichen findet.«

»Wie beruhigend.« Cait runzelte die Stirn. Nachdenklich richtete sie den Blick auf den Verband an ihrem gebrochenen Finger. Annuides hatte ihn geschient. Sie hatte behauptet, eine schwere Schale wäre darauf gefallen. Falls er an ihrer lahmen Ausrede zweifelte, hatte er es sich nicht anmerken lassen. »Wie war noch einmal unser Plan?«

»Die Nacht zu überleben«, meinte Connor.

»Den Arsilah und Croghán ein für alle Mal zu erledigen«, fügte Liamar hinzu.

Die Angst schnürte ihr die Kehle zu. »Ich wusste nicht, dass wir schon derart ins Detail gegangen waren.«

»Wir legen uns mit einem Dämon und einem Finstermagier an«, knurrte Daith. »Wie willst du einen Plan fassen, wenn du nicht weißt, was dich erwartet?« Ruhiger fügte er hinzu: »Wir kennen unser Ziel, das muss genügen.« Er winkte Connor zu sich. »Hilf mir mit der Eingangstür.«

Cait beobachtete, wie sie einen schweren Schrank vor die Tür schoben. Sie hatten alles getan um das Haus zu sichern. Niemandem würde es gelingen, unbemerkt einzudringen. Dennoch fühlte sie sich wie ein Tier, das in einer Falle gefangen saß. *In seiner eigenen Falle.* Sie setzten sich im Wohnraum auf den Boden und teilten ein karges Mahl aus altem Brot, Dörrfleisch und verdünntem Ale. Die Möbel hatten sie benutzt, um die anderen Fenster und Türen zu verbarrikadieren.

»Wäre ich an Croghàns Stelle, würde ich uns den größten Teil der Nacht schmoren lassen und erst zuschlagen, wenn wir schon nicht mehr damit rechnen«, brummte Liamar.

Daith setzte zu einer Erwiderung an. Ein Geräusch ließ ihn innehalten. Lautlos kam er auf die Beine und schob sich an die Tür heran. Erneut erklang das Geräusch. Hufe, die gegen die Stalltüre donnerten. Ein unruhiges Wiehern mischte sich darunter. »Die Pferde. Klingt, als hätten sie sich aus ihren Boxen befreit.«

Connor schüttelte den Kopf. »Ich habe selbst gesehen, wie sorgfältig du die Boxen verschlossen hast. Du hast sie dreimal kontrolliert.«

»Ich bin nicht sicher, ob ich meine Box geschlossen

habe.« Liamar lächelte entschuldigend. »Ich war mit meinen Gedanken nicht ganz bei der Sache, als ich ankam.«

»Und wenn schon.« Annuides zuckte die Schultern. »Dann ist dein Pferd eben nicht in seiner Box. Was macht das schon?«

Daith runzelte die Stirn. »Falls der Gaul den Rest der Nacht seine Hufe gegen das Tor krachen lässt, werden wir nicht hören, wenn sich jemand nähert.«

»Die Na'Darrach würden wir ohnehin nicht hören«, erwiderte Connor grimmig.

Daith bedachte ihn mit einem vernichtenden Blick. »Nein, aber wir würden es hören, wenn die Tiere angesichts ihrer Nähe unruhig würden, vorausgesetzt sie machen nicht die ganze Nacht diesen Lärm.«

Cait lauschte dem Wiehern, das die wilden Hufschläge begleitete. Sie wusste, sie würde den Verstand verlieren, wenn sie dieses Geräusch für den Rest der Nacht hören müsste.

Daith winkte Connor heran. »Hilf mir den Schrank zur Seite zu schieben.«

»Was, hast du vor?« Cait beäugte ihn misstrauisch.

»Das Pferd wieder einsperren.«

»Was, wenn es eine Falle ist? Was, wenn dort draußen bereits Na'Darrach auf uns lauern?« Sie hatte Angst. Sie wollte nicht, dass er nach draußen ging.

Daith begegnete ihrem Blick ruhig. »Sobald ihr auch nur ein Anzeichen entdeckt, dass etwas nicht stimmt, verbarrikadiert ihr die Tür und lasst niemanden mehr herein.«

Sie fuhr auf. »Das ist nicht dein Ernst!«

Er ging vor ihr in die Hocke, nahm ihre unverletzte

Hand, legte einen Silberdolch hinein und schloss ihre Finger darum. Sie wollte protestieren, wollte ihm sagen, dass sie fürchtete, sie könne die Waffe gegen einen von ihnen erheben, doch Daith ließ sie nicht zu Wort kommen. »Ich vertraue dir.« Für einen Moment drückte er ihre Hand, dann zog er seine Finger zurück und erhob sich wieder.

Ohne Widerworte half Connor ihm, den Schrank zur Seite zu schieben. Daith sah ihn an. »Ich bin gleich zurück. Gib mir Deckung.«

Sie hatte kein gutes Gefühl, ihn gehen zu lassen. Dennoch unternahm sie nichts. Sie wusste, dass er sich nicht aufhalten lassen würde. Annuides erhob sich, legte einen Pfeil auf und postierte sich neben Connor, der nun auch Pfeil und Bogen in Händen hielt. Liamar stand neben ihnen, bereit die Tür jederzeit zuzuwerfen. Caits Blicke folgten Daith in die Nacht, als er, eine Hand am Heft seines Schwertes, den Hof überquerte.

WAS MEINST DU, WÜRDE ANNUIDES IHM JETZT NICHT GERNE EINEN PFEIL ZWISCHEN DIE RIPPEN JAGEN?

Cait versuchte die Stimme aus ihrem Kopf zu verdrängen. Ihre Augen hingen noch immer an Daith, den jetzt nur ein paar Schritte vom Stall trennten. *Bisher ist alles gut gegangen. Er wird auch den Rest schaffen.*

DU BIST WIRKLICH NAIV! DENKST DU, DASS EINER VON EUCH DIE NACHT ÜBERLEBEN WIRD? WENN ICH ERST FREI BIN ...

Du kannst mir nichts mehr anhaben. Hier hat dein Bann keine Macht über mich. Wir sind weit genug von Cor Amánthor entfernt.

MAG SEIN. Sein Tonfall glich einem verbalen Schulterzucken. DENNOCH SEID IHR DEM TOD NÄHER ALS JE ZUVOR. ICH KANN ES RIECHEN.

Das ist der Gestank deiner verrotteten Seele.

Sie ignorierte sein Gelächter. Ihre Aufmerksamkeit gehörte Daith, der den Stall erreichte. Sie stand auf und reckte sich um besser sehen zu können. Daith sah sich aufmerksam um. Nachdem er sich vergewissert hatte, dass alles in Ordnung war, griff er nach dem Riegel, schob ihn zurück und öffnete das Tor. Liamars schwarzer Hengst preschte aus der Dunkelheit des Stalls und rannte ihn beinahe über den Haufen. Daith reagierte blitzschnell. Er streckte die Hand aus und bekam die Trense zu fassen. Das wiehernde Tier stieg auf und trat um sich. Im Mondlicht glich die schattenhafte Gestalt des panischen Pferdes einem angriffslustigen Dämon. Seine Mähne wehte im Wind wie schwarze Flammen. Daith bewegte die Lippen, redete auf das Tier ein. Einen Augenblick später hatte er den Hengst unter Kontrolle. Er hielt ihn an der Trense und spähte in den Stall.

DIESER NARR!

Sie wollte ihm zurufen, nicht in den Stall zu gehen. *Und genau das will der Dämon.* Er wollte sie verunsichern, ihr Angst machen und sie so dazu bringen, unüberlegt zu handeln. Sie hielt den Mund und beobachtete, wie Daith das Tier in den Stall zurückführte. Die dunkle Toröffnung verschlang ihn und das Pferd. Hufgeklapper wurde laut, dann das Geräusch der Boxentür. Hallende Schritte, die hin und wieder verklangen, nur um sogleich erneut zu erschallen. *Er kontrolliert die Boxen.* Kurz darauf erschien er wieder auf dem Hof und kehrte im Laufschritt zum Haus zurück. Ein wenig außer Atem sah er sich um. »Bei euch alles in Ordnung?« Liamar nickte. »Gut.« Daith ging auf Cait zu.

DAS IST NICHT DEIN KRIEGER. DU MUSST IHN AUFHALTEN!

Ich hätte dir wirklich mehr zugetraut. Glaubst du wirklich, ich falle darauf herein?

MERKST DU ES DENN NICHT? Er klang nervös. DAS IST CROGHÁN! ICH GAB IHM DIE MAGIE DES GESTALTWANDELNS!

Mach dich nicht lächerlich!

SIEH IHM IN DIE AUGEN, DU VERDAMMTE NÄRRIN!

Die Hysterie in seiner Stimme veranlasste sie genauer hinzusehen. Was sie sah, waren Daith' Augen, grau wie der Himmel an einem verhangenen Wintermorgen. Was sie darin nicht erkannte, war eine Seele. Nicht die leiseste Gefühlsregung erweckte seine Augen zu Leben. Etwas war mit ihm geschehen. Der Mann, der sich ihr näherte, war nicht der, den sie liebte.

GRATULIERE, DU HAST ES ERKANNT! ZIEH ENDLICH DEINEN DOLCH!

Sie zögerte. Was, wenn der Dämon versuchte sie dazu zu bewegen, ihre Freunde zu töten? Dieses Mal durch Täuschung statt mit Magie.

»Was ist mit dir?« Daith hatte sie beinahe erreicht. »Du zitterst ja!«

Erst als er es aussprach, wurde ihr bewusst, dass die Anspannung sie tatsächlich zittern ließ. Sie wusste nicht, ob sie sich in seine Arme werfen und ihn um Hilfe anflehen oder ihre Waffe auf ihn richten sollte. Er selbst hatte ihr den Dolch gegeben. *Er vertraut mir.* Er wollte auf sie Acht geben.

»Cait?« Er betrachtete sie besorgt. »Fühlst du dich nicht gut?«

Seine Augen, sie sind …

KALT UND LEER – WIE SEINE SEELE, vollendete der Arsilah ihren Gedanken. BEGREIF ES ENDLICH, DAS IST NICHT LANDÉVENNEC! TÖTE IHN!

Daith war jetzt so nah, dass er nur den Arm auszustrecken brauchte um sie zu berühren. Sie zückte den Dolch und hielt ihn abwehrend in die Höhe. »Bei allen Göttern! Was ist in dich gefahren? Leg die Waffe weg!«

AUF KEINEN FALL!, widersprach der Dämon. WENN DU DAS TUST, BIST DU TOT. UND ICH EBENFALLS!

»Bleib weg!« Sie hielt weiterhin die Waffe zwischen sich und Daith. Langsam wich sie zurück.

Daith stand mit erhobenen Händen da. »*Er* ist es, nicht wahr? Der Dämon. Du hörst seine Stimme. Ist es der Bann? Befiehlt er dir uns zu töten?« Zoll um Zoll schob er sich näher heran.

»Bleib, wo du bist!« Sie fuchtelte mit der Waffe in der Luft, versuchte ihn zurückzuhalten. »Du bist nicht Daith! Du willst mich umbringen!« Sie machte einen weiteren Schritt nach hinten.

»Hörst du, was du da sagst?« Er folgte ihr, langsam und vorsichtig, ohne den Blick von ihren Augen zu nehmen. »Ich liebe dich. Ich würde niemals …«

Würde Croghán seine Scharade so weit treiben? Was, wenn ich wirklich Daith bedrohe? Sie ließ die Waffe ein wenig sinken.

HEB DIE VERDAMMTE WAFFE!

»Sieh mich an, Liebes. Sieh mir in die Augen und sag mir, dass du denkst, ich könnte dir etwas antun.« Er streckte die Hand aus. »Gib mir den Dolch. Vertrau mir. Bitte.«

Ihr Blick hing an seinen Augen. Sie suchte nach etwas, das ihr sagte, dass sie ihm vertrauen konnte. Daith hätte ihr längst die Waffe aus der Hand geschlagen, sie bei den Schultern gepackt und angebrüllt, bis sie zur Vernunft gekommen wäre. Niemals hätte er vor allen zugegeben, sie zu lieben. *Er hätte mich Kröte genannt.* Sie hob die Waffe.

STOSS ZU! TÖTE IHN!

Warum tötest du ihn nicht selbst?

WEIL ER DAS SEELENFENSTER HAT, DU DUMME KUH! ES SCHÜTZT IHN!

Was, wenn er versuchte sie zu täuschen? Er wusste, dass er mit Drohungen und Magie nichts mehr gegen sie ausrichten konnte. *Was, wenn er mich dazu bringen will, Daith aus freien Stücken zu töten?*

SIEH IHM IN DIE AUGEN!, brüllte er in ihrem Geist.

Da flog die Tür auf. Im Türstock stand Daith – ein zweiter Daith –, der vor Anstrengung keuchte und aus einer Wunde an der Schläfe blutete. »Ihr müsst –« Als er die Situation erfasste, verstummte er und zog sein Schwert.

PASS AUF!

Die Warnung kam zu spät. Der andere Daith entwand ihr das Messer. Pfeilschnell packte er sie, zog sie wie einen Schild vor sich und setzte ihr die Klinge an die Kehle. »Keinen Schritt näher oder sie ist tot.«

DAS BIST DU TATSÄCHLICH, MÄDCHEN. WAS MUSSTEST DU AUCH SO LANGE WARTEN!

Geduckt wie eine zum Sprung bereite Raubkatze stand Daith da. Er hatte die Riegel der Boxen überprüft, als ein Schlag auf den Kopf sein Bewusstsein ausgelöscht hatte. Und jetzt stand er sich selbst gegenüber. Er fragte sich, ob der Schlag größeren Schaden als vermutet angerichtet hatte; doch er musste nur in die Gesichter der anderen blicken um zu erkennen, dass sie es auch sahen. *Ihn* sahen. Sie waren einander wie aus dem Gesicht geschnitten. Es gab nur eins, das Daith von seinem Zwilling unterschied: Er hätte Cait niemals ein Messer an die Kehle gesetzt. *Nicht mehr.*

Sein Doppelgänger packte sie bei den Haaren und riss ihren Kopf zurück, bis sie vor Schmerz keuchte. »Wenn du dich auch nur bewegst, Dämon, töte ich das Mädchen!«

Warum tut er es nicht einfach? Mit ihrem Tod hätte er sich des Dämons entledigt. *Dann stünde er vier bewaffneten Kriegern gegenüber, die nach seinem Blut lechzen.* Sie war sein Schutz, doch er konnte nicht ewig dastehen und sie bedrohen. Es sei denn, er wartete auf etwas!

Daith' Spiegelbild verschwamm. Die Umrisse verwischten wie nasse Tinte. Langsam zog sich der Zauber zurück. Zuerst die Augen. Anstelle seiner eigenen grauen, blickten ihm Croghâns beinahe farblose Augen entgegen. Die Narbe an der Wange verblasste. Unter Daith' scharf geschnittenen Zügen zeigte sich Croghâns flaches Gesicht. Ein triumphierendes Lächeln trat in seine Züge.

Daith spürte die Anwesenheit der Na'Darrach, ehe er sie sah. Eine Warnung brüllend fuhr er herum. Die Nachtschatten strömten in den Raum und überfluteten ihn. Mit geballter Wucht drangen drei von ihnen auf ihn ein. Connor und die anderen waren durch eine breite Front von ihm abgeschnitten. Daith blieb nichts anderes übrig als bis zur Wand zurückzuweichen, bevor sie ihn umzingeln konnten. In unerreichbarer Ferne, am anderen Ende des Raumes, blickte Croghán grinsend auf seine Kreaturen. Der Oberste Seáthrun hatte den Zauber endgültig abgelegt und war wieder er selbst. Eines hatte sich nicht geändert: Cait befand sich noch immer in seiner Gewalt.

Daith schwang sein Schwert. Die Na'Darrach kreischten, wann immer die silberne Waffe sie traf. Manche vergingen beim ersten Treffer, andere erwiesen sich als zäher. Sein Schwert prallte gegen die schwarzen Klingen, fing sie in der Luft ab und schmetterte sie zurück. Etwas traf ihn an der Schläfe. Schmerz explodierte in seinem Kopf und raubte ihm die Sicht. Er duckte sich unter einem Angriff, den er mehr erahnte als sah, und schüttelte den Kopf um die Benommenheit abzustreifen. Eine Klinge raste ihm entgegen. Er warf sich zu Boden. Das Schwert des Angreifers zischte wie eine Sense über ihm hinweg. Er rollte sich ab und sprang auf die Beine. Für einen Moment war er frei. Sein Blick zuckte zwischen Cait und den Na'Darrach hin und her. Das Messer war von ihrer Kehle gewichen, stattdessen hielt Croghán es ihr an die Brust und zerrte sie in Richtung der Küche. Sie würde sich nicht kampflos fügen. *Ihr Götter, Cait, mach keinen Unsinn!* Doch Cait gehörte nicht zu den Menschen, die abwarteten, bis das Schicksal über sie hinwegfegte. Sie fuhr herum. Ihre Hand schoss zu Croghàns Hals.

»Nein!«, brüllte Daith.

Croghán stieß ihr den Dolch tief in die Seite und ließ sie los. Sie sank zu Boden. Blut sickerte aus der Wunde. Ihre zitternde Hand klammerte sich um einen silbern schimmernden Gegenstand. Das Seelenfenster. Er vernahm ein lautes Brüllen und wusste nicht, ob es seine eigenen Schreie oder die des Dämons waren, die dic Luft erschütterten.

Daith versuchte zu ihr zu gelangen, doch die Na'Darrach schlossen ihn erneut ein und drängten ihn ab. Als er sich seinen Gegnern zuwandte, sah er nur ein Bild vor Augen: Cait, blutend am Boden. Brüllend vor Wut und Verzweiflung drang er auf seine Gegner ein. Es interessierte ihn nicht, dass sie in der Übermacht waren. Es interessierte ihn auch nicht, dass sie ihn mit ihren Klingen verletzten. Ein Schwerthieb traf ihn am Arm. Eine Klinge schnitt tief in seinen Oberschenkel. Er fuhr herum und schlug zu, drosch seinen Gegner zu Boden und rammte ihm das Schwert in den dunklen Leib. Kreischend verging der Schemen. Etwas prallte ihm gegen die Beine. Er setzte über das Hindernis hinweg. Dann war Connor da. Er versperrte den Na'Darrach den Weg und hielt ihm den Rücken frei. Daith sah, wie Croghán sich Cait zuwandte. Der Oberste Seáthrun beugte sich herab. Sie schrie vor Schmerz, als er ihr den Dolch aus der Seite riss und ausholte.

»Croghán!«, schrie Daith.

Croghán achtete nicht auf ihn. Breitbeinig stand er

über Cait, bereit zuzustoßen. Sie lag reglos da, einzig ihr Schatten bewegte sich. Im ersten Moment glaubte Daith, das schwankende Licht der Laternen ließe ihn einer Täuschung unterliegen. Doch was er sah, geschah wirklich. Der Arsilah entstieg der Schwärze ihres Schattens.

Der Oberste Seáthrun fuhr zurück. »Du kannst mir nichts tun, Dämon! Ich habe …«

Der Arsilah lachte vergnügt. »*Was* hast du?« Er deutete auf die silberne Kette in Caits Hand. »Das da?«

Croghán erbleichte und wich zurück. Der Arsilah folgte seiner Bewegung. »Du hast nicht genug Macht, Dämon. Nicht, solange du nicht vollständig auf dieser Welt bist.« Croghán hob eine Hand und zeichnete einen Halbkreis vor sich in die Luft. Ein blaues Flimmern wuchs zwischen ihm und dem Arsilah zu einer Wand. Als der Dämon die Hand ausstreckte, um den anderen am Kragen zu packen, tauchte sein Arm hinein. Die Luft geriet heftig in Bewegung. Kleine Blitze zuckten am Arm des Dämons entlang, entluden sich und drängten ihn zurück. Mit einer wütenden Beschwörung wischte er Croghans magischen Schutz zur Seite und schleuderte ihm einen Blitz entgegen. Eine einzige Handbewegung Croghans lenkte den Blitz ins Nichts.

Daith rannte los, erschlug einen weiteren Na'Darrach, der sich ihm den Weg stellte. Dann war er bei Cait, hob sie hoch und floh mit ihr in die Küche. Stöhnend regte sie sich in seinen Armen. Behutsam stellte er sie auf die Beine. Er sah, wie sie sich quälte. Die rechte Hälfte ihres Hemdes war blutdurchtränkt. Ihre Finger klammerten sich um das silberne Amulett, das sie Croghán entrissen hatte. Blutspritzer befleckten das Metall. Er führte sie ins

Zentrum des magischen Kreises und half ihr sich zu setzen, ehe er sich an der Tür postierte.

Draußen tobte noch immer das Duell zwischen Croghán und dem Dämon. Blitze zuckten, Feuerbälle schossen hin und her, immer wieder aufgehalten durch unsichtbare Schutzzauber oder abgelenkt durch eine rasche Handbewegung. Hinter ihm hantierte Cait mit den Feuersteinen. Sie fluchte. »Daith!« Ihre Hände zitterten so sehr, dass es ihr nicht gelang, einen Funken zu erzeugen. Er ging zu ihr und nahm ihr die Steine ab. Zwei kurze Schläge, dann sprangen die Funken und setzten die trockene Kräutermischung in Brand. Ein würziger Duft stieg in die Luft, begleitet von dichtem Rauch. Hustend zog sie eine Schriftrolle aus ihrem Gürtel. Daith' Blick zuckte zwischen ihr und dem Durchgang hin und her. Bis jetzt war es Connor und den anderen gelungen, den Weg in die Küche gegen die Na'Darrach zu verteidigen.

Cait schien Schwierigkeiten damit zu haben, die Kette des Amuletts zu halten. Er sah ein letztes Mal nach draußen, dann setzte er sich neben sie. Vorsichtig nahm er ihr das Amulett ab, dabei umfasste er ihre Hand mit seiner und drückte sie zärtlich. Sie lehnte sich gegen ihn. Schützend schlang er einen Arm um sie. »Wir bringen das gemeinsam zu Ende. Sag mir nur, was ich tun muss.«

»Leg es in die Schale zu den Kräutern.«

Daith platzierte das Seelenfenster in der Glut. Der aufsteigende Rauch färbte sich blau. Der Arsilah brüllte. Daith drehte sich um. Die Silhouette des Dämons kam näher. Connor, Liamar und Annuides stellten sich ihm entgegen. Wo war Croghán?

»Macht weiter!«, rief Connor über die Schulter hinweg.

»Die Worte. Du musst ... Worte ... sprechen.« Sie wurde schwächer.

»Ich habe die Schriftrolle gesehen. Das ist Zaubersprache. Ich kann es nicht lesen. Du musst das tun.«

»Keine Kraft.« Selbst das Atmen fiel ihr schwer. Ihr Blick flatterte unstet. »Zauber ... du kannst ...« Sie hustete. »... lesen.« Besinnungslos sank sie gegen seine Schulter.

Behutsam nahm er ihr die Schriftrolle aus der Hand. Verschlungene Symbole tanzten vor seinen Augen, verschwammen und formten sich zu Worten. Er schloss die Augen und atmete tief durch. Als sein Blick erneut auf die Schriftrolle fiel, war er vollkommen ruhig. Es gab nur noch ihn und die Worte.

Du reist im Schatten, aus Schatten du gemacht,
Dunkler Mann, Dämon und Wesen der Nacht.
Ich rufe die Geister, die dich in diese Welt gaben,
zu holen deinen Leib und sich daran zu laben.

Der Dämon heulte auf. Daith' Kopf ruckte herum. Der Arsilah wischte Liamar mit einem Hieb beiseite. Annuides und Connor standen immer noch im Durchgang. Er richtete seine Aufmerksamkeit wieder auf den Bannspruch.

Weder gefangen, gebunden noch in Ketten sollst du sein,
die Magie wird dich auf immer von den Fesseln befreien.
Ich rufe die Geister, die der Flamme von Ardiem dienen,
helft, ihn von der Welt zu tilgen und seine Taten zu sühnen.

Ein blauer Wirbel stieg aus der Schale auf, wand sich spiralförmig zur Decke und breitete sich aus. Im Durchgang schlug der Arsilah Annuides nieder. Die Zeit wurde knapp. Daith wandte sich dem letzten und entscheidenden Vers zu.

Holt jenen, der sich zu Unrecht befindet in dieser Welt,
geleitet ihn heim, auf dass seiner Seele Frieden bestellt.

Ein Sturmwind kam auf, peitschte Daith das Haar ins Gesicht und zerrte an der Schriftrolle. Der Arsilah fegte Connor zur Seite und hob die Hand. Ein Blitzstrahl senkte sich in Daith' Brust, warf ihn herum und schleuderte ihn über den Steinboden. Die Wand bremste seinen Schwung. Ein Geräusch, ähnlich dem Knacken eines trockenen Zweiges, erklang. Doch es war kein Zweig. Es war sein linker Arm, der beim Aufprall unterhalb der Schulter brach. Brüllender Schmerz breitete sich aus. Schreiend kämpfte er sich auf die Knie und sah sich nach der Schriftrolle um, die ihm beim Angriff aus der Hand gerissen worden war. Sie hatte sich unter der Kräuterschale verfangen. Der Wind zerrte daran, wollte sie mit sich reißen. Cait regte sich. Sie streckte die Hand aus. Zitternd schlossen sich ihre Finger um das Pergament.

Daith stemmte sich hoch, den gebrochenen Arm an den Körper gepresst. Schwankend bewegte er sich auf das Zentrum des Kreises zu. Plötzlich stand der Arsilah vor ihm. Seine Hand schloss sich um seine Kehle und hielt ihn auf. Unsichtbare Finger krallten sich in sein Fleisch und drückten auf seinen Kehlkopf. Verzweifelt kämpfte er gegen den eisernen Griff, versuchte ihn mit den Fingern zu lösen. Schwarze und rote Punkte tanzten vor seinen Augen. Wenn es ihm gelang, den Dolch an seinem Gürtel zu erreichen, könnte er sich vielleicht befreien. Er würde es mit dem gebrochenen Arm tun müssen. Zog er die andere Hand zurück, würde der Dämon ihm den Kehlkopf zerschmettern.

Der Dämon lachte. »Was willst du Wurm gegen mich ausrichten?«

Vorsichtig hob Daith den gebrochenen Arm an. Es war ein Gefühl, als rammte ihm jemand einen Kriegshammer gegen die Schulter. Ein gurgelndes Keuchen entrang sich seiner Kehle. Er bewegte den Arm weiter. Dunkle Flecken verschleierten seine Sicht. Er hatte die Hand noch nicht einmal in der Nähe seiner Waffe, als ihm die Sinne schwanden. Nach und nach erlosch die Welt. Das Tosen des Windes, das schlagende Geräusch des Wirbels, das Gelächter des Arsilah. Alles wurde leiser und leiser, bis es verklang. Und mit dem Lärm lösten sich auch die Bilder auf. Konturen verschwammen, fransten aus und machten einer alles verzehrenden Schwärze Platz.

»Öffnet das Portal, ihr Geister, die ihr schützt diese Welt!« Caits Stimme drang durch die Stille. Schwach und stockend presste sie die Worte hervor, dennoch war es der süßeste Klang, den Daith je vernommen hatte. Er schlug die Augen auf. Er lag auf dem Boden. Der Griff des Arsilah war von seiner Kehle verschwunden. Cait kauerte im Kreis. Ihre blutigen Finger klammerten sich zitternd um das zerknitterte Pergament.

»Neeeeeein!« Der Schrei des Arsilah gellte in seinen

Ohren. Schlagartig kehrten Bilder und Farben in die Welt zurück und damit auch die Geräusche.

Die Hand des Dämons schoss hoch – ein Feuerball raste auf Cait zu. Sie ließ sich nach vorne fallen, das Pergament fest umklammert. Das Feuer leckte über ihren Rücken und hinterließ schwelende Spuren auf ihrem Hemd. Daith wappnete sich gegen den Schmerz und sprang auf die Beine. Taumelnd trat er zwischen sie und den Dämon. »Sprich die letzte Zeile, Cait!«, brüllte er und zückte seinen Dolch. »Bring es zu Ende!«

Er vernahm ihre Stimme, zitternd und unsicher: *»Und löst die Fessel ...«*

Der Arsilah stieß ein Brüllen aus, das die Luft vibrieren ließ. Er versuchte Daith aus dem Weg zu wischen. Daith warf sich gegen ihn. Der Aufprall entriss ihm den Dolch. Seine Finger krallten sich in die Gewänder des Dämons. Er befand sich jenseits allen Schmerzes. Ihm war bewusst, was geschehen würde, wenn er jetzt losließ.

»... löst die Fessel, die ihn gefangen hält«, erklangen die erlösenden letzten Worte des Bannspruchs.

Der Dämon schüttelte ihn ab wie ein lästiges Insekt. Daith stürzte und blieb liegen. Der Arsilah wandte den Kopf von einer Seite zur anderen. Dann begann er zu lachen. »Euer Bann hat versagt! *Ihr* habt versagt. Jetzt werdet ihr büßen. Ich werde euch zerquetschen wie Fliegen!«

Ein blauer Wirbel breitete sich in seinem Rücken aus, erweiterte und schob sich vorwärts. Als der Arsilah ihn bemerkte, war es zu spät. Der Wirbel hüllte ihn ein und zog sich zusammen. Brüllend warf er den Kopf in den Nacken. Der Boden bebte, die Luft schien zu schwingen. Immer dichter wob sich das Netz aus blauem Licht um ihn. Langsam zog es sich enger, wurde kleiner – und mit ihm der Dämon. Der Wirbel schrumpfte und verschlang den Arsilah, bis nichts mehr blieb. Das blaue Leuchten erlosch. Der Wirbel versank in der Schale, in der er entstanden war. Das Seelenfenster war verschwunden.

Daith kämpfte sich auf die Knie und kroch zu Cait. Die Farbe des Kreises vermischte sich mit ihrem Blut. Er drehte sie vorsichtig zur Seite und tastete nach ihrem Puls. Sie lebte. Erleichtert schloss er die Augen. Als er sie wieder öffnete, war Annuides neben ihm. Der Thronerbe von Dallán wirkte mitgenommen, ebenso wie Connor und Liamar, die jetzt auch näher kamen, taumelnd und vollkommen erschöpft und aus mehreren Wunden blutend. Annuides schob ihn zur Seite. »Ich kümmere mich um sie.«

Einen Moment war er versucht nicht nachzugeben. Dann erinnerte er sich an sein Versprechen. Er erhob sich umständlich. Connor wollte ihn stützen. Daith wehrte ab. »Gib mir ein Schwert.«

»Was hast du vor?«

»Ich hole mir Croghán – es sei denn, einer von euch sagt mir, dass er tot im Wohnraum liegt.« Annuides blickte auf. »Du wirst sterben.«

»Das macht mir keine Angst.«

»Ein Mann, der den Tod nicht fürchtet, ist ohne Hoffnung.«

Daith' Blick ruhte auf Cait. *Manche Dinge sind schlimmer als der Tod.* Er schwieg.

Nachdem Connor keine Anstalten machte, ihm eine Waffe zu bringen, holte er sich das Schwert selbst. Ihm wurde schwarz vor Augen, als er sich danach bückte, und er musste sich an der Wand abstützen. Als sich seine Sicht wieder klärte, blickte er in Connors Gesicht.

»Keiner von uns ist heute Nacht zu weiteren Kämpfen fähig, Daith. Du am allerwenigsten.« Connor hielt ihm die Hand entgegen. »Gib mir das Schwert und lass mich sehen, ob ich etwas für deine Wunden tun kann.«

Daith schüttelte den Kopf. »Croghán wird für das bezahlen, was er getan hat.«.

»Nicht heute Nacht.«

»Wenn ich ihn jetzt laufen lasse, wird er entkommen, das weißt du.« Er machte kehrt und schleppte sich auf den Hof. Jeder Schritt rief ihm das Ausmaß seiner Verletzungen deutlicher ins Bewusstsein. Da war mehr als nur ein gebrochener Arm. Weit mehr. Der Schmerz in seinem durchbohrten Schenkel, der wie ein glühendes Eisen durch sein Bein zuckte und ihn straucheln ließ. Die tiefe Wunde an seinem Kopf, die er sich zugezogen hatte, als Croghán ihn im Stall niedergeschlagen hatte. Von einem Schmiss quer über der Brust und unzähligen weiteren Verletzungen ganz zu schweigen. Der Blutverlust schwächte ihn zusehends. Es kostete ihn alle Kraft, sich auf den Beinen zu halten, und doch weigerte er sich, Croghán entwischen zu lassen. *Ich muss ihn töten. Für Cait.*

Croghán stand auf dem Hof und blickte Daith entgegen. »Ich wusste, dass du kommen würdest. Du hattest schon immer mehr Schneid als deine Freunde.« Ein spöttisches Lächeln huschte über seine flachen Züge. Er musterte ihn mitleidig und zog sein Schwert.

»Was denn, kein Zauber?«, spottete Daith giftig. »Keine magischen Wesen?«

»Sieh dich an, Landévennec. Magie wäre an dich verschwendet.« Er lachte überheblich. »Heute Nacht schlage ich dich mit deinen eigenen Waffen.« Daith brachte sich in Position. Schwankend stand er da, die Finger um das Heft seiner Waffe geklammert und wartete. »Willst du es wirklich zu Ende bringen? Du bist stolz, das warst du schon immer«, höhnte Croghán. »Zu dumm, dass du dazu neigst, dich selbst zu überschätzen.«

Ohne Vorwarnung schlug er zu. Daith riss seinen Schwertarm hoch und fing den Angriff ab. Croghán setzte nach. Als Daith ihm seine Klinge zur Abwehr entgegenschickte, unterlief Croghán seine Deckung. Unter normalen Umständen hätte er sich der Finte zu erwehren gewusst. Jetzt jedoch hatte er sich schon bei Croghúns erstem Angriff kaum auf den Beinen halten können. Die Lippen zu einem Grinsen verzogen bremste Croghán den Schlag ab, drehte die Klinge und schlug ihm die flache Seite gegen den gebrochenen Arm. Daith brüllte vor Schmerz. Lachend zog Croghán das Schwert zurück. Er holte aus und trat mit Wucht gegen Daith' verletztes Bein. Keuchend brach er in die Knie. Das Schwert entglitt seinen Fingern. Seine Sinne schwanden.

»Genug gespielt.« Croghán holte aus. Daith' Blick blieb an Croghán s Klinge hängen, in der sich das Mondlicht spiegelte. Am Rande seines Bewusstseins vernahm er ein hohes Sirren, gefolgt von einem dumpfen Einschlag. Verwundert blinzelnd blickte er auf den Pfeil, der aus Croghán s Brust ragte. Sein Blick hing an den rotschwarzen Federn am Ende des Schaftes. *Connors Farben*, war sein letzter Gedanke.

Epilog

Die Tage nach der Nacht im Gehöft zogen sich quälend langsam dahin. Wenn Cait ihre Augen schloss, stand Daith vor ihr. Sie sah, wie er dem Arsilah entgegentrat, einen Arm gegen den Körper gepresst. Dann hatte eine Ohnmacht sie von den Schmerzen und dem Entsetzen erlöst. Doch die Erinnerungen verfolgten sie. Lärm. *Es war so laut.* Immer und immer wieder kämpfte Daith in ihrem Geist gegen den Dämon. Sie spürte seinen Schmerz, hörte seine Schreie. All das Blut.

Vier Wochen waren seitdem vergangen und noch immer erwachte sie schreiend. In Tränen aufgelöst rief sie in solchen Momenten nach Daith. Er war nicht da. Sie hatte ihn seit ihrem Sieg über den Dämon nicht mehr gesehen.

Die Heiler hatten ihr einen übel riechenden Kräutertrunk gegen die Schmerzen gegeben, regelmäßig ihre Verbände gewechselt und die Wunde behandelt. Wann immer sie wach lag, drehten sich ihre Gedanken um Daith und die Nacht, in der sie ihre Erinnerung verloren hatte. Myles' Blut hatte an ihren Händen geklebt. Wie hatte sie erwarten können, dass er sie unvoreingenommen betrachten würde, wenn sie es nicht einmal selbst getan hatte? Sie wünschte, er käme zu ihr. Es gab so vieles, das sie ihm sagen wollte. Doch Daith kam nicht. Nicht einmal für einen kurzen Besuch.

Sie konnte verstehen, dass Liamar keine Zeit blieb, sie häufig zu sehen. Er hatte – gemeinsam mit Connor und Annuides – lange mit dem König und dem Rat zusammengesessen und ihre Geschichte vorgetragen. Der König hatte angeordnet das Ordenshaus der Seáthrun zu durchsuchen. In Croghåns Turm hatte man eine geheime Kammer gefunden. Einen Raum, den Croghán für seine finsteren Rituale und Beschwörungen genutzt hatte. Daraufhin hatte der König offiziell verkündet, dass weder sein Sohn noch Cait länger eines Verbrechens beschuldigt würden. Danach hatte Prinz Anajas Liamar für sich beansprucht und ihm unter anderem aufgetragen, die *Windprinz* nach Cor Amánthor zurückzuholen.

Annuides kam täglich zu ihr. Er hatte Grüße von Connor bestellt und berichtet, dass er aufgebrochen war, um seine Familie nach Hause zu holen. Kein Wort über Daith. Auf ihn angesprochen hatte er den Kopf geschüttelt und gesagt: »Er ist gegangen, nachdem es vorbei war.«

Dann kam Ewan. Eines Morgens, als sie die Augen aufschlug, saß er einfach an ihrem Bett. Sie redeten stundenlang und versuchten die verlorenen Jahre nachzuholen. Zum ersten Mal seit langer Zeit war sie beinahe glücklich, zumal er ihr berichtete, dass er ihrem Vater eine Nachricht geschickt hatte und dieser es kaum mehr erwarten konnte, seine verlorene Tochter wieder in die Arme zu schließen. Einzig ihre Sehnsucht nach Daith lag wie ein dunkler Schleier über ihrem Glück.

Eines Morgens, als sie von einem ausgedehnten Spaziergang in ihr Gemach zurückkehrte, erwartete Ewan sie bereits. »Annuides war hier«, sagte er, kaum dass sie die Tür hinter sich geschlossen hatte. »Er hat um deine Hand angehalten.«

Cait hatte gehofft, dass es nie so weit kommen würde.

Sie war ihm aus dem Weg gegangen, wann immer sie konnte, und dennoch hatte ihr Verhalten es nicht vermocht, etwas an seiner Liebe zu ihr zu ändern. *Warum er? Warum nicht Daith?* Ein Gefühl verzweifelter Leere breitete sich in ihrem Innersten aus. Mit einem Mal war sie den Tränen nahe. »Ich werde darüber nachdenken«, presste sie hervor.

»Das war nicht die Nachricht, die du dir erhofft hattest, nicht wahr?« Ewan legte ihr eine Hand auf den Arm. »Du musst ihn nicht heiraten, wenn du das nicht möchtest.«

Sie wandte den Blick ab, um ihn nicht merken zu lassen, wie traurig sie war. Doch auch nach all den Jahren kannte er sie immer noch gut genug. »Womöglich gibt es einen anderen, mit dem du sprechen solltest.«

Er ist nicht mehr hier.

Am späten Nachmittag stand Annuides auf ihrer Schwelle. Für einen Augenblick war sie versucht ihm die Tür vor der Nase zuzuschlagen. Um Zeit zu gewinnen bot sie ihm einen Platz an und reichte ihm Wein. Er stellte den Kelch unangetastet zur Seite und beobachtete, wie sie die Kerzen im Raum entzündete. Es war hell genug, die Dämmerung hatte noch nicht eingesetzt, doch sie musste ihren Händen eine Beschäftigung geben, um sich zur Ruhe zu zwingen.

»Wann wirst du endlich stehen bleiben und es mir sagen?«

Sie hielt inne, einen brennenden Span in der Hand, und sah ihn an. »Sagen?«

»Dass du mich nicht heiraten wirst.«

Sie warf den Span in den Kamin und setzte sich zu ihm. »Woher ...?«

»Ich weiß, du liebst mich nicht.« Sie wollte protestieren, doch er hob die Hand und brachte sie zum Schweigen. »Nicht so, wie ich dich liebe. Ich hatte gehofft, dass du meinen Antrag annimmst und eines Tages – in ein paar Monaten, vielleicht auch erst in einigen Jahren – feststellst, dass ich der Richtige bin. Liebe kann wachsen.«

Sie blickte in seine bernsteinfarbenen Augen. »Du bist ein guter Mensch, Annuides«, begann sie nach einer Weile. »Es wäre falsch, aus Dankbarkeit deine Frau zu werden. Du hast eine Frau verdient, die dich von ganzem Herzen liebt. Das kann ich dir nicht bieten. Es tut mir Leid.«

Er fuhr sich durchs Haar. »Ich bin gekommen um dir zu zeigen, was du haben könntest. Stattdessen sehe ich, was ich niemals haben werde. Ich habe einen großen Fehler gemacht.«

»Du hast alles richtig gemacht. Ich kann nur nicht –«

»Du verstehst mich falsch.« Er schüttelte den Kopf. »Ich weiß, dass ich nichts tun kann, um deine Gefühle zu ändern. Du bist für einen anderen bestimmt. Das verstehe ich jetzt. Alles, was ich will, ist, dass du glücklich bist. Ohne ihn geht das nicht.«

Sie sah auf. Ihr Herzschlag beschleunigte sich. »Wovon sprichst du?«

Er verschränkte die Hände so fest ineinander, dass seine Knöchel weiß hervortraten. »Cait, ich liebe dich. Ist es da verwunderlich, dass ich meinen Rivalen aus dem Weg haben wollte? Ich habe ihn davor gewarnt, dir zu nahe zu kommen. Und weißt du, was er tat? Er sagte, er würde mich umbringen, wenn ich dir je wehtäte. Aber er gab mir sein Wort, sich von dir fern zu halten. Er wusste, er könnte dir niemals bieten, was ich dir bieten kann.« Annuides schluckte. »Er liebt dich so sehr, dass er bereit war dich freizugeben, nur um dich glücklich zu sehen.«

»Wenn er mich liebt, warum ist er dann einfach gegangen?«

»Das ist er nicht.« Er wich ihrem Blick aus. »Nach dem Kampf hat Connor ihn zu den Heilern der Seáthrun gebracht. Als ich ihn das letzte Mal sah, rang er mit dem Tode. Doch ich hatte kein Mitleid. Stattdessen sagte ich ihm, dass dich sein Zustand nicht interessiert und du ihn nie wieder sehen willst.«

Cait sprang auf. Sie fand keine Worte, konnte ihn nur anstarren. Daith war verletzt, dem Tode nahe. Er hätte sie gebraucht und Annuides hatte sie mit einer Lüge daran gehindert, zu ihm zu gehen. Sie wagte nicht zu fragen, ob er am Leben war. Zu sehr fürchtete sie sich vor der Antwort. Sie starrte ihn noch immer an, als die Tür aufgestoßen wurde. Ungehalten fuhr sie herum. Sie wollte den Besucher anfahren, er solle verschwinden – die Worte erstarben auf ihren Lippen, als sie ihn auf der Schwelle sah. »Daith«, flüsterte sie.

Hinkend trat er ein, einen Arm in der Schlinge, das Gesicht vor Anstrengung verzerrt. Er war bleich, wirkte ausgezehrt und völlig erschöpft, doch seine Augen waren voller Leben. »Ich muss mit dir sprechen, Cait. Jetzt!« Ihre Beine setzten sich wie von selbst in Bewegung. Plötzlich stand sie vor ihm. Er wehrte sie ab, als sie ihn stützen wollte. »Nicht! Lass mich sagen, was ich zu sagen habe.«

Aus dem Augenwinkel sah sie, wie Annuides den Raum verließ und die Tür hinter sich schloss. Hin- und hergerissen zwischen Sorge und Freude streckte sie die Hand aus. Ihre Finger wanderten zärtlich über sein Gesicht, folgten den harten Linien seines Kinns und seiner Wangen. »Ich dachte, du wärst ... gegangen.« *Ich hatte Angst, du bist tot.*

Seine Augen schimmerten wie Stahl. »Ewan war heute bei mir. Er hat mir alles erzählt. Ich wollte dich noch einmal sehen, ehe du dich vermählst.«

Ihre Finger glitten sacht über eine neue Narbe an seiner Stirn, dann über den Arm in der Schlinge. »All das meinetwegen.« Ihre Stimme war kaum mehr als ein Flüstern.

Er packte ihre Hand und hinderte sie daran, erneut über seine Wange zu streichen. »Nein, nur meinetwegen.« Seine Finger klammerten sich um ihre. »Wenn ich zugelassen hätte, dass er dich umbringt ... ich hätte nicht weiterleben wollen. Du bist in meinem Herzen, an einem Ort, den niemand zuvor erreicht hat. Ich habe lange gebraucht das zu erkennen und bei allen Göttern ich habe viele Fehler gemacht. Ich wollte dir von der Nacht am Fluss erzählen. Ich hatte Angst, dich zu verlieren, wenn ich es täte. Und genau das ist geschehen.« Seine Augen fingen ihren Blick und hielten ihn fest. »Wusstest du, dass Galyan kein bestimmter Ort ist? Es ist ein Gefühl. Jenes Gefühl, das ich verspüre, wenn du bei mir bist. In deiner Nähe findet mein Herz Frieden und Ruhe. *Du* bist mein Galyan. Und jetzt, da ich es begriffen habe, ist es zu spät.« Er stockte, seine Mundwinkel zuckten. »Ich weiß, du kannst mir niemals verzeihen. Ich wollte nur, dass du weißt …«

»Himmel, Landévennec!«, platzte es aus ihr heraus. »Kannst du nicht endlich damit aufhören, ständig diese alten Geschichten aufzuwärmen? Ich habe gesehen, wie du dich verändert hast. Ich glaube an dich. Ihr Götter, wie könnte ich das auch nicht? Ich liebe dich!«

Als sie die Tränen in seinen Augen sah, war es endgültig um sie geschehen. »Kannst du mich nicht einfach anschreien?«, flehte sie beinahe. »Das kann ich vielleicht besser verkraften.«

Er zog sie an sich. »Ich dachte, ich hätte dich verloren.«

Sie schloss die Augen und versank in seiner Umarmung. »So leicht wirst du mich nicht los.«

Mehr über
Brigitte Melzer
und weitere
Fantasy-Autoren
aus dem Verlag
Carl Ueberreuter
bei
MrFantastik.de
news . shop . and more
www.design-maker.com